ALFAGUARA

Klaus Kordon

Como saliva en la arena

Traducción de Rosa Pilar Blanco

ALFAGUARA
SERIE ROJA

ALFAGUARA

Título original: *WIE SPUCKE IM SAND*

Torrelaguna, 60. 28043 Madrid
Teléfono 91 744 90 60

• Aguilar, Altea, Taurus, Alfaguara, S. A. de Ediciones
Beazley, 3860. 1437 Buenos Aires

• Editorial Santillana, S. A. de C. V.
Avda. Universidad, 767. Col. Del Valle, México D.F. C.P. 03100

• Distribuidora y Editora Aguilar, Altea, Taurus, Alfaguara, S. A.
Calle 80, nº 10-23. Santafé de Bogotá-Colombia

ISBN: 84-204-4712-9
Depósito legal: M-6.426-2001
Printed in Spain - Impreso en España por
Unigraf, S. L., Móstoles (Madrid)

Primera edición: octubre 1992
Quinta reimpresión: febrero 2001

Una editorial del grupo **Santillana** que edita en
España • Argentina • Colombia • Chile • México
EE. UU. • Perú • Portugal • Puerto Rico • Venezuela

Diseño de la colección:
José Crespo, Rosa Marín, Jesús Sanz

Editora:
Marta Higueras Díez

Impreso sobre papel reciclado
de Papelera Echezarreta, S. A.

Como saliva en la arena

Primera parte: Adoor Ram

Una aldea de tantas

Ya sé escribir! ¡Ya sé escribir! Cada vez me resulta más fácil. Y cuando no me sale, no tengo más que levantar la vista y Aruna viene, se acuclilla a mi lado y recorre las líneas con el índice. Aruna siempre encuentra la palabra adecuada. Sólo por eso me atrevo a seguir su consejo y escribir mi historia. Ella dice que sería importante para Yoni, mi «hermano pequeño», pero también para mí. Sobre todo para mí.

No sé si lograré mi propósito, si tendré la suficiente paciencia conmigo misma. Pero tengo que intentarlo: quiero conocerme mejor, quiero comprender bien lo que ocurrió desde que abandoné nuestra aldea.

Entonces tenía trece años, ahora diecisiete. Entonces era todavía una niña, hoy soy una mujer. Pero en realidad, ¿qué indican tales designaciones? No he vivido simplemente cuatro años más. No es que sea cuatro años más vieja. He dado un salto de un mundo a otro mundo. Me he convertido en otra Munli, pienso de manera diferente y siento de manera completamente distinta.

La aldea de la que procedo está situada en el territorio fronterizo entre Uttar Pradesh y Madhya Pradesh, justo al pie de las montañas. Es tan pobre que ni siquiera dispone de pozo. Nosotras, las niñas y las mujeres, teníamos que acarrear agua del río en cántaros. Y en los veranos calurosos, cuando el cauce estaba seco, incluso del lago, lo que nos suponía unas cuantas horas de caminata con los pesados cántaros de barro sobre la cabeza.

También la ropa la lavábamos en el río. Mientras tanto, solíamos cantar. Eso era bonito y divertido.

Nuestra aldea no tenía verdaderas calles. Era una aglomeración de unas cuantas chozas de barro, con frecuencia muy separadas unas de otras. La convivencia, sin embargo, era muy estrecha. Todos lo sabían todo de los otros, todos se interesaban por los demás. En la capital las cosas son muy diferentes. Aquí casi nadie se ocupa de sus vecinos. A no ser que sean personalidades importantes que puedan servirle a uno de algo. O que vivan de manera diferente a los demás y se les quiera intimidar, como experimentamos una y otra vez nosotras, las chicas, y en concreto Aruna.

A cualquier habitante de capital la vida en nuestra aldea seguro que le habría resultado muy monótona. En la estación húmeda plantábamos arroz; en la seca alubias, trigo, lentejas, chile, patatas dulces y alrededor de las chozas hasta verduras. Trabajábamos en los campos incluso bajo un sol abrasador y al anochecer nos dedicábamos a recoger leña para el fuego.

En los días calurosos yo envidiaba a los búfalos de agua, que se revolcaban en el fresco fango del río. Una vez, siendo todavía muy pequeña, las niñas nos tumbamos cerca de ellos. Acabamos con un aspecto horrible, pero nos resultó terriblemente divertido.

Hoy, cuando pienso en aquellos tiempos, tengo la impresión de que en nuestra aldea sucedían muchísimas cosas: nacimientos, muertes, peleas y reconciliaciones, bodas, cremaciones de cadáveres y muchas fiestas más. Siempre pasaba algo, nunca nos aburríamos. Los abundantes quehaceres no dejaban lugar para el hastío.

En nuestra aldea tampoco había escuela. La más cercana estaba a muchas millas de distancia. Ninguno de los niños de nuestra aldea fue jamás a la escuela. Pero aunque no hubiera estado tan lejos, yo tampoco habría llegado a verla por dentro, porque todas las niñas trabajábamos siempre en los campos y nunca habríamos tenido tiempo para ir a la escuela. La escuela sólo habría resultado beneficiosa para los chicos.

El único maestro de la aldea era Bhimal, nuestro sacerdote. Él nos daba el primer arroz* y nos explicaba las diferen-

---

* Las expresiones y denominaciones hindúes, así como determinadas peculiaridades, ritos y tradiciones de ese país señalados con * se explican en el Glosario siguiendo su orden de aparición.

tes manifestaciones de Dios*. A leer y a escribir no nos enseñaba.

Bhimal era un magnífico narrador. Además de nosotros, los niños, también los mayores le escuchaban con agrado. Ese hombre pequeño y delgado, que siempre vestía un simple dhoti*, era muy instruido y en el reino de los mitos y las alegorías se sentía como en su casa. Siempre sabía alguna historia nueva. Algunas nos daban miedo; otras, sobre todo las de amor, eran muy bellas.

Todavía recuerdo cómo nos explicó la historia de la creación. Ese día yo llevaba los pies muy sucios. Bhimal nos explicó que el mundo y las diferentes castas* surgieron por el sacrificio de una persona original. De la boca salió la casta de los brahmanes; de los brazos, la de los reyes, príncipes y guerreros; de las caderas, la de los mercaderes y comerciantes; de los pies, la de los obreros y campesinos sin tierra. Cuando hablaba de los pies miraba con sus ojos siempre un poco tristes, situados detrás de unas gafas sin borde, mis dos apéndices mugrientos. Al seguir la dirección de su mirada me asusté: ¡así que nosotros procedíamos de la parte más innoble de la persona original! En nuestra aldea casi todos pertenecíamos a la casta Shedul, es decir, a la de los campesinos sin tierra. Avergonzada atraje mis pies hacia mí y los cubrí con mis manos. Pero éstas tampoco estaban mucho más limpias. Era la época posterior a las primeras lluvias del monzón y toda la aldea aparecía sumida en el fango.

Bhimal nos contó entonces que el que fuese bueno, trabajador y venerase a Dios, se reencarnaría en una casta superior. Mientras pronunciaba estas palabras me miraba como si quisiera consolarme con ellas por tener unos pies tan sucios. Después nos explicó que durante toda la eternidad la meta máxima de nuestras vidas debería ser ascender a una casta superior, hasta volver a estar definitivamente reunificados con Dios y de ese modo entrar a formar parte de los Inmortales. Yo le miraba entusiasmada. Ascender, eso era lo que yo quería. No me importaba el tiempo que me costase, con tal de no pasarme toda la eternidad reencarnándome en una persona de pies sucios. Por eso desde entoces siempre me he esforzado por no hacer nada que obstaculizara mi ascenso. A veces cuando «pecaba», me sentía muy desgraciada.

Ya sé que soy algo burlona, pero describo las cosas tal

como las veo ahora. La Munli de hoy se ríe con frecuencia de la Munli de ayer.

Una vez por semana toda la familia comparecía ante la divinidad de la aldea para ofrecerle agua y arroz como ofrenda. Lo hacíamos incluso cuando apenas nos quedaba algo de comer a nosotros mismos.

El dios de nuestro aldea era Surya, el dios sol. Mataji* no parecía confiar en él mucho. Prefería rezarle a Shiva*, el dios de los abandonados, de los solitarios, de los desaparecidos. Ella se sentía más comprendida por Shiva. Sin embargo, cuando me contaba cuentos, prefería aquellos en los que Krishna* desempeñaba el papel principal. Algunos me los contaba una y otra vez. Todavía hoy me los sé de memoria.

Como todos los niños, permanecí en casa hasta los cinco años. O seguía a mataji al campo y la miraba mientras trabajaba. Al cumplir dicha edad, mi vida cambió. Había dejado atrás la infancia divina*, ahora tenía que ayudar a mataji en la casa o recoger leña para el fuego. A los ocho, tuve que ir por primera vez al campo. Nunca olvidaré ese día. Plantamos plantitas de arroz, hundidas hasta las rodillas en el barro y sin apenas incorporarnos. Por la noche me dolía la espalda y tenía los pies helados.

Desde entonces tuve que ir siempre al campo. El trabajo del campo es un trabajo de mujeres, los hombres sólo ayudan en la recolección y en la siembra.

Las cosas continuaron así durante cinco años. El único cambio lo constituía la estación anual de las lluvias: ¿se adelantaría o se retrasaría el monzón? ¿Cómo sería ese año? ¿Llovería mucho, poco o nada? ¿Sería abundante la cosecha y obtendríamos un salario mejor o escasa y comenzaría una época de hambre?

Todos los años las mismas preguntas, las mismas conversaciones. Nos preocupábamos por la cosecha como si los campos fuesen nuestros. Sin embargo, pertenecían a la familia Maday, gente rica que vivía en la capital y a la que nunca veíamos. El administrador distribuía el trabajo y sus empleados nos pagaban el escaso jornal. Si alguna vez una familia necesitaba más dinero, iba a ver al administrador y éste les daba crédito, al trescientos por cien de interés. Los créditos nunca acababan de pagarse y las familias se contentaban simplemente con amortizar los intereses. De esta manera la aldea entera era deudora de la familia Maday.

Las cosas cambiaron un poco cuando la gran carretera se aproximó a nuestra aldea. Es verdad que el trabajo en la construcción de la carretera era duro, pero constituía la única posibilidad de pagar las deudas. Y al igual que en los campos, también en ella desempeñaban las mujeres los trabajos más duros. Tanto si golpeábamos grandes piedras con pesados mazos hasta reducirlas a cascajo, como si mezclábamos cemento o arrastrábamos troncos de árbol, los hombres nos azuzaban, nos controlaban y, como siempre, desempeñaban los trabajos mejores. A pesar de todo la gran carretera significaba la oportunidad de nuestra vida y teníamos que aprovecharla. Por ello todos trabajábamos allí, incluso Pula, Ila y Mantu. Pula, con ocho años cumplidos, se encargaba de cuidar de los dos pequeños.

Las posibilidades de sueldo en la construcción de la carretera eran muy diferentes. No contaba lo que uno hacía, sino lo que era: un hombre, una mujer o una niña. Pitaji, como capataz, ganaba doce rupias* diarias; los demás hombres, incluyendo a mis hermanos, diez. Mataji percibía ocho, igual que las demás mujeres, y yo seis, como el resto de las niñas. Todo eso suponía unas ganancias diarias para la familia de cuarenta y seis rupias. Por cinco personas trabajando diez horas al día, un salario de hambre... Y, sin embargo, el dinero era una bendición..., que de todos modos no duraría mucho tiempo. Nosotros lo sabíamos: un buen día la gran carretera se terminaría, y entonces ya sólo nos quedaría otra vez el trabajo en los arrozales y el miedo de todos los años a las inundaciones y a los períodos de sequía. Por ello seguíamos viviendo con mucha economía.

Pitaji, sin embargo, se hacía sus propias ideas sobre el futuro.

—La gran carretera es como una vaca a la que hay que ordeñar —repetía una y otra vez—. Las vacas dan leche, proporcionan estiércol para los campos y sus boñigas sirven para hacer lumbre. ¡Las vacas son vida! La gran carretera también. Primero la construimos, y nos da trabajo. Cuando esté terminada, vendrán personas viajando por ella. Y donde hay personas, hay nuevas faenas. Habrá que tender conducciones de agua, construir casas, abrir restaurantes. A lo mejor hasta nos traen la electricidad a nuestra aldea. Y un médico. Y puede que un cine... Cuando llegue ese momento deberemos tener pagadas nuestras deudas para poder solicitar un crédito de verdad y poner un quiosco con cigarrillos, dulces y periódicos, o al menos un puesto de bebidas.

Estos eran sus planes. ¿Simples sueños? No lo sé. Sólo sé que la idea de vivir en una aldea semejante, además de producirme una profunda excitación, embelesaba a mis hermanos Ramesh y Birri. Ellos deseaban una línea de autobús que les permitiera viajar a la capital para trabajar. O simplemente para pasear, mirar los escaparates y observar a sus habitantes, porque para nosotros, los pueblerinos, los habitantes de la capital eran, casi, casi, seres superiores.

Por aquel entonces mi mayor sueño era ir al cine. ¡Qué no habría dado yo por ver una vez en mi vida una de las muchas, hermosas y divertidas películas en color de las que tanto había oído hablar! Unas películas con muchas canciones y una historia de amor que acabara bien. A nuestra aldea no venía ni siquiera uno de los múltiples cines ambulantes; sólo de vez en cuando un titiritero, que representaba las viejas leyendas con marionetas talladas a mano. Una película con personajes de carne y hueso que corrieran, hablasen, cantasen y bailasen por la pantalla tenía que ser algo completamente diferente.

La carretera de la vida, la carretera de la esperanza, la carretera de la fortuna... ¿Cuántas aldeas como la mía estarían celebrando la llegada de la Gran Carretera? ¿Cuán profundamente se metía serpenteando ya hacia el interior de las montañas? Todavía hoy percibo a veces el olor del alquitrán o del cemento en la nariz. Y no es un olor desagradable, no; es el olor de los sueños, de los deseos, de los proyectos. El mismo olor que creo percibir al recordar aquel día que comenzó como una jornada venturosa y terminó con un terrible susto, el día en que comenzó mi despedida de la aldea...

Pero hoy preferiría no extenderme más sobre ello. Antes de acostarme quiero todavía recordar un rato nuestra aldea; pensar en mataji, en pitaji, en mis hermanos. Seguro, nuestra aldea sólo es una aldea de tantas, pero para mí es más, mucho más. A menudo siento nostalgia de las noches junto al fuego, de cuando lavábamos juntas la ropa, de los muchos secretos pequeños y triviales que compartíamos las niñas entre nosotras, de la cháchara de vecinas y vecinos. ¿Volveré a verla algún día? ¿Me apetece realmente?

Munli la Afortunada

Escribir es más trabajoso de lo que imaginaba. No se trata sólo de buscar las palabras, sino también de responder a las preguntas que se esconden tras las palabras. ¿Lo habré descrito todo correctamente? ¿Habré sido injusta con alguien? ¿Habré olvidado algo? ¿Qué podré omitir sin faltar a la verdad?

Ayer por la noche pasé mucho tiempo tumbada despierta, pensando. Vi desfilar ante mis ojos nuestra aldea, el río, el lago y todos los rostros que añoro desde hace mucho tiempo... Voy a volver a revivir lo que he hecho y lo que no quise hacer; pasaré revista a cada decisión aunque alguna vez tenga que avergonzarme...

La meta que me he propuesto no es fácil. Pende sobre mi sentimiento y sobre mi conciencia como una losa. A pesar de todo quiero continuar. ¡El día de mi despedida! Era la fiesta de la diosa Parvati*, el día más importante para nosotras, las chicas de aldea. Acababa de cumplir trece años hacía unas semanas, es decir, era ya lo bastante mayor para salir al lago con las otras muchachas y consagrarme a Parvati. Al amanecer estaba ya ante nuestra cabaña viendo cómo el nuevo día se deslizaba sobre los arrozales. ¡Qué altas estaban las cañas! Era ya marzo, primavera, todo verdeaba, y al borde de los caminos crecían abundantes flores de colores. Aspiré hondo como si quisiera beberme el día, el día más importante —como decían todos— de mi vida.

—¿Ya te has levantado?

Me asusté y me volví: mataji estaba en la entrada de nuestra cabaña y me miraba parpadeando completamente dormida todavía.

¡Mataji! Voy a intentar describirla, aunque me resulta difícil. De pequeña solía encontrarla fea; un verano tras otro en los campos, las abundantes fatigas y ajetreos que le habíamos dado nosotros, sus hijos, la habían sometido a un desgaste prematuro. Había dedicado todas sus fuerzas, además de al trabajo, a sacar adelante a seis de los nueve hijos a los que dio a luz, porque esos años no se pasaba un hambre normal, había hambrunas y enfermedades. Por si fuera poco, estaba el trabajo en la construcción de la carretera: diez horas machacando piedras, abriendo veredas en los bosques o acarreando cemento. Muchas mujeres jóvenes sufrían bajo semejante trabajo, pero mataji, que contaba entonces cuarenta años, era ya una mujer vieja. Su forma de caminar, de hablar y de pensar tenía un tinte de melancolía, aunque en ocasiones era capaz de demostrar una alegría desbordante.

—No puedo dormir —respondí en voz baja.

No quería que mis hermanos se despertasen y me hicieran objeto de sus burlas. También ellos conocían la importancia de ese día para mí... Mataji se acurrucó a mi lado y me acarició el rostro.

—¡Vaya! ¡Qué mayor eres ya!

Bajé la mirada. Siempre que mataji se ponía cariñosa, yo sentía timidez. Su ternura era tan torpe, sus manos tan ásperas, sus labios resecos tan profundamente desfigurados que dejaban a la vista sus raigones amarillos. Mis diente eran blancos. Pitaji solía compararlos con perlas; un collar de perlas, a cual de ellas más bellas. Y cuando estaba de especial buen humor, decía que eso rebajaría seguramente la dote que un día se vería obligado a pagar por mí. «¿Habría tenido mi madre alguna vez un aspecto semejante?» Yo, la verdad, no conseguía imaginármelo.

—¿Conoces la historia de Shiva y Parvati? —me preguntó.

Asentí. Me la había contado ya dos o tres veces. Ella siempre la contaba de buen grado; acaso porque le gustaba y porque pensaba que era una historia importante para un joven. Trataba del profundo amor entre ambos dioses: Parvati había sido siempre una buena esposa para Shiva; era bella, inteligente y una buena cocinera, pero una vez, cuando él le estaba hablando, no le atendió y furioso por ello la repudió. Parvati se vio obligada a volver a la tierra como hija de un pescador. A Shiva, sin embargo, no le gustaba estar solo, así que, reflexionando sobre la forma de recuperar a Parvati, se le ocurrió la idea de enviar a un tiburón a las aguas en las que pescaba su padre. El tiburón, un pez descomunal, desgarró todas las redes sumiendo al padre de Parvati en la desesperación. En su desamparo, el padre prometió a su hija como esposa a aquel que matase al tiburón. Shiva había conseguido lo que se proponía. Tomando la figura de un joven pescador, mató al tiburón y desposó a Parvati por segunda vez...

—Así pues, ¿sabes lo que tienes que desear para ti? —Mataji me miró con atención. Y para asegurarse de que yo también lo sabía, me lo repitió—: Tiene que amarte, ¿me oyes? ¡Amarte! Sólo un hombre que te ame será capaz de perdonar tus errores.

¡Cuántas veces me había preguntado a mí misma si pitaji amaría a mataji! Él era siempre muy orgulloso y se ofendía con rapidez, pero desde su óptica la trataba con justicia. Cuando le pedía que le diese masajes en los pies, aceite en el bigote o le trajese de beber, y, en su opinión, no lo hacía con la suficiente rapidez, no la golpeaba como otros muchos hombres hacían con sus mujeres, sino que sacudía disgustado la cabeza y preguntaba decepcionado:

—¿Qué te pasa? ¿Te has quedado paralítica? ¿O ciega? ¿O sorda? Si no, ¿por qué me tratas tan mal?

Cuando pitaji estaba de buen humor, daba la impresión de que la quería. Entonces le hundía el dedo en el costado, le daba codazos o le cogía el pecho. Como es natural, sólo lo hacía cuando no se sentía observado. Mataji reía entonces con la risita ahogada de las jóvenes, y pitaji se acariciaba orgulloso su bigote y dejaba chispear sus ojos negros. Pero en la construcción de la carretera, donde era capataz, la trataba igual que a las demás mujeres, con gritos y amenazas cuando no trabajaba con la rapidez suficiente.

¿Y mataji? ¿Le quería? Alcé la cabeza y la miré. Ella, como si hubiera adivinado mi pregunta, bajó en silencio la vista y se incorporó.

—¡Ven! Vamos al campo a coger flores frescas para tus guirnaldas. Luego te pondremos guapa. ¿Cómo va a encontrar Parvati un buen marido para ti si no eres bella?

Me veo caminando detrás de ella, la veo agachándose hacia las flores... ¡Cuánto me gustaría hablarle ahora después de todo lo ocurrido! O estar simplemente sentadas frente a frente y mirarla...

Mataji y yo no éramos las únicas que recorrían tan temprano los campos cogiendo flores. Desde lejos oímos las voces excitadas de otras jóvenes que, solas o en compañía de sus madres, hacían lo mismo.

—Elegiremos las más bellas —dijo mataji—. Las más bellas para el más bello.

Yo me eché a reír avergonzada.

Encontramos a Lata en el lugar donde la vereda que cruza los campos desemboca en el bosquecillo cercano a nuestra aldea. Llevaba ya su capa llena de flores y nos saludó amablemente.

—¿Te alegras? —me preguntó.

Mataji meneó la cabeza con gesto de desaprobación.

—No te alegres demasiado pronto, Lata. No trae suerte.

Ella se limitó a sonreír. Deseaba un marido lo antes posible. Su madre había muerto dos años antes. Desde entonces, tenía que llevar la casa y servir a su padre y a sus tres hermanos casi adultos. Sus hermanas eran todavía demasiado niñas para ayudarla. Lata sabía que le resultaría casi imposible conseguir un marido. Su padre y sus tres hermanos se habían endeudado de por vida, y el administrador no les daría jamás otro crédito para pagar con él su dote, el ajuar y la fiesta de la boda. Ninguna familia que se tuviera en algo admitiría a una hija política sin dote. Además: ¿una boda sin tamborileros, flautistas o trompetistas? ¡Qué vergüenza! Toda la aldea caería sobre ellos, pues esperaban con impaciencia las bodas alegres, las viejas danzas, las bromas, las risas, la alegría. Quien privase de ello a la gente quedaba arruinado para siempre ante su comunidad.

Sin embargo, había uno que hubiera tomado con gusto a Lata por esposa y ella habría aceptado sin dudarlo: Birri, mi hermano mayor. Yo lo sabía, mataji lo sabía, todos en la aldea lo sabían. Birri no podía, pero Lata no se molestaba en disimularlo. El matrimonio entre ellos era imposible. Por dos motivos: en primer lugar, ambos pertenecían a la misma aldea, y el matrimonio entre dos personas de la misma aldea está prohibido; pues en caso contrario, sus habitantes no tardarían en convertirse todos en parientes. Segundo: ¿podía mi padre casar a uno de sus hijos con una joven sin dote? Prescindiendo de la vergüenza que hubiera caído sobre nuestra familia, tampoco habría podido hacerlo por amor a mí y a mis hermanas. Tenía que casar a Ramesh y a Birri con jóvenes que le aportasen una buena dote, para dotarnos algún día también a mí, a Pula y a Ila.

No, Lata no tenía la más mínima oportunidad de convertirse en la esposa de Birri. Ella lo sabía, pero se negaba a admitirlo y se aferraba a vanas esperanzas. Era eso lo que ofendía a mataji. Pero no dijo nada más, sólo suspiró.

El sol había ascendido definitivamente sobre las colinas; el aire, ya caliente, se había llenado de insectos. Nosotras recogíamos flores en silencio, pensando seguramente en las mismas cosas: «¿Qué sería de mí? ¿Me daría Parvati una señal?».

Cuando hubimos recogido suficientes flores, regresamos a la cabaña. Mataji me aceitó el pelo y lo peinó. Perfiló mis ojos con hollín para que parecieran más grandes y ahuyentasen las enfermedades y los malos encantamientos.

Después vestí por primera vez el nuevo sari* azul que me había cosido mataji y me puse el aro de nariz que ella me prestó para esa ocasión. Unos días antes, como preparación a ese gran momento, me había perforado el tabique nasal. La herida ya había cicatrizado y la conciencia de llevar verdaderos adornos despertó en mí una alegría anticipada. Sin embargo, cuando Ramesh y Birri, que seguían a pitaji a la obra, sonrieron sarcásticos al verme, volví a sentirme rígida, débil y torpe.

Mataji me hizo la trenza.

—Eres una chica guapa —me consoló—. No tienes por qué esconderte.

Mantú, mi hermano pequeño, en cuclillas ante la cabaña, sonreía burlón, imitando a Ramesh y Birri.

—¡Ríete! —le riñó mataji—. Podrás darte con un canto en los dientes si algún día te toca una tan guapa.

Pula e Ila reían con una risita estúpida.

—Cuando una es guapa, la dote es baja —advirtió Mantu con una mueca.

Mantu era el bromista de nuestra familia. Siempre nos hacía reir. Por ello todos le adorábamos. Pero además de divertido, a veces era también artero y egoísta. Mataji lo consideraba su último hijo, ¡su último chico!, y le perdonaba más allá de lo razonable. A pesar de todo yo le quería mucho y me gustaría saber qué aspecto tiene en la actualidad; ya debe estar a punto de cumplir diez años.

—¡Eh, Munli! ¡Si no te apresuras nos iremos sin ti!

Era Dinni quien gritaba, agitando los brazos y riendo. Casi todas las chicas se habían congregado en la plaza de la aldea; el carro de bueyes aguardaba ya.

—¡Corre, Munli, corre!

Mataji me colgó las guirnaldas de flores, me tendió el pequeño cuenco con el ghee* y la caja de cerillas. Después me entregó otro sari, para cambiarme tras el baño en el lago, y me besó, deseándome mucha suerte.

Le di las gracias y eché a correr. Entretanto, las otras chicas que ya habían subido al carro reían, gritaban y me hacían señas con las manos.

—¡Vamos, ven de una vez! ¡Si no, te vas a quedar sin ninguno!

Todas llevaban adornos tan vistosos como los míos y se sentían igual de extrañas en su nuevo papel, por eso exageraban su ánimo alegre.

Yo dejé que las otras muchachas me subieran al carro y nos pusimos en marcha. Era un viaje disparatado. Las chicas, alborozadas, reían, chillaban, saludaban agitando las manos. Las madres, que ahora se dirigían también a la obra, reían con la misma risa tonta, hacían observaciones de alegría desbordante y devolvían el saludo. Yo apreté mis guirnaldas contra mi rostro: ser tan importante y constituir el centro de atención junto con mis amigas era una experiencia completamente nueva para mí.

El viaje transcurrió a través de los campos y junto a los almendros en flor. Pequeños papagayos verdes sobrevolaban el camino polvoriento, sobresaltados por nuestro alboroto.

Ante el lago se encontraron los carros de bueyes procedentes de las distintas aldeas de los alrededores. De todas direcciones llegaban muchachas, todas ellas a cual más bulliciosa y alegre.

A continuación, con las guirnaldas y los pequeños cuencos en las manos, nos adentramos despacio en el lago. Los gritos habían enmudecido hacía rato. Todas callábamos, apenas si nos mirábamos. Cuando el agua nos llegaba por la rodilla, Dinni, Lata, yo y las demás jóvenes de nuestra aldea atamos nuestras guirnaldas formando una balsa de flores, la impulsamos lago adentro y la seguimos con la vista hasta que se reunió con las de las chicas de las otras aldeas y se perdió entre el vasto campo de flores. De repente todas nos sentíamos muy solemnes, y es que las flores eran para Parvati. ¿Aceptaría nuestras ofrendas y se mostraría benévola?

Después le tocaba el turno a las lamparitas. Lata se metió un dedo en la boca y comprobó la dirección en que soplaba el viento. Teníamos que prestar atención a la dirección del viento y a la corriente del agua si queríamos que la lamparita ardiera largo tiempo dentro del pequeño cuenco. Eso era precisamente lo que deseábamos. Nuestras madres nos habían repetido hasta la saciedad que sólo la joven cuya vela no se apagase inmediatamente podría esperar ser amada por su marido. Aquella cuya vela se apagase la última sería amada durante el mayor tiempo y de todo corazón por el hombre al que sería entregada algún día. ¿Debe entonces extrañar que todas nosotras sintiéramos miedo y esperanza, y que de pronto aparecieran la envidia y la rivalidad? Aunque aparentábamos no tomar la ceremonia demasiado en serio, en realidad nuestros corazones latían a punto de estallar.

Cuando Lata creyó saberlo, colocó su pequeño cuenco sobre el agua y prendió con cuidado el ghee de su interior. Después le propinó un empujoncito al cuenquecillo para que se adentrase en el lago, mientras murmuraba entre dientes sus deseos:

—¡Por favor, Parvati, envíame un marido! ¡Envíamelo pronto, y vela para que me quiera y me haga caso, me tenga en cuenta y satisfaga mis deseos... ¡Por favor, Parvati! Tú sabes que hay uno... Si fuera él, te consagraría mi vida.

Los fervorosos ruegos de Lata me excitaron por completo. Me aterraba que mi lamparilla fuera la primera en apagarse. Con manos temblorosas coloqué mi cuenco sobre la superficie del agua, saqué las cerillas del sari y froté una contra el raspador. Cuando el palito prendió, me incliné y apliqué la llama contra la grasa, mientras suplicaba deprisa y en voz baja:

—Un hombre bueno, ¡oh, Parvati!, que no me pegue ni se enfade cuando la cosecha no sea buena. Un buen marido, ¡oh Parvati!, que me quiera... que sea un buen padre para mis hijos, que...

No se me ocurría nada más que decir, de modo que me callé y seguí con la vista mi pequeño cuenco con la lamparilla.

Lata, que había escuchado mis deseos sin inmutarse, se limitó a internarse en el lago siguiendo su cuenquecito con ojos vigilantes. También yo fui adentrándome en el lago sin apartar la vista del mío.

El lago se había llenado de trémulas lucecitas que iban flotando a la clara luz del sol. Como las chicas, al seguir a las luces, formábamos olas, fuimos impulsándolas cada vez más hacia el interior del lago y pronto nos vimos en dificultades para no confundirlas. La luz de Dinni se desvió mucho, pero la de Lata y la mía permanecieron muy juntas.

—Eso ha de significar algo —me susurró Lata tomando mi mano—. A lo mejor continuamos siendo amigas toda la vida.

—¿Aunque estemos casadas?

Había muchas mujeres que trabajaban, hablaban y reían juntas, pero entre las mujeres casadas no existía verdadera amistad.

—¿Por qué no?

Lata balanceó la cabeza, como hacía siempre que creía estar mejor enterada de algo. Y es que además de llevarme más de seis meses, estaba también mucho más adelantada en su desarrollo, pues había tenido su primera menstruación un año antes que yo.

—En cualquier caso, ahora somos hermanas.

¡Ya! La primera luz se apagó. Pertenecía a Shana, la Chata. Algunas muchachas soltaron una risita contenida. Era de esperar que la luz de Shana fuera la primera en apagarse.

Shana alzó las manos para tenderlas hacia el sol, después hundió su cuerpo en el agua. Al principio hasta las caderas, después hasta el pecho, y por fin hasta el cuello. Al mismo tiempo, según la costumbre, mantenía sus manos alzadas mientras musitaba su oración. Cuando hubo terminado el ritual, para no conjurar todavía mayor desgracia sobre ella, se volvió, salió del agua, se sentó en cuclillas en la orilla y comenzó a llorar.

Me daba pena. Yo quería a Shana, porque antes, cuando éramos pequeñas, siempre había sido muy alegre. Al llegar a la edad en la que nos valorábamos mutuamente, se volvió más callada. Entonces supo que su nariz ancha, que le había conferido un aspecto gracioso de niña, no constituía precisamente una ventaja para una joven: la fealdad eleva el precio de la dote. ¿Cómo iba a casarla nunca su padre con una nariz semejante?

Poco a poco iban apagándose más luces, incluyendo la de Dinni. La de Lata y la mía continuaban alejándose juntas por el lago.

—¿Habremos sido realmente hermanas en alguna de nuestas vidas anteriores? —me susurró Lata oprimiendo mi mano.

Yo me limité a asentir con un nudo en la garganta. Ya apenas titilaban unas cuantas luces... ¿Habría escuchado Parvati mi oración? ¿Tendría yo, precisamente yo, más suerte que las otras?

La luz de Lata se apagó. Aunque había sido una de las últimas, se sintió decepcionada. Enfadada tendió sus manos hacia el sol. Después se sumergió brevemente y musitó sin esmerarse su oración.

Ardían ya unas pocas luces; la mía era la única que quedaba de nuestra aldea.

—¡Por favor, Parvati! —rogué, siguiendo ya sola a mi luz—. ¡Por favor, déjala arder, déjala arder! Quisiera que mi marido me amase mucho tiempo... y que yo también le ame a él. ¡Por favor, Parvati!

Hoy, cuando recuerdo aquella escena, me parece un hermoso sueño. Mi luz fue efectivamente la última de las luces de todas las chicas de la vecindad en apagarse. Fue casi demasiada suerte. Todavía recuerdo con absoluta exactitud mi confusión. Aunque pronuncié fervientes oraciones de agradecimiento, en realidad no comprendía por qué yo, precisamente yo, había sido distinguida de esa forma por Parvati. Cuando por fin se apagó mi luz, estiré mis brazos como todas las jóvenes anteriores y me sumergí agradecida en el lago.

Entretanto, las demás llevaban mucho tiempo alborotando en el agua. La ceremonia se había convertido en diversión. Lata se acercó a mí y me tiró de un empellón, de manera que volví a sumergirme. Después se dejó caer a mi lado y me gritó:

—¡Sí, conseguirás el más hermoso, el mejor, el más cariñoso! ¡Merecerías llamarte Munli la Afortunada!

Las otras muchachas cogieron al vuelo las palabras.

—Munli la Afortunada —resonaba por todas partes.

Roja de vergüenza volví a sumergirme, esta vez voluntariamente. Entonces comprendí lo que había ocurrido: yo era la joven a quién más quería Parvati, la que había sido distinguida por encima de las demás. Una hermosa vida se extendía ante mí.

Durante el viaje de regreso hacia la aldea retuve la mano de Lata, y fui la más ruidosa en los gritos, en los cánticos, en las risas. Me sentía tan alborozada que no me hubiera importado saltar del carro y correr a su lado.

Näini

Ayer me resultó ya un poco fácil escribir. Estaba verdaderamente sumergida en mi historia. Mara y Kani se reían de mí, diciendo que ardía como un tronco untado de ghee en el fuego. ¿No deberían echarme un cubo de agua por la cabeza?

Mara y Kani pueden reírse cuanto quieran. Les encantan las bromas. En realidad observan mi escritura con mucho interés; quizá lo intenten también en alguna ocasión... Aruna las anima mucho.

Pero ahora no me apetece hablar de Aruna y las chicas. Eso vendrá más adelante. Quiero retroceder hasta el día en que finalizó mi juventud.

Pitaji distribuyó a todas las niñas que regresaron del lago para realizar trabajos de desmonte. La gran carretera había alcanzado hacía tiempo nuestro bosquecillo. Varios hombres talaban árboles, otros desenterraban los tocones y otros los serraban. Las chicas transportábamos la madera al fogón del alquitrán, dónde también estaba trabajando mataji aquel día, que se alegró mucho de mi suerte. Ramesh y Birri descargaban con otros dos hombres un camión lleno de sacos de cemento.

A mí me juntaron con Shana la Chata. Entre las dos arrastrábamos los troncos de árbol de varios metros de longitud hasta el fogón del alquitrán. Esto provocaba risas porque, como es natural, hombres y mujeres no tardaron en saber que la luz de Shana había sido la primera en apagarse y la mía la última. El calificativo de Lata, «Munli la Afortunada», corría de boca en boca. A Shana le gritaban «espantahombres» o «viuda precoz». No nos resultaba demasiado agradable, a pesar de que lógicamente me alegraba mucho por haberme convertido en una chica tan considerada y popular de repente. Mi interior resplandecía y se me notaba. La alegría embellece y la desgracia afea. La pobre Shana debía sufrir mucho. Sus parientes, en vez de consolarla, la rehuían. La desgracia mancha, se decía en nuestra aldea.

Mi satisfacción, sin embargo, no había de durar mucho. El despertar fue terrible: Adoor Ram se interpuso en mi camino.

Adoor Ram era el jefe de la aldea vecina, una especie de alcalde. Su familia era la más antigua y respetada del lugar. Se trataba de un hombre gigantesco, con un pescuezo parecido al de un búfalo de agua y brazos como patas de buey. Si existía alguien a quien no le suponía excesiva molestia trabajar en la construcción de la carretera, era a él. Además actuaba como encargado y mandaba más que pitaji, aunque eso no le impedía nunca echar una mano en cualquier lugar donde se necesitara su fuerza. Lo hacía por el placer de impresionar a los demás con sus músculos.

Adoor Ram acababa de enviudar hacía unas pocas semanas. En la aldea se rumoreaba que había matado a Näini, su joven esposa. No, no la había asesinado o matado de golpes, sino sencillamente «sólo» la había tratado muy mal. Que los hombres golpeasen a sus mujeres ocurría siempre de vez en cuando. Lo que Adoor Ram había hecho con Näini había sido peor. Apenas había un hueso en su cuerpo que él no hubiera roto: varios dedos, numerosas costillas, el hueso de la nariz, ambos brazos, las piernas, hasta los dedos gordos del pie, porque le gustaba pisárselos cuando Näini le resultaba demasiado lenta. Las mujeres contaban que en cierta ocasión Naïni se había arrastrado por su cabaña de rodillas con las piernas rotas para atender a sus hijos durante días, e incluso durante semanas. En aquella época Vandana, la hermana mayor de Adoor Ram, que vivía con él y de la que solía burlarse a consecuencia de su fealdad, aunque la golpeaba en muy pocas ocasiones —precisamente por no ser su esposa—, tenía que ir a buscar agua al río.

Siendo yo una niña pequeña, Gadi la Estéril solía asustarme a menudo con Adoor Ram.

—Guárdate de él —me decía con expresión misteriosa, entrecerrando sus claros ojos de anciana—. Es uno de esos hombres capaces de convertirte en una lagartija. Le basta con fruncir el ceño para que comiences a deslizarte a toda prisa entre las piedras.

De Gadi la Estéril se decía que era capaz de predecir el futuro. Todas las madres la temían, porque la maldición de una mujer estéril a un recién nacido mejoraba la oportunidad de quedarse embarazada ella misma algún día. Pero si una mujer tan vieja traía un hijo al mundo, éste sólo podía ser un demonio. En aquella época a mí también me aterrorizaba Gadi y creía en sus advertencias. Hoy sé que no mentía. Decía la verdad, aunque expresada con sus propias palabras.

Pitaji, que era amigo de Adoor Ram y se dirigía a él llamándole siempre con respeto Adoorji, calificaba lo que Gadi la Estéril y las otras mujeres contaban de él como habladurías y estupideces de mujeres. Adoor Ram no había sido brutal con Näini, era sencillamente demasiado fuerte. Cuando él echaba la zarpa, las cosas sucedían con mayor rapidez que en los demás casos. A mí me habría gustado creer a pitaji, pero no podía: el gordo Nakhuda, que era casi tan fuerte como Adoor Ram, sólo en raras ocasiones golpeaba a su esposa, y cuando lo hacía, jamás ocurría nada grave.

Desde luego, los chismorreos y las exageraciones abundaban, pero ¿no es natural que las mujeres y las niñas mirásemos a Adoor Ram con los ojos de Näini?

No es que los hombres de nuestra aldea fueran más duros o brutales que otros. Los golpes existían y se consideraban normales. Tampoco era nada del otro mundo que alguna que otra mujer golpease a su marido. Sí, también eso sucedía. Pero no se trataba de castigos en serio, sino de una especie de violencia fingida acompañada de una lluvia de insultos. Tula, por ejemplo, que estaba casada con el pacífico Dilip, zurraba de vez en cuando a su soñador marido, lo cual no significaba que no le sirviese como es debido. Adoor Ram no se podía comparar con ningún otro hombre. Todavía hoy sigo creyendo que le gustaba la crueldad. La última prueba fue la escena que presencié un día en el bosque mientras recogía leña. Me había alejado de mataji, deslizándome por entre unos espesos matorrales, y contemplé cómo Adoor Ram poseía a Näini. Yacían en una depresión del terreno y no me atreví a mover ni un solo músculo por miedo a ser descubierta.

No es que Näini intentara defenderse de su marido; jamás se hubiera atrevido a tanto puesto que era su esposo. Fue la forma en que se sirvió de ella. Se comportó con tal violencia que percibí en el acto que Adoor Ram no era capaz de ninguna otra forma de amor o de ternura.

Al final escapé corriendo. Crucé el bosque a toda prisa, tropezando con las raíces de los árboles, me desgarré el sari y llegué sin aliento ante nuestra cabaña. Pero no hablé con nadie del asunto, a excepción de Lata, que entonces era ya mi mejor amiga.

Vivir, amar, morir, parir... todo se desarrollaba en nuestro ambiente inmediato. Lo sexual, sin embargo, permanecía más bien oculto, pues las costumbres de las aldeas son mucho más severas que las de las capitales. A pesar de todo, era imposible ocultarlo por completo; a veces uno se encontraba con alguna parejita estrechamente abrazada, tal vez incluso a sus propios padres, que se habían retirado al campo para evitar a sus hijos. Yo no había presenciado jamás un comportamiento parecido al de Adoor Ram con Näini. Su brutalidad me hirió profundamente. Por ello cuando le encontraba me ruborizaba. Él lo notó en seguida, y siempre que me veía sonreía sardónicamente. Mi timidez parecía gustarle. Yo me preguntaba si me habría visto en el bosque, pero no hallaba respuesta.

Al morir Näini, la esposa de Adoor Ram, contaba veinte años. La habían casado con él a los doce, había parido siete veces, pero sólo habían sobrevivido cinco hijos. A las mujeres de la aldea no les cabía duda de que Adoor Ram volvería a casarse muy pronto. Se barajaban nombres, compadeciendo de antemano a la pobre muchacha. Mi nombre también se mencionó —yo ya había alcanzado con mucho la edad del matrimonio—, pero fue uno más entre muchos otros. No obstante, las cosas cambiaron por completo aquel día en el que yo, «Munli la Afortunada», corría de boca en boca.

Adoor Ram ayudaba aquel día a talar. La primera vez que pasé con Shana ante él sentí que su atenta mirada se detenía sobre mi cuerpo. En ese momento se plantó de repente ante mí y, cogiéndome del brazo, me sujetó. Shana, del susto, dejó caer el tronco de árbol y yo di involuntariamente un paso atrás.

—He oído que te has convertido en una mujer —parpadeó de satisfacción al ver el temor reflejado en mi rostro—. Vas a tener suerte en el amor...

Temerosa me cubrí los ojos con mi pañuelo.

—¿Qué te ocurre, mi pequeño saltamontes? —Adoor Ram me soltó y extendió ambos brazos para mostrar a todos que ni siquiera me había rozado faltándome al respeto. Sus ojos, sin embargo, seguían observándome, de la misma forma en que se inspecciona una cabra para comprobar si es joven o vieja, delgada o carnosa—. No tienes nada que temer, soy amigo de tu padre, casi tu tío. ¿Crees que deseo hacerte daño?

Me incliné para volver a levantar el tronco. Shana me imitó, pero Adoor Ram fue más rápido.

—No te esfuerces —dijo, y levantándolo lo transportó por delante de nosotras hasta el fuego donde se preparaba el alquitrán.

Nosotras corríamos tras él completamente turbadas. ¿Qué significaba aquello? Era la primera vez que un hombre me echaba una mano en el trabajo; hasta entonces yo no había visto nunca que otro hombre hiciera lo mismo con otra mujer. Adoor Ram actuaba como si fuese a cortejarme. Pero ¿por qué? ¿para qué? Cuando un hombre quería casarse con una joven hablaba con su padre, no con ella. Y desde luego no le hacía la corte. El hecho de demostrar que la quería disminuía la dote que su futuro suegro estaba dispuesto a pagar.

Yo me sentía confundida y Shana también. Cuando Adoor Ram depositó el tronco ante el fuego del alquitrán y volvió a su trabajo con una amplia sonrisa, ella me preguntó temerosa:

—¿Vas a convertirte en la nueva esposa de Adoor Ram?

—¿Yo?

Solté una carcajada, pero mi risa sonaba falsa. Shana se había limitado a interpretar la ayuda de Adoor Ram como yo misma y el resto de las mujeres y jóvenes, que ahora me miraban compasivas: él quería clamar públicamente su propiedad y burlarse de mí al mismo tiempo. Semejante cortejo constituía todo un sarcasmo. «Fijaos, un hombre tan importante como Adoor Ram pretende a la pequeña Munli», quería decir. ¡Menuda suerte la suya!

—No hay duda de que se ha decidido por ti —me susurró Shana mientras regresábamos al bosquecillo sin poder reprimir una sonrisa maligna—. Me das auténtica pena, Munli la Afortunada.

—¡Gata horrorosa! —grité—. Envidia, eso es lo que sientes.

—¿De qué? —Shana se avergonzó de haberme mostrado tan claramente lo mucho que me envidiaba la señal de Parvati—. ¿De Adoor Ram, acaso?

No pude envitarlo. Todo mi horror y el pavor ante lo que se me avecinaba, se convirtieron en furia. Me precipité sobre Shana, la pegué y la arañé, y ella hizo lo mismo. Rodamos por la polvorienta vereda, tirándonos de los pelos, deseando hacernos daño; en aquel momento nos odiábamos. Y, sin embargo, ella —al igual que yo— sólo tenía miedo de lo que la esperaba.

Pitaji nos separó y me miró atentamente. Casi con la misma mirada que Adoor Ram. Después nos regañó y nos ordenó volver al trabajo.

Seguimos trabajando en silencio, sin que nuestras miradas se rozasen. Un poco antes del descanso de mediodía nos atrevimos a volver a mirarnos. Entonces nos echamos a llorar, caímos una en brazos de otra y nos juramos amistad eterna.

Como es natural, yo quise saber entonces si ella había dicho en serio que pitaji me entregaría a Adoor Ram como esposa. Shana se desdijo, calificándose a sí misma de mochuelo rencoroso, y con la intención de consolarme aseguró que Adoor Ram sólo pretendía gastarme una broma. Yo no la creí. Sabía que en el fondo pensaba de otra manera, y tenía razón. Hubo algo que me animó un poco: la carencia de dote. Pitaji sólo podría casarme cuando Birri o Ramesh le proporcionaran una dote. Pero hasta el momento no había entablada conversación alguna sobre el matrimonio de ambos.

La Madre de los Lobos

Yoni, mi «hermano pequeño», ha escrito. «Querida hermana mayor», dice. «Hoy escribo mi primera carta. Te la mando a ti. Pero también pueden leerla las demás. Por favor, saluda de mi parte a Aruna, Ittichiri, Mara, Nambodiri, Seela y Kani. Tu Yoni.»

Eso era todo. Nos reímos mucho y nos alegramos. Como es natural he contestado a Yoni en seguida y he escrito también mi primera carta. Hasta ahora no había tenido ocasión para hacerlo. ¿A quién iba a escribir? ¿A mis padres? En nuestra aldea nadie sabe leer.

No, esto no es cierto. Me estoy mintiendo a mí misma: Bhimal, nuestro sacerdote de la aldea, sí sabe. Podría haberle escrito y él le habría leído la carta a mi familia. No he escrito a mis padres porque no sé qué decirles, esa es la verdad. Ellos no pueden entenderme. Para pitaji, para mataji y para mis hermanos lo que yo he hecho es un delito. He abandonado a mi familia, a pesar de saber que los deseos y órdenes de los padres han de ser respetados. Birri o Ramesh jamás se hubieran atrevido a marcharse sin el permiso de pitaji, no ya a la capital, de la que siempre hablaban, sino ni siquiera a otra aldea. Yo —¡una joven!— lo he hecho. Eso no podrá nadie explicárselo nunca, ni yo misma.

Lo que yo he hecho sólo puedo cxplicármelo a mí misma. Pero eso tendré que hacerlo ahora. Por eso he estado tan inquieta todo el día.

Pero quizás es que tengo demasiado tiempo para pensar. Mientras se hacen cestas resulta fácil dejar volar los pensamientos. ¿Era Adoor Ram realmente un hombre tan brutal?

¿No estaré exagerando? ¿No son muchos hombres así y sus mujeres soportan aquello de lo que yo escapé?

Aruna ha dicho que tengo que escribir las cosas tal como las veo. No existe persona alguna que sea siempre imparcial. Pero ¿es que no tengo ninguna responsabilidad? ¿No hay que intentar siempre acercarse lo máximo posible?

¡Aquella noche en la que Adoor Ram, se presentó en nuestra cabaña! Fue aquel mismo día. Pitaji, Ramesh, Birri y Mantu ya habían comido. Mataji, Pula, Ila y yo lo hacíamos entonces*. Había dal*. Comíamos muy cerca del hogar, alrededor de la fuente de barro, metiendo la mano dentro; mientras masticábamos, hablábamos poco. Por la noche estábamos siempre demasiado cansadas como para hablar entre nosotras. Sólo Mantu parloteaba. Y apenas notó que pitaji lo miraba con agrado y se enorgullecía de él, siguió parloteando con algo más de vehemencia. Ramesh y Birri estaban tumbados junto a la cabaña hablando entre susurros. Se entendían bien, a pesar de que tenían caracteres muy diferentes. Ramesh es ruidoso, alegre, una especie de Mantu grande; Birri, más bien callado, tranquilo. Ramesh tenía siempre la cabeza llena de grandes proyectos y nunca perdía la esperanza. Birri se parece a mataji: se desalienta con rapidez. Una vida en nuestra aldea habría colmado todos sus deseos, si hubiera podido pasarla en compañía de Lata. No obstante, al igual que Ramesh, soñaba con la capital. Constantemente oían decir a otros jóvenes que en la capital había trabajo de verdad. Pitaji les advertía con frecuencia diciéndoles que no era cierto, que a muchos las cosas les iban allí muy mal, pero que se negaban a admitirlo delante de sus antiguos amigos. Sin embargo, él sabía que sólo se quedarían en la aldea si los casaba lo antes posible. Para eso tenía que encontrar a dos jóvenes cuyos padres estuvieran dispuestos a pagar una dote razonable.

Sucedía y sigue sucediendo siempre lo mismo, la dote determina la suerte de familias enteras. Es como una maldición que planea sobre todos. ¿Quién se atreve a saltarse las viejas tradiciones, a poner en juego su prestigio, a marginarse para siempre? Y encima en una aldea en la que todos se conocen y se necesitan unos a otros...

A Ramesh y Birri tampoco les resultaba nada fácil encontrar su camino. Con todo, aquella noche al verlos comer los envidiaba. Una muchacha se consideraba como una riqueza ajena, un joven como propia. La joven se marcha. Todo lo que la familia ha hecho por ella, ya sea alimentarla o cuidarla en la enfermedad, lo ha hecho para su futura familia política. La boda no es otra cosa que un intercambio de propiedades. Sólo que la familia, para conseguir «vender» a la hija, tiene que pagar aún algo más, porque más adelante ella también ocasionará gastos, tendrá hambre, se pondrá enferma. Que deba matarse a trabajar para su familia política, eso no cuenta.

¡Cuánto pensaba yo por entonces! No todas las muchachas se planteaban semejantes comparaciones. Yo siempre reflexionaba mucho. Además no podía olvidar aquel día que todavía ejercía influencia sobre mí. ¿Primero Munli la Afortunada y acaso muy pronto Munli la Desdichada?

En medio de esos pensamientos se presentó ante nosotros Adoor Ram. No pude evitar toser, me atraganté y me puse colorada. Pitaji y Adoor Ram se saludaron con una inclinación de cabeza y una sonrisa burlona.

¿Habrían hablado ya sobre mí los dos hombres? Sentí que todo se contraía en mi interior y, tras una profunda inspiración, derroté al ataque de tos. Después me quedé allí sentada como la estatua de un templo, sencillamente incapaz de moverme.

Como es natural, los dos hombres no hablaron en seguida de lo que les había reunido, y desde luego ni la más mínima alusión en mi presencia o en la de mi madre. Pitaji ofreció primero a su amigo Adoor, tal como correspondía, nuestro dal. Cuando Adoor Ram se lo agradeció rechazándolo con un gesto, dividieron un cigarrillo y fumaron. Luego durante largo rato se limitaron a hablar del tiempo y de la próxima cosecha de arroz y a contar chistes sobre los jefes de la obra de la carretera.

Yo permanecí allí, escuchando, sin comer y sin moverme. Pitaji le había ofrecido a Adoor Ram la mitad más larga del cigarrillo; ese gesto, que iba más allá de las normas de cortesía, confirmó mis sospechas, pues es costumbres que el hijo político, aunque sólo vaya a serlo en el futuro, reciba siempre lo mejor que la familia de la novia es capaz de ofrecer.

Apenas ambos hombres se levantaron y se alejaron un trecho de nosotras para seguir discutiendo fuera del alcance de nuestros oídos lo que había llevado a Adoor Ram hasta nosotros, levanté la cabeza y miré a mataji, pero ella, dedicada a la tarea de limpiar con arena y ceniza la cazuela, rehuyó mi mirada.

¡Lo sabía todo! Seguro que Pitaji no le había contado todavía nada de sus planes, pero ella le conocía lo suficiente para adivinar lo que pasaba por su cabeza. Además, sabía de sobra cómo se preparaban las bodas.

De repente me sentí mal. Tras levantarme de un salto, salí corriendo de nuestra cabaña y vomité. Notaba tanta confusión dentro de mi cabeza... ¿Me había dado Parvati su señal esa mañana, sólo para prometerme por la noche con Adoor Ram? ¿Por qué aquel hombre gigantesco y brutal me quería precisamente a mí, una niña que ni siquiera le llegaba a los sobacos, si en la aldea había chicas mayores, más fuertes y más trabajadoras? Recordé mi vieja sospecha: ¿Me habría descubierto cuando lo vi con Näini en el bosque? ¿Le hacía aquello sentir curiosidad por mí?

¿Con quién hablar del asunto? ¿Con mataji? No. ¿Con mis hermanos mayores? Tampoco; para ellos era solamente una chica y ni siquiera comprenderían lo que esperaba de ellos. Pitaji, por su parte, se habría limitado a fruncir el ceño: una joven no tenía nada que preguntar... La única con quien podía hablar era Lata. Pero estaba en el río, lavando todavía ropa a esas horas, en plena oscuridad. No me quedó más remedio que regresar en silencio a la cabaña y soportar la mirada compasiva de mataji.

Esa mirada me enfurecía. ¿Por qué no me apoyaba? Ella sabía cómo Adoor Ram había tratado a Näini. ¿Quería que terminara yo igual?

Era injusto por mi parte hacerle a mataji esos reproches. Ella no podía actuar de manera diferente a como le habían enseñado: la mujer tiene que obedecer al hombre. La sumisión es el precepto supremo. Los dioses saben lo que hacen.

Mi única esperanza aquella noche era que quizá me hubiera equivocado y que pitaji estuviera tratando algo completamente distinto con Adoor Ram. Esta esperanza se incrementó todavía más cuando, al regresar de su conversación con Adoor Ram, no me miró a mí, sino a Birri. Y por si no bastara con la mirada, le hizo una seña a mi hermano para que entrase en la cabaña y empezó a cuchichear con él.

Todo esto provocó en mí tal excitación que me obligó a comportarme de manera muy desacostumbrada: tras levantarme de un salto, me deslicé alrededor de la cabaña y me tumbé a la sombra de la luna, tan cerca de la entrada que pude oír la conversación entre ambos. Era la primera vez que hacía algo parecido y hubiera sentido una profunda vergüenza si me hubieran descubierto. Pero no advirtieron mi presencia y de esa forma perdí toda esperanza de haber malinterpretado las intenciones de Adoor Ram. Lo que escuché era incluso peor de lo que me había imaginado: Adoor Ram se casaría conmigo sin dote, si pitaji a cambio acogía a Vandana en su casa ¡como esposa de Birri! No obstante, como era una vergüenza casarse sin dote, Adoor Ram estaba dispuesto a pagar el salario de un mes en la construcción de la carretera por la boda de Vandana, del que después pitaji le devolvería cuatro quintas partes en concepto de dote por mí. Él se quedaría con una quinta parte, puesto que yo era más joven y bella que Vandana. Un negocio habitual entre los padres de las novias, que por otro lado no ocultaba ninguna perversidad especial. Yo hubiera debido mostrarme orgullosa de que Adoor Ram quisiera recibir por mí menos de lo que estaba dispuesto a pagar por Vandana, pero no lo estaba. Aunque Vandana cuidaba a los cinco hijos de Adoor Ram, no sustituía a una esposa. Mediante este intercambio de novias se libraba por fin de la hermana soltera y conseguía a cambio una mujer joven para su casa, una menos gastada que trabajaría lo mismo que Vandana y que además tendría que compartir su lecho.

Estaba tan asustada, tan horrorizada, que ni siquiera escuché la respuesta de Birri a pitaji: si intentaba siquiera oponerse a ese acuerdo. Él, el callado hombre joven, que miraba a Lata a escondidas, ¿marido de la seca Vandana, una mujer que le sobrepasaba al menos siete años y que llevaba tantos años sin marido porque Adoor Ram, su único pariente masculino vivo, se había negado a pagar una dote por ella? Con Vandana, Birri se convertiría en objeto de burla; los hombres y mujeres le llamarían «víctima de los dioses». ¿Y era pitaji el que le hacía eso? En aquel momento olvidé que no tomase en consideración mis sentimientos. Al fin y al cabo yo sólo era una muchacha, ¡Birri era un hombre! Pitaji sacrificaba su hijo mayor a un favorable intercambio de novias. De nuevo busqué a alguien con quien poder hablar, y de nuevo sólo se me ocurrió Lata. Pero esta vez la idea de hablar con Lata era lógica y natural: lo que había escuchado la afectaba igualmente a ella; al tratarse de Birri, se trataba también de ella. Me levanté sin hacer ruido, corrí a ver a Lata y la encontré descascarillando arroz. El fuego flameaba débilmente. Su padre dormía y sus ronquidos se percibían desde fuera de la cabaña.

Lata, al ver mi expresión, comprendió que algo había sucedido. Cuando le indiqué que no podía hablar delante de sus hermanas, lo retiró todo y se apartó conmigo del hogar.

A toda prisa le conté lo que había oído. Me escuchó con atención, pero sin mirarme. Cuando hube terminado, se volvió de nuevo hacia mí. Había estado llorando, pero ahora en su rostro sólo había obstinación.

—¿Por qué no te escapas? —balbuceó—. ¿O es que quieres convertirte de verdad en la esposa de ese búfalo llamado Adoor Ram?

¿Escapar? Creí no haber oído bien. ¿Y qué era eso de «quieres»? ¿Qué papel jugaba mi voluntad?

Ella, sin embargo, había hablado en serio y esperaba una respuesta.

—Pero ¿adónde... adónde voy a ir? —pregunté espantada.

—Con la Madre de los Lobos.

—¿Con la Madre de los Lobos? —Retrocedí asustada. Así llamaban a Meera, la capitana de una horda de bandidos que vivían en las montañas, asaltaban aldeas, robaban, asesinaban y saqueaban—. ¿Con los bandidos?

—No son bandidos, son baghis.

Baghis —rebeldes—, así denominaban los habitantes de las aldeas cercanas al lago a todos aquellos que huían a las montañas para vivir al margen de las leyes. Pitaji los llamaba bandidos. El gobierno había fijado una recompensa de cinco mil rupias por la cabeza de Meera, viva o muerta, daba igual. Se decía que era una reiterada asesina.

—¿Qué te pasa? —susurró Lata—. Meera es una benefactora. Roba a los ricos, ayuda a los pobres, y sobre todo, protege a las mujeres y a las muchachas que huyen de su casa. ¿No conoces su historia?

Sí, la conocía. Meera era la hija de un pobre cultivador de arroz incapaz de pagar dote alguna y seguidor de la creencia de que una joven debía de estar casada antes de la pubertad o los dioses arrojarían sobre su vida una maldición. Por ello, siendo todavía una niña de once años la entregó como esposa a un viejo pastor de búfalos y le prometió compartir con él durante dos años como dote sus porciones de arroz. El boyero se casó con Meera, pero las cosechas de los años siguientes fueron desastrosas. El padre de Meera no pudo entregarle ni un grano de arroz al pastor si no quería dejar morir de hambre a su familia.

Entonces el boyero decidió matar a su esposa para contraer un nuevo matrimonio que le reportarse alguna dote. Meera sospechaba lo que le esperaba. Cuando el viejo se le acercó mientras lavaba la ropa en el río con intención de ahogarla, Meera sacó un cuchillo del sari, se lo hundió en el corazón y huyó a las montañas. Las gentes de su aldea y los policías que la buscaban no oyeron hablar de ella durante mucho tiempo. Hasta que un día llegó a la aldea una horda de bandidos y colmó a todos de generosos regalos, producto del botín de casas acomodadas. La capitana de aquella banda era Meera, que entretanto se había convertido en una mujer adulta.

En todas las aldeas de los alrededores se contaba esta historia, que por lo visto también apareció en los periódicos de las grandes capitales. Bhimal lo refería con orgullo, porque incluso él, el sacerdote de la aldea, el que nos enseñaba los preceptos religiosos, olvidaba cualquiera atisbo de moral al hablar de Meera. Ella procedía de nuestra región, era nuestra heroína. Además pertenecía a nuestra casta, la casta de los campesinos sin tierra. El apacentador de búfalos pertenecía a la casta thakur, la casta de los propietarios de tierras. Meera había sido casada con un hombre muy encima de su posición, cosa que ocurría muy raras veces y se justificaba sólo en la vejez y en la pobreza de su marido. En efecto, no todos los miembros de la casta de los propietarios de tierra poseen de verdad un campo. Sin embargo, su pobreza no variaba un ápice su pertenencia a una casta, y la casta de los propietarios de tierra era odiada desde siempre por nosotros, los campesinos sin tierra. ¡Meera había dado muerte a uno de los odiados propietarios de tierra! Eso convertía su acción en nuestro triunfo personal que se adornaba cada vez más. Muy poco después la gente empezó a contar las acciones heroicas de la Madre de los Lobos. Las mujeres, sobre todo, la adoraban. Por el contrario, muchos hombres, entre los que se contaba pitaji, se obstinaban en considerarla una delincuente. A fin de cuentas Meera había contravenido el orden de los dioses. Una mujer no debía defenderse del hombre con el que había sido desposada, ni siquiera en un caso de legítima defensa. «Respeta a tu marido aunque sea una piedra o un tallo de hierba», dice el proverbio.

Yo escuchaba con atención siempre que se divulgaba algo nuevo sobre Meera, y no paraba de darle vueltas en la cabeza al asunto de la Madre de los Lobos. Lo que más me interesaba es cómo llegó a capitanear a un grupo de hombres. ¡Si era mujer! ¿Si mandaba a hombres, no tendría que ser entonces aún más cruel que los hombres de su banda? ¿Cómo, si no, se granjeaba su respeto?

Lata se acercó tanto a mí que nuestras cabezas se rozaron.

—Somos hermanas —me susurró—. Si huyes, iré contigo. ¿O crees acaso que deseo ser casada con cualquier carcamal a cambio de un puñado de arroz? Si no es a Birri, no quiero a nadie.

—¿Y tus hermanas pequeñas?

Yo conocía el tremendo cariño que Lata sentía hacia sus hermanas para las que hacía de madre desde hacía demasiado tiempo.

—¿Y mis hermanos mayores? —preguntó a su vez malhumorada.

Sufría por sus hermanos. Ninguno de los tres se había casado, de modo que con su padre eran cuatro los hombres a los que tenía que atender.

¡Huir! Nunca se le había pasado por la imaginación. El que huía, dejaba a su familia en un atolladero. Y no cabía arrepentimiento ni regreso posible... Sólo en casos muy raros volvía a ser admitido el fugitivo tras un sinfín de castigos y penitencias. Además, ¿para qué? Una muchacha huida le ahorraba a su padre la dote. Sólo si una volvía rica, como Meera, demostraban los padres clemencia.

—Imagínate solamente cuando se acerque a ti por la noche —susurraba Lata—. Te hará tantos hijos que no volverás a librarte nunca de tu gruesa barriga. Y encima tendrás que cuidar a los mocosos de Näini. En cinco años te habrás convertido en una anciana.

—¡Pero no podemos escaparnos sin más!

La imagen que me había dibujado Lata me atemorizaba, pero la idea de escaparme también.

—¿Y si te pega como pegaba a Näini? —Lata me agarró por el brazo y me miró fijamente—. Preferiría morir antes que convertirme en la esposa de Adoor Ram. Si huyes, iré contigo. ¡Con Meera! Ella no obliga a nadie a casarse. Allí no tendrás que servir a nadie y serás libre.

Ser libre... ¿Qué significaba esa palabra? Nunca se me había ocurrido pensar que yo también pudiera ser «libre», no depender de nadie. Lo único que sabía era que, del mismo modo que una hija no puede abandonar a sus padres, tampoco una mujer puede abandonar a su marido. La mujer es propiedad del marido y éste es su dios. Pitaji y mataji me lo habían inculcado así. Por mucho que Adoor Ram me golpease, maltratase o atormentarse, jamás podría volver con ellos. Ni siquiera aunque fuese «libre». No había diferencia alguna al respecto. Una mujer sin familia era considerada una ramera, un ser inferior. ¿Era eso lo que deseaba Lata: vivir como una prostituta?

Lata adivinó mis pensamientos.

—Los baghis son nuestra familia —susurró—. Y Meera nuestra madre.

—¿Y la policía? ¿Los soldados? Los baghis son perseguidos, eso lo sabe todo el mundo.

—¿Han atrapatado alguna vez a uno? —Lata esbozó una mueca sarcástica—. Esos no se atreven ni siquiera a adentrarse en las montañas. Y los que se atreven, reciben dinero de los baghis para que se hallen siempre precisamente donde los baghis no estén.

Esto también lo sabía yo, porque a menudo se comentaba el asunto. A pesar de todo aún seguía indecisa.

—¿Y cuándo... cuándo quieres irte?

—Mañana mismo al amanecer. Si esperamos más, quizá deseemos volver a pensárnoslo.

Lata también tenía miedo. Qué curioso, aquello me dio valor. «¿Qué es más terrible», pensé, «una vida entre los baghis, protegida por Meera, la gran madre, o una vida con Adoor Ram?» La idea de convertirme en la segunda esposa de Adoor Ram me resultaba tan inconcebible como antes; la huida a las montañas, no. Eso me decidió. Sollozando abracé a Lata y le prometí ir a buscarla antes de la salida del sol para abandonar la aldea en su compañía.

Ella me besó, como es habitual entre amigas íntimas, primero en ambas mejillas y después en la boca. Fue una especie de juramento solemne. En aquel momento me sentía muy alegre de tener a Lata.

Parvati y Shiva

He interrumpido mi crónica durante dos noches para ocuparme, junto con Ittichiri, de Raiki, que lleva apenas unos días con nosotras. Su embarazo está ya muy avanzado. El padre de su hijo es el terrateniente para el que trabajaba. Cuando se enteró de su embarazo, la echó. Raiki se pasó semanas y semanas pidiendo limosna hasta que Mara la condujo hasta Aruna.

Quiero ser sincera: la interrupción no me ha molestado en absoluto. Me da miedo lo que voy a referir a continuación.

Aruna se dio cuenta.

—¿Te cuesta trabajo continuar con tu historia? —preguntó.

Asentí avergonzada. No me había enseñado a leer y a escribir para que escurriese el bulto.

—Te comprendo —continuó Aruna—. La huida de vuestra aldea te pesa todavía como una losa. Precisamente por eso debes seguir escribiendo. Quizá cuando la hayas descrito dejes de sentir vergüenza.

Me acarició los hombros.

—Sabes, la historia de tu huida es como una montaña que se levanta ante ti. Es difícil conquistarla, pero cuando estés en la cima te alegrarás de haberlo conseguido.

—Sí, sigue escribiendo —rogó también Ittichiri—. Raiki vuelve a sentirse mejor. Con una que se ocupe de ella es suficiente.

Ittichiri, que ha padecido tantas dificultades, siente una tremeda curiosidad por mi informe. Dice que si logro hacerme más sabia gracias a él, ella intentará lo mismo. También Mara,

Nambodiri, Seela y Kani me animan a seguir escribiendo. Ellas consideran un deber ayudarme a terminar mi informe. Así que, sentada de nuevo ante mi cuaderno, voy dejando que las imágenes surjan ante mis ojos, unas imágenes que me provocan una extraña tristeza...

La última noche en nuestra cabaña... Era una cabaña de adobe completamente normal, blanqueada con cal y techada con los largos y vigorosos tallos de hierba habituales en nuestra región. No había ningún «mueble» en su interior, sino ganchos de los que colgábamos todo. Dormíamos sobre daris, es decir, exactamente sobre las mismas esteras de algodón que poseen también muchos habitantes de la capital, aunque bastante más sencillas. Cuando hacía calor, las colocábamos ante la puerta de la cabaña, para que el viento de la noche nos proporcionase un poco de alivio. Por lo demás en nuestra cabaña sólo había algunas tinajas con provisiones. Y un hogar. Todas las cabañas tenían dos: uno en el exterior, para los días secos, y otro en el interior, para la época de las lluvias...

¿Que cómo me sentía aquella noche? Por un lado, completamente despierta, por otro como aturdida. No sólo pretendía abandonar a mis padres, iba a renunciar a todo mi mundo. No, no estoy exagerando: nuestra aldea era todo mi mundo. Por ello me sentía como si fuera a partirme en dos. Yacía allí, mirando con ojos fijos la oscuridad, incapaz de conciliar el sueño.

Pitaji dormía, mataji dormía, todos mis hermanos dormían. Incluso Birri, que seguramente no se sentía mejor que yo. Ay, ojalá hubiera podido deslizarme a su lado para hablarle en voz baja. Me hubiera gustado tanto conocer su opinión sobre el intercambio de novias... Pero Birri era un hombre y yo una muchacha. Para él hubiera sido una falta de dignidad discutir sus problemas conmigo.

En algún momento se oyó fuera el chillido de un ave nocturna, al que respondió un suave siseo. Intenté imaginarme a Meera. Debería rondar los treinta años. ¿Qué aspecto tendría? ¿Era una mujer dominante y fría como el hielo o una «madre»?

En cualquier caso tenía que ser valiente. No sólo por acaudillar a los baghis, sino también por haberse anticipado al viejo boyero cuando éste quiso ahogarla.

Cada cierto tiempo en las aldeas se hablaba de muchachas asesinadas por su esposo o por la familia de éste sólo porque su padre no podía pagar la dote. No pagar la dote prometida se consideraba uno de las más graves ofensas. Casi todos los habitantes de las aldeas mostraban, por ello, una cierta comprensión hacia las familias que se desembarazaban de una hija política cuyo padre no había sido capaz de pagar su protección y su alimentación. Con las muchachas como Meera, que daban un giro rotundo a la situación, no se tenía ni con mucho tanta comprensión. A no ser que se hicieran famosas...

Meera tenía que ser por fuerza muy diferente a las mujeres que conocía. La misma sangre fría de intuir lo que tramaba el boyero y no huir, sino guardarse un cuchillo... Yo sentía una enorme curiosidad hacia esa mujer, a pesar de que todavía vacilaba en huir de verdad con Lata. En el fondo, seguía sin hacerme del todo a la idea.

En algún momento del amanecer abandoné nuestra cabaña para hacer pis entre los matorrales. Cuando regresé, mataji ya se había levantado y estaba despertando a Pula e Ila. Cada dos días iba con mis hermanas al bosque a recoger leña para el fuego. Salía tan temprano para que le diera tiempo a acudir al trabajo en la obra. Desde que Ila fue lo bastante mayor para acompañarla en esa tarea, yo ya no iba con ella; una pequeña compensación por mi colaboración en la construcción de la carretera.

—¿Te has desvelado? —mataji me miró preocupada.

Pitaji no se había molestado en hablar conmigo del intercambio de novias, ni se molestaría; fue ella la que me comentó el asunto cuando regresé esa noche después de hablar con Lata. Pitaji había tomado la decisión y concluiría los detalles comerciales; todo lo demás era cosa de mujeres.

—Tengo tanto en que pensar —respondí mirando expectante a mataji. ¿Me diría algo? Me iban a desposar con un tigre, eso era algo que ella no podía aceptar así, en silencio...

Pero no dijo nada, sólo suspiró. Desde ese momento supe que a partir de entonces ya no se limitaría a suspirar, sino que haría todo aquello que la tradición exige a la madre de una novia. Cualquier otro pensamiento le era ajeno, y si yo hubiera intentado sugerírselo, se hubiera horrorizado. Volví a tumbarme, cerré los ojos y observé a través de los párpados entrecerrados cómo abandonaba la cabaña con mis bostezantes hermanas. Me dejó sola; doblemente sola, sola como jamás lo había estado en mi vida. Espié a Birri con la mirada. Mi hermano mayor dormía; el cansancio había vencido a su tristeza.

¿Para qué darle más vueltas al asunto? Las decisiones de pitaji eran irrevocables. Contra un padre no cabían las protestas, ni de las hijas, ni de los hijos.

Ya no quería pensar, sólo deseaba morirme, abandonar esta vida para eludir cualquier sufrimiento o decisión. La tristeza creció dentro de mí y me adormeció. Todavía desconozco hoy si lo que vi entonces fue un sueño que me enviaron los dioses o una ilusión procedente de mí misma. De repente vi a Shiva y a Parvati ante mí, los vi bañarse en el río, y me vi a mí misma acercándome a ellos llena de humildad. Pero los dos dioses no reparaban en mí, jugaban entre ellos, se hacían caricias y arrumacos como en la hermosa historia de mataji. ¿Y si gritaba para hacerme notar? Intenté abrir la boca, pero no pude proferir sonido alguno. Entonces comencé a llorar y Parvati se volvió hacia mí. Salió del río en silencio y me miró durante largo rato. Era muy hermosa y llevaba un valioso sari de seda, pero también era muy severa.

—¡Oh, Parvati! —logré gritar al fin—. ¡Oh, Parvati! Me has dado una señal, pero ¿cómo he de interpretarla? ¿Debo convertirme en la esposa de Adoor Ram?

La diosa se limitaba a mirarme pensativa. Cuando Shiva salió del río para tumbarse sonriendo en la orilla, ella colocó la cabeza en su regazo y le devolvió la sonrisa. ¿Era yo tan baja, tan insignificante para ambos?

—¡Oh, Parvati! ¡Respóndeme! —supliqué cayendo de rodillas ante la divina pareja.

Entonces la diosa me habló.

—Los dioses te muestran tu camino, no es necesario preguntarles —me indicó con voz suave—. Obedécelos en esta vida y serás premiada en la próxima.

—Es que no sé lo que quieren los dioses —la imploré—. Dame una señal.

Entonces el rostro de Parvati se transformó hasta convertirse en el de Näini, la fallecida esposa de Adoor Ram.

—Si huyes, pagarás por ello durante diez vidas —me gritó—. Ten en cuenta la maldición... o sé su víctima —añadió amenazadora.

—Pero... tengo miedo de Adoor Ram —gemía yo.

—Toda las mujeres temen a sus maridos. Es la voluntad de los dioses —respondió Parvati transfigurada en Näini.

Me giré hacia Shiva con intención de pedirle consejo, y retrocedí espantada: había adoptado los rasgos de Adoor Ram y apartaba a Näini de un empellón para acercarse a mí. Entonces escapé, me alejé a toda prisa, con la misma rapidez con que había huido cuando sorprendí a Adoor Ram y a Näini en el bosquecillo; tropecé, caí... Y me desperté bañada en sudor.

¿Qué significaba aquella aparición? ¿Por qué se transformó Parvati precisamente en Näini? ¿Y Shiva, el rey de los danzarines, cómo podía transformarse en Adoor Ram? Hoy sé que la religión va más allá de las divinidades personificadas, pero entonces era tan ingenua como todos los habitantes de nuestra aldea: sólo éramos capaces de creer en personas, no en ideas.

¡Y luego esa maldición por boca de Näini! ¿Deseaba, pues, Parvati que sufriese yo semejante destino?

No sé cómo habría decidido sobre mi huida en aquel estado de sopor si en aquel momento no hubiera oído el canto de celo de la codorniz, la señal de Lata. Desde muy niña habíamos ensayado para imitar el reclamo de las codornices hembras. Miré a pitaji, a Birri, a Ramesh. Los tres dormían profundamente. Entonces me deslicé fuera de la cabaña...

Lata me esperaba detrás de las piedras ensambladas con barro que rodeaban nuestro hogar y me hacía señas. Corrí hacia ella sin hacer ruido.

—¿Qué pasa? —me susurró Lata—. Llevo un montón de tiempo esperando. ¿Has cambiado de idea?

Había llegado el momento de tomar la decisión definitiva. Ya no quedaba tiempo para reflexionar con calma, así que me limité a asentir apresuradamente con la cabeza y me escurrí en pos de Lata. Nos deslizamos fuera de la aldea sin mirar hacia atrás. Sólo cuando tuvimos la seguridad de que nadie podía vernos dimos un salto y echamos a correr.

Fue Lata la que llevó la voz cantante desde el principio. Yo no hubiera sido capaz, estaba demasiado trastornada e indecisa en mi corazón. ¿Qué estaba haciendo allí? ¿Era de verdad yo, Munli, quien abandonaba a su familia? Si nos hubieran descubierto y devuelto a casa no hubiera sentido tristeza, sino alivio. No obstante, corría tras Lata como hipnotizada. Sólo en mi subconsciente percibía con qué habilidad aprovechaba los arbustos y las rocas para evitar que la viera cualquiera de las personas que a esa hora tan temprana salían a orinar al campo.

Apenas alcanzamos el bosquecillo, Lata aminoró el paso y me tomó de la mano. Sonreía. Yo noté la excitación que bullía en su interior. Latía en ella una tensión, un temor y una curiosidad que me resultaban desconocidos hasta la fecha.

—Estaremos juntas —me susurró—. No estamos solas. Nosotras lo tenenos más fácil que Meera.

Yo no podía pensar ahora en Meera. Veía a Parvati ante mí, pronunciando su maldición en figura de Näini: «Pagarás durante diez vidas...» Aunque sé que no lloré, ahora me recuerdo como si lo hubiera hecho.

Las cosas no acabaron ahí: de repente mataji apareció ante mis ojos. No como una visión o un espectro divino, sino en carne y hueso. Acompañada por Pula e Ila, las tres con grandes gavillas de leña sobre la cabeza, estaba en medio de la vereda del bosque mirándome fijamente. Durante la huida había olvidado por completo que se había marchado al bosque con mis hermanas. Me detuve bruscamente. Lata me arrastró, vereda abajo, al interior del bosque. Yo ni siquiera me volví.

—¡Munli!

Fue Ila, la pequeña Ila, la que inconscientemente debió comprender lo que sucedía. Aterrorizada me gritaba para que volviera. Tampoco esta vez me volví. De haberlo hecho, habría regresado a la aldea con mataji, Pula e Ila.

Lata

He escalado la «montaña». Soy capaz de escribir con mucha más soltura y eso me ha puesto de muy buen humor, tan bueno que hasta Raiki se ríe de mí. Sí, Raiki, que al fin se ha acostumbrado a nuestra protección y no se avergüenza constantemente de cada servicio que le aliviamos.

Aruna, tras leer lo que escribí ayer, me ha dirigido un mudo gesto de aprobación y de aliento. ¿Comprenderá de verdad lo que esa huida supuso para mí? Al fin y al cabo ella ha crecido en la capital, ha ido a la escuela, ha estudiado; muchas de las cosas que yo sentía entonces, pensaba y soñaba, deben parecerle muy tontas... Y, sin embargo, son verdad.

Ahora quiero referirme a los días de la huida y a nuestra vida entre los baghis. En este punto he de tener cuidado. Es muy fácil que esa descripción me salga demasiado colorista, demasiado aventurera y provoque justo lo contrario de lo que me propongo. Pienso sobre todo en Yoni, para que el que también escribo esta historia. ¡Cuán transfigurado me escuchaba cuando hablaba de aquella época! Mientras que yo siempre pasé un miedo espantoso desde el comienzo de nuestra huida hasta el día en que Aruna nos acogió a Yoni y a mí, él sólo ve en mi historia la aventura.

¡Miedo! Durante los primeros días, sobre todo, fue terrible. Se mezclaban el horror por lo que habíamos hecho y el temor por lo que nos aguardaba. Una y otra vez mataji surgía ante mis ojos, con la expresión que le había visto en el bosquecillo, con esa expresión de seriedad, tan muda y consternada. Veía a Ila, oía su horrorizado «¡Munli!», veía a Pula, a Mantu, a pitaji, a Ramesh, a Birri; veía sus rostros, al enterarse de mi huida...

Sentía vergüenza y desprecio por mí misma. Sin Lata me habría faltado valor para huir, y en cualquier caso no habría tardado en dar la vuelta, arrepentida y profundamente horrorizada de mí misma.

Lata me alejó con gran rapidez y enorme cautela de nuestra aldea. A pesar del miedo y la preocupación de que mataji nos echara a nuestras propias familias sobre las espaldas, ella sentía una especie de placer en la huida. Cuando nos deteníamos para recobrar el aliento en algún escondite seguro del bosque o de los matorrales, forjaba planes. Para ella era evidente que jamás regresaríamos a nuestra aldea. Se había atrevido a dar el paso y ahora pretendía llevarlo hasta las últimas consecuencias. Me decía que sólo nos podrían perseguir si la gente nos veía y era capaz de describir nuestro camino. Por eso teníamos que dar un amplio rodeo en torno a cualquier aldea que nos encontrásemos. Cuando alcanzásemos las montañas podríamos mezclarnos con cautela entre los aldeanos para intentar averiguar el paradero de los baghis. Pero incluso entonces sería preferible evitar a los hombres y dirigirnos exclusivamente a las mujeres y a las muchachas. Aparte del peligro de ser violadas —cosa nada difícil tratándose de chicas forasteras—, esperábamos que las mujeres nos ayudarían más que los hombres.

Yo la escuchaba y asentía, pero mis pensamientos vagaban muy lejos de allí. Me preguntaba si mataji efectivamente habría convocado en seguida a toda la aldea o si nos protegería con su silencio. Ni siquiera hoy conozco la respuesta. Sólo sé que nunca descubrimos perseguidores. Por ello alimento en mi interior la esperanza de que encubriera nuestra fuga... Quizás esto no sea más que un simple deseo mío, pues como es natural corría el peligro de que Pula o Ila, a las que en ese caso tenía que haber exhortado a guardar silencio, la delatasen más tarde a la menor ocasión. Y pitaji, ella lo sabía, jamás le perdonaría semejante arbitrariedad...

En algún momento a lo largo de aquel día sofoqué mis remordimientos de conciencia y comencé a mirar a mi alrededor, a percibir el entorno: aldeas, campos, acequias de regadío, carreteras polvorientas, sendas de búfalos. En una ocasión percibimos a lo lejos a un santón, que había convertido un descomunal árbol karak en su púlpito*. Un grupo de discípulos le escuchaba. En otra ocasión pasamos a cierta distancia de una carbonera, en la que un herrero preparaba carbón vegetal. En una más descubrimos ante la entrada de una aldea una fuente, rodeada de muchas chicas jóvenes y mujeres que bromeaban, reían e intercambiaban novedades. Sentía el deseo de aproximarme a aquel grupo, de beber agua fresca, de escuchar. Pero naturalmente fue imposible, pues describimos una amplia curva en torno a la aldea.

Seguimos atravesando los campos, deslizándonos por las acequias, ocultándonos tras las terrazas y contemplando las faenas de la siembra y de la recolección. En algunos campos las mujeres y las chicas, metidas en el fango, plantaban las plantas de arroz jóvenes; en otros cortaban ya con pequeñas hoces de mano los tallos maduros y amarillos como el oro. Trabajos todos ellos que yo había realizado con frecuencia. ¿Volvería a hacerlos alguna vez? ¿Qué tendría que hacer cuando estuviera con Meera? ¿Robar? ¿Asesinar? El miedo al futuro hizo desvanecerse en mí el horror por nuestra fuga. No habíamos tenido en cuenta que cuando encontrásemos a Meera nos daría protección, pero también entraríamos a formar parte de su banda. Bueno, yo al menos, no...

Por la tarde el cielo se volvió muy azul y el paisaje se hizo cada vez más bello, más verde. Había flores por doquier y el aire era fresco. Aumentó nuestra confianza en que un día más nos bastaría para alcanzar las montañas. En cuando lo lográsemos, estaríamos a salvo, tanto porque sabíamos que Meera tenía en ellas su refugio como porque en sus estribaciones cubiertas de pinos y cipreses nos resultaría más fácil ocultarnos que en la llanura.

Lo que nos asustaba a ambas era la noche. Animales feroces y bandidos que no pertenecieran a los baghis de Meera podrían sorprendernos durante el sueño. Por eso, antes de oscurecer, buscamos un lugar donde pasar la noche sin ser molestadas y que en caso necesario nos permitiera escapar con rapidez. Cuando encontramos un manantial rodeado por tupidos matorrales, nos tumbamos de bruces en la tierra, tomamos agua con las manos, refrescamos nuestros rostros polvorientos y bebimos. Después inspeccionamos los alrededores. Hasta donde alcanzaba la vista no se percibían aldeas, ni carros de bueyes, ni gente que regresara de los campos. Un poco más tranquilas registramos los matorrales para comprobar si había serpientes, y a continuación nos tumbamos dentro mientras masticábamos unos cuantos granos de arroz.

Lata comenzó en el acto a forjar planes. Mientras hablaba comencé a adquirir conciencia de la diferencia que había entre nosotras: Lata huía con Meera porque la admiraba, porque la Madre de los Lobos era una especie de modelo para ella; yo, porque no me quedaba otra salida. Me preguntaba quién acompañaba en realidad a quién: ¿Lata a mí o yo a ella? Por primera vez, desde que me enteré de mi proyectada boda con Adoor Ram, no me limitaba a ver pasar ante mis ojos imágenes, a sentir vergüenza o miedo; por primera vez reflexionaba de verdad. Fue entonces y sólo entonces, tan lejos ya de nuestra aldea, cuando me pregunté por qué había asumido Lata aquella huida. En su familia no llevaba una vida fácil, pero tampoco era la única. Eso no parecía un motivo suficiente para huir... La boda con un viejo carcamal, que ella temía, era una sospecha suya. No era inminente. También sabía de antemano que no iba a conseguir a Birri.

Lata notó que algo sucedía en mi interior.

—¿En qué piensas?

—¿Por qué lo haces? —le pregunté—. ¿Por qué me secundas?

—Soy tu hermana —contestó con voz seria.

Imposible. Nadie sacrificaba a su familia por una amiga... Aunque no la creí, ya no seguí preguntando y ella se hizo pronto la dormida. Habíamos convenido que montaríamos guardia por turnos, para estar prevenidas a tiempo si nos amenazaba algún peligro. Yo aguzaba los oídos para escuchar cualquier sonido que diera motivo de alarma, pero no oía nada. Era una noche tranquila; sólo el rápido deslizarse y los gritos de los animales nocturnos llegaba hasta mí. Intenté imaginarme cómo marcharían las cosas en nuestra cabaña: ¿Dormirá mataji, o yacerá en silencio pensando en mí? ¿Me habrá maldecido pitaji? ¿Qué pensarán de mí mis hermanos, mis hermanas? ¿Habrá soltado alguna lágrima el pequeño Mantu? Ila seguro que habrá llorado. Como solía decir en broma Gadi la Estéril, ella era la madre de los ríos...

Se me humedecieron los ojos, un sollozo me estremeció y dejé correr las lágrimas. Me sentía desgraciada y arrepentida. Si hubiera podido borrarlo todo, lo habría hecho. En algún momento mis pensamientos se volvieron confusos. El escaso sueño de la noche anterior y la fatigosa huida se pusieron de manifiesto. Asustada pensé en la advertencia de Lata de despertarla si notaba que me dormía y alargué mi mano.

Ella se incorporó sobresaltada y me miró. Sus ojos brillaban a la luz de la luna: también había llorado. Entonces me apreté contra ella. De pronto lo vi todo con claridad: Lata no había escapado de la aldea por mí, sino ¡por Birri! Al convencerme de que escapara, salvaba a Birri de su boda con Vandana, puesto que sin mí no se celebraría el intercambio de novias.

Ya no recuerdo cuánto tiempo estuvimos allí tumbadas en silencio. Lata sabía que se había delatado, pero se daba cuenta de que no estaba enfadada con ella. En cierto modo nuestros destinos se asemejaban, y así lo sentíamos en aquel momento posiblemente ambas...

No, ni siquiera hoy estoy enfadada con Lata. La admiro y la respeto por su valor y la fuerza de sus sentimientos. ¡Cuánto debió querer a Birri para abandonar su aldea y su familia sólo por servirle! Yo escapé por miedo a Adoor Ram; ella, para ayudar a otro.

Recuerdo ahora cómo miraba muchas veces a Birri y cómo él la miraba a ella. Ramesh se burlaba de su hermano mayor diciendo que ponía ojos de carnero degollado; tan grandes, tan curiosos, tan cautivados, tan enamorados. Birri nunca se defendió, limitándose a esbozar una eterna sonrisa de tristeza admitiendo con ello su amor. No tendría nada de raro que pronto toda la aldea hablase de los dos y mataji se preocupase.

—¿Por qué no te escapaste con Birri? —pregunté en voz baja.

—Él nunca me habría acompañado —respondió Lata también en voz baja—. No habría tenido... el valor... para ello.

No le faltaba razón. Sin haber intercambiado jamás una palabra con Birri, conocía a mi hermano tan bien como yo, y estoy segura de que no se debía solamente a las numerosas preguntas que me había planteado sobre él.

—¿Conoces el cuento del pájaro maravilloso? —me preguntó más tarde a lo largo de la noche.

Yo lo conocía. Es la historia del pájaro de las plumas multicolores que sólo canta una vez cada diez años, en un momento muy concreto de la puesta de sol. Si una pareja de enamorados lo escucha —y ambos a la misma hora— se pertenecerán el uno al otro por encima de todos los obstáculos, independientemente de que sean de la misma aldea, pobres o ricos. Ni siquiera han de formar parte de la misma casta...

Un cuento muy hermoso. Gadi la Estéril me lo contó un día. Seguro que Lata también se lo había oído a ella.

—Una vez, el año pasado, creí haberlo escuchado, al

pájaro maravilloso —susurró Lata—. Yo estaba abajo, junto al río, a la puesta del sol... De repente sentí una extraña sensación en la espalda. Me volví y me asusté: Birri estaba detrás de mí y me miraba. Me levanté deprisa, temerosa de que alguien nos viera... y al pasar a su lado corriendo, rocé su brazo...

¡Había rozado su brazo! Más de una chica de capital se reiría de esto, pero para nosotras las de aldea, eso es demasiado. Cualquier roce entre hombre y mujer estaba prohibido. ¡Hacer manitas junto al río era algo impensable! ¡Los besos, tal como los observo cada vez con más frecuencia en el parque, una vergüenza! Lata había arriesgado mucho con ese roce.

—No deberías haber huido conmigo —dije con tristeza—. Ahora no volverás a verle jamás.

—Si no me hubiera escapado contigo, te habrías convertido en la mujer de Adoor Ram... y Birri en el marido de Vandana. Todo la aldea se habría reído de él. Ella le lleva bastantes años.

Yo sentí que había algo de lo que Lata no hablaba, pero que también la había impulsado a actuar: no todos los matrimonios concertados por los padres terminaban en la desgracia. En no pocos matrimonios crecía comprensión, a veces incluso afecto. Lata no habría soportado la idea de ver a Birri como esposo satisfecho junto a Vandana.

Ella apretó su cara junto a mi mejilla.

—Las cosas han sucedido de la mejor manera para todos. Excepto para Adoor Ram; pero por ése no tienes que preocuparte, ya encontrará lo que necesita —concluyó con una risita maligna.

Yo reí con ella y me tranquilicé. En algún momento nos quedamos dormidas las dos, estrechamente abrazadas. Estábamos demasiado cansadas para seguir despiertas. Cuando nos despertamos por la mañana, todavía no había salido el sol. Vimos aparecer por los campos las primeras niñas y mujeres. Tras refrescarnos en la fuente, continuamos caminando, cogidas de la mano, hacia las montañas.

Un amigo de los baghis

Aquella primera noche fuera de nuestra aldea fue la despedida de mi familia. No quiero decir con ello que desde entonces me haya olvidado de ella, sino que a partir del día siguiente entré en un mundo diferente, el mundo de los baghis. Desde entonces sencillamente no he tenido demasiado tiempo para detenerme a pensar en nuestra aldea.

Nos pasamos el día entero caminando por los campos y, al igual que el anterior, dimos un amplio rodeo en torno a todas las aldeas que hallamos a nuestro paso. Ahora, seguras al fin de que no nos perseguían, caminábamos más despacio y hablábamos más entre nosotras.

Al anochecer llegamos a la última aldea antes de las montañas y nos volvimos de nuevo cautelosas. Teníamos que hablar con alguno de sus habitantes. Adentrarse sin más en las montañas, aparte de no tener sentido, resultaba demasiado peligroso.

Yo tenía miedo de las gentes de la aldea y a Lata le ocurría lo mismo. ¿Qué les dirían sus moradores a dos chicas fugadas? Al fin y al cabo ellos seguro que no aprobaban nuestra huida. Por tanto, nos alegramos de que la oscuridad se extiendese ya sobre el valle; la «hora de la polvareda de las vacas», denominan los campesinos a ese período anterior al comienzo de la oscuridad, en el que las vacas y los búfalos de agua son conducidos de vuelta a la aldea desde los pastos. Ocultas tras las raíces aéreas de un gigantesco árbol baniano observamos la aldea extraña durante largo rato antes de atrevernos a penetrar en ella.

Era una aldea como todas las otras, aunque un poco más

rica que la nuestra. En la nuestra apenas había vacas y búfalos, mientras que en ésta levantaban grandes remolinos de polvo. Por otra parte, los jóvenes pastores que los arreaban de vuelta a casa parecían mejor alimentados que los hombres jóvenes de la nuestra. Por lo demás, no había grandes diferencias. Las muchachas acarreaban grandes recipientes panzudos de latón para regar las verduras o atendían al ganado: vacas, búfalos y cabras. Las mujeres mayores llevaban ofrendas al pequeño templo de la divinidad local pintada de muchos colores. No se veía a hombre alguno, cosa que nos tranquilizó un poco.

Lata buscaba con la vista a una joven o una mujer a quien poder dirigirnos, pero ninguna le satifacía, a todas les ponía algún reparo. La una le parecía demasiado severa, la otra demasiado charlatana, la de más allá no muy digna de confianza. Yo siempre me adhería a su juicio. Cuando ella manifestaba su opinión, yo descubría pronto en los rasgos de las muchachas y mujeres que observábamos las mismas peculiaridades de carácter. Fue terrible. Por fin, cuando hubo oscurecido por completo, nos atrevimos a aproximarnos más a la aldea y en una cabaña de barro recién blanqueada vimos a una jovencita agachada que se esforzaba con una temblorosa lámpara de aceite. Nos deslizamos hacia la cabaña, juntamos las manos y nos inclinamos.

—Namasté* —nos saludó asombrada la joven—. ¿Quiénes sois?

A pesar de que tendríamos que haber contado con una pregunta semejante, ésta nos provocó inseguridad. ¿Cómo describir en pocas palabras quiénes éramos?

—Dos muchachas —respondió Lata al fin—. Queremos ir con Meera.

—Que no sois chicos, ya lo veo —la joven rió.

Era más o menos de mi edad, tendría tal vez quince o dieciséis años. Esto nos hizo sentirnos más aliviadas.

—¿Queréis ir con Meera, la Madre de los Lobos?

La joven no preguntaba asustada, sino únicamente para cerciorarse de que nos referíamos a la auténtica Meera.

Asentimos.

Ella nos miró evaluándonos.

—¿Os habéis escapado?

—Sí —contestamos, y yo pensaba ya en cómo podría reproducir en pocas palabras la historia de Adoor Ram y de mi inminente boda con palabras que provocasen su compasión, pero ella no quería saber nada. A lo mejor hasta se lo figuraba.

—No sé como podréis encontrarla, pero el abuelo Dschaya sí lo sabe. Él la visita cada dos o tres noches. Es algo así como su mensajero. Hoy volverá de nuevo a las montañas. Mi madre, que tiene un hermano que pertenece a los baghis, me lo ha contado y le ha dado al abuelo Dschaya un regalo para él.

Lata y yo no dábamos crédito a nuestros oídos. Pensábamos que la joven se echaría a temblar en cuanto le preguntásemos por Meera y que incluso intentaría disuadirnos. O que nos diría que no sabía cómo encontrarla. Y ahora decía sin más que había un viejo abuelo que iba a las montañas cada dos o tres noches, y que ella tenía un tío entre los baghis. Y además con orgullo en la voz.

—¿Y ese abuelo... querrá llevarnos consigo... o mostrarnos el camino? —preguntó Lata con rapidez.

—Seguro. Si le honráis como su edad se merece y se lo pedís con cortesía.

Yo había imaginado nuestra búsqueda de Meera misteriosa y llena de peligros, y ahora esta joven hablaba del asunto como si se tratase de una simple visita a la aldea vecina. Debí poner una expresión muy pánfila, porque la joven no pudo reprimir la risa.

—Tú no has debido salir nunca de tu aldea.

Negué con un gesto. La joven suspiró y sonrió.

—Yo tampoco.

—¿Y dónde encontraremos a ese abuelo? —apremió Lata, pues en cualquier momento podíamos ser sorprendidas por el marido de aquella joven—. ¿Podrías conducirnos hasta él?

La joven esbozó un gesto de pesar.

—Todavía no llevo mucho tiempo casada y aún no tengo hijos. No puedo abandonar la casa. —después volvió a sonreír—. Pero al abuelo Dschaya lo encontraréis en seguida. Seguid siempre el mismo camino. Continuad caminando en dirección a las montañas y aguardad junto a la primera roca. Pasará por allí. Le reconoceréis con facilidad. Va siempre hablando solo.

—¿Es un santón? —pregunté impresionada.

—¡No! —La joven soltó una carcajada—. Sólo un charlatán.

Tras darle las gracias, seguimos su consejo. Nos deslizamos en torno a la aldea y nos dirigimos a las montañas. Mientras, echábamos de vez en cuando una ojeada a alguna de las cabañas; vimos varitas de incienso ardiendo en las hornacinas de la pared, una lámpara de aceite ante una imagen de Ganesha*, muchos hogares llameantes. Al escuchar voces extrañas, nos sobrevino un sentimiento de melancolía. Cogí la mano de Lata y ella la mía. Así nos dimos ánimos mutuamente.

Cuando llegamos al final de la aldea, nos sentimos algo más protegidas. Ya ninguno de sus habitantes podía vernos. Sin embargo, no tardamos en asustarnos de nuevo: ¡Las montañas! desde nuestras más temprana niñez tenían algo amenazador para nosotras. Siempre habían sido la patria de los bandidos. También habíamos oído hablar de animales feroces: lobos, leopardos, tigres y muchos pequeños alimañas... Además la noche era muy clara, el cielo azul oscuro estaba tachonado de estrellas; una noche propicia para que tanto bandidos como fieras se animaran a realizar incursiones... Caminábamos pegaditas la una a la otra, e igual de juntas nos acuclillamos a la sombra de la roca que nos había descrito la joven y aguardamos.

¿Fue larga la espera? Ya no lo recuerdo. En la memoria parece mucho tiempo, pero tal vez me confunda. Cuando se tiene miedo, el tiempo transcurre con lentitud. Sólo sé que en algún momento oímos unos pasos suaves y una voz también tenue. ¿Sería el abuelo parlanchín? Al principio permanecimos en silencio. Cuando la voz y los pasos se acercaron, distinguimos una figura delgada vestida con dhoti, un paño sobre el torso y un saco sobre los hombros. Nos presentamos ante él y nos arrojamos a los pies del anciano, pues de él se trataba.

El abuelo Dschaya se detuvo. Contemplé su rostro a la luz de la luna: espeso bigote blanco, nariz redonda y achaparrada, y, bajo el turbante descolorido, dos ojos astutos que pasaban con rapidez de Lata a mí, y viceversa. Sólo entonces contestó el anciano a nuestro saludo:

—¡Namasté, gatos nocturnos! ¿Os habéis extraviado? ¿De qué aldea sois? ¿No os habréis escapado? ¿O sí? ¿Queréis reunirnos con Meera, la Madre de los Lobos? ¿Es que no creéis en los dioses? ¿No teméis el castigo?

Seguro que éstas no fueron todas las preguntas que el abuelo Dschaya dejó caer sobre nosotros durante el primer minuto de nuestro encuentro, pero ya no consigo recordarlas todas. Bueno, a decir verdad, más que pregunta fueron afirmaciones. Lata lo percibió en seguida.

—Tienes razón, abuelo Dschaya —exclamó ella, todavía

arrodillada—. Quisiéramos reunirnos con Meera... y tememos el castigo.

—¿Cómo conocéis mi nombre? —preguntó perplejo el anciano—. ¿Lo habéis oído en la aldea?

Nosotras asentimos en silencio.

—Vaya, vaya... —tras acariciarse la barba y observarnos con ojos astutos, añadió—: ¿Y qué es lo que os han contado sobre mí?

—Que eres el único capaz de conducirnos hasta Meera —contestó Lata.

—Je, je, je... ¿Y qué más? ¿Por casualidad no perteneceré también a los baghis?

—¡No, no! —exclamó Lata, pese a no saber con exactitud si acertaba con la respuesta. A lo mejor el viejo quería ser un baghi.

—Y tú, corza silenciosa, ¿qué dices a eso? —preguntó el abuelo Dschaya dirigiéndose a mí.

Yo me sentía confundida. Me agradaba que Lata hablase por las dos. ¿Para qué quería saber ahora ese abuelito de ojos astutos lo que yo pensaba de él?

—Vamos, suéltalo de una vez. ¿O es que los dioses te han castigado con la mudez?

—Tú... tú eres amigo de los baghis... —tartamudeé al fin.

—¡Ajá! —exclamó el abuelo Dschaya con una sonrisa resplandeciente. Y entonces se comportó de modo muy curioso. Nos hizo una seña a Lata y a mí para que nos incorporásemos y le dijo a mi amiga—: Eres animosa y valiente y con un pico de oro, pero ésta de aquí —añadió señalándome— es inteligente. Conserva su amistad.

—Así lo haré, abuelo Dschaya —respondió Lata con aire de formalidad—. ¿Nos conducirás ahora hasta Meera?

—¿Acompañaros de vuelta a vuestra aldea? —preguntó con fiereza el abuelo Dschaya—. Soy un hombre viejo, no me interesan días y días de marcha. ¿Dejaros solas aquí, en medio de este despoblado? No me gustan los tigres, ¿por qué he de alimentarlos precisamente yo?

Y dicho esto continuó su marcha hacia las montañas sin dignarse dirigirnos una sola mirada.

Lata y yo seguimos en silencio al extraño anciano, que con sus modales nos había quitado de golpe el miedo. Si así era su mensajero, Meera no debía de ser una mujer demasiado terrible.

El abuelo Dschaya había enmudecido. Al parecer guardaba su charlatanería para los momentos de soledad. De repente se volvió, y, quitándose el saco de los hombros, se lo echó a Lata a la espalda.

—¿Por qué he de acarrearlo yo, cuando llevo dos mujeres conmigo? —gruñó—. Dos nuevas gatitas dispuestas a reunirse con los lobos. Ojalá no os devoren.

Lata transportaba en silencio el saco del viejo, que ahora marchaba delante con rapidez y sólo hablaba de vez en cuando.

Ya no recuerdo el tiempo que caminamos montaña arriba, pero a mí el trayecto me resultó interminable y difícil. Sobre todo porque el abuelo Dschaya no tardó en abandonar la vereda para seguir trepando por entre las piedras y los riscos, deslizándose bajo las ramas bajas de los árboles raquíticos por la larga sequía. Había un olor parecido a las flores penetrantes de la montaña y a la hierba seca. El claro cielo nocturno había adquirido tal negrura que las estrellas parecían de un tamaño desmesurado. Me invadió una profunda congoja. ¿Era realmente yo, la Munli de mataji, la que trepaba montaña arriba en pos de aquel anciano deconocido?

Sí, lo era, y a cada paso iba siendo más consciente de mis actos: me encaminaba hacia Meera, de la que hablaban incluso los periódicos de la capital. Había huido de la estrechez de nuestra aldea. No me convertiría en la mujer de Adoor Ram porque esa era mi voluntad. ¡Mi voluntad! ¡Mi voluntad! En ese momento sentí algo parecido al orgullo.

¿No había dicho el abuelo Dschaya que no le apetecían días y días de caminata? A nosotras nos parecía una persona más bien obstinada. Y rápido. Ascendía por la vereda como una cabra montés. El viejo, que evidentemente ya no tenía ganas de ocuparse de nosotras, nos producía admiración y nos esforzábamos para no quedar demasiado rezagadas.

En algún momento, cuando a Lata y a mí las fuerzas nos amenazaban con abandonarnos —durante dos días sólo nos habíamos echado al coleto unos pocos granos de arroz—, el viejo aminoró al fin el paso y acabó por detenerse. Tras escuchar unos momentos con atención, colocó sus manos ante la boca e imitó el grito de un ave nocturna. Poco después recibió contestación desde algún lugar situado sobre nuestras cabezas en medio de la oscuridad.

—Ése es Chitta, el sacerdote —nos explicó el abuelo Dschaya, lleno de satisfacción por haber reconocido en seguida cuál de los baghis le había respondido.

Y en efecto, al poco rato oímos pasos encima de donde nos encontrábamos, unos cuantos guijarros cayeron rodando montaña abajo y un hombre joven, bajo y rechoncho, con el cráneo pelado al rape como un monje, apareció ante nosotros.

—¿A quién has vuelto a arrastrar hasta estos pagos? —le preguntó al viejo con aire sombrío.

—¡Arrastrado! —exclamó alterado el abuelo Dschaya—. Se me han pegado sin más a los talones. ¿Qué tenía que haber hecho?

—Las has obligado a que trajeran el saco, viejo zorro.

El centinela con cráneo de monje se echó al hombro su fusil, que sostenía por la culata cuando se acercó a nosotras, y nos precedió monte arriba.

—No peques, Chitta —le amenazó el abuelo Dschaya—. O no te servirán de nada todas tus oraciones. ¿Crees acaso que a los dioses les gusta que insultes a los ancianos?

—¡Bah, así revientes! —se limitó a contestar Chitta sin molestarse siquiera en volver la cabeza hacia nosotras.

Cogí a Lata de la mano. La curiosidad, el temor y la tensión me hacían respirar agitadamente. A ella le sucedía lo mismo, pero sus ojos brillaban...

El Pico de las Águilas

Los dos capítulos precedentes los escribí de un tirón, en una sola noche, quedándome hasta muy tarde. Después permanecí largo tiempo despierta, meditando. Lo recordé todo de nuevo y dudé de mi informe.

¡Qué difícil es expresar los sentimientos con palabras! ¿Cómo explicar esa curiosa mezcla de miedo, remordimientos, curiosidad, temor y esperanza en el futuro? Aruna decidirá si lo he conseguido. O las chicas. O Yoni.

Ahora reina el silencio. Aruna se ha ido con Mara y Nambodiri a una asamblea de la Liga de Mujeres. Ittichiri habla en voz baja con Raiki; Seela y Kani trabajan todavía.

Yo, sentada de nuevo en mi rincón, me he puesto a escribir, y como siempre, me pregunto qué me deparará el futuro: ¿Penas? ¿Tristezas? ¿Alguna alegría de vez en cuando? Mientras describía al abuelo Dschaya me vi obligada a sonreír con frecuencia.

A decir verdad, en el campamento de los baghis no había motivos para reírse, aunque he de reconocer que a Lata y a mí la suerte nos acompañó, pues fuimos acogidas con mucho calor gracias a Kamla... Pero no anticipemos acontecimientos; primero voy a describir el campamento...

A pesar de la oscuridad —cuando llegamos era mucho más de medianoche— me recordó en el acto a un gigantesco nido de pájaro, un nido situado en una altiplanicie rocosa en lo alto de las montañas. Los baghis llamaban a su campamento el Pico de las Águilas, y eso debió de haber sido realmente en el pasado. Aunque los gigantescos pájaros se habían retirado hacía mucho a las montañas, sus huellas se percibían por doquier; en la paredes de roca cortadas a pico, sobre todo, aún seguían adheridos sus excrementos blancos.

El Pico de las Águilas era sobrepasado por bastantes picachos más altos todavía, que imposibilitaban un ataque al campamento: sólo dos caminos desembocaban en la altiplanicie, aquel por el que nos había llevado el abuelo Dschaya y que una persona no iniciada no encontraría tan fácilmente, y otro menos empinado que descendía hasta un pequeño valle cubierto de bosques por el que corría un arroyuelo de montaña de aguas murmuradoras. En caso de ser atacados por uno de los lados, los baghis siempre podrían huir por el otro. Únicamente un ataque simultáneo por ambas partes los dejaría atrapados. Pero eso es algo que debían conocer previamente los eventuales atacantes.

El Pico de las Águilas era sin duda la guarida de bandidos más adecuada que pueda imaginarse. Colmaba incluso las esperanzas, por lo demás tan exageradas, que albergábamos Lata y yo. Todo lo contrario que el poblado del campamento. Yo me lo había imaginado muy pintoresco, abigarrado y misterioso, sombrío y amenazador. Lo que Lata y yo pudimos ver aquella noche fue una aldea completamenten normal: cabañas hechas de paja y de trastos viejos, con establos de cabras entre ellas e incluso un pequeño templo consagrado a Nandi*. Lo que sí nos sorprendió fue que a pesar de ser noche oscura reinaba la vida y el trajín del pleno día. Y en el centro del campamento —he estado a punto de escribir: en el centro de la plaza de la aldea— ardía un enorme fuego de carbón leña, que no producía llama para evitar que el campamento se viera de lejos, pero iluminaba los rostros de los hombres y mujeres que, sentados alrededor, bebían aguardiente de caña destilado por ellos mismos. Sus rostros nos decepcionaron, aunque esta vez de manera agradable: los hombres y mujeres allí sentados no eran figuras sombrías ni malvados como los de los cuentos de Gadi, sino mujeres y hombres corrientes y molientes, que bien podrían haber venido de nuestra aldea. Y al igual que en nuestra aldea, también aquí las mujeres se sentaban siempre un poco detrás de los hombres, uno de los cuales tocaba quedo el tambor... Lata y yo nos detuvimos. El campamento nos gustó. No nos daba miedo. Era una aldea de lo más animada, incluso de noche.

Chitta, el sacerdote, y el abuelo Dschaya se despreocuparon de nosotras. Chitta habló con otro hombre y volvió a desaparecer y el abuelo Dschaya se aproximó a la entrada de una cueva en la roca cubierta con sacos de yute. Delante de ella había dos hombres con fusiles, que saludaron amistosamente al anciano.

No sabíamos si seguir al abuelo Dschaya hasta allí o adónde dirigirnos. Finalmente Lata me arrastró en dirección al fuego y se sentó en un lugar alejado junto a una de las mujeres.

La mujer nos miró. Era muy gorda y tenía la cara cubierta de cicatrices. Así me había figurado yo a Meera, pero aquella mujer no podía ser Meera; la capitana de los bandidos jamás se hubiera sentado en un sitio tan retirado.

—¿De dónde venís?

Yo esperaba que la mujer nos preguntaría quiénes éramos y, sin embargo, sólo quería averiguar nuestra procedencia. Sin duda, al igual que la joven de la aldea situada al pie de las montañas, se figuraba lo que nos había traído hasta allí. Nosotras no éramos las únicas chicas que huían con Meera.

Lata habló de nuestra aldea y mencionó, porque eso le parecía demasiado poco, también nuestros nombres.

—Yo me llamo Kamla —dijo la mujer gorda de las cicatrices en la cara y sonrió como si hubiese mordido una almendra amarga, pues Kamla significa Flor de Loto.

¡Sí, esa mujer era Kamla, nuestra Kamla! Kamla, a la que yo tengo que agradecer seguir en libertad. Así la conocimos.

Kamla me gustó en el acto. Irradiaba calor. A Lata debió pasarle algo parecido. Se le acercó en seguida un poco más y empezó a preguntarle cosas de la vida en las montañas. Kamla enarcó las cejas y luego se echó a reír.

—¡Ay, chica! Ya te enterarás pronto de cómo vivimos aquí.

Dicho esto, se volvió de nuevo hacia los hombres, que fumaban bidis, pequeños cigarrillos negros, y seguían bebiendo de su aguardiente. El tamborilero fue elevando cada vez más el tono y cantó al final una estrofa de *Ramayana,* el poema épico del dios Vishnu*. Algunos hombres se levantaron y comenzaron a bailar en corro, otros en solitario.

Yo miré a mi alrededor, esperando descubrir a Meera en alguna parte, o al menos al abuelo Dschaya, pero sólo divisaba rostros extraños. Nadie nos prestaba atención.

Kamla se encendió también un bidi. Era la primera vez que veía fumar a una mujer. Su acción me pareció entonces muy misteriosa y aventurera, y no pude evitar pensar en mi familia. Pitaji, mataji, mis hermanos, mis hermanas, ¿qué dirían si me vieran sentada allí, en pleno campamento de los baghis, justo al lado de una mujer, que, a pesar de sus cicatrices, parecía una diosa bondadosa?

En ese momento algo interrumpió mis pensamientos. Un hombre apareció ante el fuego y ordenó en nombre de Meera que lo apagaran y se retiraran a descansar. El hombre era muy alto y delgado y por la sombra que proyectaba parecía un gigante.

El tamborilero dejó descansar sus manos, los hombres se levantaron y se retiraron, y las mujeres apagaron el fuego.

—¿Y nosotras? —le preguntó Lata a la mujer gorda de las cicatrices—. ¿Qué vamos a hacer ahora?

—Lo que os apetezca —repuso Kamla. Y al percibir nuestro desamparo, añadió suspirando—: ¡Bueno, venid conmigo! Seré vuestra mataji por una noche.

Kamla se convirtió en nuestra mataji. Y no sólo por una noche...

Kamla dormía bajo una tienda hecha con todo tipo de parches de tela cosidos entre sí y abierta por todas partes, tan baja que no nos llegaba ni siquiera a los hombros. Sin embargo, bajo esa tienda vimos algo que nos sorprendió mucho: un charpoy, una cama gigantesca con armazón de madera y una superficie para tumbarse hecha de cuerdas de cáñamo trenzadas. Nada de simples esteras, como estábamos habituadas en nuestra aldea. Sobre la cama había una preciosa colcha guateada de colores, según descubrimos más tarde cuando Kamla encendió su lamparilla de aceite.

—¿Tenéis hambre? —preguntó.

¡Vaya si la teníamos! Pasarse dos días mascando granos de arroz y andando sin parar no es algo que sacie precisamente el hambre. Kamla nos dio chapattis* fríos para comer, que engullimos a toda prisa, casi sin masticar, mientras sonreíamos felices. Kamla nos devolvió la sonrisa.

—Menudo par de pollitos —dijo con ternura—. Tendré que cuidar de vosotras.

¡Aquella primera noche con los baghis! Lata y yo yacíamos bajo la colcha guateada de Kamla, enterradas en el suelo junto a su cama, intentando permanecer todavía un poco despiertas. Por debajo de la tienda mirábamos hacia arriba, hacia el brillante tapiz de estrellas: hasta entonces nunca habíamos visto semejante esplendor. ¿Era el claro aire de las montañas el que hacía que brillasen tanto las estrellas? ¿O sólo las percibíamos así porque todo había ido bien en nuestra fuga? Ambas nos sentíamos muy excitadas y casi borrachas de felicidad.

Como es lógico, pronto nos quedamos dormidas. Estábamos muertas de cansancio. Recuerdo aún que poco antes de dormirme me pregunté qué soñaría esa noche. Al final no soñé nada, y dormí toda la noche como un tronco. Sin embargo, me desperté durante un breve instante. Un hombre había aparecido ante la tienda con la intención de quedarse con Kamla.

Pero ella no se lo permitió.

—No estoy sola —susurró, y, tras levantarse, se marchó con el hombre.

Deseé permanecer despierta y aguardar su regreso, pero volví a dormirme en seguida bajo la cálida colcha guateada. Por la mañana no acerté a decir si aquella escena fue o no un sueño. Kamla no la mencionó, y Lata no se había enterado.

¡Aquella mañana! Lo que por la noche nos había animado y tranquilizado había desaparecido como por arte de magia al llegar la mañana. Es verdad que el sol nos permitió contemplar una vista maravillosa del paisaje de montañas que nos rodeaba, y también que en algunos picos lejanos descubrimos incluso nieve y muy por debajo de nosotros la cinta brillante del arroyuelo de montaña, que se abría camino entre paredes de roca y verdor; pero el campamento de los baghis nos pareció entonces más pobre que nuestra aldea. Lo que durante la noche había tenido una cierta apariencia de romanticismo producía ahora un efecto de pálido desconsuelo. Unos cuantos cabritillos correteaban de acá para allá entre las cabañas; las gallinas cacareaban, los niños berreaban. Kamla se levantó más tarde que nosotras. Cansada e hinchada, lo que la hacía parecer aún más gorda y más fea, cortó una rama, del grosor de un lápiz, de una acacia situada en la cuesta detrás de su pabellón y se la introdujo en la boca. A nosotras nos dio dos ramitas parecidas.

Tras cogerlas, masticamos el extremo hasta convertirlo en un pequeño cepillo y nos limpiamos también los dientes.

Kamla se alegró de que fuéramos tan obedientes.

—¡Ay, mis pollitos! —volvió a decir atrayéndonos hacia ella—. Qué plantitas tan tiernas. Procurad que nadie os pise.

Yo me preguntaba quién sería el hombre con el que se había ido en plena noche. Pero como no sabía a ciencia cierta si lo había soñado, no volví a pensar en ello.

Después de limpiarse los dientes, Kamla volvió a tumbarse en la cama para descansar un poco más, y Lata y yo nos sentamos a su lado. Lata quería saber si conoceríamos a Meera en algún momento.

—Con toda seguridad. —Kamla encendió un bidi y aspiró profundamente el humo—. Todos los recién llegados son llevados ante nuestra diosa.

¿Diosa? ¿Había burla en la voz de Kamla? No, había hablado con absoluta seriedad.

—¿Y cómo es? —siguió preguntando Lata—. ¿Bondadosa o severa?

—Las dos cosas —Kamla rió—. Como toda auténtica diosa.

A Kamla no le faltaba razón. Alrededor del mediodía, cuando Lata y yo la ayudábamos en el huertecillo que rodeaba su tienda, se presentó ante nosotras un muchacho delgado de espesos cabellos oscuros y una suave pelusa en el labio superior.

—¿Sois vosotras las dos que trajo ayer el abuelo Dschaya? —preguntó.

Nosotras asentimos en silencio.

—Me llamo Ketaki —dijo el joven—. He de llevaros ante Meera.

¿Ante Meera? ¿Ya? Como siempre que nos sentíamos desazonadas, Lata y yo nos cogimos de la mano.

—¡Venga, venga! —Ketaki sonreía burlón—. No tengáis miedo. No os va a comer. Es una creyente mujer hindú. No come ni carne de animal, ni carne humana. Además, seguro que vosotras le estropearíais el estómago.

—Vamos, id con él —dijo Kamla—. Ketaki tampoco se ha comido nunca a nadie.

—¡Ay, Kamla! —el joven expelió el aliento con aire de exagerada preocupación—. Si fueras tan perspicaz como impertinente, acaso te pediría ayuda.

Kamla, por toda contestación, se limitó a poner una expresión burlona, mientras nos hacía una seña con la cabeza. Entonces nos fuimos con Ketaki, que nos condujo directamente a la cueva dentro de la cual había desaparecido la noche anterior el abuelo Dschaya y ante la que de nuevo montaban guardia dos centinelas armados: uno bajito y gordo, que me recordaba al apacible Dilip, y un tipo de aspecto vulgar con una cartuchera cruzada sobre el torso. Ambos parecían estar ya sobre aviso. Sin abrir la boca, se limitaron a mirarnos a Lata y a mí de arriba abajo, como si quisieran evaluar para qué serviríamos.

Ketaki nos precedió al entrar en la cueva, de forma que logramos medio escondernos a sus espaldas. Pero apenas entramos, se colocó detrás de nosotras, y Lata y yo nos encontramos solas en la alta sala, alfombrada con numerosas esteras de coco y colchas guateadas e iluminada por varias lamparillas de aceite. Tras mirar con cautela a nuestro alrededor, descubrimos un diván ocupado por una mujer. Aunque ésta no respondía lo más mínimo a mis expectativas, supe en el acto que se trataba de Meera, la Madre de los Lobos.

¿Que qué aspecto tenía? Era una especie de mezcla de hombre y mujer... Figura muy delicada, rostro delgado y escasamente desabrido. No llevaba ninguna joya, sólo un arete de nariz de oro con una pequeña piedra preciosa engastada. Sus ojos, grandes y oscuros, no se apartaron de nosotras durante todo el tiempo, a pesar de observarnos más bien con desinterés. Su aspecto tan masculino se debía sobre todo a dos razones: a los amplios pantalones de hombre y a la camisa de hombre que vestía, y al corte de pelo al estilo de un hombre. Sus cabellos no eran muy cortos, pero los llevaba peinados con raya al medio, sin trenza ni cinta alguna. Alrededor de la frente llevaba un paño azul. Yacía allí, tumbada de lado, y sostenía la mano del hombre alto y delgado que había comparecido por la noche ante los baghis para comunicarles la orden de Meera.

—¿Es que no vais a saludarnos? —preguntó él.

Lata y yo caímos ante el diván y rozamos la alfombra con las manos abiertas. Saludamos a Meera como a una pariente próxima cuya benevolencia quisiéramos granjearnos. Al hacerlo vi que llevaba botas de hombre.

—¡Levantaos! —ordenó Meera. Pero no sonó como un orden, sino más bien como una respuesta cansina a una pregunta no expresada—. ¿De qué aldea venís?

Cuando Lata mencionó el nombre, Meera se sorprendió, y tras incorporarse un poco nos preguntó por su aldea, que estaba muy cerca de la nuestra. ¿La conocíamos? No, sólo de oídas, pero eso bastó para que se informara con algo más de detenimiento sobre nosotras. Quería saber por qué nos habíamos escapado, si éramos valientes o miedosas, si amábamos a nuestros padres o no.

Contestamos con sinceridad. Lata se definió como valerosa —y desde luego lo era—, yo como medrosa. Afirmé querer a mis padres; Lata dijo que odiaba al suyo, y sobre todo a sus hermanos mayores. Con una sonrisa nos preguntó si conocíamos su historia. Cuando le contestamos que sí, asintió satisfecha y nos indicó con una seña que nos fuéramos.

Lata y yo nos inclinamos, salimos de la cueva y respiramos aliviadas. Ketaki, el muchacho que nos había traído y que durante todo el rato se había mantenido en un segundo plano, se nos acercó.

—¿Qué? —preguntó con sarcasmo—. ¿Os ha comido?

Meera no nos había comido. ¿Pero era una diosa, como había dicho Kamla? Yo todavía me sentía insegura, no sabía qué pensar de Meera. Sólo sabía una cosa: no era una madre.

Sol y viento

He interrumpido mi informe durante unos días por un motivo agradable: Raiki ha dado a luz. Un niño. Todas estamos enamoradas de Shakti, nos lo disputamos, lo cubrimos de caricias. Sólo Raiki lo mira a veces con miedo, temerosa de que se parezca al terrateniente. Sin embargo, Shakti tiene todavía el aspecto sonrosado, arrugado y gruñón de todos los bebés.

Ahora que ya tiene casi una semana y el entusiasmo se ha atemperado un poco, voy a proseguir mi historia. Es imposible describir todo lo que Lata y yo observamos y vivimos aquellos primeros días entre los baghis, de modo que me limitaré a las personas que conocimos, tanto a las que nos protegieron como a las que nos atemorizaron.

Lata y yo descubrimos muy pronto que el campamento de los baghis no sólo se parecía a nuestra aldea en el aspecto externo, sino que también su vida interna nos la recordaba, si exceptuamos el hecho de que nadie salía a trabajar a los campos o a la carretera. Los insultos eran los mismos y también las expresiones de respeto. Y al igual que en nuestra aldea, los baghis lo sabían todo de todos y pensaban utilizar a los demás en provecho propio. Concertaban matrimonios, enterraban a los amigos, hacían visitas, reñían y perdonaban. La mayor parte de los miembros de la banda eran campesinos sin tierra como nosotras, pero también un grupo de harijans* formaba parte del campamento. Ketaki, el que nos llevó a Lata y a mí ante Meera, era uno de ellos. Y como en todas las aldeas, los harijans vivían un poco marginados de los demás.

Entre los baghis sólo había dos miembros de castas superiores: la joven Janaki, que pertenecía a la casta de los campesinos guerreros, y Chitta, el sacerdote. De Janaki se contaba que había estrangulado a su propio hijo. Lata y yo descubrimos más tarde que era cierto, aunque no lo había hecho por maldad, sino por necesidad. El padre de su hijo sufrió un accidente mortal durante su embarazo y ella, al convertirse en una viuda joven, no halló a nadie que la alimentase. La familia de su marido no la quería y su propia familia se componía únicamente de hermanas. Parió a su hijo por la noche en el campo completamente sola, y después de estrangularlo y enterrarlo, regresó a su aldea diciendo que había nacido muerto. Los campesinos, sin embargo, no la creyeron y la expulsaron cubriéndola de ignominia.

Janaki no ocultaba su acción, pues la contaba una y otra vez, con gran dolor de su corazón. Todo el que tuviera oídos podía comprobarlo.

Chitta había sido efectivamente monje en el pasado, y por ello naturalmente brahmán, y no perdía ocasión para demostrarlo. Ya hablaré de él más adelante.

En el campamento había familias grandes y pequeñas, con mucho ganado y con poco. Las mujeres se ocupaban de los huertos y del ganado, los niños jugaban, los hombres se adormilaban bajo el ardiente sol. Cuando no estaban amodorrados, jugaban a escupir en la escudilla, juego que yo ya conocía de nuestra aldea. Colocaban una lata abollada en el centro, se sentaban alrededor y, tras masticar un trozo de pan*, escupían el zumo rojo de betel en la lata describiendo un elevado arco. Después iban alejándose cada vez más del bote, para hacer más difícil el acertar, hasta que quedaba un vencedor, pues quien escupía fuera del bote quedaba eliminado.

Yo había presenciado con frecuencia aquel juego, pero ninguno de los hombres de nuestra aldea lo practicaba, tal vez por falta de tiempo, con la perseverancia, puntería y entusiasmo de los baghis. El que no dormía o jugaba al juego de los escupitajos, montaba guardia o escuchaba a Tarapada, el tamborilero, que se dedicaba a tocar su instrumento casi durante todo el día.

Lata no tardó en sentir decepción y le preguntó a Kamla si la vida en el campamento era siempre así, tan tranquila, tan aburrida.

—¿Aburrida? —repuso Kamla, mientras tumbada en su cama pelaba una naranja—. ¿La encuentras aburrida? A mí me parece estupenda tal como es. Por mí podría seguir así durante varias vidas. Lo único que deseo es paz y tranquilidad.

Lata no quiso contradecirla, pero la decepción no desapareció de su cara durante largo rato.

Yo también me sentía decepcionada, aunque en mi caso se trataba de una decepción más bien agradable. Yo carecía de la sed de aventuras de mi amiga. Kamla se había dado cuenta hacía tiempo.

—Vosotras dos sois como el sol y el viento. Una sopla en los arbustos y los sacude; la otra los reconforta con su calor —solía decirnos a Lata y a mí.

Me gustó esta comparación, pero yo se la aplicaba a otros. Si había un sol entre los baghis que reconfortase con su calor, era, sin duda, Kamla. Mujer muy devota, creía a pie juntillas en la reencarnación y en que nosotros mismos éramos los culpables de todas nuestras desgracias por hacer cometido grandes pecados en una vida anterior. Por tanto, no tenía motivo alguno para sentir ningún tipo de compasión hacia los demás. Sin embargo, compadecía a cualquiera que estuviera en apuros, ya fuera por enfermedad o por preocupaciones familiares.

A Lata y a mí, la historia de Kamla nos conmovió mucho, sobre todo por la gran injusticia que dejaba traslucir.

Kamla había pasado su niñez en la capital de Banda. Al morir prematuramente su padre, la madre se vio obligada a sacar adelante a sus hijas pidiendo limosna. Durante el día recorrían las calles de la capital con el lastimero sonsonete ensayado en los labios; por la noche dormían a cielo raso. Kamla era muy hermosa. Un buen día una madam —la propietaria de un burdel— se dirigió a la madre de Kamla con la intención de comprarle a su hija, y antes de que la madre pudiera contestarle, la mujer, que vestía llamativamente, arrojó unas cuentas rupias al suelo y agarró a Kamla de la mano. Kamla se soltó para aferrarse a su madre, pero ésta recogió a toda prisa el dinero y se marchó corriendo. Kamla corrió tras ella, y entonces la madre se volvió y la escupió.

Kamla había sido vendida, con diez años, por su propia madre. Llorando se marchó con la llamativa madam. Ésta intentó consolarla y lo primero que le explicó es que nunca volvería a pasar hambre. Y así fue: durante los once años en que trabajó para ella, Kamla jamás pasó hambre. Pero tampoco se hizo rica, pues en realidad no pertenecía a la madam que la había comprado, sino a un rico comerciante en granos, para quien la madam administraba el burdel. Estaba en una planta baja y era un lugar miserable, una vieja casa de madera con apartados parecidos a jaulas en los que debían permanecer las chicas para atraer con palabras y gestos a los hombres que pasaban.

Detrás de cada jaula abierta había un cuartucho con una puerta y una colchoneta por todo mobiliario. Allí entraban las niñas y mujeres con sus clientes, la más joven de diez años, la mayor de más de cincuenta.

A Kamla, según aseguraba una y otra vez, no le iba mal en el burdel. Se llevaba bien con las chicas, y la llamativa madam, aunque era severa, siempre se ponía de parte de las chicas, ya fuera frente a los clientes o incluso frente al comerciante en granos. Lo malo eran las mezquinas ganancias. Las chicas tenían que entregar tres cuartas partes de sus ingresos a la madam, que a su vez cedía la mayor parte al comerciante en granos. Total, que por una tarde y media noche de trabajo apenas les quedaban cinco o seis rupias, cantidad que bastaba para no morirse de hambre, pero no para ahorrar.

Cuando Kamla cumplió veintiún años, es decir, tiempo después de ser una mujer adulta, ocurrió el acontecimiento que cambió su vida para siempre: sucedió la primera noche después de las festividades en honor de Ram Lila*. Durante diez días hubo bailes, cánticos, bebida y bromas. Las chicas del burdel apenas gozaron de un momento de respiro; nunca tenían tantos clientes como durante los días de Ram Lila. En esa época los hombres solían acudir incluso por la mañana. Después, al décimo día, se prendieron por fin los habituales explosivos entre los gritos de júbilo de la gente. Las chicas pudieron acostarse y cayeron en un profundo y pesado sueño. Aquella noche ardió el burdel. Las chicas no abrieron los ojos hasta que las despertó una espesa humareda. Corrieron alocadamente de un lado a otro llenas de pánico, incapaces de ver algo en medio de la densa humareda. Kamla fue alcanzada por el desprendimiento de una viga y quedó inconsciente en el suelo. Las otras chicas y la madam lograron salvarse y sólo al verse en la calle la echaron en falta. Algunas comenzaron a lanzar gritos de horror, otras a llorar en silencio, pero la madam y dos de ellas se atrevieron a volver a adentrarse en las llamas y la salvaron. Para su rostro, sin embargo, la salvación llegó demasiado tarde: estaba cubierto de ampollas.

Al parecer, un petardo caído sobre el tejado de la casa

durante la procesión de Ram Lila fue el causante del incendio. Las chicas lo sabían mejor que nadie: el propio comerciante en granos había hecho prender fuego a su casa, asegurada por una elevada cantidad de dinero, para cobrar el seguro. En lugar del burdel quería levantar un bello hotel nuevo, y así lo hizo en efecto más adelante. A las chicas les buscó otra casa en estado ruinoso. Pero Kamla no pudo ir. El comerciante en granos no tenía empleo para una chica con la cara llena de cicatrices.

Esta historia nos dio mucho que pensar, y una y otra vez volvíamos sobre ella, intentando averiguar si la policía había interrogado al comerciante en granos, y por qué éste no había advertido al menos a las chicas antes, y por qué sabían ellas que el autor había sido el propio comerciante.

—Porque le había hecho determinadas insinuaciones a madam —contestó Kamla sin una sombra de tristeza—. «En realidad es una lástima dedicar un lugar como este a un burdel», le dijo en cierta ocasión. «Deberíamos mudarnos a las afueras de la capital. Aquí debería haber un hotel». Madam, como es natural, no reveló ni una palabra, pues no quería arriesgar su medio de vida. Y lo que cuchicheábamos las chicas no se consideraba más que un alarmismo injustificado y malicioso. ¿Y la policía? Si se habían disparado tantos petardos, ¿por qué no podía haber caído de verdad uno sobre nuestro techo...? ¿Advertirnos? Si nos hubiera advertido, se habría convertido en sospechoso. Además, ¿para qué? ¿Quiénes éramos nosotras? Unas cuantas chicas baratas de cinco rupias que podía sustituir por otras en cualquier momento.

Lata y yo, como casi todos los campesinos, nos habíamos imaginado siempre la vida de la capital muy excitante, variada y hermosa; lo que contaba Kamla era completamente diferente.

—Y nunca sentiste deseos de venganza —preguntó Lata, pensando sin duda en la historia de Meera.

—¿Venganza? —repitió Kamla—. ¿Para qué? Las cicatrices de la cara ya no me duelen, y las del corazón no las ve nadie.

Así era Kamla y así la recuerdo.

Acudió a Meera como todos los demás. Cuando el comerciante en granos ya no le dio trabajo, volvió a mendigar, recorrió el país y llegó a nuestro territorio. Un buen día oyó hablar de Meera, la buscó y la Madre de los Lobos la acogió.

En el campamento de los baghis trabajaba de nuevo

como prostituta, pero ahora por cuenta propia. Había muchos hombres sin mujer en el campamento, a los que no molestaba su cara llena de cicatrices. Ella ya no tenía que hacer de reclamo: cuando se presentaba uno, ella lo admitía por tres rupias, un poco de comida o cualquier otra cosa. Jamás rechazaba a nadie. Y vivía bien, dedicada a su huerta y a cocinar mucho y con agrado.

Lo único que no comía era carne. Era demasiado creyente para ello. Tampoco pescado, a pesar de que en nuestro riachuelo abundaban los peces. El gordo Uptal alimentaba con ellos a toda su familia. Lata y yo no habíamos recibido una educación tan piadosa como la de Kamla. Cuando Lalitha, la mujer de Uptal —frágil y delicada como una flor, pero con la boca peor que la de una cobra— asaba pescado, siempre se nos hacía la boca agua. A la carne podíamos renunciar, pues desconocíamos su sabor, ¿pero cómo renunciar al pescado?

Kamla se mostraba de lo más intransigente.

—¡Si mis polluelos quieren convertirse en impuros, adelante! —decía con tono severo—. Pero no debajo de mis alas. ¿Soy vuestra mataji o no lo soy?

Su fe, sin embargo, tan rígida siempre, no la impedía beber de vez en cuando un traguito de aguardiente con los hombres, algo que a una mujer le estaba terminantemente prohibido. No era la única mujer baghi que lo hacía, pero al fin y al cabo las demás tampoco se sometían con tanto rigor a los preceptos religiosos.

Kamla, asimismo, no se reprimía a la hora de soltar tacos. «¡Tienes la boca llena de mierda de perro, sucio cabrón!» o «Tienes la lengua untada con cagadas de burro, vete al río a lavártela», solía decir con frecuencia a los hombres que pretendían hacerla objeto de sus burlas. Y esos eran sus insultos más inofensivos.

Sí, ni siquiera ser una prostituta perturbaba su fe. Los preceptos religiosos eran muy severos precisamente en ese aspecto. Por desgracia Lata y yo nunca nos atrevimos a preguntarla cómo había solucionado ese asunto consigo misma. Lo considerábamos un tema tabú, nos daba miedo herirla.

Así pues, yo ya sabía que no había soñado aquella escena de la primera noche bajo la tienda de Kamla, pero me traía sin cuidado. ¿Por qué no podía ser Kamla para los baghis solteros lo que tantas mujeres para sus esposos? ¿No vivía ella mejor y con más libertad que Näini, la mujer de Adoor

Ram? En aquella época llegué a esta opinión de manera puramente intuitiva; hoy, después de haber hablado con muchas mujeres —sobre todo con Aruna— acerca de este tema, sé que, inconscientemente, juzgué de modo correcto. Kamla hacía de su vida lo que podía; nunca había tenido otra oportunidad. Hoy todavía me parece admirable que pese a toda la desgracia que los dioses habían arrojado sobre ella, siguiera siendo tan buena persona. No sé cómo habría sido yo si hubiera tenido que soportar su destino.

Las escenas nocturnas, en las que los hombres llegaban a la tienda de Kamla, se repetían. A veces dos o tres veces por noche. Pero como Lata y yo vivíamos ahora con ella, Kamla ya no los recibía en su casa, sino qué se marchaba siempre con ellos. De esta forma se alimentaba ella y durante mucho tiempo nos alimentó también a nosotras. A lo largo de todo ese período se preocupó de que los hombres no malinterpretasen nuestra presencia bajo su techo. Si alguno hacía delante de nosotras una observación que la desagradaba, lo cubría de insultos hasta que su andanada verbal le obligaba a poner tierra por medio.

—Vosotras sois muchachas vírgenes; todavía tenéis el mundo abierto ante vosotras. ¿Por qué regalar vuestro futuro? —solía decir.

Algunas noches, mientras estábamos sentadas en el círculo de los baghis en torno al fuego de carbón vegetal, nos imaginaba viviendo en una aldea rica.

Lata y yo no compartíamos sus sueños. Nosotras no veíamos ese futuro. ¿No éramos ya baghis? Kamla, sin embargo, no permitía que nadie la disuadiera de sus sueños.

—Mientras seáis vírgenes, todo depende del precio de la dote —insistía—. El hombre que paga una buena dote, puede elegir.

Kamla hablaba de la dote como un padre y de la suerte como una madre. Para Lata y para mí era ambas cosas, y para que siguiéramos siendo sus pollitos se preocupaba de nosotras, cuidaba de que no nos abandonásemos, de que nos lavásemos a fondo y llevásemos siempre nuestro bindi* sobre la frente. Cuando estaba de especial buen humor, incluso nos pintaba los pies de rojo con bermellón. Entonces ya no era nuestra mataji ni nuestro pitaji, sino nuestra hermama mayor, tan traviesa, tan recatada, tan ingenua como nosotras; sólo que con mucha más confianza en el futuro.

Si Kamla era nuestro sol, el abuelo Dschaya era nuestro «viento». Siempre que venía al campamento nos «sacudía».

—¡Ajá! La valiente y la inteligente...

O:

—Seguís siendo tan hermosas como siempre...

El viejo, además de muy inteligente, era un hombre muy divertido. No paraba de hacer bromas, y continuamente nos demostraba su capacidad de réplica.

—¿Cuántos años tienes, abuelito Dschaya? —le preguntó en cierta ocasión Lata.

—¿Cómo quieres que lo sepa? —preguntó él a su vez escandalizado—. ¿Es que crees que todos los días me pinto una señal en la barriga?

Pero esta alegría no afectaba al núcleo de su personalidad. En realidad el abuelo Dschaya era muy serio. Nos enteramos cuando le preguntamos por su infancia. Queríamos saber cómo era su aldea en aquella época.

—¿Cómo había de ser? —nos devolvió la pregunta enfadado—. ¿Cómo es vuestra aldea? ¿Bonita, acaso? ¿Rica, acaso? ¿Con arroz y lentejas que caen del cielo y además verdura y lágrimas de los dioses contra la sed, acaso?

Pero para entonces ya le conocíamos y no nos molestaban sus salidas de tono, así que nos limitamos a esperar y supimos que en el pasado la aldea situada al pie de la montaña había sido muy pobre. El bienestar que habíamos observado se lo debían los campesinos sobre todo a los baghis, a los que con frecuencia prestaban servicios. Además, gran parte de los baghis procedían de allí y apoyaban a sus parientes.

Mucho más tarde, en una de esas noches calurosas que preceden al monzón, el abuelo Dschaya nos habló de aquel terrible año de sequía de su infancia en el que murieron sus padres.

—La lluvia del monzón no se presentó. ¡Por Shiva, nunca más he visto una penuria semejante! Mi padre ordenó a mi madre que toda la comida y toda la bebida nos la diese únicamente a nosotros, sus hijos. Ella obedeció y ayunó con él hasta que ambos enfermaron y murieron, como tantos otros en aquel año —y tras suspirar, prosiguió—: Hubo muchas nubes en mi juventud. Y cuando llovía, sangraba el cielo. Las nubes se han disipado un poco, pero aún siguen ahí. ¿O sabéis vosotras cómo será la próxima lluvia?

Nosotras lo intuíamos, y después también supimos por

Kamla que el abuelo Dschaya no nos lo había contado todo ni muchísimo menos. En aquel año terrible se llegó a hacer un sacrificio extraordinario. Los padres del abuelo Dschaya sacrificaron a los dioses a su hijo menor. Para aplacarlos. Todos los habitantes de la aldea llevaron a ese niñito lo poco que poseían, lo alimentaron durante cuatro días, para que los dioses no se sintieran agraviados. Después, al quinto, su padre y su madre lo condujeron ante el templo de la divinidad local...

Lata y yo no preguntamos jamás al abuelo Dschaya por su hermano pequeño. Como no se refirió a él por sí mismo, seguro que no quería hablar de ello. A veces, sin embargo, cuando reflexionaba en voz alta sobre los dioses y su karma*, creíamos percibir que no había olvidado aquel espantoso episodio de su infancia.

Yo adoraba al abuelo Dschaya y él también me quería a mí. Lata le debía resultar demasiado parecida a él. «Viento» y «viento» no se toleraban. A mí me consideraba «tranquila» e «inteligente».

Poco a poco fuimos dándonos cuenta de la importancia que el abuelo Dschaya tenía para los baghis. Además de prestarles todos los servicios posibles, les suministraba también los datos para asaltos fructíferos y sobornaba a los policías. Ningún baghi podía dejarse ver en una aldea, a no ser en gran número durante un asalto. El abuelo Dschaya no era una baghi.

Mataji, Kamla y el abuelo Dschaya eran nuestro protectores. Sin ellos seguro que las cosas nos habrían resultado mucho más difíciles a Lata y a mí. Una tercera persona fue cobrando importancia, aunque sólo para mí: Ketaki, el harijan.

Se había criado en una aldea parecida a la nuestra, aunque con escuela. Bien es verdad que la escuela se componía únicamente de un enorme árbol que proyectaba una amplia sombra, bajo la que el maestro colocaba siempre su pizarra antes del comienzo de la clase, pero al fin y al cabo era una escuela. Ketaki hubiera podido aprender a escribir y leer, si no hubiera sido un harijan. Por el mero hecho de serlo tenía que sentarse junto con los demás niños harijan muy lejos de los hijos de los miembros de las castas y no se enteraba demasiado de lo que explicaba el maestro. Además, como en casi todas partes, tampoco en su aldea se ocupaba el maestro de los niños harijan. Nunca les preguntaba nada, jamás echaba una ojeada a sus pizarras o cuadernos. Ketaki, que al principio tenía mucho interés, no tardó en perder las ganas de aprender. Se desentendió y se dedicó únicamente a sus ensoñaciones; iba a la escuela exclusivamente porque nadie renunciaba de modo voluntario a una «oportunidad» semejante. El padre de Ketaki había estado enfermo largo tiempo y para procurarse los costosos medicamentos y alimentar a su familia se vio obligado a recurrir a préstamos. En consecuencia, él y su familia trabajaban para pagar las deudas. Pero ni siquiera eso bastaba, pues al igual que en nuestra aldea también en la suya el salario era escaso y los intereses altos.

Cuando contaba quince años murió su padre. Ketaki, al ser el primogénito, hubo de asumir la responsabilidad de la familia y asimismo de las deudas, lo cual significaba seguir llevando la vida de su padre. Y como no era tonto y meditaba con frecuencia sobre su vida, pronto se convenció de que algún día les ocurriría lo mismo a sus hijos: también ellos heredarían deudas. Y los hijos de sus hijos. Y así siempre: trabajar para amortizar deudas a los hijos del terrateniente, a sus nietos, a sus bisnietos. Esto le amargaba, pero se resignó a ello. Dos, tres años, se mató a trabajar por las deudas de su padre, lleno de odio y de ira, pero impotente, sin defenderse contra ello. Un buen día los baghis atacaron al terrateniente, mataron a él y a toda su familia, y se llevaron cuanto les podía servir. Al presentarse la policía, ésta acusó a la gente de la aldea de haber ayudado a los baghis. A todos los hombres jóvenes les amenazaba la cárcel. Eso fue demasiado para Ketaki, que golpeó con una piedra al policía que le custodiaba y escapó.

Aunque no fueron Meera y su gente los que habían atacado al terrateniente, Ketaki encontró a los lobos de Meera y se quedó con ellos.

Ketaki fue el primer harijan con el que hablé. Aunque también en las afueras de nuestra aldea vivían algunos, que había visto en ocasiones, nunca había hablado con ellos, pues estaban, según me había enseñado Bhimal, nuestro sacerdote local, y también mataji, muy por debajo de mí. Como es natural, tampoco había tocado a ninguno de esos intocables. A Ketaki, sin embargo, pronto me apeteció tocarle. Sobre todo cuando estaba triste.

Nunca he ocultado cuánto amaba a Ketaki. Pero ¿cómo surgió este amor dentro de mí? ¿Qué vi en él para amarlo tanto? Son preguntas que me hago ahora.

Al principio sólo fue un buen amigo. Yo me alegraba cuando le veía, y pronto me reí de él. ¡De sus pobres burlas y de su ausencia de recursos cuando entablaba duelos verbales con Kamla! No tenía la menor oportunidad frente a la lengua viperina de Kamla, pero jamás se rendía. Más tarde le veía con frecuencia sentado solo y silencioso, y cuanto más alto hablaban, discutían o reían los demás, tanto más silencioso se volvía él. Eso me gustaba. Poco a poco fui sentándome cada vez con mayor frecuencia a su lado para quedarme con él en silencio.

Naturalmente, muy pronto me enteré de que para él sólo existía una mujer: Meera. Todos en el campamento lo sabían. Y nosotras también sabíamos que ese amor era muy especial. Ketaki adoraba a Meera como a un ser superior, la idolatraba y leía en sus ojos todos sus deseos.

Ella reaccionaba de manera muy diferente a la veneración de Ketaki. A veces disfrutaba, otras se reía de él; en ocasiones le defendía, otras lo atacaba.

Yo solía preguntarme con frecuencia a qué se debía esa extraña veneración, sin hallar explicación alguna, hasta que me la dio un día el propio Ketaki. Pero eso ocurrió mucho más tarde.

¿Y yo? ¿Por qué amaba a Ketaki? Un antiguo dicho dice: «El que es capaz de explicar su amor, ama con la cabeza y no con el corazón». Seguro que es cierto, pero a pesar de todo aún sigo dándole vueltas al asunto en mi cabeza. ¿Qués es lo que admiraba en él? ¿Su valor, su forma obstinada de tener una opinión propia rodeado por tantas personas que pensaban de manera diferente a él? ¿Su fe en Meera? ¿Su predisposición al sacrificio? ¿Su abnegación?

Algo había en él que lo elevaba sobre los demás ante mis ojos. Por ello le amaba. ¿Me amaría él también? ¿Con un amor diferente al de Meera? Nunca lo he sabido.

Sombras

Ayer volví a quedarme escribiendo hasta muy entrada la noche y después estuve largo rato pensando en Ketaki. Ahora voy a continuar y hablaré de aquellos baghis más difíciles de describir. Aruna suele decir que cualquier persona tiene cosas buenas y cosas malas, y que son únicamente las proporciones de la mezcla lo que diferencian a unas personas de otras. Deseo también en esta ocasión ser justa e imparcial, aunque sé que con algunas personas me costará mucho.

Una excepción es Bihendra, al que Lata y yo comenzamos a llamar muy pronto Bihendraji a secas. La primera vez que le vimos no sabíamos todavía nada de él. Íbamos a lavar la ropa y bajamos la empinada pendiente que llevaba hasta el riachuelo. Éste quedaba bastante lejos del campamento, pero era el único a la redonda que los baghis podían utilizar para tales menesteres.

Lata iba hablando de Birri. Me preguntaba qué es lo que él pensaría ahora de ella. ¿Le estaría agradecido? ¿O le habría prometido ya mi padre entretanto con alguna otra chica?

Durante los primeros días posteriores a nuestra huida todavía hablábamos de vez en cuando de nuestra aldea. Nos imaginábamos las reacciones de cada uno de sus habitantes ante nuestra desaparición; después de que la excitación por lo que habíamos hecho se hubiese apagado poco a poco en nosotras, lo veíamos todo con mucha claridad. Además, al ponernos a hablar solíamos apasionarnos de tal forma que olvidábamos cuanto nos rodeaba. Así ocurrió también aquel día. Por eso cuando en medio de las reflexiones de Lata percibimos de repente una susurrante voz de hombre, nos dimos un susto de muerte.

—¡Oh, muchachas de mis sueños! ¡Mirlos de mi fortuna! Venid a mí y esparciré azúcar ante vuestros pies durante una vida.

Lata y yo, sin pararnos a pensar quién podía habernos hablado, nos precipitamos hacia el río, incapaces de volver la vista atrás. Sólo nos detuvimos cuando estuvimos seguras de que no nos seguían. ¿Quién había querido atraernos? ¿Acaso un dios? Y de ser así, ¿bueno o malo? Habíamos oído decir con frecuencia de Krishna que acechaba a escondidas a las muchachas y les hacía las más dulces promesas. Pero ¿cómo iba a perderse Krishna por aquellos parajes tan poco hospitalarios?

Sí, sí, reíd, Mara, Kani y Nambodiri, reíros de las tontas chicas de aldea. Así de tontas éramos, y acaso yo todavía lo sea hoy en ocasiones...

Cuando terminamos con la ropa, nos quedamos chapoteando un rato en el agua —por supuesto en sari, no desnudas como las chicas de capital bajo la ducha—; luego nos tumbamos a la sombra de unos arbustos y dejamos que se nos secase la ropa. Aguzamos los oídos, pero ya no oímos nada más. Reflexionamos mucho sobre quién o qué habíamos oído —sólo que un poco más juiciosamente que antes—, e intentamos convencernos de que habíamos soñado en pleno día. Pero ni nosotras mismas nos lo creíamos: ¿las dos al mismo tiempo el mismo sueño? Imposible. Durante el regreso permanecimos muy cerca la una de la otra y mirábamos detrás de cada arbusto junto al que pasábamos. Cuando ya nos estábamos consolando pensando en que al dios enamorado, del que ya nos habíamos reído un poco, se le debía de haber hecho tarde para esperarnos, descubrimos a Bihendra. Estaba sentado ante su choza del monte con las piernas cruzadas y nos recibía con una amplia sonrisa.

Nosotras retrocedimos. Ya habíamos visto a muchos leprosos*, que con frecuencia pasaban por nuestra aldea pidiendo limosna, pero nunca a uno tan terriblemente marcado por su enfermedad como Bihendra. Su cara parecía una cabeza de león, de puro podrido. Su nariz estaba completamente carcomida. Sus pies, envueltos en harapos, al igual que sus manos, eran apenas dos masas compactas.

Bihendra saboreó nuestro horror.

—He estado mirándoos mientras lavabais —susurró con su voz ronca—. Y también cuando os habéis bañado en el río. Sois dos auténticas truchas, tan lustrosas, tan jóvenes, tan llenas de vida.

Como respuesta reculamos todavía un poco más. Bihendra rió con una espantosa sonrisa.

—¿Creíais que por no poder correr tampoco puedo ver? Me ha encantado miraros. Muchas gracias.

—¿Quién eres? —preguntó Lata en voz baja.

—Soy Kama, el dios del amor, el más hermoso de todos los dioses —susurró él—. Y vosotras sois Rati y Priti, mis dos esposas. ¿Me habéis preparado arroces variados?

Al comprender que aquel hombre no era malo y no pretendía asustarnos, sino bromear con nosotras, nos animamos un poco.

—¿Y dónde está tu papagayo? —preguntó Lata burlona.

Lo decía porque Kama, armado con arco y flechas de flores, debía montar un papagayo que lo condujera veloz por el aire a cualquier parte donde hubiera un nuevo amor que provocar.

—Lo he matado. —Bihendra extendió hacia el sol los muñones de sus manos—. Estaba harto de él, por eso me castigó Shiva.

Lata se puso seria.

—Si quieres que te traigamos algo, dínoslo.

—No necesito nada —replicó sonriendo ante la oferta de Lata—. Tengo de todo.

Nos alegramos de poder seguir nuestro camino y juntamos las manos en señal de agradecimiento.

—¡Namasté, oh hermosas! —Bihendra se reía de las dos muchachas que se inclinaban tan corteses ante él—. Y olvidad mi rostro porque carece de importancia.

Así conocimos Lata y yo a Bihendra. Cuando le hablamos a Kamla de él, nos enteramos de su historia: Bihendra había sido el antiguo caudillo de los baghis y el marido de Meera. Cuando la enfermedad devoró su cuerpo, se retiró a aquella miserable choza del monte, situada junto a la empinada falda de la montaña, a medio camino entre el río y el campamento para no contagiar a Meera ni a ningún otro de los baghis.

Al principio Meera había intentado visitarle, nos contó Kamla, pero él siempre la había ahuyentado y al final llegó incluso a amenazarla con la muerte si se atrevía a perturbar su soledad de nuevo.

—Tu Bihendraji está muerto, muerto, muerto —le había gritado mientras se alejaba—. El que ahora vive aquí es otra persona. Olvídame de una vez y ocúpate del campamento.

Ahora eres la capitana y es tarea tuya velar por la subsistencia de la banda.

Kamla proporcionaba a Bihendra todo lo necesario para su subsistencia. Él no podía valerse con sus manos y hubiera muerto de hambre sin ayuda. Kamla, a su vez, recibía de Meera lo que le llevaba a Bihendra.

Más adelante también Lata y yo le llevamos de vez en cuando algo. Pronto dejamos de tenerle miedo y comenzó a gustarnos hablar con él. Pero lo que de verdad nos encantaba era que los viejos baghis nos hablasen del antiguo Bihendra. ¡Qué hombre tan temerario debió de ser! ¡Y qué guapo! Durante cierto tiempo tuvo incluso tres mujeres, a cual de ellas más hermosa... Hasta que llegó Meera al campamento. Poco después despidió a las otras tres y le ofreció a Meera una guirnalda nupcial...

Los baghis aún sentían un enorme respeto hacia Bihendra y nunca le expulsaban cuando por las noches, y a conveniente distancia, se sentaba con ellos junto al fuego. Sin embargo, con el correr del tiempo ese respeto había pasado a Meera, porque Bihendra lo quiso así. Y también fue su deseo que Meera escogiese a Jeschuvant como protector: Meera no debía vivir sola, si no quería que estallasen luchas por el poder.

Jeschuvant se convirtió en el sucesor de Bihendra, pero no era Bihendra. Sólo lo aceptaban como amante y protector de Meera, no como caudillo. Cuando Jeschuvant comparecía ante la banda para ordenar algo, tenía que hablar en nombre de Meera, pues de otro modo nadie hubiese seguido sus indicaciones. Eso le humillaba y le convertía en un hombre altanero y ambicioso.

Otra persona, además de Bihendra, despertaba nuestra compasión: Maneka. También ella vivía apartada de los demás y también estaba enferma. Se decía que en su cabeza había anidado un demonio. Su marido, al darse cuenta, la había repudiado. Meera la acogió y le dio la choza de harapos de un baghi muerto poco antes durante un asalto. En ella se ocultaba Maneka. Pero todos los sábados y el primer día de cada mes salía de allí y encendía una gran hoguera para conjurar el mal de ojo. Demasiado para el alarmista Jeschuvant. El protector de Meera temía que el fuego delatase la situación del campamento. Pero Meera y los baghis permitieron a Maneka seguir con su hoguera. El demonio de Maneka podía atraer la desgracia sobre el campamento y era preferible dejarle hacer su voluntad.

Lata y yo describíamos siempre un amplio círculo en torno a la choza de Maneka. Ésta era muy vieja. Poco antes de su muerte la abandonaría el demonio para ocupar otro cuerpo más joven. Nosotras no queríamos que nos escogiese a una de las dos.

También nos asustábamos de Nirmela. Ésta había tenido muchos hijos, uno cada año, pero ninguno vivió más de diez meses. Sus pechos no daban suficiente leche; estaba demasiado desnutrida. Su marido, Prabal, famoso por su profunda voz, la alimentaba con todo lo que podía conseguir, pero ella no engordaba. A una mujer a la que se le morían los hijos se la consideraba, además de inútil, poseída. No podíamos acercarnos demasiado a ella, si no queríamos compartir su desgracia.

La tercera mujer, que evitábamos siempre, era la vieja Svatra, la típica gorrona; en todas las aldeas hay mujeres como ella. Nunca tenía nada propio, pero todo le servía. Y para obtenerlo rogaba y porfiaba hasta que ya resultaba imposible seguir escuchándola y se la expulsaba con ira o —como hacía Kamla— se le daba lo que deseaba. Cuando Lata se lo reprochaba, Kamla se limitaba a suspirar:

—Ella es más pobre que nosotras. No hay nada más noble que alimentar a los más necesitados y hacerles regalos.

Una frase que llevan en la boca muchos hombres y mujeres piadosos; pero Kamla vivía de acuerdo con lo que decía.

Lo que más me horrorizaba de Svatra era que para mostrar lo mal que le iba comía tierra. Se arrodillaba sin más donde se comía y juntaba las manos suplicante. Si había mendigado lo suficiente sin tener éxito, cogía tierra con expresión furibunda y se la metía en la boca. Se decía que de tanta tierra como había comido tenía el cuerpo lleno de largos gusanos... Este pensamiento provocaba en mí tal repugnancia que escapaba en cuanto la vieja Svatra osaba acercarse a la tienda de Kamla. Prefería no comer antes que tragar con dificultad la comida en presencia de Svatra.

Sin embargo los cuatro, tanto Bihendra, como Maneka, Nirmela o la vieja Svatra, no eran más que víctimas. No eran ellos, sino sus enfermedades o rarezas, lo que producía pavor. Por lo que se refiere a Chitta, el monje, las cosas eran diferentes. De Chitta sabíamos que había matado en una pelea a un monje mendicante. El saddhu untado de ceniza tras su escudilla para pedir se había burlado de él, porque en opinión de los saddhus la auténtica sabiduría sólo proviene de la pobreza y Chitta era miembro de una comunidad religiosa rica. Chitta le devolvió los insultos y cuando las personas presentes tomaron partido por el saddhu, perdió el control, cogió un palo y golpeó con él al monje en la cabeza. El saddhu medio muerto de hambre, cayó sin vida en el acto y Chitta huyó a las montañas con Meera. Pero al contrario que otros muchos, él no daba las gracias a los dioses por haberle otorgado protección en las montañas, sino que estaba furioso con ellos. Les reprochaba que no le hubieran arrancado el palo de las manos. Durante largo tiempo se dedicó a cubrirlos de insultos.

El abuelo Dschaya solía decir que Chitta no era un verdadero creyente, sino un hombre que añoraba su cómoda vida en el templo. Y solía burlarse del sacerdote diciendo que ahora, después de haberse encolerizado con los dioses, intentaba volver a reconciliarse con ellos. Cuando observaba las abluciones rituales* de Chitta en nuestro riachuelo o escuchaba su eterno murmullo al recitar entre dientes los versículos sagrados, se reía y decía:

—¡Oh, ya está Chitta otra vez dedicado a sus negocios!

O:

—¡Chitta intenta sobornar a los dioses!

Pero astuto como era, el abuelo Dschaya no extremaba este juego, pues Chitta era imprevisible. Una vez, cuando paseaba por el campamento con su cordón bendito de monje sobre los hombros y la tripa, Tarapada, el tamborilero, se burló de él acompañando cada uno de sus pasos con un redoble de tambor, como si el dios Brahma, el creador del mundo, pasease en persona entre las tiendas y las chozas. Chitta interrumpió su paseo, se precipitó con todo el ímpetu de su orondo cuerpo sobre el delgado Tarapada y lo golpeó hasta que éste le pidió perdón. Todos lo vieron, incluyendo al abuelo Dschaya, pero nadie osó intervenir. Una de las leyes del campamento era no inmiscuirse en una disputa o una pelea. Una ley inteligente, pues de otro modo algún fueguecito de llamas inofensivas se habría convertido en un pavoroso incendio.

Aunque Chitta, el sacerdote, jamás se nos acercó ni a Lata ni a mí, nosotras le temíamos. Veíamos en él algo malvado, taimado, brutal, que nos repelía.

Los dos hombres a los que más temía después de Chitta

eran Vasu y Pillai. Pillai era un gigante astuto y solapado, de cara apergaminada, que me recordaba a Adoor Ram. La misma figura pesada, el mismo cráneo imponente. Pero no tardé en notar que no era un Adoor Ram, al menos para mí. Mi «Adoor Ram» entre los baghis fue otro: Vasu, el de aspecto paleto, que a veces era un pedazo de pan mientras que otras podía ser muy maligno. Me descubrió un día que fue a visitar a Kamla, y desde ese momento me persiguió. Al principio creyó que Lata y yo éramos algo así como las «ayudantes» de Kamla, y quiso pagarle por mí. Después, cuando se enteró de la verdad, lo intentó con halagos y amenazas. Sólo a Kamla le debo que no me arrastrase cualquier día sin más preámbulos hasta un matorral y me violase. A Kamla, que constantemente le alejaba de mí con cualquier pretexto y que terminó por amenazarle con clavarle un cuchillo en el cuello durante el sueño si no me dejaba en paz de una vez. Después de esto Vasu se mantuvo a distancia, aunque no me perdía de vista.

—Aguarda y verás. Te casaré con mi hijo —me aseguraba—, y entonces también me pertenecerás a mí.

Yo tomaba sus palabras en serio. No sólo porque Vasu me repetía esta «promesa» me encontrase donde me encontrase, mientras me miraba de soslayo con sus ojillos, sino porque sabía que los suegros con hijos débiles de carácter se acercaban de vez en cuando a sus hijas políticas. Sanjay, el hijo de Vasu, era una de esas personas débiles, pero, aunque solía mirarme con fijeza, nunca se atrevió a acercárseme por miedo a Kamla.

A Lata le sucedió algo parecido: Prabal, el de la voz de bajo, había puesto sus ojos en ella. Por lo visto esperaba que ella le daría los hijos que se le morían una y otra vez a su Nirmela. Pero tampoco Prabal se atrevía a birlarle a Kamla uno de sus pollitos de debajo de sus alas. Ella le había sorprendido una vez tratando de convencer a Lata y le había insultado furiosa llamándole «comedor de mierda», «bebedor de orina» y «hombre capaz de deshonrar a su propia madre».

—Desaparece de mi vista, aborto de una madre castigada por los dioses —le gritó a Prabal mientras escapaba—, y no vuelvas a dejar verte por aquí, o te arrancaré la nariz de cuajo.

Al decir «nariz», Kamla se refería en realidad a la «virilidad» de Prabal. Lata y yo no captamos en seguida el sentido, pero cuando lo comprendimos prorrumpimos en fuertes carcajadas y caímos por los suelos muertas de risa. Kamla, nuestra clueca, se reía también, ¡pero de nosotras!

Hubo un hombre del que Lata y yo nos asustamos sin motivo: el tuerto Yamin, que miraba con su ojo a todo el que se le acercaba como si fuera a preguntarle: «¿Qué pasa, eh? ¿Qué quieres de mí? Como te acerques mucho te retuerzo el pescuezo.»

Sin embargo, su mirada no era más que autoprotección. Yamin temía que alguien le hiciera algo y por eso lanzaba esas miradas tan amenazadoras, tan amedrentadoras. Había perdido su ojo no en un combate, sino en la celda de una cárcel, durante un interrogatorio.

Ahora sólo me queda Jeschuvant, el protector de Meera. He ido dilatando hasta el final la descripción de este hombre, al que temía más que a ninguno... No me gusta pensar en él; me resultaba odioso y todavía me lo sigue pareciendo.

Lata no entendía mi animadversión. Aunque tampoco ella lo encontraba especialmente simpático, le atemorizaban más hombres como Chitta, Prabal o Vasu... No obstante, bastaba con mirar a Jeschuvant a los ojos, a esos ojos de mirada tan helada, para temerle.

Jeschuvant no amaba a Meera; a decir verdad, no amó a nadie, lo único que le interesaba era el poder. Por eso raramente abandonaba la cueva de Meera, pues donde estaba ésta, estaba el poder, y era ella la que lo hacía fuerte. Cuando alguna vez la abandonaba, lo hacía con una altanería que me intimidaba profundamente. Yo estaba acostumbrada a no valer demasiado, pero a los ojos de Jeschuvant era simplemente un cero a la izquierda. Cada una de sus miradas nos indicaba a Lata y a mí que nos podía aplastar con el pie con sólo desearlo. Y sin duda lo habría hecho si le hubiéramos ofrecido motivo para ello. Se comportaba igual con todas las mujeres y niños; únicamente con determinados hombres demostraba más amistad e intimidad. Prabal era uno de ellos, igual que Pillai y Vasu, que una vez abrigaron la esperanza de convertirse en sucesores de Bihendra. Prabalji, Vasuji y Pillaiji, los llamaba él, e incluso les pedía consejo, aunque sólo fuera para darles la impresión de que a través de él podían influir en las decisiones de Meera. También a Bihendra lo trataba con respeto. Sabía de sobra lo querido que era todavía el antiguo cabecilla.

¿La historia de Jeschuvant? No tenía ninguna. De casi todos los baghis se contaban historias, con frecuencia leyendas ricamente adornadas y muy exageradas, que justificaban la huida de la vida anterior. De Jeschuvant no se contaban historias semejantes, lo cual significaba que él mismo no había revelado una palabra, pues de lo contrario habría sido difundida con todo lujo de detalles por el campamento. Sin embargo, toda esa gran cantidad de historias de los baghis, con frecuencia muy sanguinarias, no me asustaban tanto como la historia desconocida de Jeschuvant. ¿Qué mal había vivido, qué mal había hecho para negarse a hablar sobre ello? ¿O acaso no había «vivido» o «hecho» nada en absoluto y sólo se había unido a los baghis por el puro placer de la rebeldía? A mí me resultaba inquietante saber tan poco de Jeschuvant.

El problema de Jeschuvant consistía en que, aunque era el protector de Meera, ella le protegía a él al mismo tiempo. Ambos mantenían una dependencia mutua, pero con una gran diferencia: Meera podía, en caso necesario, elegir otro protector, pero Jeschuvant no podía elegir a otra Meera. Él lo sabía y sufría por ello.

Lata explicaba mi aversión hacia Jeschuvant con mi amor por Ketaki. Sin duda no le faltaba razón. A nadie despreciaba Jeschuvant tanto como a Ketaki, a nadie atormentaba ni humillaba tanto. Yo veía a Jeschuvant a través de los ojos de Ketaki, y consideraba cada agresión a Ketaki como propia.

No quisiera referirme a Meera todavía. Lata y yo no conocimos bien a la Madre de los Lobos hasta mucho más tarde. Su sombra desplazó a todos los demás y su sufrimiento se convirtió también en el mío. Pero yo encontré respuestas diferentes a las suyas.

Segunda parte: Meera

Peces gordos

El señor Godse, nuestro casero, ha llegado. El señor Godse es del sur de la India y no conoce nuestro idioma. Por eso habla en inglés con Aruna. Eso le da seguridad; las mujeres que saben más que él le desconciertan. Aruna incluso ha estudiado en la Universidad, y eso infunde respeto. Sin embargo, cuando cree que nadie les escucha, se muestra más pretencioso. No le cabe en la cabeza que algunas de nosotras, las cesteras, entendamos inglés.

El señor Godse pretende subir el alquiler. Dice que cuando le alquiló la vivienda a Aruna desconocía que en esa casa vivirían no una, sino ocho mujeres. Y encima un niño.

—¿Qué diferencia hay? —le pregunta Aruna—. ¿Acaso el piso de madera de su casa no soporta el peso?

Lo pregunta con su estilo amable, pero sus ojos relampaguean. Sabe de sobra lo que oculta el señor Godse tras la subida del alquiler.

—La vivienda sufre —explicó el señor Godse—. Se deteriora antes. Es lógico —parpadea confundido.

Al principio Aruna no intenta contradecirle. Aunque le hubiera rebatido punto por punto todo lo referente al deterioro de la casa, su punto de vista no habría variado un ápice.

—¿Cuánto más pide usted? —se limita a preguntar.

Entonces el señor Godse menciona una cantidad que a las demás nos paraliza el corazón en el pecho, porque supone más del triple del alquiler que pagamos hasta ahora.

Aruna le observa con seriedad, sin torcer el gesto.

—Bien. Redacte un nuevo contrato de arrendamiento. Estamos de acuerdo —dice al fin.

El señor Godse, creyendo que Aruna le había entendido mal, vuelve a repetir el importe del nuevo alquiler. Supone más de lo que ganamos todas.

—De acuerdo —repite con impaciencia Aruna—. Redacte el nuevo contrato.

—Pero... ¿tiene usted tanto dinero? —pregunta el señor Godse con tono más de admiración que de desconfianza.

—¿Cree usted que aceptaríamos si no lo tuviéramos? —replica Aruna incapaz de reprimir una sonrisa—. Usted nos subvalora, señor Godse. Nos subvalora demasiado.

—¡Bien! —exclama el señor Godse con expresión severa—. Mañana mismo recibirá usted el nuevo contrato de arrendamiento.

Dicho esto, se marcha, incapaz de ocultar su decepción. Creía que nos mudaríamos, librándose al fin de nosotras. Los demás inquilinos de la casa ya le han presentado sus quejas muchas veces, amenazándole incluso con rescindir su contrato de arrendamiento: «¿Tantas mujeres en una vivienda... solas, sin un hombre? Ahí hay algo que no cuadra...» Aunque no somos un burdel, como sospechaban al principio, la nuestra era una convivencia muy desacostumbrada y podíamos dañar la buena fama de la casa; no encajábamos en el cuadro.

Aruna acompañó al señor Godse hasta la puerta y se despidió cortésmente. Nosotras, que hasta entonces habíamos guardado silencio, prorrumpimos en exclamaciones: «¿Por qué se mostraba de acuerdo con esa cantidad? ¿Qué íbamos a hacer ahora?»

Ella se acuclilló en nuestro corro y nos observó con aire grave una a una.

—Debemos contar siempre con este tipo de cosas —dijo en voz baja. Y añadió tras una pequeña pausa—: Como es natural, no podemos ni con mucho pagar un alquiler tan elevado..., pero mientras no hayamos encontrado otro alojamiento no nos queda otro remedio. Además, alegraos de que el señor Godse sea tan cobarde. Podría habernos puesto sin más preámbulos de patitas en la calle... La única razón por la que no se atreve es porque desconoce mis «contactos».

La familia de Aruna es muy conocida en la capital. Ni sus padres ni sus hermanas quieren saber una palabra de ella —se escapó de casa, aunque por razones diferentes—... Pero eso no lo sabe el señor Godse.

Aruna nos dirigió una sonrisa de ánimo.

—Seguiremos viviendo como hasta ahora, aunque con más estrecheces. Cada una de nosotras mantendrá los ojos y los oídos bien abiertos: la nueva casa no tiene que ser bonita, ya nos encargaremos nosotras de embellecerla, sino tan sólo limpia y... barata.

Aruna sonríe de dos maneras distintas: una a la gente como el señor Godse; otra, a las personas que quiere. Para mí sería algo terrible que me mirase con esa sonrisa-de-señor-Godse.

A continuación nos separamos como si nada hubiera ocurrido. Sin embargo, habíamos entendido perfectamente la advertencia de Aruna. «No quedarnos sin techo», significaban sus palabras; «ante todo no volver a quedarnos sin techo». Nada más difícil que encontrar cobijo cuando no lo tienes; sin ayuda ajena es imposible...

He cogido mi bloc y mi lápiz y me he sentado a escribir como todas las noches. Tarea vana: la visita del señor Godse se levantaba como un muro entre el papel y yo. Así que me he quedado sentada, pensando y contemplando cómo Raiki amamanta a Shakti. Aruna se me acerca.

—Munli —me dice con tono de fingido reproche—, ¿qué ocurre? ¿Por qué no escribes?

—Imposible —respondí en voz baja—. No puedo dejar de pensar en el señor Godse... Y en los vecinos de la casa.

—Si haces eso, nunca más volverás a escribir. Siempre habrá personas que nos harán la vida imposible. Véncelos demostrándoles que no hay nada malo en tu forma de vivir. Ten buena conciencia. Sé más fuerte. Escribir ahora, a pesar de todo y de todos, significa ser más fuerte.

Tras estas palabras volvió a ponerme el lápiz en la mano y se ocupó de Seela, que mostraba un aspecto tan apesadumbrado como yo. Tras una profunda inspiración me he puesto a escribir, y siguiendo los consejos que me dio Aruna en cierta ocasión, he comenzado por la visita del señor Godse.

—Comienza siempre por escribir lo que te conmueva en ese momento —me aconsejó—, para que después tengas tiempo y sosiego para lo más lejano.

¡Lo más lejano! Durante todas las noches en las que he escrito sobre nuestra aldea y el campamento de Meera lo más lejano ha estado muy cerca de mí. Ahora tengo que atravesar primero el muro que la visita del señor Godse ha erigido entre el presente y el pasado...

¡Meera! A continuación voy a hablar de ella...

Cuando por fin la conocimos mejor, ya había transcurrido marzo y abril y las flores habían cedido ante el calor. Los días habían ido deslizándose, uno igual al otro. La inquietud de Lata había crecido; yo me había acostumbrado entre tanto a la vida del campamento. A comienzos de mayo el calor se intensificó y el cielo se dilató, ocultando el color azul tras sus velos. La tierra se tornó parduzca y resquebrajada y los cantos de los pájaros se hicieron más infrecuentes.

Para Kamla lo peor eran los calores; los dolores de cabeza la atormentaban. Se pasaba el día entero bajo su tienda untándose la frente con Bálsamo de Tigre, una receta de «aquellos días», como denominaba siempre a la época del burdel, pero ni siquiera eso la aliviaba.

Por las noches corría un poco de aire por nuestro campamento. Entonces los baghis se reunían en la plaza, donde otras veces ardía la hoguera de carbón vegetal, para disfrutar de aquel soplo de frescura. Algunos bebían aguardiente de caña a pesar del calor, lo que provocaba con frecuencia peleas, golpes, puñaladas.

Hasta Kamla bebía aguardiente esas noches. Decía que era el mejor remedio contra sus dolores de cabeza. A continuación le entraba siempre sueño y caía en un profundo sopor.

En aquella época yo cada vez me acercaba más a Ketaki. Él no se oponía y pronto le gustó compartir nuestros silencios. Cuando no me sentada a su lado, me miraba. Una de aquellas noches le pregunté algo, una cosa sin importancia, y me dio una respuesta muy concisa. Yo, sin embargo, no me desanimé y al fin logré que se confiara a mí. Hablaba en voz muy baja, casi entre susurros, a trompicones, eligiendo con cuidado las palabras y sin mirarme una sola vez. Así me enteré de su infancia y de los motivos de su venida con los baghis.

Después me tocó el turno a mí. Le hablé de nuestra aldea, de mataji, pitaji, Adoor Ram. Sabía escuchar, y mientras lo hacía me miraba de hito en hito. Esto le abrió las puertas de mi intimidad.

Ketaki no se limitaba a escuchar, sino que se ponía en mi lugar, despotricaba contra la injusticia de las aldeas, odiaba a Adoor Ram, a quien sólo conocía por mi narración, y comprendía mi temor a Vasu y a Sanjay y a Jeschuvant.

A mí su actitud me complació y desde entonces me resultó más fácil entablar conversación con él. Me di cuenta de que le gustaba soñar y compartía sus sueños: en un país sin gobierno, sin policía, sin terratenientes, sin castas. O en un dios bondadoso, que transformaba el mundo en un paraíso con comida suficiente para todos y no demasiado trabajo. A mí se me ocurrían muchas ideas para mejorar el mundo, aunque sabía que eran únicamente sueños. Ketaki, sin embargo, confiaba en que se hiciesen realidad. Yo inventaba cosas sin tomarlas en serio, pero él sí las tomaba en serio. Con todo, fueron sueños y momentos muy hermosos los que pasamos juntos; mi época más hermosa entre los baghis.

¿Es preciso que mencione que jamás llegamos a rozarnos? Yo sentía el deseo de coger su mano o acariciar su rostro, pero no me atrevía. Primero, por la educación que había recibido de Bhimal y de mataji, y segundo porque sabía que Ketaki era un intocable.

No sé si él sintió deseos de tocarme. En caso afirmativo, ese deseo debió producirle a él, uno de los sin casta, aún más vergüenza que a mí.

Una de esas noches se acabó la tranquilidad. Estábamos sentados en círculo, charlando, bebiendo y esperando días más frescos, cuando se presentó en el campamento el abuelo Dschaya. A pesar del calor, que lo había mantenido alejado de nosotros durante los últimos días, aquella noche llegó hasta el campamento escalando la montaña. Se presentó con el rostro enrojecido y las rodillas temblando de debilidad. Lata y yo nos levantamos, regocijadas, y le saludamos con una inclinación. Él, sin embargo, estaba tan excitado que, sin siquiera mirarnos, se precipitó en seguida hacia la cueva de Meera.

—Esto nos va a dar trabajo.

Kamla suspiró y pasó la botella de aguardiente sin haber dado ni un sorbo: ya no le apetecía dormirse. Los demás baghis dejaron también de beber. La excitación del abuelo Dschaya los había puesto en tensión.

El único que no miró con curiosidad a la cueva de las rocas fue Ketaki. Es más, apartó la vista. Cuando al fin apareció Meera ante la choza y todos los demás se pusieron nerviosos, él se tranquilizó más aún si cabe. Aquella noche reparé en ello de manera inconsciente. Yo, al igual que todos los demás, estaba pendiente de Meera, pero más tarde recordé perfectamente la extraña conducta de nuestra capitana.

Para los baghis su aparición constituyó toda un señal. Durante los días anteriores apenas habían logrado verla.

Cuando había necesitado informar u ordenar algo, lo había hecho por medio de Jeschuvant. Pero ahora, gracias a las noticias del abuelo Dschaya, el panorama había cambiado en escasos minutos: ella había aparecido allí de repente, sin intención alguna de marcharse. Su presencia, su mera presencia, transformó los rostros de los hombres y mujeres que me rodeaban, infundiéndoles algo parecido a la entrega ciega, a la obediencia incondicional. Entonces lo comprendí: para la mayoría Meera se había convertido realmente en una diosa. No era Ketaki el único que la adoraba.

Ella no prestó atención a los baghis, que la miraban con tanta devoción. Situándose delante de Nandi, rezó brevemente al toro sagrado y después, siguiendo el ritual simbólico prescrito, se lavó cualquier rastro de sudor, de orina, todo lo que la manchaba. Quería purificarse, señal inequívoca de que esa noche iba a suceder algo importante. Durante los días anteriores no se había sometido a parecida ceremonia.

A mí sus abluciones me parecieron eternas, debido quizás a mi curiosidad y a la tensión que percibía a mi alrededor. A los demás debió sucederles algo parecido, pues apenas hubo terminado Meera la ceremonia de purificación y regresado a su cueva, de nuevo sin dirigirnos ni una sola mirada, Kamla, Nirmela, Lalitha, su hija Yayarani y todas las demás mujeres y chicas corrieron al templo del campamento, se sumieron en sus oraciones y comenzaron a purificarse. Lata y yo las seguimos alteradas. Si bien conocíamos los ritos de purificación, ignorábamos lo que sucedería después. ¿Planeaban los baghis un ataque?

Nuestras sospechas eran acertadas. El abuelo Dschaya le había dado a Meera un soplo. El primer ataque que Lata y yo íbamos a presenciar era inminente...

Una y otra vez surgen las imágenes ante mis ojos, unas imágenes que me aterrorizan y me avergüenzan; unas escenas dolorosas y brutales que me desagrada recordar. Pero no estoy dispuesta a callarme nada, voy a describir las cosas tal como sucedieron.

Meera abandonó la cueva por segunda vez. Con el fusil en la mano y la cartuchera sobre el pecho parecía enérgica, fuerte, amenazadora, ya no delgada y estrecha. Jeschuvant, que estaba a su lado y la superaba con creces en estatura, parecía un pálido reflejo suyo, a pesar de sus esfuerzos por mostrar un aire no menos trascendental. Pero esta vez las mujeres y los hombres, algunos de los cuales habían orado también ante Nandi, ya no se quedaron sentados quietos, sino que se levantaron, mirando a Meera expectantes. Nadie osó preguntar en voz alta: Meera, la Madre, era respetada como un padre, cuyos hijos e hijas han de esperar a que él les ceda la palabra.

Pero Meera no concedió la palabra a nadie: sólo ella conocía las preguntas y pretendía responderlas a su modo.

—Durante muchos días hemos disfrutado de comodidad —comenzó con voz solemne—. Ahora los dioses han querido que tengamos de nuevo trabajo. Sin embargo, no nos lo han puesto fácil: los peces que se han aventurado en nuestro estanque están bastante gordos, cierto, pero también muy vigilados. —hizo una pausa, perdió en un abrir y cerrar de ojos toda solemnidad y añadió con tono burlón dirigiéndose hacia la oscuridad—: ¡Por los sikhs!*

Estallaron violentos murmullos. Meera levantó la mano y todo volvió a quedar en silencio.

—Son valientes, los sikhs —prosiguió—. Pero esos vigilantes de los ricos sólo luchan por dinero. Nosotros luchamos por nosotros mismos. No hemos de tenerles miedo.

—¡Nosotros no tememos a los sikhs! —gritó Prabal con su voz profunda, pero enmudeció en seguida. Al comprobar que Meera acogía su exclamación sin enojo, aquel hombre ancho y fornido se atrevió a continuar—. ¡Unos hijos de perra es lo que son! Que matasen a Indiraji*... En fin, ella no era mi madre. ¿Pero a cuántos hindúes creyentes han asesinado entre tanto esos demonios de pelo largo? Es para mí una satisfacción adicional que los peces gordos hayan encargado su vigilancia a los valerosísimos sikhs.

—Llevan perros —advirtió el abuelo Dschaya, que, un poco apartado de Meera y Jeschuvant, escuchaba con atención cuanto se decía.

—¡Que lleven perros, esos perros! —fanfarroneó Chitta, el sacerdote—. He consultado a las estrellas, y nos son propicias.

Mi inquietud aumentó. Esperaba que alguno de los hombres preguntase a qué «peces gordos» se referían. Pero nadie lo hizo. Todos se limitaban a mirar a Meera llenos de confianza. Y cuando ésta se acercó a Nandi, para postrarse en silencio de nuevo ante la divinidad del campamento, todos la siguieron de buen grado, hasta las mujeres y los niños, hasta Lata y yo.

A continuación la mayor parte de los hombres y mujeres corrieron a sus chozas a armarse para el inminente combate. Lata y yo nos miramos indecisas. ¿Y nosotras? ¿Teníamos que ir o debíamos quedarnos en el campamento?

En ese momento se presentó Kamla. Había cambiado su sari por pantalones de hombre y una blusa amplia con una cartuchera por encima. En la mano portaba un viejo fusil.

—Quedaos aquí —nos rogó—. Esto no es para vosotras.

Lata quiso oponerse, pero Jeschuvant, que había oído el ruego de Kamla, se le anticipó.

—Estas dos vienen —ordenó—. Necesitamos porteadores.

Lata se animó: le apenaba quedarse en el campamento. Sin embargo, a mí me habría alegrado; tenía miedo de lo que se avecinaba. Kamla, por su parte, parecía preocupada. Ella también prefería que hubiéramos permanecido en el campamento.

En el campamento se quedó otra persona: Ketaki. Todavía lo veo, de pie ante Meera, desesperado, avergonzado. Pero también convencido de sus intenciones: afirmó que prefería quedarse con Bihendra y cuidar de las ancianas y los niños, sin aducir ninguna otra razón.

—¿Ancianas y niños? —Jeschuvant, que estaba en todas partes y se enteraba de todo, también se entrometió en esta ocasión. Con su fusil en la mano y dos pistolas al cinto, se plantó delante de Ketaki y su rostro se deformó con una sonrisa maligna—. ¿Qué eres tú entonces? ¿Una vieja... o un niño?

Ketaki, rojo como la grana, dio media vuelta y se marchó.

—Es un hombre, otra clase de hombre —replicó Meera tras dirigir una larga mirada a Jeschuvant—. Al igual que yo soy otra clase de mujer. ¿Lo comprendes?

Jeschuvant no lo entendía, pero no replicó. Yo sí lo comprendí y le agradecí a Meera sus palabras. «Otra clase de hombre, otra clase de mujer», esas parcas palabras borraban de un plumazo tantas cosas que yo había oído en mi infancia... Por primera vez comprendí que los papeles que se nos habían asignado podían verse también a otra luz diferente de la que me habían enseñado Bhimal, el sacerdote de nuestra aldea, pitaji, mataji y todos los demás.

Si Meera era otra clase de mujer, ¿por qué no podía serlo yo? ¿Por qué no Lata? Y si nosotras éramos mujeres diferentes, ¿por qué no había de ser Ketaki un hombre diferente?

El odio

Es más de media noche. Sentada junto a la pantalla de la lámpara oscurecida con un paño sigo escribiendo. Hace mucho que he derribado el muro que la visita del señor Godse erigió entre mí y el pasado. Vuelvo a ser una más de la partida, vuelvo a recordar cómo nos apresurábamos aquella noche por las montañas, escucho los pasos presurosos, el aliento de los baghis por delante y por detrás de mí. Estaba oscuro y no se podían encender antorchas. Caminábamos siempre de dos en dos o en fila india, sin ningún tipo de orden. Sólo sabíamos una cosa: al frente marchaba Meera y pisándole los talones, Jeschuvant.

El abuelo Dschaya había regresado a su aldea. Ketaki, Bihendra, el viejo Raviji y otros dos hombres viejos habían asumido la vigilancia del campamento. Lata y yo nos habíamos enterado de lo que se trataba; poco antes de la partida, Jeschuvant se lo había comunicado a los baghis en nombre de Meera: en los bosques de las montañas se había adentrado un grupo de cazadores, gente rica todos ellos, que se encaminaban hacia los últimos tigres; joyas, dinero, armas, hermosos trajes... Todo eso y mucho más es lo que nos esperaba.

Caminamos durante toda la noche, descansando en contadas ocasiones. Cuando lo hacíamos, sólo empleábamos el tiempo justo para recobrar el aliento en silencio y seguir avanzando. Cruzamos la cima de una montaña. La clara luz de la luna nos iluminó: pensé entonces que éramos una horda de hambrientos gatos monteses de caza... En una ocasión escuchamos los aullidos tristes y plañideros de los chacales. Me sentí muy conmovida. Las narraciones de mataji sobre los demonios malvados que quisieron asesinar al buen dios Krishna... Cuando miraba a Chitta, el sacerdote, que marchaba justo delante de mí, no podía evitar el pensar en esos demonios...

Tras haber dejado atrás la cima de la montaña, el camino se hizo cuesta abajo. Con las prisas caía uno u otro, pero volvía a levantarse y continuaba avanzando. Nunca imaginé que sería capaz de caminar durante tanto tiempo.

Llegamos junto a los cazadores con la luz rosada del amanecer. Al parecer, el abuelo Dschaya le había descrito el camino a Meera y a Jeschuvant con toda exactitud. Nos agrupamos y nos volvimos más silenciosos, avanzando con extremo sigilo. El rostro de Lata relucía, y mi corazón latía de una forma tan salvaje que estaba a punto de marearme. Kamla me cogió de la mano y me miró a la cara.

—Ya sabía yo que esto no era para vosotras —susurró enfadada—. ¿Por qué mancillar tan pronto vuestras almas?

Sus palabras no contribuyeron precisamente a darme ánimos y me mantuve muy cerca de ella.

El bosque se fue aclarando; una vasta planicie se extendía ante nuestros ojos. Los hombres y mujeres se tumbaron entre la espesa y alta hierba y guardaron silencio. Kamla siguió su ejemplo y me arrastró con ella. También Lata se tiró al suelo. Pero no permaneció quieta mucho tiempo, pues pronto comenzó a deslizarse con sigilo hacia delante, para acercarse a Meera y Jeschuvant. Fue entonces cuando nos separamos. En ese momento no lo comprendí, pero hoy lo veo con toda claridad: aunque más adelante continuamos durmiendo las dos bajo el pabellón de Kamla y lavando la ropa juntas, las cosas entre nosotras ya no volvieron a ser como hasta entonces. Aquella mañana lo cambió todo.

Tras haber permanecido tumbados y silenciosos el tiempo necesario y cuando ya no escuchábamos más que el rápido deslizarse de las lagartijas por la hierba y el grito aislado de algún pájaro, seguimos arrastrándonos hacia delante formando un amplio frente, yo siempre pegadita a Kamla.

¿Cuántos éramos los baghis? ¿Sesenta? ¿Setenta? Con toda seguridad más de medio centenar. La tercera parte, mujeres y chicas. Pero aquella mañana cualquier observador no habría encontrado diferencia alguna entre hombres y mujeres.

Los altos matojos iban convirtiéndose en un pequeño bosquecillo. A pesar de todo no nos levantamos, sino que seguimos reptando. Una vez hubimos atravesado también el bosquecillo, divisamos a los cazadores. Altas y blancas tiendas se levantaban al lado de un río. Criados de librea servían el desayuno a personas de ricas vestiduras sentadas a las mesas. Hombres con turbantes en la cabeza y perros sujetos por correas vigilaban el campamento: ¡los sikhs!

—¡Atiende! —susurró Kamla mirando a su alrededor en busca de Lata sin lograr descubrirla—. Cuando empiecen los disparos, aprieta el cuerpo con toda tu fuerza contra el suelo y no levantes la cabeza. Cuando echemos a correr, quédate tumbada. No alces la vista hasta que cesen por completo los disparos. Cuando hayamos alcanzado el campamento, síguenos y coge lo que te apetezca.

Asentí, pero de repente todo se desvaneció ante mis ojos: deseaba tener a Lata a mi lado y me enfurecí con ella por no estar allí. ¿Por qué me dejaba sola? ¿No nos habíamos jurado permanecer siempre juntas? ¿No éramos hermanas?

Me pasé deprisa la mano por los ojos y miré al grupo de cazadores. ¡Que saris de seda maravillosamente bordados llevaban las mujeres! ¡Y qué hermosas eran! Había oído hablar de la existencia de personas así, pero nunca había tenido ocasión de contemplarlas. Ya que eran tan bellas, ¿no deberían ser entonces mejores personas? De alguna manera tenían que haberse ganado sus riquezas y su belleza. Quizás en alguna vida anterior... Si las asaltábamos y robábamos, ¿no estaríamos actuando contra la voluntad de los dioses? ¿No nos castigarían por ello? ¿Cómo sería nuestra próxima vida si pecábamos de tal forma en ésta?

Pensé muchas cosas que habría podido pensar antes. Pero en medio de mis reflexiones resonó el primer tiro. Disparado por Meera. Ese honor le correspondía a ella. Vi cómo uno de los sikhs dejaba caer su fusil, y tras llevarse las manos al corazón, se desplomaba. Su perro saltó y ladró... Se oyó otro tiro, y quedó tumbado con un aullido. Los sikhs se tiraron al suelo y devolvieron los disparos, las mujeres y los hombres sentados a las mesas del desayuno se levantaron de un salto y corrieron a refugiarse en las tiendas. Algunas gritaban con fuerza y arrastraban tras ellas a niños llorando. Yo, olvidando por completo que Kamla me había ordenado mantener la cabeza pegada al suelo, contemplaba sin pestañear a las personas que huían. Tan bellas, tan ricas... y, sin embargo, ¡nos temían! Me inundó un sentimiento difícil de describir: odio hacia aquellos que eran tan ricos que nos atraían, orgullo por nuestra propia fuerza, y de repente también avidez. Sí, avidez por su riqueza. Vi a Kamla disparando de rodillas para acertar mejor a los sikhs tumbados en el suelo y a sus perros; vi a todos los demás baghis arrodillarse uno tras otro, disparar y, por último, a una señal de Meera, asaltar el campamento. Todo eso vi y me levanté también y corrí con ellos... incapaz ya de pensar.

Los pocos sikhs que aún quedaban con vida y nos hicieron frente fueron asesinados en el combate cuerpo a cuerpo, tiroteados o apuñalados. Sí, también vi eso, pero ya no me asusté. Al contrario, de haber tenido una pistola, habría disparado; de haber tenido un cuchillo, lo habría utilizado. Tal vez por miedo, o por rabia... no lo sé.

Los primeros de nosotros habían alcanzado ya las tiendas y empujaban hacia la pradera a hombres, mujeres y niños. Las mujeres lloraban, los niños chillaban, los hombres suplicaban piedad. Los baghis hacían oídos sordos. Se precipitaban sobre las mujeres, les arrancaban las pulseras de oro de brazos y tobillos y las cadenas cuajadas de piedras preciosas de sus gargantas. A los hombres les hundían en la barriga los cañones de los fusiles. Temblando nos entregaban sus carteras y, sin necesidad de exigírselo, todos los demás objetos de valor que llevaban consigo: relojes adornados con piedras preciosas, mecheros, navajas, anillos... Suplicaban por su vida y se habrían bebido nuestra orina si se lo hubiéramos exigido. Los niños ya no lloraban. Habían visto a todos los sikhs muertos y el horror había secado sus lágrimas. Se limitaban a mirarnos con los ojos abiertos como platos, como se mira a las bestias salvajes que están a punto de devorarte. Entonces se despertó en mí un odio tan hondo que no me quedó otro remedio que darle salida. Me dirigí hacia una niña de unos diez años, cubierta de joyas, que llevaba todo el tiempo con sus ojos atemorizados clavados en mí, precisamente en mí, y le arranqué el arete de la nariz. Ella gritó, ensangrentada; debí hacerle mucho daño.

Me ha costado mucho escribir esto, pero ya está hecho, y me alegro.

¿Por qué lo hice? ¿De dónde procedía ese odio? No dejo de darle vueltas desde entonces a estas preguntas. ¿Fue porque esa niña era más rica y más bella que yo? ¿La hice responsable de haberme convertido en una baghi? Posiblemente haya un fondo de verdad en todo ello. Todavía hoy me asusta que yo, la por lo demás tan pacífica Munli, fuera capaz de tanto. ¿Qué hay en mi interior que desconozco?

No era yo la única cruel, y no pretendo disculparme con ello. Meera le clavó su cuchillo en el vientre a un hombrecillo que, con voz llorosa, le prometía regalarle varias casas si le perdonaba la vida.

—¡Tendría que cortarte la lengua por charlatán! —le gritó mientras le acuchillaba.

Kamla le arrancó a una mujer, ante los ojos de todos los hombres, su sari de seda verde bordado en oro entre las carcajadas de los baghis. Chitta, el sacerdote, cogió a una de las jóvenes más hermosas y la arrastró al interior de una tienda. Tarapada, el tamborilero, le dibujó a una mujer gorda con su afilado cuchillo un círculo en torno al ombligo; quería ver si brotaba grasa o sangre. Vasu agarró a un pálido joven de la oreja y lo llevó a empellones de un lado a otro, golpeándole y dándole patadas, hasta que el joven se dio por vencido y le mostró el escondite en el que había querido proteger sus objetos de valor: había arrojado su dinero y todas sus joyas a la letrina y tuvo que sacarlas con sus propias manos, limpiarlas y entregárselas con gesto humilde a un Vasu engreído por su éxito. Prabal y Pillai abandonaron una tienda, de la que hasta entonces llegaban a nuestros oídos muchos gritos ahogados..., y en la que ahora reinaba de nuevo el silencio.

¡Basta! Podría describir todavía muchas más crueldades como éstas, pero no es mi intención hacerlo. Me limitaré a hablar un poco de mi amiga. Lata le arrancó del cuello a una mujer joven un collar de perlas. El collar se rompió y las perlas cayeron sobre la hierba. Lata le ordenó a la mujer recogerlas, y cuando se arrodilló, le pegó una patada en la espalda, y a continuación otra en la tripa. La mujer cayó de bruces y se volvió, momento que aprovechó Lata para, con una mirada cargada de odio, asestarle otra patada en pleno rostro.

Me asustó la mirada de mi amiga. ¿Tendría yo ese aspecto cuando le arranqué a la niña el aro de la nariz? ¡Seguro que sí! Lo contrario resultaba impensable...

Sin embargo, no me avergoncé de mi acción, al menos en aquel momento. Mi odio hacia esas personas hermosas y ricas se acrecentó. ¿No nos habían convertido en lo que éramos? Y si éramos ya así, ¿no deberíamos serlo entonces con todas las consecuencias? A continuación, siguiendo a los demás me precipité en las tiendas para robar esas cosas hermosas con las que siempre había soñado. Descubrí un transistor y lo cogí. Vi sobre una percha un sari de seda roja bordado en oro y me lo llevé. Un joyero vacío..., y lo robé.

No vi lo que robaban los demás. Sólo después de haber huido de nuevo a las montañas y cuando todos se jactaban del botín, logré hacerme una cierta idea. Habíamos arramblado con cuanto podíamos llevar: ropa, tanto de hombre como de mujer, zapatos, joyas, dinero, armas, prismáticos, mecheros, latas de conservas, alcohol, cigarrillos... Nos habíamos guardado el botín entre las ropas o lo habíamos atado a nuestro cuerpo, pues necesitábamos las manos libres para sujetarnos a los arbustos y matorrales durante la ascensión a las montañas.

Huíamos como acosados, como si nos persiguieran los muertos que habíamos dejado a nuestras espaldas. Entre ellos Uptal, al que le gustaba tanto pescar, y Nirmela, la mujer de Prabal, que no podía alimentar a sus hijos... No tuvimos que lamentar más pérdidas, pero a esos dos los conocíamos, los sikhs asesinados nos eran ajenos.

Lo peor fue que no pudimos llevarnos a Uptal y a Nirmela para que —como exige la religión— sus familiares más allegados los enterrasen. Sus cadáveres habrían entorpecido nuestra huida. Teníamos que apresurarnos. En cualquier momento podían aparecer policías, atraídos por los disparos. Éramos bandidos, proscritos, y teníamos miedo... De los policías, de nuestras víctimas, de la venganza de los dioses...

Lobo o cordero

La noche está a punto de acabar. Pero ahora ni quiero ni puedo dormir. Estoy completamente despejada. Vuelvo a sentirme como aquella mañana, a pesar de que todo ocurrió hace ya tres años. ¿Qué significa «pasado» cuando todo sigue tan vivo en la memoria?

Fue una huida silenciosa y sin aliento. Yo corría de nuevo junto a Kamla. Lata, delante de mí. No podía hablar con ella, ni siquiera mirarla. Me avergonzaba de ella... y de mí misma. Kamla no pronunciaba palabra. Nadie lo hacía. Llegamos a nuestro campamento al anochecer. Un cielo nocturno de color melocotón pendía sobre las montañas. Acalorados y rendidos nos congregamos ante la cueva de Meera y colocamos todo lo robado ante sus pies. Meera, que de todos nosotros era la que me parecía más fresca, examinó detenidamente el botín, y, tras elegir unas cuantas cosas, devolvió la mayoría.

A Lata eso no le gustó, pues quería quedarse con lo que había robado.

—¿Y el abuelo Dschaya? —preguntó Kamla con tono severo—. ¿Y los policías?

—¿Los policías? —replicó asombrada Lata—. ¿Por qué entonces hemos corrido tanto?

Kamla agitó la cabeza.

—Nunca se sabe si andan merodeando por ahí los de otras zonas.

Los baghis no sabían lo que Meera entregaba al abuelo Dschaya para sobornar a los policías. Sólo lo que guardaba para sí misma lo descubrían tarde o temprano. Pero esto no molestaba a nadie; al contrario, la mayoría se alegraba.

Lata y yo fuimos las últimas en comparecer ante Meera. Ésta dio su opinión sobre las latas de conservas y los dos saris que Lata había robado y se lo devolvió todo. Lata se alegró y yo me adelanté. Cuando Meera vio el arete se echó a reír a carcajadas.

—Recuerdo cómo se lo arrancaste de la nariz a la muñequita. Ahora su belleza ya no valdrá gran cosa, y a su padre no le quedará otro remedio que aumentar la dote.

Con estas palabras me devolvió el arete de nariz y el joyero vacío. Se quedó con el sari rojo y encendió en seguida el transistor. Sonó una música estridente. Meera rió, rió como una niña pequeña, encantada con la radio y se la guardó para ella. De la mañana a la noche la música brotaba de su cueva, una música que a mí, del alba al ocaso, me recordaba el asalto; el abuelo Dschaya tenía que andar trayendo continuamente pilas nuevas.

Una vez se hubo repartido el botín, Meera le dio las gracias a Nandi y a los dioses a los que había orado para que tuviéramos éxito. Nos postramos a su lado y rezamos con ella, incluyéndome a mí, pero yo no rezaba de verdad. ¿Quién podía creer en serio que lo que habíamos hecho era voluntad de los dioses, que éstos nos habían ayudado?

Al finalizar su plegaria, Meera se retiró a su cueva, no sin antes anunciar a la banda que aquella misma noche, cuando todos hubiéramos descansando un poco, se celebraría una gran fiesta. La fiesta de la victoria y de la alegría. Todos teníamos que vestirnos con nuestras mejores galas. Ahora nos sobraba comida y bebida.

Los baghis recibieron con júbilo la noticia. La esperaban; era habitual que tras un asalto con éxito se celebrase una fiesta. Además ninguno de ellos estaba cansado, a pesar de que todos habían pasado la noche en vela y llevaban a sus espaldas dos esforzados días de marcha. Miré a Ketaki, sentado junto a Bihendra, en compañía del cual había vigilado el campamento. Aunque también ellos recibirían una pequeña parte del botín, no daban gritos de júbilo. Ketaki tenía los ojos fijos, perdidos en el vacío; Bihendra hablaba con Raviji. Cuando captó mi mirada, su rostro se transformó en una mueca, como siempre que sonreía.

Apareció Kamla.

—Ven, mi pequeña perla —me dijo besándome con ternura—. Ponte guapa. Hoy te has vencido a ti misma y eso hay que celebrarlo.

Nos pusimos guapas en la medida de lo posible. Mi sari rojo había pasado a ser propiedad de Meera y yo no deseaba ponerme el arete en la nariz.

—¿Quiéres que te preste uno de mis dos saris para esta noche? —me preguntó Lata.

En un primer momento estuve a punto de negar con la cabeza, pero después lo pensé mejor y acepté: si hubiera rechazado su oferta, seguro que se lo habría tomado a mal. Antes de ponernos los saris robados nos lavamos. Nos desnudamos detrás de la tienda de Kamla, ocultas por unos paños, y nos vertimos la una a la otra agua sobre la cabeza. Lata escandalizaba, gritaba y retozaba, alegre por haber conservado los dos saris.

Cuando terminamos de vestirnos, se presentó Kamla y dibujó el símbolo de la suerte a nuestro alrededor dejando escurrirse entre sus dedos un poco de la harina de arroz que había robado. La seriedad de mi rostro la dejó asombrada.

—¿Qué te pasa? ¿Es que estás triste por tu sari rojo?

—No —me limité a responder.

—Es tonta. Es incapaz de alegrarse —replicó Lata dirigiéndome una mirada de enojo.

—Claro que soy capaz de alegrarme —respondí con más violencia de la pretendida—. Pero no de algo así.

—No tenías que haber sido tan brutal —me riñó Lata—. Si deseabas conseguir a toda costa el arete, podías haberlo hecho de otra manera.

—¿Y tú? ¿Acaso no fuiste brutal? —apreté los puños. ¡Cómo se le ocurría a Lata pensar que yo había sido tan cruel por pura avaricia!—. ¡Hasta le diste una patada en plena cara! —y tomando el arete, lo arrojé describiendo un amplio arco por la falda de la montaña—. ¡Allá va! Para que veas lo mucho que me importa.

Ella me miró con expresión sombría.

—Eres imbécil, tan imbécil que a partir de hoy ya no seguirás siendo mi hermana.

¿Lata ya no quería ser mi hermana? Eso era demasiado. Me tapé la cara con las manos y me alejé de allí a toda prisa. Kamla salió corriendo tras mis pasos, me sujetó, me acarició, me consoló y prometió buscar el arete al día siguiente, con la luz del día.

—¡No lo quiero! —grité enfurecida.

—¿Que no lo quieres? Pero, tontita, si vale bien a gusto sus trescientas rupias...

Kamla creía que era mi ignorancia acerca del verdadero valor de la joya lo que me había inducido a tirarla de una forma tan descontrolada. Y la verdad es que no le faltaba razón: ¿Trescientas rupias? Eso suponía casi medio año de trabajo en la construcción de la carretera...

—Estáis alteradas —me susurró Kamla—. Sois demasiado jóvenes para este tipo de cosas. Lo dije desde el primer momento.

Regresé con Kamla a su tienda para hacer las paces con Lata. Pero ésta no apareció por ninguna parte; también ella se había alejado corriendo.

La fiesta de la victoria comenzó con un gran banquete, preparado por las mujeres que se habían quedado en el campamento. Nos sentamos todos alrededor del fuego de carbón vegetal y nos servimos peces asados, arroz caliente con manteca y chapattis. Pese a mi abatimiento sentía curiosidad por ver si comería primero Meera o Jeschuvant. Ella era una mujer, la capitana; él, un hombre, pero no el cabecilla.

Fue Jeschuvant quien comenzó. Cogió arroz con un trocito de chapatti y colocó el primer mordisco, según es costumbre, sobre el suelo. Con ese gesto lo ofrecía a los dioses y a los muertos. Fue la señal de que podían empezar a comer los demás hombres. Decepcionada miré hacia Meera. ¿Mandaba a los hombres y no podía comer a la vez que ellos? Ella, sin embargo, ya estaba comiendo; debió empezar en algún momento antes, después o mientras Jeschuvant separaba el bocado ritual. Entonces comencé yo también y por primera vez en mi vida lo hice al mismo tiempo que los hombres. Me sentía autorizada para ello. Aunque no había disparado y, por tanto, no había matado a nadie, había sido cruel como ellos, había odiado como ellos, había robado como ellos. Si no nos ateníamos a las grandes leyes, ¿por qué observar las pequeñas?

Mientras comía, miré a mi alrededor. Lata se había sentado muy lejos de mí. Eso debería haber llamado la atención. Era la primera vez que no estábamos juntas. Pero nadie se dio cuenta excepto Kamla. Para todos los demás éramos casi insignificantes.

Fue entonces cuando caí en la cuenta de que los baghis, además de los dos muertos, habían tenido numerosos heridos. Éste llevaba la frente vendada, aquél el brazo o la pierna. Durante la huida de regreso a las montañas no habían desperdiciado una sola palabra, limitándose a apretar los dientes y a correr con los demás, pero ahora mostraban con orgullo sus heridas. Mi mirada cayó sobre Jeschuvant. Llevaba una de las camisas de colores bordadas de perlas que les habíamos quitado a los ricos, y así vestido tenía buen aspecto, parecía casi uno de ellos. ¿Quería eso decir que la diferencia entre ellos y nosotros no era tan grande?

Meera se había puesto el sari rojo que yo había robado. También ella parecía completamente distinta, muy esbelta, casi delicada, y tierna, muy tierna.

Si la diferencia era inapreciable desde fuera, ¿acaso estaba en el interior de las personas? ¿Era nuestra crueldad la que nos convertía en personas diferentes? ¿Por qué éramos tan crueles? Mi mirada volvió a caer sobre Jeschuvant. Él no había cometido ninguna crueldad, se había limitado a dar órdenes. ¿Por qué se había contenido de ese modo? ¿Es que no sentía odio hacia los ricos? Sí, eso era: no los odiaba, sólo pretendía enriquecerse. Eso le diferenciaba de los demás, haciéndole incluso superior a Meera.

Pero aún cuando no odiase, tampoco era capaz de amar, de eso estaba convencida. Observé pensativa cómo Meera masajeaba los pies de Jeschuvant tras la comida, cómo le ofrecía bebidas. Al hacerlo su comportamiento no era distinto del de cualquier otra mujer casada con su hombre. A veces —como en la comida— rompía la tradición, otras se sometía a ella. Para mí, Meera resultaba un enigma. La amaba, como todos los demás, la temía y la respetaba, pero no la comprendía.

Sumida en esos pensamientos sentí sobre mí la mirada de Bihendra. De nuevo mostraba aquella extraña sonrisa suya. Me volví confundida: ¿Por qué me miraba con tanta insistencia el leproso? ¿Qué le interesaba tanto de mi persona?

Kamla llegó trayendo a Lata consigo y nos ofreció el aguardiente marrón de los ricos.

—Haced las paces —rogó—. Bastantes discordias hay ya en el mundo.

Miré a Lata. ¿Estaba dispuesta a reconciliarse conmigo? No, desde luego que no. Obedecía a Kamla, de modo que yo también me limité a obedecer. Bebimos ambas del fuerte aguardiente y nos abrazamos. Poco después volvimos a discutir. Lata habló del viejo fusil de Kamla y le rogó que nos enseñase a disparar.

—¿Y Uptal? ¿Y Nirmela? —pregunté pensando que eso la asustaría.

Sin embargo, no lo logré. Lata había reflexionado mucho sobre el asunto.

—Uptal vivía antes como un perro —respondió—. Si no se hubiera marchado a las montañas, habría reventado hace años. Aquí ha vivido a cuerpo de rey. Vivió sus últimos años con más comodidades que cualquier hombre de nuestra aldea. Con más comodidades incluso que Adoor Ram.

La última frase era un dardo envenenado dirigido contra mí. No me atreví a referirme más a Nirmela ni a Prabal, que, un poco apartado, comía y bebía, aunque lloraba la muerte de su mujer. Ni siquiera podía enterrarla con dignidad...

—¿Con más comodidades incluso que Birri? —me limité a preguntar con hostilidad.

—¿Qué tiene que ver tu hermano en todo esto? ¿Me ayuda él como yo le ayudé? —se levantó y me miró enfadada—. No eres mi madre ni tampoco mi tía. Ni siquiera mi hermana eres ya. ¿Cómo pretendes educarme, tú, precisamente tú... en lugar de estarme agradecida?

Agaché la cabeza y ella se marchó para instalarse en cualquier otro lugar más alegre.

—Tenía que ser así —suspiró Kamla—. Sí, tenía que ser así— acarició mi cara, me besó y añadió—: La vida no va a resultarte fácil, corazón. Te preocupas demasiado.

Tras estas palabras, se levantó y se marchó. Yo me quedé sola, sola como nunca lo había estado en toda mi vida. Hasta entonces al menos había contado con Lata...

—¿Te avergüenzas por lo que has hecho, verdad? —preguntó entonces una voz a mi espalda.

Me volví y retrocedí: ¡Bihendra! Se había sentado a mi espalda, muy cerca de mí, y me dirigía su cara carcomida por la lepra.

—He escuchado vuestra disputa —me explicó sonriendo—. Tengo derecho a ello. Soy Kama, el hermoso dios del amor. Y vosotras sois mis dos esposas, a las que he de cuidar.

Desvié la vista. La horrible sonrisa de Bihendra no se podía soportar durante mucho tiempo ni siquiera en la oscuridad. Él se dio cuenta.

—Aparta la mirada si quieres, pero escúchame —rogó—. Te he estado observando todo el rato mientras pensaba en ti. ¿Habrá sido todo en vano? —guardó silencio unos instantes, y al ver que yo ni decía nada ni alzaba la cabeza, prosiguió—:

Bien, mujercita mía, contéstame a esta pregunta: ¿Qué prefieres ser, un lobo o un cordero?

No respondí. Sabía lo que se proponía con semejante pregunta.

—¿Lo ves? —exclamó regocijado—. No quieres ser el cordero que es devorado por el lobo, pero tampoco quieres ser el devorador. Entonces ¿qué? Sólo hay lobos y corderos. O devoras o eres devorada. Así es la vida, tú eliges.

¿Elegir? Como no sabía qué contestarle, permanecí en silencio.

—¿Qué ha ocurrido que sea tan importante? —preguntó Bihendra—. Un par de luces se han apagado. Bueno, ¿y qué? Todos los días se apagan muchas. En algún momento volverán a encenderse, vivirán de nuevo. Si esta vida ha sido dura para ellos, serán premiados en la próxima; si hasta ahora les fueron bien las cosas, quizás en lo sucesivo les vayan mal. Los dioses velan por todo. Son justos. Así que ¿por qué preocuparnos? Cuando matas a alguien, es Shiva quien guía tu mano; Shiva destruye el mundo y lo configura de nuevo. ¿Qué importa lo que haga con nosotros?

Ahora sí alcé la mirada. ¿Me estaba hablando en serio? No, sonreía con sarcasmo.

—¿Acaso no es cierto? ¿No existen entonces los dioses: ni Brahma, ni Shiva, ni Krishna, ni Vishnu? —me preguntó a continuación con tono de fingido horror.

Me encogí de hombros con un gesto que era mi primera respuesta a sus palabras.

—¡Ajá! —Bihendra sonrió—. No estás segura de tus pensamientos... Pero entonces, ¿por qué crees que debes tener remordimientos?

Nunca un hombre me había hablado con tanta seriedad. Cuestionar la religión y el orden divino no era precisamente un tema de mujeres. Sentía cierto orgullo de que Bihendra me hablase así. Por otra parte, estaba desamparada: sabía demasiado poco para entenderlo del todo, o incluso para contestarle.

—Voy a decirte algo —comenzó de nuevo Bihendra—. También yo soñé un día con un mundo mejor y más justo; un mundo sin odios ni envidias, sin violencia ni pobreza. Cuando huí de nuestra aldea, me creía incluso capaz de cambiarlo. Por eso me uní a los rebeldes, no para robar, asesinar y saquear. Pero he renunciado, he comprendido que no soy ningún salvador del mundo. La justicia ni existe ni existirá. ¿Vale la pena convertirse en una persona mejor mientras no mejore el mundo? Míralos bien: mira a esos que llamamos nuestros mejores hombres, a los policías, a los políticos, a los terratenientes, a los propietarios de fábricas. ¿Quién de ellos es de verdad mejor? Si son capaces de todo por dinero, y encima reniegan de su propia madre y de todos los dioses. Ellos predican: «Sé bueno, sé una oveja, déjate esquilar obediente por nosotros y alégrate por la escasa hierba de tus pastos.» Pero cuando llega la sequía o un terrible monzón y revientas, qué pueden hacer ellos... Ve a quejarte a los dioses. —negó con la cabeza—. No, no, ovejita. No creas que eres peor que ellos. He conocido terratenientes que a pesar de la enorme penuria de sus campesinos prendían fuego a su trigo para mantener los precios. He visto cómo por pereza y derroche dejaban perderse sus tierras, a pesar de que un par de aldeas más allá la gente se moría de hambre. Ay, capullito, los verdaderos criminales no somos nosotros, ¡son ellos! Nosotros asesinamos, y ellos también. La diferencia es que ellos apartan la mirada cuando matan... y nosotros no. Nosotros asumimos nuestros actos, y algún día pagaremos también por ello. Todos esos políticos y policías que se dejan sobornar, todos esos rapaces terratenientes y propietarios de fábricas no pagan, son personas honorables; sus actos se atienen rígidamente a la ley.

Bihendra enmudeció y permaneció largo rato en silencio.

—Sabes que tengo la lepra —dijo al fin—. Pero ¿a qué no sabes por qué? Porque hasta que cumplí los veinte años dormí con cabras y cerdos en un establo. No éramos lo bastante ricos para tener dos chozas. Los animales tenían preferencia porque eran nuestro seguro de vida: sin ellos ninguno de nosotros habría sobrevivido. ¿Crees que alguno de los que habéis asaltado contraerá la lepra? Ellos duermen en camas de seda, comen en platos limpios, y sólo por apetito, no porque estén hambrientos. ¿Es eso justo? Ellos son los verdaderos lobos; mientras seamos corderos, roerán hasta nuestros huesos. Te compadeces de los asaltados, te consideras mala por haber abusado de ellos. Ellos abusan a diario de nosotros. ¿Sienten acaso compasión? ¿Se consideran malos?

Las palabras de Bihendra aliviaron mi conciencia, pero no la acallaron del todo. Él lo percibió, y yo también me di cuenta de que su conciencia hablaba todavía. Sus palabras no iban destinadas únicamente a mí: estaba defendiendo su propia vida.

—Voy a morir —prosiguió Bihendra—. Ya no tardaré mucho. Chitta, el sacerdote, me promete que retornaré. ¡Con otro cuerpo diferente! No obstante, si su religión tiene razón, no regresaré a la tierra como ser humano, sino como rata. Lo asumo. Las ratas viven mejor, no están sometidas a las leyes inhumanas de los hombres; a las ratas se las mata, no se las deja morir de hambre lentamente.

Al darse cuenta de que no comprendía el sentido de sus palabras, me lo explicó.

—Nuestras leyes son inhumanas porque sólo sirven a unos pocos. Y si las leyes son inhumanas y los baghis no tienen ley, entonces las verdaderas personas somos nosotros. Está claro, ¿no? —reía.

Ya no pude resistir más y por fin abrí la boca.

—Esas leyes... quiero decir, ¿qué pasa con los baghis que ellos hacen prisioneros?

—Los ahorcan. Te ahorcarían incluso a ti. Sólo te ofrecen una oportunidad: entregarte. Entonces te condenan a cadena perpetua. Aunque en ese caso suelen ser *generosos* y te conceden un indulto a los nueve, diez u once años.

Yo callaba.

Bihendra alargó su mano para acariciarme el brazo, pero volvió a retirarla en el acto.

—¡Perdóname, ovejita! A veces me olvido de mi suerte.

¿Su suerte?

Rió con amargura.

—¿Acaso no lo es? Una cosa sé con seguridad: a mí ya no me encierra nadie.

Incliné la cabeza, él me hizo una señal de asentimiento.

—¿Quiéres a Ketaki, verdad?

¿Cómo podía saberlo? ¿Lo habría leído también en mi rostro?

—Hacéis los dos una buena pareja. Él piensa igual que tú. Se avergüenza, teme a la violencia que lleva dentro. Aquel policía, al que le pegó con la piedra en la cabeza para no ir a la cárcel... Todavía piensa en él, se preocupa, confía en que siga con vida...

¿Ketaki temía a la violencia que llevaba dentro? Yo no había visto todavía así las cosas. ¡Claro, eso era lo que me preocupaba tanto!

También ahora adivinó Bihendra lo que pasaba por mi cabeza.

—No te engañes. Ketaki, participe o no en los asaltos, vive únicamente gracias a nuestra violencia. Las leyes no establecen diferencias al respecto... y yo tampoco.

Tenía razón, y sin embargo, lo que había dicho de Ketaki me animó. ¿Lobo o cordero? A lo mejor existía una tercera vía, quién sabe si no podríamos encontrarla Ketaki y yo; a lo mejor nuestros sueños no andaban muy descaminados.

El premio del cielo

Cuando regresé de la capital ayer por la noche, estaba tan cansada que no fui capaz de escribir ni una línea. Me había pasado escribiendo toda la noche anterior, como enfebrecida, y a veces con lágrimas en los ojos. Así que me acosté en seguida dispuesta a dormir, pero las demás no lo consintieron.

—¡Ah, Munli renuncia a su cena! —bromeó Kani—. ¡Magnífico! Tenemos que ahorrar... para el señor Godse.

—¡Bah, déjala! Está de nuevo viviendo con los baghis. Qué le importamos ahora nosotras.

Consiguieron animarme un poco. Me obligaron a beber la bebida predilecta de Kani —agua caliente con leche, hojas de té y azúcar—, y me hicieron hablar. «¿Pretendía pasarme todas las noches escribiendo? ¿O tal vez acariciaba incluso la idea de convertirme en escritora? ¿Me quedaban todavía lápices suficientes?» Nos reímos mucho, y la risa despabila. Al final acabaron por revelarme que había llegado el correo.

—¿Del señor Godse? —pregunté asustada—. ¿El nuevo contrato de arrendamiento?

No, el nuevo contrato de arrendamiento no ha llegado aún. Así que podemos seguir abrigando la esperanza de que nuestro casero cambie todavía de parecer, pero no nos hacemos ilusiones. La carta que me entregaron mis compañeras con gesto solemne era de Yoni, mi «hermano pequeño». Había recibido la mía y me lo agradecía. Además decía que esperaba con impaciencia las vacaciones porque entonces podría por fin venir a visitarnos.

¡Viene Yoni! Cuánto me alegro. Con el correr del tiempo se ha convertido en un verdadero hermano para mí.

Ayer Aruna llegó muy tarde. Yo todavía estaba despierta. Naturalmente sabía que me había pasado escribiendo toda la noche anterior y me preguntó si podía leer lo que me había conmovido tanto. Me alegré de que lo leyera. La había echado mucho de menos durante la noche. Cuántas veces miré hacia su puerta en busca de ayuda, cada vez que me faltaba alguna palabra concreta, pero no podía despertarla a cada momento.

Hoy vuelvo a estar fresca y me apetece continuar escribiendo. Lo primero que he hecho ha sido revisar a fondo las correcciones de Aruna. Cometo tantas faltas todavía, empleo tantas veces palabras equivocadas. ¿Será verdad la alabanza de Aruna de que cada día mejoro más o sólo pretenderá infundirme ánimos? Ya me da igual que sea cierto o no, pues de todas formas me resultaría imposible dejar de escribir. Tengo que terminar de contar la historia, aunque sólo sea para mí misma.

Aquel primer asalto... ¿Cuántos quebraderos de cabeza me dio! Durante los días siguientes la vida volvió a ser tan tranquila y casi tan aburrida como antes, pero para mí todo había cambiado. Si hubieran aparecido los policías, si nos hubieran perseguido, si hubiéramos tenido que huir, a lo mejor me habría resignado y me habría convertido en una auténtica baghi. Pero nada de eso ocurrió. El abuelo Dschaya se presentó en el campamento, se llevó de la cueva de Meera un saco lleno de joyas robadas y todo se quedó en calma. Busqué a Ketaki, deseando hablar con él de mis miedos y de los suyos, pero él me rehuía.

Cuando le dije que le comprendía, que no tenía que avergonzarse, se limitó a dirigirme una mirada sombría.

—¿Avergonzarme. ¿Por qué? ¿De qué?

Yo no supe encontrar las palabras adecuadas, y lo que me atormentaba desde aquella mañana se me quedó dentro.

Con Lata volví a reconciliarme en seguida. Hubo lágrimas, un abrazo, noches pasadas en vela a la luz de la luna en las que nos juramos que éramos hermanas y que no nos dejaríamos jamás en la estacada la una a la otra. Pero cuanto más nos asegurábamos fidelidad, más desconfiadas nos volvíamos: ¿a cuento de qué le dábamos tantas vueltas al asunto? La razón era simple: teníamos miedo a ser desleales entre nosotras, eso era todo. Ambas lo sabíamos. La mañana aquella y la noche siguiente proyectaban una sombra sobre nuestra amistad.

A ello hay que añadir una cosa más: yo le hablé pronto a Lata de mi conversación con Bihendra, y eso excitó su curiosidad. Cierto día que encontró a Bihendra ante su choza del monte habló también largo y tendido con él. Les oí reír juntos. Era evidente que Lata no tenía nada en contra de ser una loba. Eso me afectó mucho, a pesar de que no me pillaba de sorpresa.

Desde entonces comencé de nuevo a pensar cada vez más en nuestra aldea. Sentía nostalgia de mi familia, de Mantu, de Dinni, de Shana Nariz Chata. Las cosas llegaron a tal punto que la idea de ser la esposa de Adoor Ram me parecía un mal menor. Con ello me engañaba a mí misma, pero necesitaba alguna válvula de escape. Mi esperanza de encontrar con Ketaki una tercera vía casi se había desvanecido; debía mantenerla artificialmente con vida para tener algo a que aferrarme.

Además me asustaba el próximo asalto y pensaba si no debería pedir permiso para quedarme en el campamento como Ketaki. Me imaginé una enfermedad que pensaba simular ante los baghis para tener un motivo de súplica y confiaba en que el campamento vacío me ofrecería mejores ocasiones para hablar con Ketaki. Sin embargo, pasaban los días y nada sucedía. Bien es verdad que siempre se perpetraban pequeños asaltos contra las aldeas de los alrededores, pero eran acciones de miembros aislados de la banda; a Meera y Jeschuvant esos ataques les disgutaban. Decían que, además de no compensar, suponían una amenaza para todo el campamento. Al igual que no se le puede impedir beber a un perro sediento, tampoco Meera podía prohibir a los baghis sus pequeñas correrías.

Conforme pasaban los días, el calor empeoraba. Todos los meses de mayo lucía un sol abrasador, pero aquel año alcanzó límites insospechados. La tierra se agotaba. El verdor de los alrededores había adquirido un tono marrón que no tardó en convertirse en amarillento. Nuestro riachuelo quedó reducido a un pequeño cauce, con las orillas abarrotadas de peces muertos. Las plantas se secaban y únicamente a los cardos no les afectaba la larga sequía, de manera que pronto lo cubrieron todo.

No obstante, lo peor eran las hormigas. Pululaban por todas partes, en las mantas, en las provisiones, en los vestidos. Por la noche no te dejaban pegar ojo, y durante el día debías ocuparte continuamente de quitártelas de la piel. Las abundantes moscas no eran ni con mucho tan molestas y las dejábamos posarse, siempre que no se nos pusieran justo en la punta de la nariz.

Al igual que las gentes de nuestra aldea, también los baghis se cobijaban durante la estación cálida en las escasas sombras de sus chozas o detrás de paños desplegados; lo mismo que en nuestra aldea también aquí todo parecía muerto durante el día: calor y silencio eran una misma cosa. El eterno zumbido de las gruesas avispas amarillas, que se multiplicaban tan aprisa en la estación cálida, sólo aumentaba esa impresión de silencio. Únicamente cuando se ponía el sol, cuando la enorme naranja madura se escondía tras las montañas, volvía lentamente la vida entre nosotros, y aprovechábamos para cocinar, lavar, comer y charlar. Pero incluso entonces Kamla continuaba tumbada en su cama. Se sentía de verdad fatal, ya ni siquiera el Bálsamo de Tigre la aliviaba.

En nuestra aldea, durante aquellas noches de calor, Bhimal, el sacerdote, era el hombre más importante. Con expresión transfigurada se introducía en una pila llena de agua y murmuraba antiguos himnos de los libros sagrados para implorar la lluvia. Si llovía, era agasajado; en caso contrario, escarnecido. Los niños nos alegrábamos; llevábamos mucho tiempo antes alegrándonos del agua en la que se había metido Bhimal. A continuación se repartía, pues nuestro río casi se secaba por completo en la estación cálida y el lago se convertía en un pantano seco. A menudo durante días enteros no teníamos nada que beber.

En el campamento de los baghis la situación no era mucho mejor; Chitta, sin embargo, no se metía en un barril ni jugaba a ser el hacedor de lluvias; se pasaba la vida con Lalitha, la viuda de Uptal, dejándose agasajar por ella y durmiendo en su compañía. Para los habitantes de la capital este hecho quizá no sea tan desacostumbrado —en la capital hay incluso viudas que vuelven a casarse—, pero para nosotros, los aldeanos, era algo terrible: una mujer pertenece al hombre con el que ha sido desposada, no es libre ni siquiera tras su muerte.

Los baghis pensaban de otra manera: ¿acaso no había tomado Meera a Jeschuvant como sucesor de Bihendra, incluso con la aquiescencia y la conformidad de éste? ¿Por qué no podía Lalitha vivir con Chitta? De todos modos, ya había dejado de ser un monje...

Lo que más habladurías provocaba entre los baghis era la enorme diferencia de castas entre ambos: Chitta, el brahmán, vivía con una mujer de la casta shedul; él, el hombre orgulloso que no encontraba iguales entre los baghis, era capaz de descender muy abajo en caso necesario...

Este tema dio mucho que hablar a los baghis durante casi toda la estación cálida. El segundo motivo de conversación fue el estado de los campos. Aunque ya hacía mucho que habían dejado de ser campesinos, los baghis no podían negar sus orígenes y se preocupaban de las cosechas. Las noticias que traía el abuelo Dschaya eran desastrosas.

—Las acequias son pequeños desiertos de polvo, dejan a los campos en el atolladero. La tierra, muerta de sed, abre miles de bocas esperando con avidez una sola gota de agua, pero el cielo se burla de ella.

Las «bocas» a las que aludía el abuelo Dschaya eran esas profundas grietas que se forman en los campos tras largos períodos de sequía. A pesar de que también él llevaba mucho tiempo sin salir a trabajar al campo, sentía más que cualquiera pena y temor por la cosecha; quizá recordaba su infancia y a su hermano pequeño.

Kamla intentaba consolarlo.

—¡Vamos, abuelo, no te preocupes! A lo mejor llueve mañana y nos libramos de todas las preocupaciones —le decía una y otra vez.

—¿Mañana, dices? ¿Mañana? —gritaba encolerizado el abuelo Dschaya—. ¿Y de dónde vendrá la lluvia, mala mujer? ¿Del azul del cielo? ¿De tu cuerpo quizá, puerca? ¿O te refieres a las lágrimas que derramaremos todos si Indra al fin no se compadece?

Kamla solía rezarle a Indra, el dios de la lluvia, implorándole compasión, pero ante el abuelo Dschaya jamás se hubiera atrevido a admitirlo.

—Indra hace lo que considera acertado. ¿Acaso no vivimos todavía? —le replicaba ella—. Hasta ahora Indra se ha limitado a amenazarnos y a hacernos esperar, pero no ha aniquilado a la Humanidad.

—¡Cuentos de mujeres! —gruñía el abuelo Dschaya—. Miserables cuentos de mujeres... ¡La Humanidad! Yo pienso en nuestra aldea, no en la Humanidad. La Humanidad vivirá siempre. Pero ¿y nuestra aldea? ¿Acaso no han caído ya muchas víctimas de la sequía? ¿Es que no han mordido ya el polvo demasiados animales y personas? —calló enfurecido y prosiguió con desprecio—: Vosotras, las mujeres, sois una plaga. No entendéis una palabra de los dioses, ni de la muerte, pero habláis, habláis y habláis. Nos hacéis la vida imposible. Como si uno no llevara ya a la espalda suficientes preocupaciones.

Kamla no le contradijo más.

—Barrunta la muerte. ¡Seguro! Barrunta la muerte —dijo cuando se marchaba.

Lata y yo nos asustamos. El abuelo Dschaya era un hombre viejo, no era extraño que barruntase la muerte... Con todo, fue él quien nos trajo al campamento de los baghis; fue él quien nos había divertido tantas veces con sus gruñidos y su furia. ¿Íbamos a perderlo?

Lata y yo temimos por el viejo, pero al día siguiente desaparecieron nuestras preocupaciones.

—Esta mañana he oído cantar al pájaro papeeha. —su cara arrugada resplandecía—. ¿Sabéis lo que eso significa?

¡Cuando canta el pájaro papeeha la lluvia se acerca! Lata y yo lo habíamos aprendido siendo niñas. Pero también habíamos podido comprobar que la sabiduría campesina no siempre era infalible.

—Sois tontas —nos riñó el abuelo Dschaya—. El pájaro papeeha no miente. —Y como si quisiera quitarnos hasta la última sombra de duda con violencia, añadió—: Además, esta noche he olido a lluvia. No tardará. No se hará esperar ni siquiera tres días.

Lata y yo queríamos creer al abuelo. Esperábamos gozosas la llegada de la lluvia, nos proponíamos saludarla como los niños pequeños, dejando que chorrease sobre nuestras cabezas y saltando bajo ella. Por eso al día siguiente no parábamos de mirar hacia sol, que desde hacía tantas semanas nos abrasaba sin piedad. ¿Veríamos por alguna parte una pequeña nubecita? Pero nada, ni un leve soplo de brisa, ni una nube surcando el cielo azul.

—Te equivocas, abuelo Dschaya —le dijo Lata con tristeza la noche siguiente—. A lo mejor este año tenemos sequía.

El abuelo Dschaya se limitó a escupir ofendido y se mantuvo en silencio. Pero a la mañana siguiente, cuando bajaba a su aldea, tropezó con Lata y conmigo.

—Esta noche empezará. No sé si no lloverán rupias. Va a ser terrible. Indra está furioso —pronosticó.

En las aldea hay un refrán que dice: «Las gotas de lluvia son rupias que regala el cielo, cada gota es un céntimo.» Pero yo conocía otro: «El único premio del cielo es la burla.» Unas palabras que corrían de boca en boca cuando la sequía o las catástrofes de las inundaciones aniquilaban las cosechas. ¿Qué refrán corresponderá ahora a la realidad?

No le engañaron al abuelo Dschaya sus presentimientos, pues esa misma tarde el cielo se tiñó de un color amarillo sucio. ¡Una tormenta de arena! Así solía comenzar la época del monzón. Todos saltamos diligentes para sujetar nuestras chozas. Lata y yo bajamos los laterales de la tienda de Kamla y atamos a unas estacas las bandas de tela. Después nos metimos dentro y aguardamos: ¿se avecinaba una pavorosa tormenta de arena?

Kamla, tras echar un breve vistazo al exterior, introdujo de nuevo la cabeza asustada y volvió a tumbarse en su cama. El cielo se había teñido ya de un color marrón oscuro; las capas de nubes pendían tan espesas y bajas como si quisieran aplastarnos. Y así sucedió: apenas se había acostado Kamla, se acercaron, azotándolo todo, las primeras nubes de arena. Los granos repiqueteaban al caer sobre las bandas de tela, el viento sacudía las estacas. Una costura reventó, y la arena granulosa y rechinante penetró en el interior. Lata y yo nos tumbamos boca abajo cubriéndonos el rostro con las manos. No queríamos respirar la arena ni que se nos metiera en los ojos, según habíamos aprendido ya en nuestra aldea: en las tormentas de arena ésta se introduce por cualquier rendija, se mete en los ojos, en la nariz, en la boca; se mezcla con el sudor y arde sobre la piel.

—¡Oh, Vayu! —imploraba Kamla desde su cama al dios del viento—. No seas muy cruel con nosotros. Envíanos a tu padre Indra. Necesitamos lluvia, no arena.

Pero Vayu no atendió las súplicas de Kamla, y desató una furia cada vez más salvaje sobre nuestro campamento. Pensé en nuestra aldea. El campamento de los baghis estaba protegido por las montañas, ¿qué pasaría en la llanura? El año pasado una tempestad de viento nos había arrancado el tejado. ¿Resistiría este año?

Poco antes de oscurecer, la tempestad amainó de repente. Salimos de debajo de nuestras telas cubiertas de arena y nos asustamos; todo estaba marrón, la tierra, la hierba, las montañas, el cielo. Algunas chozas habían desaparecido, arrastradas por el viento y sus propietarios se habían visto obligados a refugiarse en la cueva de Meera.

También el resto de los baghis salieron de sus chozas y

miraron preocupados en la dirección de la que procedía la tormenta de arena. ¿Qué pasaría a continuación? ¿Vendría una lluvia hermosa, normal, dadora de vida, que hiciera crecer el trigo, el arroz y el mijo? ¿O inundarían el país violentas cataratas de agua que arrancarían todo lo que estaba a punto de crecer? Ya nadie dudaba de que llovería pronto.

—¡Venid! —Kamla nos apartó a Lata y a mí de los demás—. No sirve de nada quedarse quieto. Será mejor que tomemos precauciones. Si Indra nos saluda, debemos estar a cubierto.

Sacudimos la arena de las bandas de tela, sujetamos y estiramos nuestra tienda y Kamla remendó todos los desgarros producidos por la tormenta de arena. No le faltaban trapos, pero era preciso que fuesen impermeables. Cuando hubo acabado, ahondamos más las zanjas que rodeaban la propiedad de Kamla, de manera que el agua de lluvia corriera montaña abajo por la pendiente. El año anterior, a pesar de las tormentas, había llovido poco; a Kamla, de hecho, no se le habían mojado los pies durante toda la época de las lluvias. Pero este año no podía evitar pensar en los presentimientos del abuelo Dschaya.

—Los viejos suelen tener un tercer ojo —decía.

Cuando ya no quedó nada por hacer, nos echamos a dormir un poco, pero no logramos conciliar el sueño. ¿No se acababa de sentir un soplo de aire? ¿No se cernían ya detrás de nosotras nuevas nubes? A menudo Lata y yo, incapaces de resistir la curiosidad, nos levantábamos y nos asomábamos a mirar, pero sólo nos rodeaba la oscuridad aterciopelada y azul de la noche.

—Tanto si miráis como si no, los dioses no se dejarán influenciar. —Kamla yacía en su cama y empezó a cavilar entre dientes—. En la capital la lluvia del monzón no es precisamente una bendición. Allí se la teme. Pero vosotros, los de aldea, la esperáis con impaciencia. Año tras año. Vuestra alegría anticipada por el monzón es como la alegría anticipada por las grandes festividades. ¿Y qué es lo que os trae? Disgustos y aflicciones, sólo eso.

Kamla tenía razón. Los habitantes de la capital comprenden con dificultad nuestra alegría anticipada por el monzón. En la capital, la lluvia causa molestias, trae enfermedad y muerte; para el campo, a pesar de todas las devastaciones y estragos, significa vida.

—Entonces ¿por qué le rezas a Indra? —preguntó Lata—. ¿Piensas acaso que puedes influenciarle?

—Hago todo lo que puedo.

Kamla rió. Pero en medio de su risa retumbó el primer trueno, y tras él, el primer golpe de viento tensó nuestras bandas de tela. Lata y yo asomamos nuestras cabezas a la oscuridad de la noche y comenzamos a dar gritos de júbilo: hacía escasos minutos aún se percibía por encima de nuestras cabezas el cielo nocturno reluciente de estrellas, ahora ni la luna ni las estrellas iluminaban la noche. Nubes gruesas y pesadas se aproximaban en una masa apelotonada. Un relámpago cruzó el cielo, seguido por un trueno.

—¡Ya empieza, ya empieza! —gritó Lata, y se precipitó hacia el exterior con el rostro levantado para recibir las primeras gotas de lluvia.

La seguí. «Si se saluda con alegría a la lluvia del monzón, tal vez Indra se apacigüe», solía decir mataji.

Otro relámpago y un nuevo trueno. Las nubes se agrupaban unas encima de otras, como una manada de elefantes barritando al unísono. Nos parecían llenas de furia ofensiva, de afán de destrucción. Dejamos caer los brazos alzados, incapaces de saludar a lo que se nos venía encima. Ahí no había nada que apaciguar. No iban a caer rupias del cielo; calamidades y penas y hambre es lo que se avecinaba. El cielo se burlaba de nosotros.

Cayeron la primeras gotas y de repente estalló la lluvia. Si alguien no creía en los dioses, en ese momento habría creído en ellos. Sobre nuestro campamento caían crepitando gotas del tamaño de piedras. Lata y yo volvimos a meternos rápidamente bajo las andas de tela y encontramos a Kamla rezando.

—¡Oh, Indra! ¿Por qué estás tan furioso? ¿Qué te hemos hecho? Hemos robado, sí; hemos matado, sí, ¡pero sólo por necesidad, Indra! ¡Sólo por necesidad! ¡Tenemos que vivir! ¡Escúchanos! ¡Tenemos que vivir!

Indra, desoyendo a Kamla y a los millones y millones de jaculatorias de las chozas de las aldeas y suburbios, descargó toda su furia sobre nuestros pecados.

—¡Es cierto, habéis pecado! —parecía gritar—. Sí, ahora me suplicáis. Pero cuando cometisteis vuestros pecados, disfrutabais. ¡Oh, miserables gusanos! ¡Caiga el castigo sobre vosotros! ¡Caiga el castigo sobre todas las personas!

También yo me sentía castigada. ¡El arete de nariz!

Kamla lo había encontrado y me lo había devuelto. Me consolé pensando que ya no era robado. Lo había tirado, en consecuencia el que ahora poseía era de Kamla. Me había engañado a mí misma y lo reconocía. Busqué el arete, salí de la tienda y se lo sacrifiqué a Indra arrojándolo con fuerza por segunda vez en la misma dirección.

Pero Indra no aceptó mi sacrificio, pues en ese mismo instante un relámpago destelló sobre mi cabeza. Duró apenas una fracción de segundo, pero a su luz deslumbrante distinguí nuestro campamento con absoluta claridad y nitidez: hundido en la lluvia como en un lago. Corrí a reunirme con Lata y me apreté contra ella. Mi amiga intuyó lo que había hecho, pero no dijo nada.

Las bandas de tela de Kamla no soportaron mucho tiempo la lluvia. Poco a poco fueron haciéndose más y más pesadas; de nada sirvió que las golpeásemos desde dentro para evitar que se formasen charcos. Al final recogimos a toda prisa las propiedades de Kamla y corrimos bajo la lluvia que nos azotaba a refugiarnos en la cueva de Meera, como el resto de los baghis. Algunos habían llegado antes que nosotros, otros venían detrás. Al final no quedó nadie en sus chozas; ninguna tienda de trapos, ningún chamizo de madera era lo bastante sólido como para ofrecer a sus moradores una protección duradera bajo la presión de semejante diluvio. Fue una bendición para nosotros poder huir a la cueva de Meera. De otro modo habríamos tenido que acurrucarnos bajo algunos de los salientes de las rocas y pasar días enteros sin fuego para secarnos ni alimentos calientes.

El último en aparecer fue Bihendra. La tormenta de arena se había llevado su choza; primero se había cobijado bajo un tronco de árbol caído, pero se vio obligado a abandonarlo muy pronto. Caía demasiado fango y piedras montaña abajo. De haber permanecido más tiempo en su escondite habría sido sepultado y habría muerto asfixiado. Ahora se encontraba delante de la cueva de Meera sin atreverse a entrar. Y eso que había sido él quien descubrió para la banda el Pico de las Águilas y la cueva. Meera acabó por indicarle con una seña que entrase... sin preguntarnos a ninguno de nosotros, pero también sin encontrar oposición.

Bihendra se inclinó primero ante ella, luego ante nosotros y se retiró después al rincón más apartado de la cueva. Allí permaneció todo el tiempo. Lata y yo cogimos comida, llenamos su escudilla de hojalata, el único objeto que había podido salvar de su choza, y la colocamos ante él, que se limitó a asentir en silencio con un gesto de agradecimiento.

También Maneka se había refugiado en la cueva y yacía callada e inmóvil sobre su cama de hojas de palma, que había amontonado entre dos rocas. Sólo se levantaba los sábados, para sentarse muy cerca del fuego y cuidarlo. Ni siquiera en esos momentos perdió Maneka su miedo al mal de ojo.

Es imposible describir uno a uno los días y días que pasamos en la cueva de Meera. Nos sentábamos juntos, cocinábamos juntos, temíamos juntos. ¿Qué habría quedado de nuestro campamento después de la lluvia? Pero sobre todo, ¿cómo estaría ahora el valle? A fin de cuentas a nosotros la suerte nos acompañaba; vivíamos en un lugar alto, y el agua encontraba un camino para escurrirse. Pero el valle sólo contaba con las acequias de los arrozales, que eran incapaces de asimilar semejante diluvio.

Comencé a sufrir pensando en nuestra aldea: había sido injusto por mi parte escapar. Tal vez habría podido echarles una mano...

¿Ayudarles? ¿Cómo? ¿Con qué? ¿Con oraciones? Sin embargo, mis pensamientos habían tomado otro rumbo. «Esta lluvia es el castigo», pensaba, «el castigo por todos nuestros pecados.» El hecho de que también aquellos que no habían pecado tuviesen que padecer semejante diluvio lo atribuía a la injusticia de los dioses, que castigan siempre sin distinguir a los culpables de los inocentes. Me sentía desamparada, como todos los demás.

Once días duraron las primeras lluvias de aquel año, once días durante los cuales no pudimos abandonar la cueva de Meera; once días interrumpidos por unas pocas horas sin lluvia, en las que nos atormentaban nubes y nubes de mosquitos. Noche tras noche, en cuanto se instalaba la oscuridad, llegaban esos bebedores de sangre. Casi todos nosotros enfermamos con tos, diarrea o dolores de vientre. Lata apenas podía hablar ni tragar. Yo solía sufrir dolores de estómago e incluso en sueños me asustaba de los abundantes escorpiones que hormigueaban en aquel tiempo por la cueva de Meera. Fue precisamente Maneka, que apenas se ocupaba de otra cosa que no fuera su fuego, la que de pronto mostró su solidaridad para con nosotros, cazando los escorpiones que la humedad había expulsado de sus madrigueras; y no se le escapaba ni uno.

—Yo soy más venenosa aún y ellos lo saben y me temen —decía riéndose.

Desde luego no le faltaba razón: tenía tal habilidad para manejar a esos bichos, que no le ocurría nada. Era como si los escorpiones la temieran tanto como nosotros.

Al cabo de esos once días Indra se mostró compasivo por primera vez. Una mañana el cielo apareció azul, sin rastro de nubes. Salimos de la cueva de Meera y observamos los daños causados.

No había quedado nada, nuestro campamento ya no existía. Todo había desaparecido, arrastrado por la lluvia montaña abajo. Nuestro riachuelo, un cauce casi seco antes, se había convertido en un torrente impetuoso que arrastraba árboles, arbustos y cadáveres de animales hacia el valle. Pero la tierra reverdecía de nuevo. Árboles sin hojas, que yo creía muertos, mostraban nuevos brotes y la hierba fresca surgía del rocoso suelo de arena. La tierra había bebido y se mostraba saciada ante nuestros ojos, llena de lagartijas, ciempiés, lombrices y caracoles. Las mariquitas zumbaban por el aire entre nubes y nubes de mosquitos. Kamla se interpuso entre Lata y yo.

—No tengáis miedo —dijo—. Volveremos a reconstruirlo. Lo importante es que seguimos con vida.

Asentimos aliviadas. Sí, eso era lo principal. Sin embargo, resultaba imposible iniciar la reconstrucción, pues no había caído la última lluvia, el tiempo de las lluvias no había finalizado ni mucho menos. Nos retiramos de nuevo a la cueva de Meera a esperar. Todavía nos quedaban víveres suficientes. No obstante, Meera encargó a Vasu y Pillai que bajasen a la aldea del abuelo Dschaya. Quería conocer los estragos que habían causado las lluvias en la llanura.

Las noticias que trajeron dos días después Vasu y Pillai nos impresionaron: los campos se habían convertido en un lago de aguas parduscas y borboteantes que inundaban la llanura. La aldea situada al pie de las montañas, el pueblo del abuelo Dschaya, ya no existía. Había desaparecido tragada por un alud de piedras y fango. La mayor parte de sus pobladores había logrado huir, pero muchos niños y personas ancianas cayeron sepultados y murieron entre enormes masas de tierra. Entre ellos el abuelo Dschaya...

¡El abuelo Dschaya! Había presentido su muerte, había sido más listo que todos nosotros, aunque eso no suponía precisamente un consuelo.

Kamla preguntó si tenía sentido buscarlo para prepararle un entierro digno. Vasu negó con la cabeza.

—Imposible encontrar a nadie. Tendrán que levantar una aldea nueva.

A continuación habló de los supervivientes, de que habían perdido todas sus posesiones; hasta las terrazas de arroz, construidas a lo largo de años y años de trabajo agotador, habían quedado arrasadas.

Intenté consolar a Lata y a mí misma hablando de la próxima vida del abuelo Dschaya. Pero no estaba nada segura de que fuese premiado de verdad por todos sus sufrimientos, porque también había pecado mucho.

Recordé una conversación que sostuvo una vez con Kamla. El abuelo Dschaya la miraba mientras cocinaba y con palabras amables alabó sus diestras manos. Kamla, que acababa de fregar con arena y ceniza su cazuela de barro ennegrecida por el fuego y estaba sudando, levantó asombrada la vista.

—¿Te entusiasman unas manos diestras? Pero si en toda tu vida no has hecho otra cosa que transmitir noticias...

—¡Cómo! —se enfadó el abuelo Dschaya para no perder la costumbre—. ¿Que no he hecho nada?

Y comenzó a hablar de la pesca, la caza y el hilado, actividades con las que se había alimentado en su juventud. Kamla aceptó considerar el hilado como actividad, pero no la caza y la pesca.

—Eso son diversiones de hombres —respondió burlona.

—¡Ay, habitante de capital! —se enfadó el abuelo Dschaya—. ¿Qué sabrás tú de eso? Pescando y cazando te alimentas mejor que tejiendo. ¿O es que alguno de tus dioses te ha anunciado que está mal divertirse en esta vida? A lo mejor la próxima vez que vuelva a venir al mundo tengo que matarme a trabajar en una de esas apestosas fábricas de la ciudad. ¿Lo sabes tú acaso? Yo, no.

¡Divertirse en esta vida! Eso constituía algo completamente nuevo para Lata y para mí. Bhimal nos había enseñado a pensar sólo en la siguiente vida, y en la siguiente y en la siguiente, nunca en la actual. El abuelo Dschaya decía justamente lo contrario. ¡Y eso que era un viejo! Lo normal es que los ancianos se vuelvan más ortodoxos a cada año que pasa. Al abuelo Dschaya le había sucedido justo lo contrario: a medida que iba envejeciendo y aumentaban sus reflexiones, mejor perfilaba su propia religión.

¿Era esto bueno para él ahora que ya no vivía? Yo así se lo deseaba y me lo deseaba a mí misma. Luego pensé en aquella mujer joven que nos había indicado a Lata y a mí el camino cuando preguntamos por Meera. ¿Habría sobrevivido? ¿Se habría quedado en su choza hasta que fue demasiado tarde? ¿Y nuestra aldea? Para mi consuelo estaba bastante alejada de las montañas. Pese a todo, ¿habrían salido bien librados mataji, pitaji, mis hermanos y hermanas? ¿O también nuestra aldea tendría que ser reconstruida por completo? Demasiadas preguntas para tan pocas respuestas, y eso que la época del monzón no había hecho más que empezar.

La diosa buena y la diosa mala

Tras prepararme un té, me he dedicado unos instantes a mirar por la ventana abierta a la calle, sumida en la oscuridad de la noche y sin animación desde hace mucho rato. Sin duda voy a pasarme otra vez la noche escribiendo, pues estoy tan sumergida en aquella época que de todos modos sería incapaz de dormir. La época del monzón fue mala, pero la auténtica catástrofe no la sufrimos hasta más tarde. Tampoco a Meera la conocimos de verdad hasta después.

Los primeros once días de lluvia no fueron los últimos de aquel año, pero las nubes y el sol alternaban entre sí casi siempre tras cortos períodos de tiempo, lo cual suponía una bendición para la tierra. Comenzaron a brotar las flores y a perfumar el aire; los campos a respirar y a vivir, y pronto aparecieron bañados en un profundo verdor. Luego el verde se volvió multicolor: yo no había visto hasta entonces tal cantidad de flores diferentes en los árboles y arbustos de las montañas, ni tampoco he vuelto a verlas después. Todo era un único mar blanco y rosa, y amarillo, y rojo, y azul.

Los baghis volvieron a revivir al igual que la tierra. Aunque desconfiamos durante largo tiempo todavía de Indra. No nos atrevíamos a reconstruir el campamento destruido y en parte arrastrado por las aguas, pero comenzamos a hacer los primeros planes. Kamla, sobre todo, era muy apremiante al respecto.

—¡Búrlate, búrlate, garbanzo! —exclamó cierto día que Lata se rió de ella—. Cuando el hombre deja de prevenir lo necesario, se pone por completo en manos de los dioses. ¿Es que no has visto cómo nos han tratado?

Cuando, después de muchos días de estrecha convivencia en la cueva de Meera, tuvimos la seguridad de que ya no caerían más aguaceros, iniciamos la reconstrucción. Bueno, reconstrucción no es la palabra adecuada. En realidad, lo que no había desaparecido arrastrado por las aguas, había quedado inservible. Tuvimos que levantar nuevas chozas. Pero ¿dónde conseguir material? El pueblo en el que los baghis se abastecían ya no existía. No nos quedó más remedio que construirnos primero chozas con ramas secas cubiertas con hojas de palma. Esta tarea nos exigía recorrer largas distancias con el fin de encontrar material adecuado y trepar a palmeras muy altas, que en las montañas escaseaban. Aquellas chozas no nos brindarían protección suficiente durante las largas noches de invierno, pero hasta entonces aún quedaba tiempo. Había otra cosa que nos preocupaba más: las provisiones de alimentos casi se habían agotado durante los días de lluvia. Teníamos que hallar el modo de reponerlas, necesitábamos recibir pronto un soplo. Pero ¿quién iba a dárnoslo ahora que el abuelo Dschaya había muerto?

¡Ay, abuelo Dschaya, cuánto te echábamos de menos! Y no sólo por tus soplos, por tus buenos contactos con los policías o por tus noticias, que ahora nadie traía ya a las montañas. Para eso ya encontraríamos en algún momento a otro hombre, seguro que mucho más joven y rápido. Al abuelo Dschaya lo añorábamos más con el corazón que con la cabeza.

Sin embargo, carecía de sentido llorar por el pasado. Teníamos que encontrar la forma de completar nuestras provisiones sin el abuelo Dschaya. Vasu, Prabal, Pillai y también Chitta, el sacerdote, abandonaban el campamento una y otra vez para acechar una ocasión.

—Nada. El monzón ha arruinado a los campesinos. Hasta los terratenientes se han quedado arruinados —se limitaban a decir a su regreso con un movimiento de cabeza.

La inquietud del campamento se convirtió en miedo. Todos podíamos comprobar cómo disminuían poco a poco nuestras provisiones de arroz. ¿Cómo íbamos a alimentarnos después?

Una noche, sentados de nuevo alrededor del fuego de carbón vegetal, Jeschuvant hizo una propuesta.

—A los terratenientes siempre les queda algo. La diferencia es que en las épocas de escasez resulta más difícil sacárselo. De modo que si queremos arrancarles algo del cuerpo, tenemos que recurrir a un medio especialmente eficaz.

—¿Y cuál es? —preguntó Tarapada, el tamborilero.

—*Kidnapping.*

Kidnapping es una palabra inglesa, pero todos nosotros la habíamos oído ya alguna vez. De los baghis solía decirse que secuestraban al hijo o la hija de un rico terrateniente para pedir rescate. Pero mientras muchas de las acciones de los baghis encontraban casi siempre entre los campesinos un poco de comprensión, tanto si se trataba de crímenes o violaciones, de robos o de raptos, el secuestro no despertaba ninguna, pues el secuestro afectaba casi siempre a niños muy pequeños, menores de cinco años, es decir verdaderos niños, seres sagrados e inviolables.

Apenas pronunció Jeschuvant esta palabra, todos le miraron con expresión seria. Y la vieja Svatra, la gorrona del campamento, precisamente ella, que cuando no había nada que conseguir a fuerza de ruegos, se mantenía siempre calladita en segundo plano, exclamó:

—¡Meera! ¡Madre! No irás a consentirlo... Hasta los mismos dioses se inclinan ante los niños.

Jeschuvant le replicó con aspereza que se callase.

—Hasta ahí podíamos llegar, que un viejo saltamontes nos dé instrucciones —dijo enfadado.

Meera, que estaba a la entrada de su cueva con el transistor en la mano y lo había oído todo, se acercó despacio y miró a la anciana con severidad.

—¿Qué es lo que andas diciendo, entrometida? Se trata de niños de la casta thakur. ¿Tanto cariño les tienes?

Svatra, avergonzada, agachó la cabeza. Los demás, al igual que la anciana, comprendimos entonces que el plan de atacar a los terratenientes y extorsionarles para obtener un rescate, no era obra de Jeschuvant, sino de Meera. Jeschuvant se había limitado a hablar en su nombre.

Ketaki era el único que se resistía a admitirlo y miraba a Meera con gesto de incredulidad.

—¡Habla! —le ordenó ella—. ¡Hablad todos! Decid lo que os plazca.

—No puedes hacer algo así —balbuceó Ketaki—. Tú no eres ninguna... —y enmudeció.

—¿Qué es lo que no soy? —preguntó Meera con impaciencia.

—Ninguna... criminal.

—¿Y qué soy entonces?

—¡Una baghi! ¡Nuestra madre! —Ketaki lo dijo con un tono casi solemne, con orgullo en la voz.

Meera se limitó a apagar el transistor, y tras guardarlo en la blusa, se echó a reír con una risa chillona y enfadada.

—¡Vaya con el soñador! Nosotros somos bandidos. Somos baghis... y criminales.

Es lo que siempre había dicho pitaji. El hecho de que Meera lo reconociese me impresionó. Ella, tan diferente, hablaba desde una óptica completamente distinta y, sin embargo, decía lo mismo. Incluso volví a encontrar de nuevo el desprecio que pitaji ponía en la palabra «bandidos». Y hubo todavía otra cosa que descubrí por primera vez en aquel momento: Ketaki buscaba en el bandidaje un sentido, una meta. Por eso admiraba tanto a Meera, por eso la veneraba. Pero si ella resultaba ser una criminal normal y corriente, se había engañado a sí mismo durante todo el tiempo.

En esos momentos él debía estar pensando algo parecido.

—¡Tú no eres una criminal! —exclamó levantándose de un salto. Su cara ardía, sus ojos imploraban—. No dejes que nadie te convenza de eso. Tú eres Meera, la Madre de los Lobos. ¡Una baghi! Nuestra madre...

La risa de Meera se desvaneció.

—Eres bobo, Ketaki, muy bobo.

Jeschuvant se impacientó.

—¡Cierra el pico de una vez, harijan! —le gritó amenazador—. Tú no eres ni un baghi ni un bandolero. No eres más que un corderito que lanza balidos lastimeros porque tiene miedo a que le venzan.

Ketaki no prestó atención a Jeschuvant. Cayó de rodillas a los pies de Meera y juntó las manos.

—¡Meera! ¡Madre! —exclamó—. Mátame a mí, pero deja a los niños con sus padres. Vas a pecar. Los niños son dioses, no personas...

Meera, con gesto iracundo, extrajo su cuchillo del cinturón.

—Levántate o te mataré de veras.

Ketaki se levantó despacio, pero continuó con sus ruegos.

—¡Meera, madre! Te lo ruego, te lo ruego...

Entonces Meera alzó la mano con el cuchillo y lo descargó sobre el rostro de Ketaki. ¡Le rajó la mejilla!

—¡Toma, aborto del demonio! —profirió—. ¿He atendido por fin tu ruego?

—¡Meera, madre! —Kamla se levantó de un salto y se situó delante de Ketaki, que se sostenía la mejilla sangrante.

—¡Que no me replique! —Meera volvió a guardarse el cuchillo y miró a Ketaki con expresión sombría—. No es más que un montón de mierda, igual que todos nosotros. Los dioses nos crearon así y hemos de asumirlo. Si no hubiera pecado en su vida anterior, no estaría aquí. Tiene que conformarse de una vez con su karma.

—Tienes razón, madre Meera, tienes razón —la tranquilizó Kamla para dirigirse después a Ketaki—. ¿Qué deseas, entonces? Cuidaremos a los señores hijos de los terratenientes como a las niñas de nuestros ojos. Nadie les hará ningún daño. En cuanto obtengamos nuestra recompensa, regresarán a su aldea. Ninguno de ellos morirá de hambre. ¿Hemos de morir de hambre nosotros?

Cuando el cuchillo de Meera penetró en la mejilla de Ketaki, sentí como si de repente se me parara el corazón y me quedé inmóvil. Poco a poco la sangre afluyó de nuevo a mi cabeza. Me levanté de un salto, arranqué de una choza la primera hoja de palmera que vi y la apreté contra la herida de Ketaki.

Jeschuvant se rió con desprecio.

—Es un harijan, pequeño escarabajo pelotero. Ahora te has convertido en impura.

Meera dejó de ocuparse de Ketaki, que seguía con la cabeza gacha sin mirar a nadie.

—Nadie se morirá de hambre —dijo furiosa—. Somos lobos. Cuando tenemos hambre, cazamos. No por el placer de matar... Pero al que intente impedirnos cazar, lo mataremos.

Paseó su mirada por los presentes, mirándonos uno a uno. No sé si se detuvo bastante rato en mi cara, pero a mí así me lo pareció.

—Partiremos mañana por la tarde —de pronto parecía muy cansada—. Les asaltaremos avanzada la noche, cuando hayan caído en el primer sueño profundo. Cogeremos a todos los niños que podamos, pero ¡exclusivamente a niños! Por las niñas no conseguiríamos demasiado —su mirada cayó sobre Kamla—. A nadie se le tocará ni un pelo, pero habrá que ocuparse de que no griten. Cuando tengamos a los niños, Jeschuvant y Prabal se quedarán y les transmitirán nuestras condiciones.

Tras volver a mirar con severidad a su alrededor, se acercó a Nandi y se postró de rodillas ante la divinidad.

Ésa era la Meera que yo conocía ahora. Durante los días y semanas que habíamos pasado en su cueva a causa del monzón, la había observado con frecuencia intentando formarme una imagen suya. No lo había logrado. Era demasiado tornadiza, demasiado desequilibrada. Había días que se comportaba como una verdadera madre para nosotros. Entonces satisfacía nuestra necesidad de protección y veneración, de cariño y cuidados, y se mostraba llena de afecto y cordialidad. Otros parecía amargada e injusta, nos tenía en jaque y nos observaba llena de desconfianza. A menudo me daba la impresión de que en su interior convivían dos diosas, una buena y otra mala, una cariñosa y otra severa, que prevalecía a veces una, a veces otra. Nadie sabía de antemano en qué estado de ánimo la encontraría. En ocasiones se limitaba a jugar con nosotros.

Sin embargo, no había nadie en el campamento que cuestionase su liderazgo, ni que desobedeciera sus órdenes. Ni Vasu, ni Prabal, ni Pillai. Y Jeschuvant menos que nadie. Si alguno de ellos manifestó alguna vez una opinión distinta a la de Meera, debió ocultarlo muy bien... Yo nunca fui capaz de descubrir nada. Precisamente por eso el comportamiento de Ketaki se salía por completo de lo habitual.

Cuando Meera terminó de hablar, todos esperaban que regresaría junto al fuego. Pero se sentó en la oscuridad, en algún lugar lejos de nosotros, y se puso a contemplar el paisaje iluminado por la luna. Una señal de que no deseaba seguir hablando con nosotros. Poco a poco los baghis fueron levantándose y desaparecieron en sus chozas. Aquella noche muy pocos pudieron dormir.

—Pobrecilla —suspiró Kamla en su cama, que había puesto a salvo en la cueva de Meera y que ahora constituía también el centro de su nueva choza—. Se preocupa por nosotros.

Sí, yo estaba segura de que se preocupaba por nosotros, y se lo agradecía, pero la escena que acababa de presenciar me causó una impresión aún más honda: ¿cómo había podido hacer una cosa semejante? Ketaki se había limitado a suplicar, a mendigar...

¿Acaso la había herido más de lo que podía resistir? ¿No

pensaría ella en secreto algo parecido? ¿Se sentía decepcionada consigo misma?

Tampoco Lata logró conciliar el sueño aquella noche, pues también estaba muy excitada.

—¿Seguirá fuera todavía? —me preguntó entre susurros.

—¿Quieres que miremos? —le pregunté en el acto.

Lata asintió con un gesto mientras se deslizaba fuera de la choza. La seguí. Una vez en el exterior nos incorporamos y miramos hacia el lugar en el que había estado sentada Meera. Y en efecto, allí seguía, sentada en el mismo sitio y en la misma postura... El campamento dormía desde hacía rato, el fuego de carbón de leña se había apagado, pero ella seguía allí, como si no hubiesen pasado las horas. Y tras ella, Jeschuvant: la dejaba sola, pero permanecía a su lado.

Lata y yo nos quedamos quietas. ¿Qué debíamos hacer? ¿Deslizarnos de nuevo bajo el techo de hojas de palmera? No podíamos acercarnos a ella sin más ni más. Y menos aún estando como estaba Jeschuvant tras de ella... Seguíamos indecisas cuando Meera volvió la cabeza en nuestra dirección. Al vernos cogidas en falta, nos avergonzamos.

—¡Venid! —dijo Meera en voz baja—. Vamos, venid de una vez.

Despacio comparecimos ante ella. Colocó a Lata a su derecha y a mí a su izquierda y nos apretó con fuerza.

—¿Qué están haciendo con nosotros? —susurró—. ¿Qué están haciendo con nosotros?

Yo apenas me atrevía a respirar: también yo me había planteado esa pregunta aquella mañana en que atacamos al grupo de cazadores.

—Deben odiarnos mucho —musitó—. ¿Cómo si no podrían ser tan crueles?

—¿Quiénes? —pregunté en voz baja.

Meera me miró. Tenía la cara vuelta hacia la luna y podía ver sus ojos oscuros.

—Los dioses, Munli, los dioses.

Se refería a los dioses. Yo les había hecho ese reproche a los ricos. Pero en realidad, ¿tan grande era la diferencia?

—¿Crees en los dioses, Munli?

Otra pregunta que no era nueva para mí. Bihendra me la había planteado, sólo que vestida con otros ropajes.

Asentí.

—¿Los amas?

¿Que si amaba a los dioses? Miré a Lata en busca de ayuda. Pero aquella noche mi amiga no parecía tener ganas de hablar. ¿Se habían intercambiado los papeles?

—¿Los amas, Munli?

Negué en silencio con la cabeza. No, no amaba a los dioses; ni siquiera a Parvati, que era una diosa buena. Únicamente los temía.

Meera sonrió con tristeza.

—¿Lo ves? Nadie los ama... ¿Por qué amarlos? Son tan injustos... Yo les rezo, les suplico que me muestren el verdadero camino. Pero ellos no me hablan, sólo ruedan piedras en mi camino. ¿Por qué?, me pregunto. ¿Qué he hecho? ¿Habré sido una bestia violenta en mi vida anterior? ¿Habré matado a mi padre? ¿Por qué he de hacer todo lo que me imponen?

¡Meera buscaba su propio camino! Como yo. El mismo dilema: lobo o cordero. Éramos más parecidas de lo que había creído. Me hubiera gustado decírselo, pero ¿cómo podía yo, la pequeña Munli, comparar mis preocupaciones con sus penas?

Meera no esperaba respuesta. Hablaba más consigo misma que con nosotras. Y Jeschuvant seguía sentado detrás de nosotros, como si fuera un fantasma, como si las preguntas de Meera le atravesasen.

—Vuestra mataji Kamla —susurró Meera— es una mujer amada por los dioses. Le han asignado un penoso destino, pero le dan fuerzas para soportarlo. Una mujer que sólo hace el bien, recibirá su premio. A mí me fuerzan a hacer el mal y vagaré por el mundo durante mil años como alma en pena...

Enmudeció tan repentinamente como había comenzado. Lata y yo también callamos. ¿Cómo nos habíamos ganado esa confianza? Nosotras no éramos ni Kamla ni Lalitha, mujeres mucho más próximas a Meera; sólo dos chicas de pueblo fugadas que apenas llevaban unos pocos meses en el campamento.

Las luciérnagas vibraban por el aire nocturno, los gritos de los pájaros llegaban hasta nosotras, los grillos cantaban ruidosos. Todo eso acentuó aún más la soledad que nos rodeaba. Un escalofrío me recorrió la espalda. Nunca había experimentado el mundo en un estado de ánimo semejante.

—Habéis dicho que conocéis mi historia —comenzó Meera de nuevo—. Eso no es verdad. Lo que se chismorrea en las aldeas no es la verdad... Por entonces no disponía de cuchillo alguno, no me procuré uno hasta mucho más tarde. Sólo lo aparté de mí de un empujón. Al caer se golpeó la cabeza con una piedra y lamentablemente se ahogó... —se interrumpió un instante y continuó con un ronco susurro—: Podría haberle salvado, pero me negué. ¿Lo entendéis? Él no me lo hubiera agradecido...

Ella había presenciado cómo se ahogaba el boyero, y volvía a ver aquella imagen ante sus ojos, seguro que la veía con frecuencia...

—No siento un odio especial contra los terratenientes —prosiguió al cabo de un rato—. ¿Por qué había de sentirlo? ¿Porque algunos de ellos sean ratas? Ratas las hay en todas las castas, incluso entre los intocables... No vamos a asaltar mañana una de sus aldeas porque sienta un odio especial hacia los terratenientes. Lo hacemos obligados por la necesidad... Yo habría preferido un grupo de alegres cazadores.

La creí, no había ninguna razón para no hacerlo. Nos hablaba con sinceridad. El que inventa algo para justificarse, tiene otro aspecto.

Permaneció allí sentada durante algún tiempo, pensativa y silenciosa. Después se levantó y nos dirigió a Lata y a mí una mirada de tristeza.

—Id a dormir, gatitas. Mañana tenéis que estar despiertas, muy despiertas.

Nosotras juntamos nuestras manos, nos inclinamos ante Meera y la seguimos con la mirada, mientras se alejaba acompañada por Jeschuvant. Después volvimos a sentarnos y nos sumimos en nuestros pensamientos. En esos momentos no éramos capaces de irnos a dormir sin más ni más.

Bihendra me había preguntado si creía en los dioses, Meera quería saber si los amaba. La razón es esclava del corazón, dicen los viejos. ¿Obedecía Meera con demasiada frecuencia a su corazón? ¿Confiaba Bihendra demasiado en su razón? ¿Qué me sucedía a mí? ¿Y a Lata?

Yo no hablé de mis pensamientos, y Lata me ocultó los suyos. Sin embargo, creo que las preguntas que nos planteamos ambas aquella noche no diferían demasiado.

Ya no recuerdo cuánto tiempo pasamos allí sentadas. En algún momento nos levantamos a la vez y nos deslizamos de nuevo bajo el techo de hojas de palmera de Kamla, que aún seguía despierta.

—¿Habéis estado con Meera? —musitó.

—Sí —respondió Lata en el mismo tono.

—Ella sufre por su ira —contestó Kamla tras reflexionar unos momentos—. Pero ¿qué se puede hacer para cambiarlo? La cabra sacrificada no vuelve a aprender a correr.

¡La cabra sacrificada! ¿Lo era yo ya... o tenía aún una oportunidad? Pensé en Ketaki. ¿Seguiría siendo ahora una persona accesible y razonable?

El grito

Shakti ha caído enfermo. Está ardiendo y tiene la barriga hinchada como un globo. Raiki no para de disolver cal en agua y le vierte gota a gota en la boca el líquido lechoso. Él se niega a tragarlo, pero no le queda otro remedio: la cal es buena contra los gases.

Mara y yo le hemos preparado una cuna a Shakti con telas cosidas aseguradas con cuerdas. Después hemos fijado ganchos en el techo y hemos colgado de ellos las cuerdas. Ahora a nuestra «pequeña roca», como Ittchiri ha bautizado al robusto niño, lo balancea continuamente una de las chicas y por lo menos se mantiene tranquilo. Eso es estupendo, pues la enfermedad de Shakti no es nuestra única preocupación: el ordenanza del señor Godse se ha presentado en casa para dejarnos el nuevo contrato de arrendamiento. Apenas se ha ido, hemos escuchado de repente gritos en la calle. Tras precipitarnos hacia la ventana, nos hemos encontrado con una sorpresa: alguien había clavado ocho pieles de serpiente en la puerta de casa, una por cada una de nosotras.

Eso debe significar que somos un nido de serpientes, peligrosas y venenosas, y, sobre todo, que se quieren librar de nosotras. ¡Una amenaza! ¡Ay de vosotras si firmáis el contrato de arrendamiento!

Aruna no estaba; había salido a ver viviendas. A su regreso, las pieles de serpiente seguían todavía en la puerta. Subió silenciosa hasta nuestra casa. Nosotras la esperábamos intimidadas en un rincón.

—¿Qué pasa? —exclamó enfadada—. ¿Es que pensáis dejar las pieles ahí colgadas?

Seela ya no pudo contenerse más y prorrumpió en sollozos.

—Eso no lo ha hecho ningún hombre —gimoteaba—. Han sido las vecinas... yo las he visto cuando se escapaban corriendo.

—Bueno, ¿y qué? —preguntó Aruna algo más calmada—. ¿Creéis acaso que las mujeres son más inteligentes que los hombres? ¿Qué es lo que se las ha enseñado durante toda su vida?

—Ya sabemos que somos tontas —contestó Mara triste y avergonzada—. Pero cuando compruebas que ni siquiera las mujeres... —enmudeció, y de repente explotó enfadada—: ¡Ni siquiera ellas nos dan una oportunidad! ¡Ni siquiera ellas! Quieren echarnos de aquí con asco, quieren atemorizarnos, sólo porque no vivimos como ellas.

Aruna, al descubrir el contrato de arrendamiento, cogió el papel, y tras leerlo con detenimiento, rió enfadada.

—De modo que ha subido mucho el precio... Dios mío, qué seres tan malignos debemos ser: nos suben cuatro veces el alquiler y encima nos ponen pieles de serpiente en la puerta. Si no obedecemos y nos marchamos, acabarán arrojándonos víboras venenosas por la ventana. Pero vivas.

Al oír estas palabras de Aruna, yo me asusté todavía más. Una vez se estableció un saddhu a las afueras de nuestra aldea, al que los hombres acusaban de embrujar a sus mujeres. Por las noches se deslizaban hasta él y le arrojaban animales muertos y agonizantes. Cuando comprobaron que eso no servía de nada, un buen día añadieron una víbora venenosa...

Así pues, la capital no es tan diferente como a menudo quieren hacerme creer Mara y Kani. El saddhu que vivía en las afueras de nuestra aldea murió por la picadura de la víbora y nadie se preocupó de ese asesinato, ni siquiera Bhimal, nuestro sacerdote. Si bien es verdad que enterró al saddhu muerto, como procedía, y ofreció incluso madera y ghee por él, se alegró en secreto de haberse librado de un competidor molesto. ¿Y aquí en la ciudad? ¿Quién se preocuparía si a cualquiera de nosotras le ocurriese algo?

Ittichiri debía estar pensando lo mismo.

—¿Sigues sin haber encontrado nada?

Aruna negó en silencio con la cabeza. Entonces Ittichiri se ruborizó y habló de un hombre joven que sabía de una vivienda en el casco antiguo, muy deteriorada es cierto, pero también muy barata.

No sé qué novedad nos sorprendió más, si el hecho de que el «hombre joven» de Ittichiri supiera lo de la vivienda, o que Ittichiri conociera a un hombre joven; Ittichiri, precisamente Ittichiri, que había tenido tan malas experiencias con los hombres.

Hasta Aruna se quedó perpleja. Pero como era su estilo, ni se asombró ni preguntó.

—¿Podrías llevarme hasta él? —se limitó a rogar—. Que esté en ruinas no me asusta. Lo importante es que el barrio no sea demasiado malo... No podemos sentarnos en medio de un hormiguero y esperar que las hormigas describan un círculo justo alrededor de nosotras.

Yo sé a qué se refería. Si el piso del que hablaba el «hombre joven» de Ittichiri está en un entorno lleno de suciedad y de ratas, será inútil que lo limpiemos cuanto queramos porque no podremos evitar ni la suciedad ni las ratas.

Ittichiri se levantó en seguida y Aruna abandonó con ella la vivienda. A todas nos hubiera encantado acompañarlas, pero como es natural, era imposible: no podíamos abandonar el trabajo ahora precisamente que necesitábamos ganar dinero. Sin embargo, nuestros pensamientos rondaban todo el tiempo alrededor de Aruna e Ittichiri. ¿Sería la vivienda adecuada para nosotras? ¿Qué aspecto tendría? ¿No resultaría demasiado cara? Sería maravilloso no vernos obligadas a firmar este contrato de arrendamiento. ¡Un alquiler cuatro veces superior al que estábamos acostumbradas! ¿Cómo íbamos a pagarlo? Aunque nos muriésemos de hambre y nos matásemos a trabajar no conseguiríamos reunir tanto dinero...

Ya ha anochecido y Aruna e Ittichiri aún no han regresado. ¿Será una buena o una mala señal? En cualquier caso muy mala no puede ser, porque si la vivienda no nos interesase seguro que ya habrían vuelto.

Quiero aprovechar el tiempo y escribir, ¿pero lo conseguiré? Tengo que ahuyentar todos mis pensamientos sobre el señor Godse, sobre las vecinas, sobre Aruna e Ittichiri y sobre la nueva casa... Tengo que trasladarme de nuevo a aquella situación en el campamento de los baghis, tengo que volver a sumergirme en aquel estado de ánimo desesperado...

¡La conversación con Meera! No conseguía olvidarla. Crecía mi esperanza de que ahora Ketaki, después de que Meera le hubiera tratado tan mal, se mostrara más predispuesto a hablar. Pero cuando nos reunimos en el campamento antes del asalto a la aldea thakur, se mantuvo apartado de todos los demás. Su cicatriz, para la que Kamla le había dado una pomada, brillaba con una tonalidad rojiza. Parecía tener fiebre, pero no se había atrevido a hacer el menor intento o ruego para que le evitaran tomar parte en el asalto. No miraba a Meera, y ésta tampoco se ocupaba de él. En realidad, ella nunca miraba a nadie. Sólo Bihendra, su Bihendraji, atrajo durante largo tiempo su mirada. Tuve la impresión de que quería preguntarle algo, pero no se atrevía. ¿Dudaba de su proceder? ¿Habrían logrado algo, a pesar de todo, las palabras de Ketaki? ¿O pensaba en la conversación que había mantenido con Lata y conmigo? ¿Seguía vivo en ella todo lo que nos había contado?

No lo sé. Sin embargo, era evidente que Bihendra, que la noche anterior se había mantenido en un segundo plano, estaba más callado que de costumbre. Él, que junto con el viejo Raviji y otros dos ancianos más, debía encargarse de nuevo de la vigilancia del campamento, miró a su vez largo tiempo a Meera, pero no dijo nada. Cuando partíamos se acercó a ella y le pidió en voz baja:

—No arriesgues demasiado. Ya encontraremos otras vías.

—Gracias, Bihendra —susurró ella desviando la mirada.

También él miró hacia otro lado.

—Que los dioses te protejan.

Cualquiera podía darse cuenta: Bihendra seguía amando a Meera y ella le correspondía. Pero ¿por qué esa despedida? Cuando fuimos a atacar a los cazadores, Bihendra no despidió a Meera de esa manera... ¿Sería un mal presagio? ¿Pensaba Bihendra que el ataque no saldría bien?

Los baghis se inquietaron. Se palpaba en el aire algo diferente a lo habitual. Todos lo percibían... y entonces a Maneka se le ocurrió encima encender su fuego...

Jeschuvant fue el primero en reaccionar. Arrancó una de las mantas de la entrada de la cueva de Meera y sofocó con ella las llamas mientras le gritaba lleno de ira a Maneka:

—¿Cómo puedes ser tan estúpida y encender fuego justamente antes de una empresa tan peligrosa?

Maneka, sin entender una palabra, se arrojó al fuego apestoso y humeante y se revolcó como una posesa en él, manoteando y pataleando en todas direcciones sin despegar los labios.

—¡Detente de una vez, vieja loca!

Jeschuvant intentaba coger a la mujer por los brazos y ponerla de pie. Maneka no oía, sus ojos miraban vidriosos. Cuando Jeschuvant le dio una patada en la tripa, se quedó inmóvil, tumbada. Jeschuvant la sacó de las brasas apagadas y bajó la vista iracundo hacia ella.

—¡Alégrate de que no te arrojemos de aquí, cardo borriquero! —le insultó—. Acabarás por volvernos locos a todos con esa chaladura tuya de los demonios.

Meera, que había presenciado la escena en silencio, se volvió sin pronunciar palabra y se puso en marcha. Nosotros la seguimos. Caminanos tras ella, de dos en dos, de tres en tres o por separado. Todo igual que la primera vez, sólo que en esta ocasión yo me sentía más angustiada que la noche anterior al monzón.

Permanecí cerca de Ketaki, ansiosa por ver cómo se las apañaba, deseando protegerle y ser protegida por él.

No llegamos al pueblo hasta que se hizo de noche, tal como había planeado Meera. Jeschuvant corría de un lado a otro repartiendo instrucciones. Nos dividimos en tres grupos. El primero, al que pertenecían, entre otros, Jeschuvant, Kamla, Pillai, Chitta, el sacerdote, y Meera, tenía que penetrar en las chozas, dominar a los padres y llevarse a los niños pequeños. Había que hacerlo en completo silencio, sin un ruido, siempre choza por choza. En caso de toparse con alguien que se diera cuenta del ataque, había que matarlo en el acto. Toda la empresa dependía de que la aldea no despertase. El segundo grupo, dirigido por Vasu e integrado por Yamin, Tarapada, Yayarani y Prabal, tenía que proteger al primero y en caso de apuro defenderlo de los aldeanos que le atacasen. El tercer grupo lo dirigía Sanjay, el hijo de Vasu. De él formaban parte mujeres como Lalitha y Janaki y chicos y chicas como Ketaki, Lata y yo. Nosotros teníamos que mantenernos en un segundo plano y vigilar a los niños que nos fueran trayendo. En eso consistía toda nuestra misión, una misión que, por otro lado, me satisfacía. Me habría dado pánico introducirme sigilosamente en ese pueblo desconocido.

Siguiendo las órdenes de Jeschuvant, nos tumbamos detrás de un montículo cubierto de matorrales y sin perder de vista a los que se alejaban hasta que fueron tragados por la oscuridad. Yo estaba pegada a Ketaki.

—¿Por qué lo hace? —le pregunté en un susurro.

—¿Quién? —preguntó a pesar de que sabía perfectamente a quién me refería.

—Meera —respondí mirando a Ketaki fijamente.

Él permaneció durante largo rato sin decir palabra. Al final me contestó en voz baja.

—Porque es una acción contra los terratenientes. Ya conoces su historia. La casaron con uno de esa casta.

¿Conocía Ketaki toda la verdad sobre Meera y el boyero? ¿O sólo Lata y yo, aparte de Jeschuvant y Bihendra, sabíamos lo que en realidad había sucedido?

—¡Pero niños...! —volví a susurrar.

—Son niños thakur —adujo Ketaki desesperado—. ¿Tienes algún motivo para querer a los terratenientes?

—Ayer hablaste de manera muy distinta.

Él apartó su rostro, aguzando el oído. Pero a decir verdad no escuchaba los sonidos procedentes del poblado. Yo le había recordado la escena del día anterior y se daba cuenta de que había incurrido en una contradicción.

—¿Odias a los terratenientes? —pregunté a mi vez.

Ketaki eludió la pregunta.

—Ya te he contado cómo nos trataron.

—Esos eran terratenientes ricos —musité—. Estos de aquí son pobres.

—¿Pobres? Poseen tierras. Acaso no sean ricos, pero pobres tampoco son.

Ketaki a pesar de tener razón, no decía la verdad. El día anterior pensaba por fuerza de manera diferente. Él intuyó lo que pasaba por mi mente y se refugió de nuevo en su timidez. En ese momento sentí por él un cariño más fuerte que nunca y el deseo de rozarle se hizo demasiado poderoso.

—¿Todavía te duele? —susurré estirando la mano para acariciar con cuidado su cicatriz.

Él dio un respingo.

—Soy un harijan. ¿Quieres convertirte en impura?

—Eso lo dijo Jeschuvant —susurré—, y yo no soy Jeschuvant.

Pero ¿qué estaba haciendo yo? ¿Ya no creía en todo lo que nos había contado Bhimal, nuestro sacerdote, sobre las castas? ¿No temía realmente convertirme en impura? Claro que lo temía... y sin embargo deseaba acariciar a Ketaki: en aquel momento los castigos de los dioses me daban igual.

—Eres tonta, Munli —replicó sin poder casi evitar una sonrisa. Después rectificó—: No. Eres lista. En ocasiones, tal vez demasiado...

—Tú también —le respondí entre susurros.

Entonces sacudió la cabeza, desvió la mirada y volvió a escuchar. Otro de sus gestos de timidez. Todo seguía en silencio. No se oía ningún ruido procedente del pueblo, sólo el canto de los grillos, vigoroso y cercano como si estuvieran justo al lado de mi oído. El silencio me tranquilizó. Mientras continuara la calma todo iba bien...

Me apetecía tanto hablar con Ketaki sobre mis miedos, pero ¿cómo empezar, cómo enzarzarlo de nuevo en una conversación? Decidí contarle el asalto a la partida de cazadores, confesarle mi propia brutalidad al robarle a la niña el arete de la nariz.

Él me escuchó en silencio. Cuando acabé mi confesión permaneció largo rato sin decir nada.

—¿Por qué me cuentas todo eso? —preguntó al fin.

—Porque me avergüenzo de ello.

—Entonces cállatelo.

—Los dioses lo saben de todos modos.

—Los dioses lo saben todo —replicó encogiéndose de hombros.

—¿Por eso tú nunca hablas de ello?

—¿De qué?

—De lo que te avergüenza.

Me miró con aire inquisitivo.

—¿Por qué te interesa tanto saberlo?

—Bihendraji me lo contó. Me dijo que también tú tienes miedo de la violencia que llevas dentro de ti.

Ketaki calló, limitándose a mirar largo rato en la dirección en que sabía se encontraba el poblado. Pero allí seguía sin moverse nada todavía y no podía rehuir mis palabras.

—Todo está dentro de nosotros —musitó—. Los dioses se limitan a vigilar nuestra mala conciencia. El resto es cosa nuestra.

—¿Vigilas tú ahora tu violencia?

Ketaki me dirigió una larga mirada.

—Sí —contestó al fin muy serio—. Uno de esa casta maltrató a Meera de una forma espantosa. A ella no le quedó otro remedio que matarlo y huir. Han sido personas de esa casta las que la han convertido en baghi. Yo odio a esa casta, pero no torturaré o maltrataré a nadie. Se lo he prometido a los dioses.

Deseaba seguir hablando con él, era la ocasión propicia,

pero no me dio tiempo. Unos pasos sigilosos se acercaban hacia nosotros. Reconocí a Chitta y a Pillai. Cada uno de ellos llevaba a un niño en los brazos. Me asombré de que los niños no gritasen. Después vi sus ojos dilatados por el pánico y lo comprendí: Chitta y Pillai les habían amenazado con matarles si hacían el menor ruido.

Tras hacernos cargo de los niños, uno de unos cuatro años y el otro apenas de cinco, los atamos de pies y manos con las cuerdas que teníamos preparadas.

—Guardad silencio —les amenazó Sanjay—. Si se os ocurre gritar, ya nos encargaremos nosotros de que cerréis el pico. ¡A cualquier precio! Pero si permanecéis callados, regresaréis a vuestra aldea. Vuestros padres os quieren y pagarán por vosotros.

Chitta y Pillai se fueron corriendo hacia el poblado. Los dos niños nos miraron y sus ojos me conmovieron. Me hubiera gustado acariciarlos, pero no me atreví. Sanjay llevaba todo el rato observándonos con desconfianza a Ketaki y a mí. Quizá no le gustaban nuestros cuchicheos; tal vez pensaba en el incidente del día anterior o simplemente estaba celoso. Al igual que Vasu, no paraba de decir que quería casarme con él. En cualquier caso comenzó a hablar en voz alta de una banda de baghis de la casta de los thakur; contó cómo esa banda había asaltado el año anterior un poblado de harijans matándolos a todos a tiros, a golpes, para después despedazarlos y exponer sus cadáveres en la plaza del pueblo. Habían hecho de todo menos una cosa: tocar con las manos desnudas a esos miserables limpiadores de letrinas. Los harijans, por su parte, no se habían defendido; ¿cómo hacerlo, además, si les estaba vedado tocar a los hindúes pertenecientes a una casta?

Sanjay rió con la intención de humillar a Ketaki, pero éste ni le miró; los hindúes sin casta no se defienden.

A mí me dolieron esas palabras. Era una cobardía burlarse de alguien que no podía defenderse. Me disponía a susurrarle a Ketaki alguna palabra de consuelo cuando resonó el primer tiro. Poco después escuchamos un grito; un grito distinto a todos los que yo había oído hasta entonces, un grito impregnado de furia, de dolor, de sorpresa, de decepción y de desamparo...

—¡Meera! ¡Ha sido Meera!

Ketaki se levantó de un salto y corrió en la dirección de la que ahora procedían otros disparos en rápida sucesión.

—¡Ketaki! —grité intentando seguirle.

Pero Lata apareció de pronto a mi lado y me sujetó.

—¡No! —se limitó a exclamar.

¡Lata! Se había mantenido deliberadamente tan alejada de Ketaki y de mí, hablando con Lalitha, como si no existiéramos, y ahora estaba allí y me sujetaba contra ella. Escuchamos y oímos más disparos. Después vimos llegar corriendo a Tarapada.

—¡Huid! —gritó—. Nos han descubierto. ¡Huid! —y mientras hablaba pasó corriendo ante nosotras.

Entonces Lata, yo y los demás chicos y chicas encargados de vigilar a los niños, echamos a correr detrás de él...

He tratado ya muchas veces de reconstruir aquella huida y no lo consigo. Cuando lo intento únicamente logro recordar fragmentos, girones: oscuridad, matorrales, la expresión tensa de Lata...

Sin embargo, nuestros jadeos todavía resuenan en mis oídos como una especie de rítmico pataleo...

Cuando por fin alcanzamos el campamento, nos alegró contar con Bihendra. El enfermo y desvalido Bihendra nos parecía un protector, a pesar de que no nos aconsejaba nada, no aventuraba nada, ni siquiera decía nada, pues tampoco sabía más que lo que había referido Tarapada: que él, Tarapada, había oído de pronto el estampido de un tiro en una de las chozas... Y después, aquel grito, aquel terrible grito que también habíamos escuchado nosotros. Ese grito despertó a los aldeanos, que acudieron en tropel por todas partes disparando y dando estacazos con varas de madera, y de este modo derrotaron a los nuestros poniéndolos en fuga.

—¿Estás seguro de que fue Meera la que gritó? —preguntó Bihendra.

Tarapada asintió, Lata asintió y yo también asentí. Todos lo sabíamos: había sido ella la que había gritado. ¡Y había sido un grito de agonía!

Mata Ganga

Aruna e Ittichiri todavía no han regresado. Puedo seguir escribiendo, aunque me cuesta trabajo. Me invade una profunda tristeza. Todavía lloro la muerte de Meera, y no dejo de pensar qué habrá sido de su alma.

Aruna no cree en la transmigración de las almas ni en la reencarnación. Estudió algún tiempo en Europa y allí aprendió muchas cosas que no se aprenden en nuestro país. Sobre todo la gran duda, como ella la llama. «Hay tantas religiones», me dijo una vez, «¿por qué ha de ser precisamente la nuestra la verdadera?»

Con la razón comprendo a Aruna, pero no con el sentimiento. Mi razón vive ya en la ciudad, pero mi sentimiento, que sigue siendo el de una aldeana, se defiende contra todo lo nuevo, tiene miedo de muchas preguntas; quiere creer, para poder aferrarse a algo. Por eso me preocupo de la reencarnación de Meera, por eso sufro el doble.

Desde el primer momento supe que el grito de Meera era un grito de agonía a pesar de que hasta entonces nunca había oído nada parecido. Semejante grito no podía significar otra cosa. Sentí dolor, profundo dolor... y preocupación: por Ketaki. ¿Por qué se había ido corriendo al poblado thakur? Aunque quisiese a Meera, ¿cómo pensaba ayudarla? Si ni siquiera poseía un miserable cuchillo... Sin embargo, mi preocupación no era tanta como mi orgullo. En realidad aprobaba el comportamiento de Ketaki. Si hubiera actuado de otra manera, me habría decepcionado. Su actuación demostraba su valor. No era la cobardía —como decía siempre Jeschuvant— lo que le había impedido convertirse en un auténtico baghi.

Lata y yo pasamos la noche en compañía de todos los ancianos y enfermos que se habían quedado en el campamento, con Bihendra, Tarapada, Lalitha y los chicos y chicas que habían echado a correr detrás del tamborilero. Alguna vez tendrían que regresar otros baghis al campamento; era imposible que hubieran capturado o matado a tiros a todos.

Estábamos muy inquietos. Sobre todo Lalitha, que una y otra vez se levantaba, aguzando los oídos en la oscuridad de la noche para intentar oír algo. Su hija Yayarani formaba parte del segundo grupo...

Tarapada, el tamborilero, hubiera preferido huir en seguida e internarse más profundamente en las montañas. Corríamos el peligro de que los terratenientes hubieran capturado a alguno de los nuestros y le sonsacasen con torturas el emplazamiento de nuestro escondite. En ese caso cabía esperar represalias.

Bihendra instó a Tarapada a esperar. Para tranquilizarlo, ordenó con insistencia a los chicos y chicas que había distribuido como centinelas alrededor del campamento que mantuviesen los ojos bien abiertos y le informasen a la menor ocasión. Si los demás no habían regresado al amanecer, no nos quedaría otro remedio que escapar, porque entonces estarían con toda seguridad muertos o habrían sido capturados. Sin embargo, mientras fuera de noche nada debíamos temer; en la oscuridad, las montañas son capaces de tragarse elefantes enteros, además de personas.

—¿Vendrás con nosotros? —preguntó Lata.

Bihendra no se lo pensó mucho.

—No. Ya no huiré a más lugares.

—¿Por qué no? —insistió Lata—. Te ayudaremos.

Bihendra torció la boca esbozando su fea sonrisa.

—¿Huir? ¿Para qué? Desde que descubrí la primera mancha blanca en mi rostro, sé que mi fin no está ya muy lejano. Las úlceras se extienden con voracidad, no se dejan impresionar por nada, ni por los dioses, ni por los demonios, ni por la casta de los terratenientes... Ya me he quedado casi ciego del ojo derecho, la fiebre me acompaña siempre, mis pies se han convertido en muñones; muy pronto me veré obligado a arrastrarme como una lagartija... Aunque pudiera, ya no huiría. Entre vosotros todavía valía algo, era un poco el Bihendraji de antes; pero en cualquier pueblo, en cualquier otro lugar, no importa dónde, sería un paria, el más impuro entre los impuros... No se contentarían con evitarme, sino que me expulsarían...

—¿Y si escapamos y te capturan? —preguntó Lata.

—¿Quieres decir que me podría pasar algo? —contestó Bihendra sin perder la sonrisa—. A mí ya nada puede sucederme. Sólo pueden satisfacer mi único deseo... De ese modo me prestarían un gran servicio.

Enmudecimos y seguimos esperando. Teníamos una sensación extraña: melancolía, dolor, desesperación, desánimo. Los malos presagios se habían cumplido... Tiempo después llegó, por fin, la señal de los baghis. Uno de los chicos que montaba guardia había proferido el grito. Oímos el chillido de un ave nocturna a punto de ahogarse: la excitación debía haberle obstruido al muchacho la garganta...

Excepto Bihendra y dos o tres viejos, todos nos levantamos de un salto y corrimos en la dirección de la que provenía el sonido, y entonces los vimos ascender montaña arriba (era una clara noche de luna llena): Jeschuvant, Kamla, Prabal y todos los demás. Al divisar a Kamla, solté un suspiro de alivio. Pero, ¿dónde estaba Ketaki? ¿Y Meera? Todavía quedaba en mí un leve resquicio de esperanza. Quizá... Pero no. Descubrí a Ketaki, y con él a Meera: la traían entre Pillai y Vasu, depositada sobre unas parihuelas de bambú y con el rostro cubierto con una camisa. Aunque era apenas reconocible, lo adiviné en el acto, y supe también que no estaba herida, sino muerta. La camisa que tapaba su rostro constituía el primer indicio; la expresión de los hombres, el segundo.

Algunas de las mujeres más viejas cayeron al instante de rodillas ante las parihuelas, mesándose los cabellos, dándose golpes de pecho y lanzando gritos plañideros. Yo sólo tenía ojos para Ketaki. Verle vivo me quitaba un gran peso de encima, a pesar del dolor y de la aflicción que sentía por Meera.

El rostro de Ketaki estaba muy pálido y su cicatriz brillaba enrojecida. Trastornado, bajó la vista hacia las plañideras, cuyos lamentos fúnebres se hacían cada vez más sonoros y estridentes.

Tarapada no aguantó más.

—¿Habéis perdido a gente? —le preguntó a Jeschuvant.

Éste se sentó mientras se frotaba la frente con gesto de cansancio.

—A Chitta, a Yamin y a Yayarani.

Al oír mencionar a Yayarani, Lalitha dio un grito. Había estado todo el tiempo mirando a su alrededor buscándola. Ahora sabía por qué no había encontrado a su hija. Presa del dolor se arrodilló en el suelo y comenzó a golpearse la frente con los puños.

—¿Están... muertos? —preguntó Tarapada.

Jeschuvant asintió.

—¿Todos?

Nuevo asentimiento de Jeschuvant. Lalitha, que hacía apenas unas semanas había perdido a su esposo Uptal y ahora, además, a su hija Yayarani y a Chitta, el sacerdote, que había ocupado el lugar de Uptal, prorrumpió de nuevo en sollozos. Las demás mujeres iniciaron también sus gemidos plañideros, esta vez en voz más alta.

—¡Callaos! —ordenó Jeschuvant—. ¿Pretendéis acaso que los terratenientes se nos lancen al cuello?

Yo no apreciaba mucho a Chitta, el sacerdote; a Yayarani sólo un poco, y a Yamin el tuerto apenas le conocía; sin embargo, su muerte me trastornó y tuve que dominarme para no convertirme en una plañidera más.

Kamla nos estrechó a Lata y a mí entre sus brazos.

—Ya ha terminado todo —susurró con tristeza—. Ya ha terminado todo.

Yo también presentía que con la muerte de Meera todo había acabado. Aunque no podía razonarlo, sabía que en adelante todo sería diferente. Incluso para mí.

—¿Os han perseguido? —le preguntó Tarapada a Jeschuvant.

Éste negó con la cabeza.

—Nos mantuvimos escondidos mucho tiempo, observando la zona. Dos lo intentaron... y en ellos vengamos a Meera.

Bihendra, que, siguiendo su costumbre, había permanecido hasta entonces en un segundo plano, se adelantó, y agachándose junto a las parihuelas retiró la camisa del rostro de Meera. Retrocedimos. Lo que vimos no era un rostro, sino una mancha sanguinolenta...

—La acertaron justo en medio de la cara —informó Prabal con su profunda voz—. Teníais que haberla oído gritar. Me atravesó el alma. Oiré ese grito en cada una de mis vidas.

—¡Cara por cara! —murmuró la vieja Svatra—. Ése es el castigo de los dioses.

¿Pensaba en la de Ketaki que Meera había marcado de una forma tan cruel? ¿Estaba satisfecha porque los dioses hubiesen castigado con tanta dureza a Meera? Daba esa impresión. Parecía sentirse incluso contenta al ver su fe ratificada de esa forma. A mí, sin embargo, la idea de ese tipo de justicia divina sólo consiguió perturbarme más aún si cabe.

Bihendra volvió a cubrir con cuidado el rostro de Meera y se retiró al fondo en silencio.

Los puños de Ketaki comenzaron a contraerse.

—¡Tú tienes la culpa! —le gritó a Jeschuvant—. Tú la impulsaste a realizar ese ataque. Tú apagaste la hoguera de Maneka...

—¡No me toques, harijan! —exclamó Jeschuvant levantándose de un salto y sacando su cuchillo.

Bihendra se interpuso entre ambos.

—¡Ketaki! —dijo sin alzar la voz—. A pesar de que eres muy inteligente, ahora no dices más que tonterías. El dolor ha confudido tus sentidos. —y a Jeschuvant—: Perdónale. Es todavía tan joven...

Jeschuvant clavó su cuchillo en el suelo y se sentó detrás.

—Meera ha muerto. Nadie lo lamenta más que yo. Pero el que la ha amado no dejará de honrarla en el futuro. Por eso haré edificar un templo que consagrará un sacerdote. Meera también nos guiará de ahora en adelante.

Los baghis guardaban silencio. ¿Pretendía Jeschuvant convertirse en el futuro sucesor de Meera, recoger sus órdenes de un templo?

Pillai frunció su arrugado rostro.

—¿Estás diciendo que deseas ser nuestro nuevo jefe, Jeschuvant?

—¡En nombre de Meera... sí! —Jeschuvant pasó su mirada de uno a otro—. No es decisión mía. Preferiría vivir tan tranquilo como vosotros. ¿Para qué tanta responsabilidad? Fue voluntad de Meera que yo me convirtiera en vuestro jefe. Eso decía su última orden, y el que la ame cumplirá sus órdenes.

—Yo no —dijo Ketaki en voz baja—. ¡Yo no! Las órdenes de Meera, sí... pero las tuyas, no.

—Entonces lárgate, aborto del diablo. Regresa al infierno del que procedes. Ve a ver qué hacen tus padres y hermanos.

Jeschuvant escupió ante Ketaki y miró a su alrededor

con aire retador. Deseaba resolver sin tardanza la sucesión de Meera, antes de que cualquier otro se atreviera a invocar las mismas pretensiones.

Miré a mi alrededor, contemplé los rostros de los baghis y supe que todos pensaban lo mismo: «Nadie puede demostrarte que mientes, Jeschuvant, y ahí reside tu fuerza. Pero nadie está obligado a seguirte si no quiere, y ahí reside tu debilidad.»

La expresión de Jeschuvant se ensombreció.

—Si nos separamos, estaremos perdidos —anunció—. Sólo unidos tenemos una oportunidad.

Los baghis miraron a Bihendra y éste asintió.

—Jeschuvant tiene razón. Si no permanecéis unidos, estaréis perdidos.

Jeschuvant sonreía ya con aire de triunfo, cuando Bihendra añadió en medio del silencio:

—Pero ¿quién dice que tenga que ser Jeschuvant el que os mantenga unidos?

—¡Meera lo ordena! —gritó Jeschuvant—. ¿O es que pretendes ahora volver a convertirte en nuestro jefe... tú, ser deforme?

Nadie había osado hasta ese momento insultar así a Bihendra. Los baghis le respetaban demasiado. El atrevimiento de Jeschuvant demostraba su tremenda desesperación y la escasa confianza que tenía en llegar a ser el sucesor de Meera.

Vasu echó mano a la pistola que llevaba al cinto. Bihendra se limitó a sacudir en silencio la cabeza.

—Ahora nos ocuparemos únicamente de los restos de Meera, de nada más.

—¡De los restos de Meera me ocuparé yo! ¡Era su esposo!

Jeschuvant se daba cuenta de cómo poco a poco iban perdiéndole el respeto e intentaba defenderse, pero era un hombre de personalidad débil. A la sombra de Meera había logrado ocultarlo, ahora, sin embargo, se evidenciaba con absoluta claridad.

—Tú no eras su esposo —adujo Bihendra sin levantar la voz—. Podrías haberlo sido..., pero no lo fuiste.

Los ojos de Jeschuvant se convirtieron en una estrecha ranura.

—¿Por qué estás contra mí, Bihendra? ¿No deseaste un día que yo ocupara tu lugar?

—Eso fue diferente —respondió Bihendra—. Sabía que eres débil y que precisamente por eso no volverías a convertir a Meera en una *mujer.* Y así fue, porque contigo al lado siguió siendo lo que quería ser... ¡un *hombre!* Pero ahora ha muerto; y seremos nosotros, no tú, quienes decidiremos su sucesor. —se volvió hacia Pillai y Vasu—. Llevadla hasta el riachuelo. Allí hay un lugar que impedirá divisar las llamas.

—¿Quieres echar sus cenizas al riachuelo? —preguntó Ketaki con voz átona.

Bihendra asintió con aire grave.

—Su alma encontrará la paz.

—No —le contradijo en voz baja Ketaki—. Mientras no le sean perdonados sus pecados, su alma nunca encontrará la paz.

Bihendra le miró con aire grave.

—¿Qué es lo que pretendes? ¿Llevar sus cenizas al Ganges?

Ketaki no alzó la vista, pero su actitud y su mirada fija en el suelo pusieron de manifiesto que la suposición era acertada: ¡Quería llevar al Ganges las cenizas de Meera!

Bhimal, el sacerdote de nuestra aldea, nos había hablado largo y tendido a los niños de ese río sagrado.

—Al que se baña en el Ganges, se le perdonan todos sus pecados —nos predicaba—, sin importar las maldades que antes haya cometido.

Y nos hablaba de muchas personas que transportaban a sus muertos al Ganges, incluso desde zonas remotas del país, para incinerarlos en sus márgenes. El hecho de llevar las cenizas del muerto hasta el río sagrado y sepultarlas en sus aguas tenía incluso un efecto purificador.

—Mata Ganga las lleva al mar —salmodiaba con voz solemne—. Allí las cenizas son absorbidas por el sol junto con el agua del océano y transportadas por la lluvia hasta la cordillera del Himalaya. Pero en el Himalaya están las fuentes del Ganges, y de este modo las cenizas quedan por toda la eternidad en el ciclo Ganges-océano-lluvia-Ganges.

Kama miró a Ketaki y meneó la cabeza con aire dubitativo.

—Hay muchos días de marcha hasta el gran río. Te costará semanas...

En realidad, no era eso lo que quería decir. En realidad quería preguntar: «¿Es posible que una persona de nacimiento inferior, un intocable, entierre las cenizas de otra de casta superior?»

—Me sobra tiempo —se limitó a contestar Ketaki, a pesar de que en el fondo sabía lo que Kamla quería decir.

Todos callaron. De haber existido alguna duda sobre el amor que Ketaki profesaba a Meera, ahora se habría extinguido definitivamente. No obstante, persistía la pregunta de si podía enterrar a Meera. Ese honor correspondía al familiar más inmediato y ¿acaso durante los últimos tiempos no había vivido Jeschuvant con ella?

Todas las miradas convergieron en Jeschuvant, que se mantenía apartado, lleno de furia y decepción. ¿Había sido realmente el marido de Meera? ¿Merecía ser considerado su familiar más directo? ¿Asumiría llevar sus cenizas durante días y días, puede que durante semanas, hasta el Ganges?

La idea de llevar las cenizas hasta el Ganges agradaba a todos. Bien es verdad que también a través del arroyuelo de nuestras montañas entrarían en el gran ciclo, pero a costa de muchos rodeos; para su próxima vida sería preferible echar sus cenizas directamente en el Ganges. Y si Ketaki no rozaba las cenizas de Meera y procuraba que ni siquiera su sombra cayese sobre ellas, no las convertiría en impuras...

Salió el sol. Como una señal de los dioses, alegres por la decisión de Ketaki, nos saludó, enorme y rojo, desde las montañas. Entonces Kamla alzó las manos y rezó, orientada hacia el sol; rezó por Meera y por Ketaki, y cuando Bihendra asintió, el asunto quedó zanjado: si así lo deseaba, Ketaki podría llevar hasta el Ganges las cenizas de Meera; nadie tuvo nada que oponer.

Fiebre

Aruna e Ittichiri aún no han regresado, aunque hace ya rato que ha oscurecido. Mara, Nambodiri y Raiki acechan desde la ventana la calle mientras cuchichean en voz baja. Mara se pierde en conjeturas de dónde estarán y Nambodiri no para de suspirar en voz alta. Sólo Raiki permanece tranquila. Confía ciegamente en Aruna.

Yo sigo escribiendo. Quiero alejarme de allí y lo consigo: vuelvo a sumergirme de nuevo en mi historia, distanciándome de la realidad, a pesar de que lógicamente también me gustaría saber si el «hombre joven» de Ittichiri sabe de alguna vivienda para nosotras. Cuando Aruna e Ittichiri regresen interrumpiré la escritura, pero hasta entonces voy a proseguir mi relato...

¡Ketaki y su decisión de salvar el alma de Meera...! Por una parte lo admiraba, por otra su partida me inquietaba: «Significaba la separación definitiva o volvería con nosotros, ahora que ya no existía Meera?

En fin, no perdamos el hilo... Apenas conocieron los baghis el propósito de Ketaki comenzaron a reunir leña; trajeron hojarasca, ramas, árboles enteros. Todos echaron una mano, excepto Jeschuvant, que se había metido en la cueva de Meera y no se dejaba ver. Pero por mucho que los baghis llorasen la muerte de nuestra líder, les preocupaba más su propio destino. ¿Cómo seguirían las cosas sin ella? Parecían de acuerdo en rechazar a Jeschuvant como jefe, pero necesitaban un jefe. ¿Quién?

Cuando reunieron suficiente leña y ramas secas y quedó erigida la pira, Vasu rogó a Bihendra:

—Aconséjanos tú quién ha de capitanearnos.

—¡Tú! —decidió entonces Bihandra. Y añadió con seriedad—: He estado esperando que me preguntaseis. Esperando para ver quién de vosotros se convertía en vuestro portavoz. Y te han elegido a ti, Vasu. Serás tú, pues.

Los baghis se quedaron profundamente perplejos por la sencillez de semejante decisión, pero reconocieron que el consejo de Bihendra era juicioso. Hasta el desconcertado Vasu tuvo que admitirlo. Todos habían esperado a que preguntase a Bihendra, de modo que inconscientemente le habían elegido como portavoz. Incluso Pillai, incluso Prabal.

—¿Y Jeschuvant? —preguntó Kamla.

—Tendrá que someterse a Vasu —repuso Bihendra.

—¿Y si no lo hace?

—Entonces no le quedará otro remedio que irse.

—Si se marcha, nos denunciará —temió Vasu.

Bihendra se limitó a sonreír.

—No hará tal cosa. Sabe que es imposible apresaros a todos, y aquel que sobreviviera y estuviese en libertad le mataría.

También eso era cierto.

—¡Ay, Bihendra! —suspiró Vasu—. ¿Por qué tuvieron que castigarte de ese modo los dioses? En verdad, tú eres nuestro jefe.

—No me conviertas en dios, Vasu —le contradijo Bihendra—. Procura más bien que todos olvidéis pronto a Meera. Y deja de correr tanto detrás de las chicas. Ahora te esperan tareas más importantes— y mientras hablaba, le miró con sorna primero a él y luego a mí.

Yo me asusté: ¡la amenaza de Vasu! ¿No pensaría casarme ahora con su hijo Sanjay? ¿Quién se opondría a ello? Sin embargo, yo no deseaba convertirme en la mujer de Sanjay. Ahora menos que nunca. Ketaki y yo... nos pertenecíamos el uno al otro. Estaba más convencida de ello que nunca. Todo lo que hacía Ketaki, lo hubiera hecho yo también... si hubiera sido hombre. ¿Había mejor prueba de nuestra correspondencia?

Ya no fui capaz de librarme de esos pensamientos, ni durante ese día ni durante la noche. Con todo lo que hice y viví después, quedaron dentro de mí fortaleciendo mi inquietud, hasta aquel gesto de pánico, al que acaso debo la vida.

Las mujeres lavaron los restos de Meera con ghee, los colocaron sobre la pira y los salpicaron con la madera de sándalo que Kamla había guardado en realidad para su propia incineración. Al morir Meera antes que ella, le parecía natural desprenderse del sándalo, pues siempre podía conseguir más. Acto seguido las mujeres cubrieron el cuerpo con el paño blanco del luto, dejando libre el rostro a pesar de su terrible aspecto, tal como exigía la tradición. Nosotras, las muchachas, esparcimos flores sobre el cadáver. Mientras lo hacía, me esforzaba por no mirar su cara, pero al final no pude resistir la tentación. Ahora su aspecto era aún más horrible que en la penumbra del amanecer; pero incluso esa visión me alivió. Ese rostro no pertenecía a Meera, ese rostro no pertenecía a nadie; ni a mujer, ni a hombre, ni a persona alguna que yo hubiera conocido jamás, y menos que hubiera amado.

A continuación los labios de Meera hubieran debido rociarse con orina de vaca, tal como había hecho siempre Bhimal en nuestra aldea, pero nos vimos obligados a renunciar a ello por no disponer de vacas en el campamento. Tampoco nadie lo mencionó. No podíamos hacer lo imposible.

La vieja Svatra trajo más ghee para alimentar las llamas, y otras mujeres la aromática hierba samigri, miel, cardamomo y clavo, para que las llamas ardiesen de manera uniforme. Ketaki se situó junto a la pila de leña y aguardó a que las mujeres hubieran finalizado los preparativos. Cuando todos se acuclillaron y le miraron dijo con voz solemne:

—Yo soy el hijo —y caminó siete veces alrededor de la pira con un leño ardiendo en la mano, con el que rozó cada vez la cabecera de la pira. Lo que él hacía hubiera debido hacerlo el hijo de Meera, de haberlo tenido. Al no tenerlo, fue Ketaki el que asumió ese papel; ¡él, el harijan! Nadie puso la menor objeción.

Kamla lamentó que ya no viviera Chitta, el sacerdote. Chitta conocía los cantos fúnebres; la vieja Svatra sólo sabía trozos aunque se esforzó mucho. En los pasajes conocidos, los demás la acompañábamos en su canto con enorme pasión y la convicción de estar sirviendo a Meera.

Ketaki, el hijo, prendió al final también fuego a la leña. Y cuando las llamas alimentadas por el ghee comenzaron a arder, cogió un palo largo y lo hundió en la cabecera de la pira, simbolizando con ello que acababa de hendir el cráneo de Meera, pues su alma había subido a la cabeza en la hora de su muerte; con ese gesto Ketaki la liberaba.

—La muerte es segura para todo el que nace —cantaba

Svatra—. El nacimiento es seguro para todo el que muere...

De nuevo volvimos a entrar en el cántico. Entonces contemplamos en silencio cómo las llamas alcanzaban el cuerpo de Meera, lo cubrían y lo devoraban. Según la tradición, sólo al hijo se le permitía permanecer con ella hasta que se apagara la última chispa; nosotros nos quedamos todos.

Al anochecer, el fuego se había apagado y el cadáver de Meera había quedado reducido a ceniza. Nos levantamos y marchamos a nuestras chozas. Ketaki fue el único que permaneció junto al arroyo. Lo que venía a continuación quería hacerlo completamente a solas.

En la choza de Kamla sentí calor, aunque la noche era más bien fresca. «El calor se debe probablemente a la falta de sueño y a la excitación de los últimos tres días», me dije a mí misma. La conversación con Meera, la noche pasada ante el pueblo thakur, la muerte de nuestra líder, la lucha por su sucesión, su cremación, mi amor por Ketaki, mi miedo a tener que casarme con Sanjay, el hijo de Vasu... todo se confundía en mi interior, me calentaba la cabeza, me secaba la garganta.

¿Le ocurría a Lata algo parecido? Miré hacia ella y le cogí una mano. La mantuvo un instante, pero luego volvió a retirarla.

También Kamla yacía despierta. En una ocasión murmuró para sí unas palabras que no logré entender. Otra vez pronunció en voz alta una plegaria.

—... Y soy el comienzo y el fin de todas las cosas. Soy la promesa y el recuerdo, la inmutabilidad y la compasión. Soy el silencio que se cierne sobre todos los secretos del mundo.

A mí esas palabras me parecieron muy bellas.

—¿Qué plegaria es esa? —le pregunté.

—La del Ganges —respondió Kamla en voz baja—. ¿No la conocéis?

Bhimal, el sacerdote de nuestra aldea, no nos la había enseñado. Sólo nos había hablado de la facultad del Ganges para hacer milagros y de la leyenda de que no era en realidad un río, sino una diosa joven: cuando el dios Shiva vio precipitarse por las nubes a esta diosa, que cayó del cielo por un accidente, frenó su caída con una ceja. La diosa entonces se convirtió en agua y fluyó por la barba enmarañada de Shiva convertida en siete pequeños riachuelos hasta la tierra. Una vez allí, los riachuelos volvieron a unirse y formaron el Ganges. Bhimal nos obligó a aprender de memoria el nombre de los siete arroyos, que nos mostró en un mapa: Alaknanda, Bhagirathi, Gogra, Gandak, Kosi, Jumna y Son... Todavía los recuerdo hoy.

—Pitaji me repitió con frecuencia esta oración para que la aprendiera —susurró Kamla—. Cuando era pequeño fue bendecido en el Ganges...

Los sacerdotes pronunciaron esta oración al hacerlo y su padre se la enseñó más tarde.

Enmudeció.

—Cuando todavía vivía con la madam —añadió al cabo de un rato—, deseaba bañarme en el Ganges al menos una vez en la vida... deseo que tal vez no llegue a cumplir jamás, pero Meera será liberada gracias a Ketaki... Él es verdaderamente un hijo.

¡Ketaki! ¡El Ganges! ¿Debía seguirlo, si realmente le pertenecía? Si lo hacía, estaría con él... En caso contrario, no sabía si volvería a verlo algún día.

De nuevo volvieron a embarrullarse los pensamientos en mi cabeza, y otra vez se apoderó de mí el calor... Y en medio de esa sensación resonó un tiro. Nos levantamos de un salto. La bala tenía que haber caído en las proximidades de la cueva de Meera.

—¡Quedaos aquí! —susurró Kamla, mientras cogía su fusil y salía corriendo al exterior.

Como es natural, la seguimos a pesar de todo... Y nos encontramos con Vasu ante la cueva de Meera. Era él quien había disparado. A Jeschuvant.

—No aceptó nuestra decisión —explicó Vasu—, y se negaba a marcharse.

Miré a mi alrededor y vi el cadáver de Jeschuvant tumbado ante la cueva. Eso era demasiado. Primero Meera, Chitta, Yamin y Yayarani, y ahora encima Jeschuvant. No lo había matado un terrateniente o un policía, sino uno de nosotros, Vasu, el carirredondo Vasu, que no parecía afectado, sino más bien indiferente.

Me sentí fatal. Corrí de vuelta a la choza de Kamla, oculté la cabeza bajo los brazos y comencé a sollozar desenfrenadamente.

Lata y Kamla llegaron corriendo detrás de mí. Lata estaba preocupada por la posibilidad de que el disparo de Vasu nos hubiera delatado, pero Kamla la tranquilizó.

—¿Un disparo aislado...? ¡Qué va! Puede ser obra de cualquier cazador de las montañas que ha abatido a un animal salvaje —se volvió hacia mí, me acarició y añadió—: Pobre codorniz atemorizada, tenía que hacerlo. Jeschuvant habría sido siempre un perturbador... En algún momento y de una forma u otra se hubiera producido un enfrentamiento, que seguro habría costado varias vidas.

Tenía razón, pero ¿de qué servía? Demasiadas crueldades, tantas que ya me resultaban insoportables.

—Pero si estás ardiendo —susurró Kamla asustada poniéndome la mano en la frente—. Tienes fiebre.

A mí me daba igual. No quería permanecer más tiempo con los baghis. Su vida me resultada demasiado próxima a la muerte, demasiado brutal, demasiado cruel. Ketaki tenía que llevarme con él, no podía dejarme sola allí.

Kamla, mi mataji Kamla, debió intuir lo que pasaba por mi cabeza en aquel momento e hizo algo que todavía hoy desconozco si iba más allá de sus palabras. Revolvió entre sus cosas y sacó por fin unas monedas.

—Toma, Munli, hija —me rogó—. Llévale a Ketaki estas monedas. Debe introducirlas en la ceniza de Meera y consagrárselas al Ganges. Será muy útil para su alma.

¿Con Ketaki? ¿Que me fuese con él? Cogí con rapidez las monedas y corrí en la oscuridad hasta la choza de Ketaki. Ya había empaquetado todas sus cosas y colocado en un paño anudado las cenizas de Meera. Su cara brillaba de sudor. ¿Tenía también fiebre? Le entregué las monedas y le conté el deseo de Kamla. Después le miré durante un buen rato.

—Llévame contigo, Ketaki. No puedo quedarme más tiempo aquí —le rogué.

—Imposible —me respondió sorprendido—. ¿Una muchacha... y un hombre? No estamos casados. Sería pecado.

Lo que yo le pedía a Ketaki era pecado. Pero ¿cuántos pecados habíamos cometido entre tanto? ¿Era éste peor que los otros? ¿Acaso no podíamos purificarnos después en el Ganges? Sin embargo, no se le pregunté a Ketaki. Sabía que sólo me llevaría con él a la fuerza. Y estaba dispuesta a lograrlo. Por eso simulé que regresaba a la choza de Kamla, aunque en realidad me oculté cerca de allí. Quería seguir a Ketaki hasta que estuviéramos tan alejados del campamento que le fuera imposible enviarme de regreso. Sólo entonces me dejaría ver.

Mi plan tenía relación sin duda con el calor que sentía dentro de mí, que me impedía pensar con claridad, pero veía con toda nitidez un objetivo ante mis ojos: marcharme con

Ketaki... y después permanecer para siempre a su lado. Mientras le aguardaba en mi escondite, se me hizo cada vez más evidente que la intención de Kamla había sido que me fuera con él; por eso me había enviado con las monedas... ¿O tal vez sólo intentaba convencerme de ello porque me remordía la conciencia? Yo dejaba en el campamento a Kamla y Lata, a quien había jurado no abandonar nunca. Así sin más ni más, sin una despedida... ¿Me dejarían marchar si les confesaba mi plan?

Mis sentidos volvieron a confundirse, y me vi obligada a hacer un esfuerzo para no caer de bruces y quedarme dormida. Entonces descubrí la sombra de Ketaki. Había abandonado su choza y llevaba al hombro el hatillo en el que había introducido todas sus pertenencias; el que contenía las cenizas de Meera lo llevaba en la mano. No se había despedido de nadie, ni siquiera de mí... Reprimí con gran esfuerzo mis sollozos. ¡Qué mal me sentía! A pesar de todo corrí tras él, deslizándome fuera del campamento. Tan excitada y despejada estaba que no cometí ningún error, ni provoqué el menor ruido...

Ya no recuerdo cuánto tiempo me deslicé en pos de Ketaki. Era todo tan irreal... El tiempo y el espacio se confundían. De repente escuché voces y le vi correr. Había arrojado el paño con todas sus pertenencias y sólo llevaba en la mano el que contenía las cenizas de Meera. Las ramas se quebraban bajo sus pies. De repente dio un traspié, recuperó el equilibrio, y siguió corriendo montaña abajo. Yo quise llamarle, pero me falló la voz: tres sombras habían aparecido ante mí, tres hombres... Dos de ellos desconocidos, pero comprendí claramente lo que buscaban cuando vi brillar sus botones a la luz de la luna: uniformes de policía. Al tercero le conocía bien... Era Chitta; sí, Chitta, el sacerdote, a quien todos creíamos muerto...

Meera vive

¡Tenemos una nueva casa! Cuando anteayer regresaron tan tarde Aruna e Ittichiri trajeron la buena noticia: la casa de la que había hablado el «hombre joven» de Ittichiri —se llama Visvam— es justo lo que buscamos: grande, vieja y no muy cara. Aquella noche ya era muy tarde para echarle un vistazo, pero ayer por la mañana temprano nos olvidamos de las cestas y nos marchamos. Al barrio antiguo, o mejor dicho, a sus aledaños, allí donde se han establecido tantos talleres de pequeños artesanos.

El propietario de la casa donde está la vivienda se llama Beant Singh y es un sikh. A Beant Singh le pertenece también la pequeña tienda situada justo debajo de la vivienda, en la que hay de todo, desde bálsamo medicinal hasta fruta y verdura pasando por mermelada. Fue muy amable con nosotras, pero Mara recordó los últimos y terribles enfrentamientos entre hindúes y sikhs y bombardeó a Beant Singh con miradas que éste seguro no pasó por alto. Aruna se enfadó con ella. «La crueldad provoca crueldad», le dijo. ¿Pretendía Mara decidir cuál de los dos bandos había acumulado sobre sí más injusticia? Tanto entre los hindúes como entre los sikhs abundaba la estupidez, la violencia y el afán de poder, pero también había en ambas partes muchas personas inteligentes y amistosas; Beant Singh era una de ellas. De otro modo no le habría alquilado su vivienda precisamente a mujeres hindúes... ¡y además solas!

—¿Sabe él de qué vivimos? —preguntó Raiki en voz baja.

Llevaba a Shakti en brazos y lo mecía. Hace ya tiempo que la «pequeña roca» vuelve a encontrarse mejor.

—Sí —contestó Aruna—. Se lo he contado todo y lo ha incluido en el contrato. No quería que después surgiesen dificultades. ¿Y sabes lo que me contestó? «Yo alquilo una vivienda, no una moral ni una religión». Beat Singh es un hombre inteligente. Le gustaría no sólo que viviéramos en su casa, sino que además comprásemos en su tienda. Y así lo haremos, mientras no suba demasiado los precios y continúe siendo tan inteligente como ahora.

Nuestra Arunaji nos ha vuelto a avergonzar mucho a todas, pero no estaba realmente enfadada con nosotras.

Lo más bonito de nuestra nueva casa es que es muy espaciosa; lo más feo, los alrededores. No es precisamente un «hormiguero», pero no se divisa a la redonda ni un árbol, ni siquiera un arbusto, sólo tierra rojiza y polvorienta. Abundan además diminutos cuchitriles de tablas y los cobertizos desvencijados de los talleres de los artesanos. Beant Singh dice que esta zona se convertirá un día en un gran barrio industrial. Entonces venderá a buen precio el solar sobre el que se levanta su casa a una de las empresas constructoras. «Pero tú no tienes por qué preocuparte»; le dijo a Aruna, «pues cuando llegue ese momento llevarás mucho tiempo felizmente casada».

Aruna se limitó a esbozar una sonrisa burlona. En efecto, a Beant Singh no le cabe en la cabeza que ella no quiera ser una mujer casada.

—No es precisamente el parque de un maharajá, pero tampoco nosotras somos maharanís*, ¿o sí? —se limitó a decir a propósito de los alrededores.

No, no somos maharanís. Antes de que Aruna nos acogiera, a menudo teníamos que pensar de qué íbamos a vivir.

Ahora, como es natural, todas están muy excitadas, forjan planes, hablan entre sí y querrían mudarse mañana mismo. Pero no es posible. Primero hemos de adecentarlo todo, y eso cuesta tiempo y dinero, porque con habilidad no basta. Tenemos que comprar cemento, cal, pintura y ladrillos. Queremos hacer nosotras mismas el trabajo. Visvam, el de Ittichiri, se ofreció a ayudarnos. Rechazamos su ofrecimiento. Queremos hacerlo con nuestras propias manos.

Sin embargo, todavía no está todo preparado. Por eso sigo escribiendo. ¿Seré capaz de trasladar algo razonable al papel? Me siento tan excitada... El recuerdo de aquella noche febril y la alegría anticipada por la nueva vivienda provocan una extraña mezcla de sensaciones dentro de mí. A pesar de todo voy a intentarlo.

Hay una pregunta que todavía me planteo hoy y para la que no encuentro una respuesta terminante: ¿Por qué se marchó Ketaki aquella misma noche? ¿Por qué no aguardó hasta el amanecer? También él debía de estar falto de sueño. ¿Qué importancia tenía llegar al Ganges un par de horas antes o después, en una distancia a pie de días y días?

¿Intuía que los baghis serían muy pronto aniquilados? ¿O le ocurría lo mismo que a mí, que deseaba simplemente apartarse de ellos porque era incapaz de soportar más tiempo su crueldad? ¿Deseaba llevar al Ganges las cenizas de Meera o era un simple pretexto?

También cabía esta posibilidad. Si hubiera dicho que quería marcharse, los demás hubieran desconfiado, hubieran olfateado una traición...

No, no creo que Ketaki se limitase a fingir que quería llevar al Ganges las cenizas de Meera. Ambas posturas se complementaban: él quería alejarse de nosotros y servir a Meera. Pero jamás habría regresado con nosotros. Hoy estoy segura de ello, aunque también lo estaba entonces. O mejor aún: lo intuía. Mi huida también iba a ser una huida para siempre. Y, desde luego, lo fue, aunque las cosas no salieron como yo pensaba.

¡Chitta, el sacerdote! Nunca me había gustado, y ahora surgía ante mis ojos... ¡como un traidor!

Al reconocerme, se quedó decepcionado.

—Ésta no es más que uno de los numerosos polluelos —anunció—. Hay por lo menos veinte como ella en el campamento.

¿A quién acechaban? ¿A Meera? ¿Acaso no sabía Chitta que había muerto? He aquí las preguntas que me planteaba entonces, porque la verdad es que estaba demasiado confundida. La huida del campamento, mi fiebre, la policía, Chitta con vida... Todo eso fue superior a mis fuerzas, así que me dejé caer, cubriéndome la cara con las manos, y me eché a llorar.

—¡Cállate de una vez!

Uno de los policías me golpeó con su vara en la cabeza. Me asusté: hasta ese momento sólo había experimentado la violencia contra los otros, ahora se dirigía contra mí. Cerré los ojos, deseando no ver ni oír nada... Si en aquel momento los policías me hubieran tirado a un río, me habría dejado llevar por la corriente hasta ahogarme. Carecía de voluntad. Sólo percibí, como en una nube, que los policías se acercaban a nuestro campamento por los dos lados. Gracias a Chitta estaban al corriente... El policía que me golpeó se quedó a mi lado, vigilándome. Les preocupaba que pudiera avisar a los demás... Pero, aunque hubiese querido, me hubiera resultado imposible; me sentía como en una pesadilla, esperando despertarme en cualquier momento.

Resonaron los primeros disparos. Entre tanto había pasado mucho tiempo y me había recuperado un poco. Volví a sentir dentro de mí ese extraño estado de vigilia, de alerta. Me incorporé de un salto. El policía me amenazó con su vara.

—¡Quédate tumbada, ratita! Ahora vamos a terminar para siempre con todos los criminales de vuestra ralea.

Me dejé caer de nuevo dispuesta a no darle motivos para volver a pegarme y pensé en Kamla y en Lata: «Ojalá puedan escapar... ¿Qué será de Bihendra? ¿Y Ketaki? ¡Ojalá haya logrado salvarse!» También Chitta, el sacerdote, ocupaba mis pensamientos: «Siempre se había considerado a sí mismo mejor que los demás... y ahora nos había traicionado...»

Mientras pensaba en todo esto, continuaban los disparos, las voces, las órdenes y los gritos de rabia y de dolor. Todo muy por encima de mí. Yo, estrechamente apretada contra la ladera y temblando de miedo, me imaginaba con toda claridad lo que estaba ocurriendo allá arriba, pues había presenciado muchas escenas parecidas...

El policía que me vigilaba se alegraba de no tener que participar en el combate y casi me estaba un poco agradecido por ello.

—¿Se puede saber por qué hacéis esas cosas? —me reguntó—. ¿Crees que soy rico? No, por Shiva y todos los dioses, no lo soy. ¿Asalto por eso a partidas de cazadores y a pobres aldeanos? No, no lo hago. Vivo de mi escaso salario, pero como desean los dioses. Algún día me lo premiarán.

No podía distinguir su rostro en la oscuridad y, sin embargo, lo sigo viendo ante mis ojos: un rostro honrado y sincero, así me lo imagino. Acorde con sus palabras y con su voz. No era una mala persona.

¿Qué no habría podido hacer conmigo en la oscuridad? Con el correr del tiempo me he enterado de muchas cosas que les han sucedido a otras jóvenes en circunstancias similares. Nadie le hubiera pedido cuentas. Posiblemente los otros policías encima se habrían reído de mí... No, no era una mala persona, sólo demasiado vanidoso, como tantos otros.

Cuando se hizo el silencio por encima de nuestras cabezas, respiró aliviado.

—¡Gracias a Shiva! Ya ha pasado todo. Desde luego, no podemos quejarnos. Los dioses nos han sonreído, mientras que a los otros les han dado un tirón de orejas.

Apenas me atrevía a respirar. «Ya ha pasado todo», acababa de decir el policía. ¿Significaba eso que habían matado a todos los baghis?

Un oficial vino hasta nosotros. Reconocí su rango por el tono con el que ordenó al policía que me llevase con los demás.

El policía saltó con diligencia.

—¡Vamos! ¡Vamos! —gritó golpeándome las piernas con su vara—. ¡Deprisa! ¡Deprisa!

Me levanté y me dejé llevar hasta que encontramos a los demás prisioneros. Al principio me alegré, porque eso significaba que no habían muerto todos en el combate. Después me asusté: ¿eran esos todos los prisioneros? No había más de una treintena de baghis amontonados, muy cerca unos de otros y completamente intimidados. Mujeres y niños en su mayor parte...

—¡Munli!

Era Kamla la que había proferido el grito. Me precipité hacia ella, y, tras arrojarme en sus brazos, me apreté con fuerza contra su cuerpo. Kamla me acarició, mientras lloraba conmigo.

—Todavía estás ardiendo; tienes una fiebre terrible... ¡Ay, pobrecitas niñas!

¡Lata! ¿Qué le había pasado a Lata? Levanté la cabeza y miré a Kamla. Ésta comprendió en el acto.

—¡La muy tonta! —dijo enfadada—. Disparó; me robó el fusil y disparó...

—¿Ha muerto? —pregunté con una extraña tranquilidad.

Adivinaba la respuesta y quería protegerme instintivamente: en esos momentos no podía desmoronarme.

Kamla se limitó a asentir. Ese ademán mudo eliminó todos mis buenos propósitos. De repente me sentí mareada, y me desplomé en brazos de Kamla. Ya no sé nada más de aquella noche.

Me desperté entrada la mañana; jirones de niebla colgaban sobre las montañas y hacía fresco.

Chitta, acompañado por varios policías que vestían uniformes de color caqui y de ayudantes de policía con uniformes azules, se presentó ante nosotros y comenzó a señalarnos uno a uno mientras pronunciaba nuestros nombres y revelaba a los policías nuestra importancia.

Me desperté al oír los insultos de Kamla.

—¡Monstruo! ¡Apestas a sangre y a pus! —le gritaba a Chitta—. ¡Buitre carroñero! ¡Vulgar fardo mugriento! Que los dioses te abrasen en mil fuegos...

—Ésta no es más que la puta del campamento.

Chitta siguió caminando deprisa. Pero cuando terminó de decirles a los policías el nombre de todos los baghis, regresaron de nuevo.

—¿Dónde está Meera? —le preguntó a Kamla—. Hemos encontrado el cadáver de Jeschuvant. ¿Lo mató ella?

—¡Sí, hiena apestosa, que devoras la carne de tus hermanos y hermanas! —Kamla escupió ante Chitta—. Ella ha huido. No la habéis capturado. Ha sido más lista que todos vosotros juntos.

—¿Y adónde ha ido? —preguntó el oficial de policía.

—¿Cómo voy a saberlo yo, babuji*?

La expresión de Kamla cambió con rapidez. El orgullo con el que había mirado a Chitta se trocó ahora en sumisión al presentarse ante el oficial.

—Si lo sabes, ya me encargaré de sacártelo —la amenazó el oficial de policía, un hombre muy joven con un espeso bigote castaño.

—A lo mejor la que lo sabe es ésa —indicó Chitta señalándome—. Vivía en la choza de la ramera.

El oficial de policía me miró de arriba a abajo.

—¿Es otra prostituta?

—¿Quién sabe? —Chitta quería congraciarse con él y reía de manera sucia.

—No lo es —el oficial de policía miró a Chitta con desprecio—. ¡Las rameras tienen otra mirada, cretino!

Hizo una seña a dos ayudantes, que se inclinaron sobre mí, me pusieron de pie y me sujetaron.

—¿Dónde está Meera? —ladró Chitta—. ¿Adónde se dirige?

—Al Ganges —contesté sin pensármelo dos veces, pues

la respuesta, además de sencilla, era la verdad. ¿A qué mentir cuando la verdad no suponía un peligro para nadie?

—¿Al Ganges? —replicó asombrado el oficial de policía—. ¿Se puede saber qué pretende hacer allí?

—Purificarse de sus pecados.

Los ojos oscuros del oficial de policía descansaron largo tiempo sobre mí. Se daba cuenta de que no mentía, pero por otra parte, mis palabras no tenían muchos visos de probabilidad.

—Pregúntale otra vez —le ordenó a Chitta.

Chitta se adelantó y me golpeó el rostro con una rama.

—¿Que Meera va a purificarse de sus pecados? ¿Crees acaso que el señor oficial es tonto?

Yo, en vez de replicar, me limité a mirar al oficial de policía. Éste apartó a Chitta con su vara, se colocó frente a mí y me miró durante largo tiempo a los ojos.

—¿Meera ha muerto, verdad?

Kamla acudió en mi ayuda, prorrumpiendo en ruidosas carcajadas.

—¿Meera muerta? ¡Qué más quisierais! Meera vive... vive como tú y como yo. Se peleó con Jeschuvant. Eso fue lo que pasó. Le pegó un tiro. ¿Bueno, y qué? ¿Por qué no? Era un zángano, una sanguijuela, un segundo Chitta. Pero ella amaba a ese lirón presuntuoso. Por eso quiere hacer penitencia. En el Ganges. ¿Dónde si no? Ketaki, el pequeño harijan, la acompaña.

—Tal vez sea cierto —le susurró Chitta al oficial de policía—. Ese pequeño harijan había divinizado a Meera. Y no estaba entre los muertos.

Hablaba así porque quería tener éxito ante el oficial de policía, aunque era incapaz de creérselo. Él sabía que Meera no había amado de verdad a Jeschuvant y que jamás se hubiera atrevido a emprender un trayecto tan largo acompañada únicamente por Ketaki.

—Meera vive —dijo entonces con expresión sombría Pillai, que, sentado junto a Prabal, se sostenía un brazo que sangraba abundantemente—. Vive, y volverá para vengarnos.

—¡Cierra el pico, perro! —el oficial de policía golpeó a Pillai con la vara en el brazo sanguinolento—. No conseguirás asustarnos con eso. Siempre habrá bandidos. Tanto si vuestras capitanas se llaman Meera o Phoolan Devi, Ohool Sree o Kusum Nain, algún día os echaremos el guante a todos.

Pillai reprimió un grito de dolor.

—Si tienes que pegarle, al menos no lo hagas en ese brazo —protestó Prabal—. Todavía tiene la bala dentro. Ni siquiera a un animal se le atormenta así.

Pillai y Prabal eran los únicos hombres no viejos que pude descubrir. Me pregunté qué habría sido de Vasu, Tarapada, Bihendra y todos los demás baghis. Pero no tuve tiempo de preguntarle a Kamla; el oficial de policía se colocó ante Prabal.

—¿Animales? —dijo—. Vosotros sois peores que animales. Sois más peligrosos que ellos, crueles como las alimañas, pero tenéis cerebros humanos, podéis pensar... Y precisamente por eso me gustaría mucho saber una cosa: si sois unos tipos tan duros, ¿por qué os dejáis capitanear por una mujer? ¿A qué se debe que tantas bandas sean mandadas precisamente por mujeres?

—¿No te dejaste capitanear tú por Indiraji? —replicó el astuto Prabal devolviéndole la pregunta.

El oficial soltó una carcajada.

—¿Es que vas a comparar a Indiraji con vuestras mujeres? Ella era una gran mujer, procedía de una familia dintinguida. Su mismo padre nos enseñó muchas cosas.

No era habitual que el oficial del bigote contestase con tanto detalle a la pregunta de Prabal. Quería saber de verdad quién era Meera y sobre todo cómo era.

—Créeme, babuji —terçió Kamla—, también Meera es una gran mujer. Cierto que procede de una familia muy modesta; su padre era tan pobre que la tuvo que casar sin dote, pero a pesar de todo es una gran mujer.

—¡Nada de eso, gorda parlanchina! —el oficial de policía volvió a soltar una carcajada—. De las familias vulgares no salen grandes personalidades, ya sean hombres o mujeres. Vuestra Meera es fuerte únicamente porque vuestros hombres son conejos. Parecen tigres, pero son simples conejos, pues de otro modo jamás servirían a ninguna mujer.

—Babuji, si así lo deseas te daré la razón —respondió Kamla sumisa—. Pero entonces mentiría. La verdad es que Meera es una diosa y la amamos. Es nuestro amor por ella lo que la ha hecho tan fuerte.

El oficial de policía se disponía a volver a rebatirla, cuando Maneka se levantó de un salto y comenzó a hacer movimientos incoherentes.

—Y a ésa, ¿qué le pasa? —preguntó el oficial a Chitta.

—Está poseída por un demonio —contestó Chitta con una expresión como si él fuese responsable de Maneka y tuviera que disculparse en su nombre.

—¿Cómo? ¿Por un demonio? —el oficial volvió a echarse a reír—. Bueno, lo que es por mí... ¿Por qué no? Es evidente que todos vosotros estáis poseídos por demonios. Y a eso le llamáis amor.

Y riéndose con más fuerza aún se alejó de allí de buen humor, seguido por los demás policías y por Chitta, que correteaba obsequioso a su lado.

Yo, que había permanecido todo el rato de pie, no me atreví a volver a sentarme sin permiso y me acurruqué junto a Kamla.

—¿Y Bihendraji? —le susurré.

—Muerto —se limitó a contestar ella. Y para consolarme añadió—: Él lo quiso así.

A continuación me contó cómo había sucedido.

Cuando el combate había terminado hacía mucho, él seguía sentado ante su choza esperando a los policías.

—¡Levántate! —le gritaron éstos, pues veían la enfermedad que padecía y no se atrevían a tocarle.

—No —respondió Bihendra con una sonrisa horrible en su rostro carcomido por la lepra.

Los policías le apuntaron con sus armas.

—¡Levántate!

—No —insistió Bihendra con la misma sonrisa sardónica.

—¿Quieres que disparemos? —amenazaron los policías.

—Sí —contestó entonces Bihendra, y los policías, que no sabían qué hacer con él, dispararon...

—Él lo quiso así —repitió Kamla—. Le habría sido imposible huir. Con sus pies no hubiera llegado muy lejos. Y de haberse escondido, habría muerto de hambre lentamente... No, los dioses, a pesar de todo, todavía debían quererle un poquito.

Asentí en silencio. Así debió de ser. Ellos cumplieron el último deseo de Bihendra. De vivir todavía, se habría limitado a sonreír y a decir «¡Así son las cosas!» Pero para mí aquello era muy duro: primero Meera, después Lata, ahora Bihendra. Tampoco sabía dónde estaría Ketaki en esos momentos. Al menos era una suerte que me hubiese quedado Kamla.

Un vagón repleto de cadáveres

Me he quedado sola en casa. Las otras han terminado su trabajo y se han ido a la ciudad con una lista enorme para comprar todas las cosas que vamos a necesitar en la nueva casa. Yo estoy cuidando a Shakti. Pero el pequeño barrigón me lo pone muy fácil; duerme, y yo puedo dedicarme a escribir.

Es bueno disfrutar de tanta calma. No me gusta recordar mis últimos días entre los baghis. Siempre que lo hago me asaltan remordimientos. ¿Por qué salí con vida y tantos otros no?

Viví experiencias terribles en aquella época, pero aún me quedaba la más espantosa: el regreso a nuestro campamento. Fue nada más salir el sol. Los policías nos ordenaron incinerar a nuestros muertos.

Todos yacían en la misma postura en que cayeron. Reconocí a Vasu, a su hijo Sanjay, a la joven Janaki... y a Lata. Cuando quise acercarme a mi amiga, Kamla me sujetó.

—¡No, Munli! —me rogó—. Recuérdala tal como la viste por última vez. No tiene buen aspecto.

Me pareció bien. Me daba miedo verla. Obediente permití que me asignaran junto con otros a la tarea de buscar leña.

Nos costó casi todo el día incinerar a todos nuestros muertos y entregar sus cenizas al río. Por la tarde nos obligaron a derribar nuestras chozas y entregar a los policías todos nuestros «objetos de valor». Kamla perdió muchas joyas, a otros les sucedió algo parecido. Los policías anduvieron husmeando durante largo rato por la cueva de Meera. Uno sacó una pequeña máquina fotográfica y les hizo una foto a sus camaradas ante la entrada, pero a los policías auxiliares no los fotografió.

También tuvimos que vaciar la cueva de Meera. El joven oficial del bigote estuvo mirando el transistor de Meera y probó su diván entre las risotadas de sus subordinados. Se hizo una foto del acontecimiento. Se fotografió en el diván de Meera como un cazador sobre un tigre abatido. Después declaró que se llevaría consigo el diván, ya que le sobraban porteadores.

—Si Meera quiere demandarme a la justicia por robo... es muy dueña. Los jueces la están esperando —añadió.

De nuevo estallaron las carcajadas. Reinaba una embriaguez generalizada entre los policías. Sólo tenían que lamentar cuatro muertos y unos cuantos heridos de escasa consideración y se mostraban orgullosos de su éxito.

Al caer la noche ya habíamos terminado. Los policías nos llevaron a la cueva de Meera y nos hicieron vigilar por guardias auxiliares armados. Ellos hicieron una hoguera ante la cueva, prepararon arroz y té, comieron y bebieron. Pero mantuvieron las llamas bajas y hablaron en voz baja; no se sentían muy bien tan profundamente adentrados en las montañas. Una y otra vez relevaban a los hombres de guardia distribuidos alrededor del campamento. ¿Temían un ataque de otros baghis? ¿Sospechaban que Meera pudiera hallarse todavía cerca?

Chitta, el sacerdote, se mantenía pegado a los policías. Temía nuestra venganza, pero no podía marcharse, pues había comprado su libertad a cambio de presentarse como testigo.

Fue una noche triste la que pasamos en la cueva de Meera. Nadie decía nada, nadie tenía ganas de hablar con los demás. Sólo los quejidos furiosos de Pillai interrumpían el silencio. Su brazo le dolía y tenía miedo: si no le extraían pronto la bala le entraría fiebre. Quiso incluso sacársela él mismo, pero ninguno de nosotros tenía un cuchillo. Los policías nos habían arrebatado todas las armas.

Cuando Pillai enmudecía, todos pensábamos en lo mismo: en los muertos que acabábamos de incinerar. Y si no, en nuestro propio destino. Yo pensaba en Lata, cuyo cuerpo no había reducido a cenizas yo, su hermana, sino otros. Me sentía malvada y descontenta conmigo misma.

Y por si esto fuera poco, la fiebre: qué ardor sentía dentro de mi cabeza, qué sequedad de garganta; al tragar, sufría espantosos dolores. Kamla les pidió a los policías un poco de té para mí, pero ellos se limitaron a reír. No pensaban mover ni un dedo por una sucia e insignificante muchacha baghi.

En algún momento el cansancio me rindió y me quedé dormida sobre la roca dura y fría. Casi al instante empecé a soñar con Lata. Estábamos sentadas ante la choza de su padre, era pleno día. Ella se mostraba muy alegre. «Mañana seré la mujer de Birri», decía. Yo la desmentía: «No. Birri se casa mañana, pero no contigo, sino con Vandana.»

«¡Mientes!», gritaba ella en mi sueño mientras comenzaba a golpearme, cada vez con más fuerza.

«Lata», le suplicaba. «Por favor, no te enfades. Nos escaparemos, nos...»

«No quiero escaparme. Quiero estar con Birri», gritaba Lata sin dejar de golpearme. Retrocedí. ¿Era esa Lata? La que me pegaba era una mujer vieja, con las marcas penitenciales de la ceniza en la frente... «¡Lataaa!», grité. «¡Lataaa!»

—¡No, no, por favor! Sólo es un sueño. —Kamla colocó mi cabeza en su regazo y me hizo beber té caliente.

Volví en mí lentamente. ¿Qué es lo que había soñado? ¿Qué Lata me pegaba...?

—¡Lata! —sollocé—. ¡Lata!

Kamla volvió a acercar el cuenco a mis labios y me hizo tragar dos comprimidos. Yo la dejé hacer, sin preguntarme dónde había conseguido el té y las píldoras. Y tampoco le pregunté por ello después, cuando mejoré un poco. ¿Que de dónde había sacado el té y las píldoras? Pues seguramente liándose a cambio con alguno de los policías, tal vez incluso con el oficial.

Las píldoras y el té me ayudaron y volví a dormirme. Pero esta vez el sueño fue profundo, largo y sin pesadillas.

A la mañana siguiente comenzó la marcha hacia la línea del ferrocarril. Allí nos esperaban unos cuantos vagones en una vía secundaria. No sabíamos adónde pretendían conducirnos; sólo se nos dijo que nos diéramos prisa.

Fue una marcha terrible. Si Kamla no me hubiera procurado una y otra vez té y píldoras, no lo hubiera resistido. No hay rebaño de ganado, por terco que sea, que haya recibido más patadas y golpes. Si andábamos deprisa, por andar demasiado aprisa; si andábamos despacio, por andar demasiado despacio. Siempre había razones para insultarnos y golpearnos. A Prabal y al viejo Raviji les obligaron a acarrear el diván de Meera, y a las mujeres a llevar a sus hijos en brazos. Los niños, que hasta entonces se habían mantenido en silencio, empezaron a llorar, los bebés a berrear. Veían a hombres extraños de uniforme pegar a sus madres y se asustaban. Si uno de los policías se acercaba para consolarles, lloraban todavía más fuerte.

Así fue durante millas y millas. Cuando Prabal y Raviji no podían más, los policías les apuntaban amenazadores con sus armas; cuando Pillai no lograba resistir los dolores de su brazo cosechaba carcajadas de burla. Las balas de los policías no eran caramelos precisamente. Durante el día nos apremiaban, por la noche nos dejaban descansar. Nos daban tortas de pan duro para comer y sólo podíamos beber en los ríos junto a los que pasábamos. Yo no me separaba de Kamla. Ahora volvía a ser una niña.

Kamla supo granjearse las simpatías de los policías a pesar de que no dejó ni un insulto sin respuesta. A los policías les gustaba su desparpajo. Así es como se imaginaban ellos a una baghi. Kamla, al darse cuenta, fue perfeccionando poco a poco su papel y de ese modo consiguió muchas cosas de los policías. No tardamos en enterarnos de que no procedían de nuestra zona, sino que pertenecían a un comando especial del gobierno, que tenía la misión de peinar las montañas en busca de baghis. El joven oficial de bigote era su comandante y definía su misión como «liberar al país de los abusos de los bandidos». Se sentía muy orgulloso de sí mismo. ¡Y también de nosotros! Éramos su botín. Por eso nos quería sombríos y peligrosos; cuanto más sombríos y peligrosos fuésemos, mayor sería su triunfo.

Yo observaba a veces a los policías que nos impulsaban hacia delante. ¿Quién sería el que me vigiló por la noche? Por su voz lo habría reconocido. ¿O tal vez tenía un sonido diferente cuando gritaba y escupía insultos? No lo descubrí y me pareció una pena; me habría gustado dedicarle alguna que otra sonrisa para demostrarle que no estaba enfadada con él.

Hacia el mediodía del tercer día alcanzamos por fin la línea férrea. Allí nos esperaban tres vagones en una vía lateral, con una locomotora. El maquinista y su ayudante, sentados en la puerta de un vagón del ganado, nos observaban con curiosidad al acercarnos. Cuando estuvimos a su altura felicitaron al oficial de policía por su éxito, pero sus rostros delataban su decepción. También ellos nos habían imaginado más salvajes y temerarios, y sobre todo no esperaban ver tantas mujeres con hijos.

—¡Subid! Todos a un vagón —ordenó el oficial de policía.

En el acto los policías y auxiliares empezaron de nuevo a saltar a nuestro alrededor golpeándonos con sus palos.

—¡Vamos! ¡Vamos! ¡Arriba! Uno detrás de otro. ¡Hop-hop-hop!

Nos apresuramos a entrar, pero ocurrió igual que durante la marcha. El que subía con demasiada rapidez, recibía golpes, y el que lo hacía con excesiva lentitud, también. El oficial de policía mandó que nos contaran de nuevo. Además un sargento tenía que señalar con el dedo a cada uno de nosotros. Si éramos demasiado rápidos, no daba abasto.

Por fin estuvimos todos dentro del vagón y la cifra cuadraba. Los policías situados ante la puerta abierta del vagón respiraron aliviados. Habían contado hasta el último momento con una acción libertadora por parte de los demás baghis.

—Un vagón repleto de cadáveres —rió uno.

Yo le miré. Sí, eso éramos a sus ojos, una peste, peores que animales, cadáveres vivientes.

—¡Mira éste! —rió a su vez Kamla—. ¿Y qué sois vosotros? Mansos animales domésticos sin dientes, monos de circo amaestrados de uniforme. Si tenéis más miedo de nosotros que nosotros de vosotros.

Aquello fue demasiado.

—¡Cierra el pico, puta! —gritó el policía que había hecho el comentario del vagón lleno de cadáveres escupiéndole en la cara.

Kamla se limpió el escupitajo sin perder la sonrisa.

—¡Cierra el pico tú, so... policía!

Ahora rieron también los otros baghis, incluyendo a los niños. Los policías saltaron del vagón y cerraron la puerta.

—¡Namasté, queridos! —les gritó Kamla cuando se alejaban—. Pobrecitos, vuestro vagón seguro que tampoco está tapizado. Pero tenéis el diván de Meera. A lo mejor cabéis todos en él, con vuestros estrechos culitos...

Los vagones de ganado que habían preparado para nosotros estaban raídos y desnudos. Yacíamos o nos sentábamos en las gastadas tablas del suelo, que despedían un olor agrio a estiércol de cabra. Apreté mi cara contra aquellas tablas desgastadas por tantas pezuñas, cansada por la fatigosa marcha. Kamla atrajo mi cabeza hacia su regazo.

—No estés triste, Munli. Más de una de esas serpientes venenosas ha terminado por revelarse desdentada.

Quería consolarme, y lo conseguía.

—Mírame, Munli —me rogó Kamla con voz cariñosa—. Mírame siquiera una vez.

Levanté la cabeza.

—¿Qué ojos tengo, Munli? El joven oficial dijo que tú no eras una puta, porque las putas tenían los ojos diferentes. ¿Qué clase de ojos tengo yo, Munli?

—Inteligentes —respondí sin poder reprimir una sonrisa a pesar de mi aflicción.

Ella me besó.

—¡Qué cosas dices! ¡Ojos inteligentes! Precisamente yo.

Pero no había mentido. Kamla tenía ojos inteligentes, ojos inteligentes y bondadosos. Con el correr del tiempo he sabido que no todas las prostitutas tienen ojos semejantes. También las hay diferentes. Algunas se ablandan bajo la presión, otras se endurecen, dijo Kamla una vez; ella pertenecía al tipo de las que se habían ablandado.

Yo quise aprovechar ese momento suyo de ternura.

—¿Y Lata? —pregunté—. ¿Estaba muy enfadada conmigo?

Esta pregunta me había estado obsesionando durante todo el tiempo, pero hasta entonces no me había atrevido a planteársela, temiendo la respuesta. Ahora tenía el valor necesario para ello.

—No —me respondió, y creo, ¡quiero creer!, que decía la verdad—. No estaba enfadada contigo. ¿Por qué iba a estarlo? Si las dos sabíamos lo mucho que padeciste por nuestra vida... Lata y tú erais dos temperamentos completamente diferentes. Por una parte, ella era fuerte... y habría podido convertirse en una segunda Meera. Por otra era débil, se entusiasmaba con demasiada facilidad. Contigo ocurre precisamente lo contrario. Allí donde Lata era fuerte, tú eres débil, y donde era débil, tú eres fuerte.

—La dejé en la estacada —musité—. Quebranté nuestro juramento.

—¡Tú no has hecho nada! —me riñó Kamla—. ¿O es que pretendes cargar sobre tus espaldas todas las culpas del mundo?

Me recordó entonces mi fiebre y todas las cosas espantosas que había presenciado y que me habían afectado tanto. Dijo que Lata y yo nos habíamos convertido con creces en personas adultas y que habíamos dejado de ser responsables la una de la otra. Nuestro juramento de no dejarnos jamás en la estacada expresaba ante todo miedo a la soledad. Me habló como a un animal enfermo y logró su objetivo: consiguió tranquilizarme. ¿Cómo iba a ser yo, la pequeña Munli, culpable de tanta injusticia?

Hoy lo sé mejor. Naturalmente que no soy culpable de la muerte de Lata, pero me reprocho no haberle dado la menor oportunidad de huir conmigo. Sólo pensé en mí misma, en mí y en Ketaki, no en Lata. Al menos hubiera debido intentar apartarla de los baghis. Estoy segura de que no habría venido conmigo, pero aún así hubiera debido intentarlo.

Los consuelos de Kamla me elevaron un poco el ánimo. Volví a percibir mi entorno con más claridad: el vagón en penumbra, el aire viciado, el abatimiento. Las mujeres y niños y los escasos hombres se sentaban muy juntos, mudos y meditabundos. Sólo los gemidos sordos de Pillai interrumpían el silencio. Se sujetaba el brazo dolorido, lleno de costras sanguinolentas, y para aliviarse se mecía de atrás adelante, de atrás adelante...

—¿Adónde nos llevan? —preguntó la vieja Svatra—. ¿Cuánto tiempo pasaremos en la cárcel? Yo nunca he estado en la cárcel.

La pregunta de Svatra puso un abrupto fin al silencio. De repente empezaron a hablar todos a la vez, manifestando cada uno sus suposiciones. Como nadie sabía nada concreto, pronto volvieron a sumirse en el mutismo.

—Una cosa sé segura —murmuró Pillai entre sus dientes apretados en medio del renovado silencio—. Algún día le echaré el guante a Chitta, y entonces le arrancaré la piel a tiras por todo lo que nos ha hecho. Le dejaré en tal estado que ni los dioses serán capaces de reconocerlo. Aunque sea al precio de renunciar a mil vidas maravillosas.

Sabíamos ya cómo se había producido la traición de Chitta. Kamla lo había averiguado. Había sido apresado durante el ataque a los terratenientes. Pero al ser un sacerdote, los propietarios de tierras no se habían atrevido a matarle. Los policías, atraídos por los disparos, no desaprovecharon la oportunidad y le propusieron a Chitta un pacto: la horca o muchos años de cárcel si insistía en mantener su honor de bandido; la vida y la libertad si delataba la situación de nuestro campamento.

Prabal se limitó a mirar con tristeza a Pillai.

—No podrás hacerlo si sólo te queda un brazo para entonces. Y no te quedará más que uno si no te extraen pronto la bala.

Prabal había expresado lo que todos pensaban: Pillai podía darse con un canto en los dientes si salía con vida; hablar de venganza estaba fuera de lugar.

—¿Y de qué nos servirá a nosotros que mates a Chitta? —dijo también Lalitha, que había convivido con él durante los últimos tiempos y se avergonzaba del antiguo sacerdote—. Él ha comprado su libertad con la traición. ¿Piensas acaso que los dioses van a agradecérselo?

Pillai se disponía a responder cuando el vagón se puso en movimiento y cayó al suelo sobre su brazo. Gritó y sólo logró volver a incorporarse con ayuda de Prabal. Entonces se echó a llorar, él, uno de esos hombres gigantescos a los que yo siempre había temido tanto.

Kamla volvió a acariciarme.

—No tengas miedo, Munli —me susurró—. Te ayudaré. Ya lo verás, te ayudaré.

Cerré los ojos, deseando dormir, sólo dormir, y en efecto, pronto me quedé dormida mientras la locomotora arrastraba nuestro vagón a través de aquella tarde de calor sofocante. No sé cuánto tiempo dormí; al despertar nuestro vagón era un horno. Habíamos interrumpido nuestro viaje en algún lugar del trayecto.

Pillai sufría más dolores aún si cabe. Sentado, se mecía con la cara lívida perlada de gotas de sudor.

—¿Ya te has despertado?

Kamla retiró mi cabeza de su regazo para estirarse un poco. Durante todo el tiempo había permanecido sentada e inmóvil para no perturbar mi sueño. Ahora fui yo quien colocó su cabeza en mi regazo recibiendo como premio una sonrisa de agradecimiento.

Muy pronto nuestro vagón, además de caluroso, se tornó pestilente. Los niños, incapaces de aguantar tanto tiempo, hacían sus necesidades en los rincones. Los policías, sin embargo, no se dejaron ver.

El viaje prosiguió hasta que en algún momento el tren se detuvo de nuevo; avanzábamos con mucha lentitud. En plena oscuridad, justo al pararse el tren, la puerta del vagón se abrió por fin y nos dejaron salir a hacer nuestras necesidades.

Los policías nos obligaron a bajar del vagón uno a uno y nos condujeron vigilados hasta los campos. Me puse en cuclillas sin perder de vista el fusil que me apuntaba. El policía sonrió de manera sardónica; yo me avergoncé.

Cuando me llevaron de regreso, Kamla abandonó el vagón y se quejó al policía que la acompañaba de que no se nos diera ni un miserable jarro de agua.

—¿Cómo voy a limpiarme después? —le dijo furiosa—. ¿Crees que quiero convertirme en un ser apestoso y ofender así a los dioses?

—¡Cierra el pico! —se limitó a contestar malhumorado el policía.

Prefiero omitir la respuesta de Kamla... Fue demasiado horrible.

Después de las mujeres les llegó el turno a los hombres. También uno a uno. Tanto en nuestra aldea como en el campamento de los baghis, las mujeres o los hombres siempre iban a hacer sus necesidades en grupos de dos o de tres personas; las mujeres a la derecha, los hombres a la izquierda, o al revés. Era la costumbre, y uno podía tomarse su tiempo, hablar, bromear, reír. Ahora éramos conducidos y ni siquiera nos daban agua. Nos sentíamos muy sucios.

Cuando le llegó el turno a Pillai, le preguntó al policía que le conducía si le prestaba su cuchillo un par de minutos.

—¡La bala! —gimió—. Tengo que sacármela... o reventaré.

El policía se limitó a encogerse de hombros con gesto de cansancio.

—No te lo voy a dejar, eso que quede claro.

—Llévame hasta tu jefe —imploró Pillai—. Déjame hablar con él.

Tenía el rostro muy enrojecido y los ojos a punto de salírsele de las órbitas.

—Está durmiendo —contestó el policía—. ¿Crees que voy a despertarle por causa tuya? También él es una persona y necesita dormir.

A su regreso, Pillai lloraba y se sentía tan débil que fue incapaz de subir por sí mismo al vagón. Prabal y el viejo Raviji tuvieron que izarle hasta dentro. Después se quedó allí tumbado, gimiendo de dolor, de vergüenza y de desamparo. Su brazo, completamente amoratado y tan inflamado que había alcanzado un tamaño tres veces superior a lo normal, tenía muy mal aspecto. Ya no quedaba nada de taimado en el gigantesco Pillai, sólo dolor, miedo y desolación. Me daba verdadera pena.

El viaje prosiguió durante dos o tres horas, al cabo de las cuales el tren volvió a detenerse. Permaneció toda la noche en alguna vía secundaria. Pero no nos permitieron bajar ni nos abrieron las puertas.

Por la mañana temprano el tren se puso de nuevo en marcha, hasta que volvió a detenerse en algún lugar y nos permitieron bajar e ir a los campos. Nos dieron tortas de pan para comer y agua para beber. Prabal vio a Chitta bromeando con dos auxiliares de policía y, sin poder evitarlo, escupió hacia él. Chitta se dio cuenta, pero ni se inmutó. De haber dicho una sola palabra, se hubiera producido un motín, pues todos los baghis, incluso los niños, sentían un odio mortal hacia el antiguo monje. Kamla fue conducida esta vez al campo abierto por un jovencito que vestía el uniforme de los auxiliares de policía. Ella no paraba de hacerle guiños y de bromear sobre una misión que seguro no le resultaba desagradable. El jovencito se fue sintiendo cada vez más abochornado, hasta que terminó por insultarla llamándola furcia y le ordenó que se mantuviera en silencio. Pero Kamla no se dejó intimidar.

—Ya que estás tan enfadado conmigo gran babu —se chanceó de él mientras la traía de regreso—, dime al menos a dónde nos lleváis.

—Bueno, ¿adónde va a ser? —El jovencito con uniforme azul desempeñaba ahora de verdad el papel de gran babu—. A Allahabad. A la cárcel. ¿O pensabas que al palacio de un maharajá?

Esta noticia nos dio nueva vida. ¿A Allahabad, la gran ciudad a orillas del Ganges, casi tan famosa como lugar de peregrinación como Varanasi? Apenas podíamos creerlo, pero ¿por qué había de mentir ese auxiliar de policía? ¿De qué le iba a servir?

Kamla pareció olvidar incluso que la llevaban a Allahabad para meterla en la cárcel. Sólo pensaba en que de ese modo llegaría a las cercanías del río sagrado y que a lo mejor podía en algún momento liberarse de todos sus pecados en sus aguas.

—Pero ¿no te alegras? —me preguntaba—. Es una gran suerte dentro de nuestra desgracia. Serás como una recién nacida, y tal vez vuelvas a ver a Ketaki.

¿A Ketaki? No acababa de entenderlo. ¿Por qué iba a llevar Ketaki las cenizas de Meera precisamente a Allahabad?

—Pareces tonta —refunfuñó Kamla—. No va a tirar sus

cenizas al agua en cualquier sitio. Se dirigirá a las ghats* sagrados. Y Allahabad está más cerca que Varanasi.

Tenía razón, aunque eso no era precisamente un consuelo. Como es natural, yo no esperaba ser condenada a muerte —era casi una niña todavía—, pero después de nueve, diez u once años de cárcel sería casi una anciana; ¿seguiría deseando entonces ir en busca de Ketaki?

—¡Eres tonta de remate! —volvió a despotricar Kamla—. ¿No te he dicho ya que pienso ayudarte? No irás a la cárcel y volverás a ver a Ketaki. Te lo juro por todos los dioses que amo. Sólo tendrás que ir a Allahabad. Y no tengas miedo, nadie te reconocerá. Sólo eres una más de millones y millones de jovencitas...

De nuevo tuvo razón. Después de volver a pasar otro medio día y casi toda la noche en alguna vía secundaria, me ayudó a escapar.

Sucedió por la mañana, cuando se abrieron las puertas, repartieron tortas de pan y nos condujeron de nuevo a los campos. Pillai yacía con una fiebre muy alta; se había pasado toda la noche aletargado, murmurando entre dientes. Si ahora no ocurría nada, moriría. Kamla le ayudó... y a mí también.

Nada más abrirse la puerta del vagón saltó fuera y le gritó llena de rabia al sorprendido policía:

—¡Quiero hablar con el oficial! ¿Me oyes, hijo de una rata inválida y de un turón sordo? ¡Quiero hablar con vuestro oficial!

Unos cuantos, entre los que nos contábamos Prabal, el viejo Raviji y yo, la seguimos en el acto.

Los policías nos apuntaron con sus fusiles.

—¡Al vagón! —gritaron—. ¡Volved al vagón!

—Quiero hablar con vuestro oficial, ¿me oís? —vociferaba Kamla.

Prabal, poniéndose a su lado, gritó a su vez:

—Matadnos a tiros si queréis. No le tememos a la muerte. Pero quedaréis como tontos si no le lleváis a vuestros superiores más que un vagón repleto de cadáveres.

—¿Qué ocurre aquí? —el oficial apareció en la puerta abierta del vagón dc los policías—. ¿Por qué no estáis en vuestro vagón?

—¡Ay, babu, babuji! —Kamla cayó de rodillas ante el vagón de la policía y alzó con gesto suplicante sus manos unidas—. Es bien sabido que cuando una persona tiene poder, el poder hace a la persona... Una antigua sentencia... Pero ¿acaso te has convertido tú ya en un ser carente de sentimientos? Tenemos a un herido grave en nuestro vagón, que se ha pasado toda la noche gritando... No hemos pegado ojo... «Sacadme la bala, sacadme la bala», gritaba... ¡Préstanos un cuchillo, babu! Ordena que se la extraigan, o mátanos a todos, porque ya no podemos resistir por más tiempo sus gritos...

El oficial de policía sólo se lo pensó un instante.

—¡Bien! Sacadlo fuera y depositadlo junto al vagón. Pero no os mováis de ahí.

—¡Por supuesto, babu, por supuesto! ¡Oh, babu, faltaría más! —Kamla retrocedió rápidamente y se acercó a mí—. Quédate conmigo —me dijo en un susurro—. No te apartes ni un momento de mi lado.

Prabal y el viejo Raviji volvieron a subir al vagón y sacaron a Pillai. Mi corazón empezó a latir con fuerza. ¿Por qué quería Kamla ayudarme precisamente a mí a escapar? Había tantos otros en el vagón, hombres y mujeres, a los que conocía desde hacía más tiempo. ¿Por qué justo a mí? Además, yo no quería apartarme de ella, porque era mi mataji, mi protectora...

Kamla me cogió de la mano.

—Cuando llegue el momento —murmuró en voz tan baja que apenas pude oírla—, ocúltate detrás de mi espalda y métete debajo del vagón. Aférrate a él con fuerza por debajo, como si quisieras viajar sujeta a él, y déjate caer cuando el tren se ponga en marcha.

Yo no quería perder a Kamla, pero por otro lado la prisión me aterrorizaba...

—¿Por qué no vienes conmigo? —susurré a mi vez.

—En primer lugar, he llamado demasiado la atención, me echarían en falta en el acto —murmuró Kamla entre dientes—. En segundo lugar, estoy demasiado gorda. No podría apretarme contra el vagón lo suficiente, y acabarían por descubrirme —estaba muy tranquila mientras hablaba, pero me apretaba la mano—. Reza por mí, Munli. Reza por mí.

Finalmente el joven oficial bajó de su vagón y examinó el brazo de Pillai. Éste ya no se daba cuenta de nada. Gruesas gotas de sudor seguían perlando su frente. El oficial de policía hizo una seña a sus hombres y éstos echaron a correr todos a la vez. Uno de los policías vino y frotó con un líquido el brazo de Pillai, otro trajo una bolsa con varios cuchillos afilados y diferentes botellitas con líquidos. De una de estas botellitas vertieron un poco de líquido en un algodón y se lo apretaron a Pillai contra la nariz. Nadie se preocupaba de nosotros, que volvíamos a ser conducidos uno a uno a los campos por los auxiliares de policía.

—¿Por qué no le ayudaron desde el primer momento? —murmuró Kamla—. ¿Acaso nosotros no somos personas?

Posteriormente yo he reflexionado mucho sobre el asunto y no creo que fuera con mala intención. Tal vez los policías no se imaginaban que el viaje fuera a durar tanto tiempo. A fin de cuentas, Allahabad no estaba en el fin del mundo. En el fondo había indiferencia, comodidad y quizá también desprecio, pues a sus propios heridos los habían curado en seguida.

En aquellos momentos, sin embargo, pensaba sobre todo en mí misma. No se trataba sólo del miedo a la fuga, a ser descubierta y castigada; me asustaba también la soledad futura. Hasta entonces nunca me había quedado completamente sola.

—Cuando Pillai grite, lo haces —me susurró Kamla.

Yo me limité a asentir. Notaba un nudo en la garganta.

Uno de los policías le sujetó la cabeza a Pillai, otro el brazo sano. Dos más se arrodillaron sobre cada una de sus piernas, un quinto cogió el brazo herido y aplicó el cuchillo. Miré hacia el vagón esperando el grito, con todos mis sentidos en tensión...

¡Ya! Pillai, en su inconsciencia, percibió el dolor. Se revolvió bajo las manos de los policías y soltó un alarido salvaje, mientras intentaba golpear a su alrededor. Unos cuantos tuvieron que precipitarse sobre él para sujetarle... Kamla se situó delante de mí, yo me agaché, me deslicé bajo el vagón y miré a mi alrededor sin aliento: ¿dónde sujetarme? Me aferré al varillaje, y tras elevarme, coloqué los pies entre los tablones del piso del vagón y el metal. Después me apreté lo más fuerte que pude contra la madera, confiando en ser capaz de resistir el tiempo necesario.

Los minutos que pasé bajo el vagón me parecieron una eternidad. Oí hablar a los policías, que estaban aún ocupados con Pillai; a Kamla, que había sido conducida al campo y traída de vuelta, bromear sin cesar: sobre los «médicos» sin recursos y los «bondadosos custodios de su castidad». Mi fuerza cedió y me dejé colgar. Después tomé impulso y volví a apretarme contra los tablones del suelo del vagón.

Al fin oí cómo los policías ordenaban a todos subir al vagón. Reuniendo mis últimas fuerzas, me apreté de nuevo contra el suelo de tablas del vagón con tanta fuerza como si quisiera fundirme con ellas. Ningún policía se preocupó por mí, nadie miró si alguien se había ocultado bajo el suelo del vagón. Ni siquiera contaron a los presos. Parecían completamente despreocupados.

El tren se puso en movimiento. Me dejé caer y todavía recuerdo el espantoso miedo que sentía a no poder liberar a tiempo mis pies. El tren me habría arrastrado hasta matarme. Pero tuve suerte. Caí sobre el balasto entre los raíles y me apreté con fuerza contra la aguzadas piedras. Aunque los vagones no tenían ventanas, si uno de los policías se hubiera asomado por la puerta abierta del vagón y hubiera mirado hacia atrás, me habría descubierto.

Pero el tren continuó su marcha y nada sucedió. La herida de Pillai y la astucia de Kamla me habían salvado. Tras levantarme, miré a mi alrededor. Una tierra extensa, llana, sin pueblos, sin lagos, sin ríos, sin ni siquiera campos de cultivo. Me tragué mi miedo e intenté combatir la añoranza que sentía por Kamla y su protección. Ahora tenía que proseguir sola, y mi único medio de orientación eran las vías, de modo que eché a andar en pos del tren.

Tercera parte: Aruna

En el río

—¡Munli, Munli! —Aruna se reía al leer lo que escribí ayer—. Tu historia es más emocionante que una novela policiaca.

Intentaba bromear, quitarme la tensión que sentía al escribir. En realidad se sentía muy conmovida.

—Hay que ver lo que tuviste que pasar en tus años jóvenes —me dijo más tarde—. Cuando yo tenía tu edad, me limitaba a ir a diario al colegio muy formalita... La escuela, pitaji y mataji y mis hermanas eran para mí un mundo cerrado y ordenado. Un mundo sobre el que ni siquiera reflexionaba...

Me avergoncé un poco ante ella. En efecto, no escribo este relato para pavonearme de lo que he vivido. Su comparación, sin embargo, no era del todo falsa. La huida del vagón de los policías fue realmente toda una aventura y me resultó más terrible y opresiva que la fuga de nuestro pueblo. Entonces yo tenía a Lata y una meta. Ahora estaba sola y la meta que Kamla me había fijado —la gran ciudad de Allahabad— me parecía aún más inalcanzable que la idea de ocultarme entre los baghis. ¿Qué iba a hacer una chica de pueblo como yo en una ciudad tan grande? ¿Cómo iba a alimentarme? ¿Me vería obligada a mendigar? Una cosa era segura: yo carecía de la destreza necesaria para el robo.

Lo único que me animaba era pensar en Ketaki. Kamla tenía razón: si quería dirigirse al Ganges, era muy probable que anduviese camino de Allahabad, el más cercano de los lugares sagrados de peregrinación. Yo también intentaba persuadirme a mí misma de que así era. Necesitaba algo que me impidiera perder la esperanza y me aferraba a esta idea.

No temía que me reconocieran en Allahabad. Que alguien me buscase me parecía tan improbable como a Kamla. Era demasiado insignificante para ello. Además, ¿cómo iban a reconocerme? ¿Por el nombre? Cuando alguien me preguntase, respondería que me llamaba Nangema o Kalyani y nadie podría comprobarlo.

Lo que más me preocupaba era a qué distancia se encontraba todavía la ciudad. ¿Dos días de marcha...? ¿Tres? ¿Más aún? No llevaba nada de comer ni beber; sólo podía confiar en toparme en algún momento con campos de cultivo. Donde había campos cultivados, siempre había agua; sin agua no crecía nada en una zona tan seca.

Durante mucho tiempo no encontré ni una ciudad ni un pueblo; un vasto páramo me rodeaba. Y muy a mi izquierda, las vías del ferrocarril. Porque yo no caminaba directamente junto a las vías, sino que me mantenía siempre alejada unos cientos de metros de esas serpientes interminables. En cuanto se acercaba un tren, me tumbaba hasta que desaparecía de mi vista.

Durante el primer día me limité a caminar en línea recta, descansando cuando me dolían los pies y masticando hierbas cuando sentía hambre o sed. Mientras caminaba, pensaba en Ketaki o en Kamla, Pillai, Prabal y los otros baghis: ¿Habría mejorado algo Pillai? ¿Me echaría Kamla de menos? ¿Se alegrarían los demás de mi fuga... o lo tomarían a mal? ¿Descargarían los policías sobre ellos su furia por la huida de uno de sus presos? ¿Les golpearían con especial violencia?

Muchas veces ni siquiera veía por dónde iba caminando dando traspiés, tanto me acosaban mis pensamientos. Después comenzó a oscurecer y se inició mi primera noche en aquella extensa llanura. Seguí caminando aún durante bastante rato, intentando dominar el miedo, hasta que no pude resistir más y me dejé caer agotada en una depresión del terreno. Pero no había hecho más que tumbarme, cuando percibí el olor acre de excrementos frescos de serpiente. Me levanté de un salto y seguí andando, ahora más acobardada, más atemorizada aún si cabe. Pero llegó un momento en que me abandonaron las fuerzas; busqué otra hondonada y me tumbé dentro con cuidado, después de comprobar que no había ni excrementos de serpiente ni huellas de cualquier tipo de madriguera de animal.

Sin embargo, no conseguía dormir. El cielo de un azul aterciopelado tan vasto en la estepa, las innumerables estrellas, el pavor a los animales salvajes o a cualquier demonio, en los que sin duda habrían creído en una noche semejante personas más inteligentes que yo, no me dejaban conciliar el sueño. Además, mis pensamientos no me abandonaban: Kamla y los demás ¿estarían ya en la cárcel? ¿De ser así, cómo les irían las cosas? Aquella noche no dormí ni un segundo. Al clarear el alba volví a ponerme en marcha sin pérdida de tiempo.

Mientras el sol estuvo bajo avancé sin dificultad. Poco a poco el ambiente fue caldeándose hasta hacerse verdaderamente sofocante. No era ni siquiera mediodía cuando sobre la estepa se abatió un calor tan pesado que pensé que moriría de sed. Llevaba un día entero sin beber nada. Mientras caminaba, oía con frecuencia los gritos quejumbrosos de los pavos, que me recordaban a los berridos de un bebé; también vi pasar a veces por encima de mi cabeza con ruidoso batir de alas una bandada de buitres o un águila solitaria acechando una presa. El cielo y los parajes que me rodeaban me parecían ahora aún más gigantescos que durante la noche. Qué pequeña, qué insignificante, qué desvalida me sentía en esa inmensidad. Llegué a un punto en que me alegraba cuando venía un tren, pues un tren significaba seres humanos; aunque sólo fuera de mercancías.

A eso del mediodía encontré el primer pueblo. Mucho antes de llegar había una era situada entre corpulentos árboles de enormes ramas que dispensaban una maravillosa sombra. Sobre su liso y apisonado suelo de arcilla se golpeaban las gavillas después de la cosecha y luego se hacía caminar en círculo sobre la paja a búfalos o bueyes para que no quedase en las espigas ni un granito de arroz o de trigo. Yo lo sabía porque así se hacía en nuestra aldea, de modo que me dediqué a buscar los escasos granos que los campesinos habían pasado por alto. Después, mientras los masticaba, reflexioné. ¿Debía acercarme a las mujeres del poblado, pedirles algo de beber y preguntarles cuánto quedaba aún para llegar a Allahabad? Resolví no hacerlo. Me interrogarían y probablemente no acertaría siempre con la respuesta adecuada. ¿De qué me serviría entonces saber cuánto camino me quedaba por recorrer? Ese conocimiento no lo haría más corto. Además, confiaba en encontrarme pronto con los campos de cultivo pertenecientes a este pueblo. Y allí tendrían que estar las acequias... Ya me las imaginaba, me veía hundir la cabeza en el agua y beber, beber, beber... Tan ensimismada estaba que casi pasé por alto el pequeño lago que, oculto entre los árboles, resplandecía al sol del mediodía; un lago tranquilo, claro y sereno. Corrí hacia él, y al no divisar a nadie, me arrojé dentro. En cuanto estuve en el agua me sumergí y bebí hasta hartarme. A continuación, me tumbé a la sombra de una frondosa palmera para recuperarme un poco del esfuerzo de la calurosa marcha.

El agua fresca, sin embargo, provocó un fenómeno nuevo en mí: ahora veía con más claridad mi situación, no me sentía ya tan desesperada por mi soledad. Había encontrado un poblado, lo que suponía que si las cosas se ponían muy feas, siempre podría retroceder hasta allí. Además, recordé aquel refrán que dice que un pueblo solo muere. Así que en esta zona tenía que haber más pueblos; ya no estaba tan infinitamente sola. No es que pensase acercarme a los aldeanos, pero el mero hecho de que cerca de mí viviesen personas me tranquilizaba. También mi temor a ser descubierta fue cediendo poco a poco. ¿Acaso llevaba escrito en la cara que era una baghi? Una muchacha sola era algo desacostumbrado, pero podía tratarse de una huérfana que iba a reunirse con sus parientes...

Hoy, cuando recuerdo todo aquello, no puedo disimular mi extrañeza: un simple baño fresco, saciar mi sed y la conciencia de que no lejos de mí vivían personas bastaron para que el mundo volviera a tener un aspecto más amistoso. A pesar de todo, seguí manteniéndome alejada de las aldeas. ¿A qué arriesgarse cuando no era necesario?

No lejos del lago había una enorme hacienda. Un criado llevaba comida a los campos: un cántaro con salsa sobre la cabeza y un paño con arroz hervido en la mano. Oculta tras una elevación del terreno le vi repartir la comida a las mujeres que trabajaban en los campos. Mi estómago gruñó, pero no osé acercarme.

Más cultivos, otro pueblo. Esta vez mayor. Poseía incluso tres dhabas, tenderetes de tablones donde se hace té desde la salida hasta la puesta del sol. Vi allí sentados a los aldeanos, charlando, y no me atreví a mostrarme. Después, algo más apartada, descubrí una tiendecita en la que un anciano vendía huevos, té y galletas. Era una tienda miserable. El viejo no tenía nada que hacer y parecía adormilado. Me acerqué a él en silencio y junté las manos con gesto de súplica. Se despertó, frunció el ceño... y me arrojó una galleta.

¡Había mendigado, había pedido limosna por primera vez en mi vida, y con éxito! Me incliné agradecida, cogí la galleta, me alejé un trecho de allí y me metí entre unos matorrales. Mordisqueando, mejor dicho lamiendo la galleta, me tumbé de bruces entre los matorrales contemplando cómo se extendía la oscuridad de la noche. Ascendían columnas de humo, diferentes sonidos llegaban a mis oídos, olor a vaca hasta mi nariz. No pude evitar pensar en nuestra aldea, en mataji, pitaji, Ramesh, Birri, Ila, Pula, Mantu... Los veía sentados ante nuestra cabaña, comiendo, charlando, riendo. Era una quimera. Nunca habíamos estado reunidos de una forma tan amena y confortable. A pesar de todo, la nostalgia me dejó sin aliento y acabé por apartar aquella imagen apacible mientras cerraba los ojos.

A la mañana siguiente tropecé por fin con una carretera. No podía leer los carteles indicadores que había en las entradas de los pueblos, pero no me cabía duda de que tenía que conducir hasta la próxima gran ciudad. ¿Y qué ciudad iba a ser esa, sino Allahabad? Estaba convencida de estar en el camino correcto. Al principio no encontraba más que pueblos, aunque esta vez eran tan grandes que me atreví a ahorrarme el esfuerzo de rodearlos.

En el primero era día de mercado. La calle estaba llena de tenderetes y los comerciantes permanecían en cuclillas ante vajillas, artículos de quincallería, frutas o verduras. Otros habían colocado sobre mesas aves destripadas, vendían té o preparados medicinales. Unos niños me descubrieron. Querían saber de dónde venía y adónde iba. Me senté con ellos y me inventé la historia de un tío con el que vivía en Allahabad y con el que iba a reunirme. ¿Estaba todavía muy lejos de Allahabad?

—¿Lejos? —preguntó un chico pequeño de cara redonda—. ¿Qué es lejos? Si tienes alas, llegarás esta misma noche.

—¿Y cuánto tiempo necesitaré con dos pies cansados y una barriga hambrienta? ¿Dos días? ¿Tres?

Él se encogió de hombros. Después sonrió.

—Aguarda. Tengo algo para tu tripa hambrienta.

Echó a correr y me trajo una mazorca de maíz. Le di las gracias y la guardé en mi sari. Pero, temiendo que la hubiera robado, volví a ponerme en seguida en camino.

El chico no había mentido. Aquella noche descubrí que la gran ciudad no podía estar muy lejos: los postes eléctricos la anunciaban. Mis hermanos me habían hablado de esos altos postes con el tendido eléctrico, que iban por montes y valles, pero ni ellos ni yo los habíamos visto jamás. Estaba impresionada: ¿por aquellos cables viajaba la luz de ciudad en ciudad, de pueblo en pueblo? No se precisaba ni petróleo, ni cerillas, sólo una bombilla, un tendido eléctrico y un interruptor para encender o apagar. Ramesh y Birri me habían explicado muchas veces esa magia misteriosa, pero yo nunca había podido imaginármelo.

Aquella noche dormí junto a uno de esos postes. Sé que parecerá una tontería, pero me parecía como un saludo de la ciudad. A su lado me sentía menos sola... y casi un poco más protegida.

Al día siguiente alcancé los arrabales. Aún recuerdo esa imagen poblada de altos cocoteros, carros tirados por bueyes, muchos perros sin amo medio muertos de hambre, rickshaws*, los primeros que veía en mi vida, vacas y coches. ¡Coches, coches y más coches! Aunque su marcha era entorpecida a menudo por las vacas, a las que no se atrevían a ahuyentar a bocinazos, determinaban de manera clara la imagen de la ciudad. Yo los seguía boquiabierta con la mirada. ¿Qué coches conocía yo? Los jeeps de los jefes de la empresa que construía la carretera y los camiones que traían el cemento. Aquí vi por vez primera verdaderos automóviles para personas. Y además de todos los colores: amarillos, azules, rojos, verdes, negros... Recorrí las calles de los arrabales, con sus cabañas y casas de piedra, chapa ondulada, cartones y jirones de sacos de yute, como si fueran un mundo desconocido. Y, sin embargo, todo aquello no fue más que un pequeño anticipo de lo que me esperaba...

Por la noche me tumbé en las cercanías de la torre de un templo llena de muchas deidades de colores. Pronto vería torres aún más altas y de colores más vivos, pero aquella me llenó de admiración. Pensé en los templetes de las divinidades de las aldeas y me pregunté quién habría construido aquel templo gigantesco. ¿Personas? No, tenían que haber sido los propios dioses. ¿Cómo iban a ser personas las que erigiesen algo tan enorme? Un sacerdote nadaba por el estanque del templo. Le observé desde lejos. ¿Sería una buena señal? ¿Me gustaría la ciudad? Sentía miedo y curiosidad, temor y alegría. «Ojalá estuviera aquí Kamla», pensaba. Ella conocía la capital, no Allahabad concretamente, sino la ciudad en sí, y habría podido guiarme. Pero seguro que llevaba mucho tiempo en la cárcel, acaso no muy lejos de allí. Ahora ya no podía ayudarme, no me quedaba otro remedio que encontrar el camino yo sola.

Llegué a Allahabad a primeras horas de la tarde del día siguiente. Al principio no me di cuenta de que había entrado en la ciudad; no se distinguía dónde terminaban los arrabales y empezaba la ciudad, a no ser por un tráfico cada vez más denso y un aire cada vez más sofocante. Hacia el interior y hacia el exterior de la ciudad fluía un denso torrente de bicicletas y rickshaws, motos y pequeños taxis, entre los que circulaban camiones pintados de colores vivos, coches de caballos y carros de bueyes y numerosos perros sin amo, que peleaban disputándose los restos de basura. ¿Era eso ya el centro de la ciudad?

No, ni mucho menos. El tráfico fue haciéndose paulatinamente más denso. Intenté salir de allí, doblé una esquina y me detuve: ¡una calle comercial! Vi apiñadas una tienda tras otra, y puestos y más puestos, con un río de coches pasando por en medio, y personas y más personas, vacas y más vacas. Y por encima de todo, el estrépito: los bocinazos de los coches, que no avanzaban con la rapidez suficiente; el griterío de los niños que iban en brazos de sus madres, el mugido de las vacas, el vocerío de los comerciantes ante sus pequeñas tiendas o tras sus mercancías extendidas sobre la acera. Caminé por aquella calle como atontada, deteniéndome ora aquí, ora allá, soportando molestias y empujones y sintiéndome arrastrada hacia adelante contra mi voluntad.

¿Qué clase de mundo era ése? ¿Cómo se podía vivir allí? Creció mi temor al mismo tiempo que un cauteloso sentimiento de triunfo: ese mundo no lo habían visto ni pitaji, ni mataji, ni mis hermanos y, sin embargo, yo estaba inmersa en él, viviendo una gran aventura. ¿Cómo me había merecido esa suerte?

Había renunciado hacía mucho a abrirme un camino por mí misma, y me dejaba arrastrar por el torrente humano hacia el interior de la ciudad cuando llegué a un barrio de templos. En mi vida había visto tantos templos juntos..., y el simple hecho de verlos tenía que dejar boquiabierta a una chica como yo. Cada templo era más alto y hermoso que el otro, y en cada uno de ellos se apiñaba la gente para entrar. En los templos tintineaban las campanitas de la oración, y los vendedores pregonaban sus mercancías ante sus puertas: guirnaldas de flores y alcanfor, varillas de incienso y aceite de baño, aretes para los pies y copas de barro... Y más conductores de rickshaw, vacas... y mendigos. Mendigos y más mendigos; ¡todo un ejército de mendigos! Pedían limosna a las mujeres vestidas con saris de colores llamativos, golpeaban las ventanillas de los automóviles que se abrían paso con lentitud entre esta maraña humana e incluso llegaron a tenderme a mí sus manos descarnadas. Sacerdotes calvos con parasoles de hojas de palma secas cruzaban la calle; buhoneros se apelotonaban cruzando entre los coches, los limpiabotas ensalzaban sus servicios.

Mis sentimientos oscilaban entre el entusiasmo y el horror. Cuando los automovilistas se impacientaban y sus bocinazos se incrementaban hasta convertirse en un tono único y sostenido, me tapaba los oídos. Al verme, un chico que vendía periódicos me señaló con el dedo partiéndose casi de risa.

A mí no me habría importado reírme con él. Tenía razón. Era tan boba y tan torpe que cualquier habitante de la ciudad parecía muy superior a mí; debía estarles agradecida por no expulsarme en seguida de su ciudad...

Llegó un momento en que ya no pude soportarlo. Cansada, busqué un lugar relativamente tranquilo, me tumbé, cerré los ojos... y me quedé dormida. ¡Sobre el desnudo adoquinado de la calle! El ajetreo a mi alrededor y la atmósfera viciada me habían extenuado por completo. Sin embargo, mi sueño fue corto, pues al poco me despertó un hombre con una cesta llena de narguiles.

—¡Márchate! ¡Vete! —me increpó—. Éste es mi sitio —añadió mientras comenzaba a armar sus pipas de agua delante de mí.

Comprendí en seguida: el viejo vendía narguiles. El rincón libre que yo había encontrado estaba desocupado porque él había ido a buscar más mercancía. Me levanté y me senté junto al anciano. Era el primer habitante de la ciudad que me dirigía la palabra. Quizá pudiera aconsejarme lo que debía hacer, sola en una ciudad tan grande.

Pero el viejo no parecía muy deseoso de hablar conmigo, pues sin escucharme siquiera se apresuró a expulsarme de allí.

—¡Lárgate! —me amenazó—. Vas a espantarme la clientela.

Entonces no lo comprendía, pero hoy sé lo que quería decir. Me había tomado por una de esas personas que duermen en la calle, por una mendiga. Una mala propaganda para su negocio.

Sin embargo, con su actitud había contestado a su modo

a mi pregunta, porque justo lo que él vio en mí era mi futuro, aunque yo todavía lo ignoraba. Me levanté sin rechistar y seguí caminando por las calles, ahora con más desgana que entusiasmo, y fui a parar a la calle de los bazares. El parloteo de innumerables transistores me dio la bienvenida y recordé a Meera. ¡Qué lejos quedaba ya todo aquello!

La calle de los bazares también me causó una profunda impresión. Todo lo que alcanzaba mi vista se vendía: ídolos policromados y estatuas de piedra, joyas de plata y marfil, objetos de madera tallada y tejidos de seda, relojes, cigarrillos extranjeros y muchas, muchas cosas más. Objetos todos ellos con los que una aldeana apenas se atrevería a soñar. Pero también había incontables mendigos; pequeñas figuras harapientas o sabios saddhus inclinando la cabeza con sus ropajes de color naranja o blanco. Pasé entre ellos y observé el rostro de los chicos y chicas que pedían limosna. ¿Estaría pronto yo también allí sentada con aire taciturno o corriendo de un lado a otro tan quejumbrosa? Porque de algo tenía que vivir. ¿Y de qué vivían los habitantes de la ciudad sino del comercio o de la mendicidad?

Observé a los compradores, que paseaban entre los carros, mesas y tiendas. Todos ellos llevaban ricos vestidos. Los hómbres vestían pantalón y camisas blancas y zapatos de los de verdad en los pies; las mujeres, saris de colores, aros con campanillas alrededor de los tobillos y brazaletes de cristal, plata, oro o marfil. ¿Trabajarían en algo esas personas o eran simplemente ricas, como la familia Maday, a la que pertenecían los campos en los que trabajábamos año tras año nosotros, los aldeanos?

Mi mirada se posó en una mujer vestida de una forma que me resultó extraña. Su falda era muy corta y sus piernas blanquísimas. Quise verle la cara y retrocedí. ¡La mujer tenía el pelo amarillo! Ahora sé que se dice pelo rubio, no amarillo, pero entonces todavía desconocía la palabra «rubio». Al girar la cabeza, vi su cara pintada. ¡Una extranjera! Era la primera vez en mi vida que veía a una extranjera. Ella observó mi mirada, avisó al hombre que iba a su lado y rió divertida. El hombre cogió su cámara fotográfica con intención de hacerme una foto, pero yo me perdí con rapidez entre la multitud.

Esta pareja de extranjeros fue los primeros turistas que vi, pero no los últimos; en la calle de los bazares había muchas personas de piel clara como ellos. Unos tenían cabellos oscuros, otros un poco más claros y algunos rubios claros, como la mujer de la falda corta. Me habría gustado tocar esos cabellos de color amarillento... para comprobar si desteñían. Tuve que hacer un gran esfuerzo para evitarlo.

Entre tanto, había caído la tarde. Pronto se pondría el sol. ¿Adónde iría, dónde dormiría esa noche? Kamla me había dicho que en las ciudades muchas personas duermen sencillamente en la calle, porque no poseen ni vivienda, ni cabaña ni refugio alguno. Sin embargo, yo no lograba imaginármelo. Durante el día, sí, pero ¿de noche? En el campo, por supuesto, entre unos matorrales, claro; todo eso ya lo había hecho yo. Pero ¿sobre el desnudo empedrado de la calle? Seguí caminando por la ciudad, pasé delante de pequeños altares adornados con vistosas cadenas de bombillas de colores, consagrados casi todos al dios Ganesha, el de la cabeza de elefante, que dispensa suerte, y junto a músicos callejeros, que como prueba de que habían visitado uno de los templos llevaban marcas de ceniza sobre la frente. Vi a unos chicos lavando un coche ante una cocina callejera para ganarse unos céntimos, y a mujeres jóvenes husmeando en las basuras detrás de la cocina. Llegué a una calle principal con casas altas y entonces me encontré ante los primeros autobuses que había visto en mi vida. Todos completamente repletos. Vi a personas elegantes salir de comercios más elegantes todavía y marcharse en automóvil, y también en esta ocasión mendigos que tendían sus manos mientras pronunciaban un sonsonete monótono y lastimero. Me volví a internar por una bocacalle y de repente llegó a mi nariz el olor conocido a sahumerios, a especies y el aroma dulzón de la carne: el olor de los lugares de cremación. Lo seguí. Vi ascender gruesas columnas de humo... y me hallé ante las ghats, las escaleras sagradas que descienden hasta el Ganges.

Yo, Munli, una muchacha de una aldea sin fuente, estaba junto al Ganges, el río sagrado con el que ya Bhimal, el sacerdote de nuestro pueblo, me había hecho fantasear, con el que habían soñado mataji y pitaji y también Kamla, el río que era la meta de Ketaki. Me es imposible describir la sensación que me invadió en aquel momento, pues sobrepasa toda comprensión. No obstante, sí puedo describir lo que vi: un río repleto de gente, incontables hombres y mujeres que se bañaban en el agua sagrada, que sacaban agua, la dejaban fluir entre sus dedos y volvían a sacarla, siempre vueltos hacia el sol; bebés berreando a los que sus padres sumergían en el agua; viudas que de pie en el agua hacían girar sin cesar sus coronas de rosas entre las manos al tiempo que murmuraban sus oraciones; familias que realizaban ofrendas de flores y arroz; deudos, que esparcían desde barcas la ceniza de sus muertos en la corriente... Y en la orilla, en las ghats, los muertos envueltos en lienzos blancos, que habían de ser incinerados por dhuans* y conducidos también al río sagrado. Además, sacerdotes con ropajes de color azafrán, que daban la bendición, recitaban textos sagrados y aceptaban regalos; barberos que cortaban el pelo o rasuraban a sus clientes antes de las abluciones sagradas, y mendigos y más mendigos que murmuraban entre dientes su cantinela. Vacas esqueléticas, cabras escuálidas, perros con la piel cubierta de costras completaban el cuadro. Y sobre los propios peldaños sagrados, excrementos, estiércol de vaca, cabellos humanos y moscas, nubes de moscas...

Cualquiera que haya crecido en Allahabad o en otro lugar de peregrinación a orillas del Ganges encontrará todo esto completamente normal; para mí, sin embargo, esa visión suponía además de entusiasmo, decepción. Yo me había imaginado a Mata tal como Bhimal nos había descrito en otro tiempo a la madre de todos los ríos: azul y pura, clara y limpia; ¡néctar de los dioses! ¿Y ahora, qué? Flotando entre los creyentes un perro muerto bajaba río abajo; no lejos de él, el cadáver medio podrido de una vaca surcaba las aguas entre restos de cadáveres humanos no quemados por completo, excrementos y flores marchitas, ceniza, desperdicios y suciedad.

Estuve largo tiempo allí contemplando el trajín, que continuaría probablemente hasta la puesta de sol. Después me alejé un poco de las gahts, cruzando por delante de cadáveres siempre nuevos que eran transportados en carros de bueyes, junto a muchos hombres y mujeres que venían de muy lejos para traer a Mata Ganga al menos las cenizas de sus muertos. Como es natural, el espectáculo me recordó a Ketaki. ¿Vendría a Allahabad? Y en caso afirmativo, ¿cuándo?

Me senté en una terraza de firme terreno arenoso cubierto de una hierba rala y contemplé el río. La roja esfera solar desapareció tras el horizonte, la oscuridad se extendió. Pero todavía seguían ardiendo las hogueras de los dhuans; una densa y pesada humareda se abatía sobre el río. Cuando todo quedó en silencio y la oscuridad se hizo a mi alrededor, me deslicé dentro de un hoyo arenoso y cerré los ojos. Allí podría dormir tranquila, allí nadie me haría nada; Mata Ganga me protegía.

El castigo

Nos hemos mudado. Por eso no he podido escribir en los últimos días. Nos hemos pasado tres días retocando las paredes con yeso y cemento hasta dejarlas bien lisas, lijando y pintando los marcos de las ventanas, y blanqueando después las habitaciones. Con cal de conchas. Mientras tanto, cantábamos y nos salpicábamos de pintura. A continuación volvimos a limpiar a fondo la casa y por fin hemos traído nuestras pertenencias. Ahora que la faena está al fin terminada, con las alcobas y los talleres instalados, nuestra vida ha recobrado su curso habitual, aunque, he de reconocerlo, se ha vuelto un poco más alegre. La presión que gravitaba sobre nosotras en la casa del señor Godse ha desaparecido.

No, no somos «maharanís» ni lo pretendemos, pero llevamos una vida muy agradable comparada con la de tantos y tantos habitantes de la ciudad. Lo sabemos, y le estamos agradecidas a Aruna por ello. Ella no quiere ni oír hablar del asunto y se limita siempre a señalar nuestras cestas y el material de tejido de mimbre.

—Agradecéoslo a vosotras mismas —dice—. Yo no os he regalado nada, sois vosotras mismas las que os obsequiáis cada día.

Desde luego no le falta razón, pero sin su ayuda, sin sus ideas y sus conocimientos todo nuestro esfuerzo no valdría demasiado.

Ahora que la mudanza ha pasado y ha retornado la calma, puedo volver a escribir. Voy a proseguir mi relato y deseo hacerlo recordando aquella mañana en la que contemplé por primera vez cómo salía el sol sobre el Ganges. Me desperté temprano, con los sonidos blandos y palmoteantes de pies desnudos que se apresuraban bajando las ghats. Me incorporé y vi a cientos, puede que miles de personas metidas en el agua rezando, zambulléndose y bebiendo. El río apestaba y yo percibía el olor con intensidad. A los hombres y mujeres, chicos y chicas no parecía importarles.

—Alabada seas, sagrada madre Ganges —cantaban...

Y también:

—Oh tú, diosa mía.

Avergonzada de mi propio asco, me dirigí también al río, me metí el extremo del sari entre las piernas y lo sujeté a mis caderas. Después me lavé la cara, los brazos y los pies, bebí agua y a continuación me senté con las manos unidas en la terraza, al igual que tantos y tantos.

Todos volvimos nuestros rostros hacia el sol que salía, todos rezamos a la divina Mata Ganga. Yo la imploré que me enviara a Ketaki; la prometí adorarla eternamente si me lo devolvía.

Cuando terminé mi oración, me quedé un rato en la orilla viendo cómo los dhuans comenzaban su trabajo, cómo llegaban los creyentes con imágenes de los dioses para rociarlas con el agua sagrada, cómo las mujeres lavaban su ropa, cómo las vacas y cabras bebían agua del Ganges. Después mi estómago llamó a la puerta. Días antes, las nuevas impresiones habían reprimido cualquier pensamiento referente a la comida, pero ahora el hambre me resultaba ya insoportable.

¿Dónde podía conseguir algo de comer?

¡La cocina ambulante! Las mujeres jóvenes rebuscando entre los desperdicios... ¿Volvería a encontrar la cocina callejera? ¿U otra cualquiera? Tenía que intentarlo...

La ciudad volvía a estar muy animada; yo me esforzaba por orientarme y buscaba inútilmente la cocina callejera que recordaba. En cambio encontré otra. Pero todavía no había abierto, aún no había desperdicios. Hambrienta seguí recorriendo la ciudad, pasé ante la estación, que tomé por el palacio de un maharajá, y entré en un parque por una enorme y antigua puerta de arco. Allí estaba todo muy verde. Esperaba hallar cualquier cosa comestible, alguna planta conocida que pudiera mordisquear durante algún tiempo. Sólo encontré praderas, arbustos, bosquecillos y palmeras, nada de comer. Desanimada me dejé caer junto a un arbusto y me quedé allí tumbada hasta que el sol estuvo más alto. Después regresé a la cocina callejera que había visto esa mañana. Ahora estaba abierta y ya había desperdicios. Me deslicé con cuidado hasta los toneles. Un hueso de gallina roído asomaba por uno de ellos. Lo cogí con rapidez y lo hice desaparecer en mi sari. Luego, rebuscando entre los toneles, encontré un par de huesos más y algunos restos de chapatti...

Pero en medio de mi búsqueda sentí de repente algo blando en el hueco de mi rodilla. Me volví. Dos perros callejeros estaban detrás de mí. Macilentos, esqueléticos, con calvas en la piel.

—¡Largo! —grité asustada.

Los perros gruñeron. Entonces hice ademán de pegarles una patada. Pero no retrocedieron, sino que me enseñaron los dientes.

Acudieron a mi mente numerosas historias de perros callejeros que habían despedazado a niños.

—¡Fuera! —volví a gritar.

Esta vez con tono aún más alto y amenazador, llamando de ese modo la atención del dueño de la cocina ambulante, que se percató de lo que sucedía detrás de su cobertizo de tablas. Salió de su construcción plana y los perros huyeron corriendo. Sabían perfectamente quién estaba con ellos y quién contra ellos.

—¡Piérdete! —me amenazó el dueño de la cocina callejera.

No tuvo que repetírmelo dos veces. Como una ladrona pillada en pleno robo me alejé a toda velocidad de allí. Y, sin embargo, ¿había robado algo?

Volví junto al Ganges, me comí mis restos de chapatti, rebañé los huesos de gallina y contemplé un cortejo nupcial. El novio arrastraba a su novia envuelta en velos tirando de un chal de seda amarilla. Tamborileros y flautistas acompañaban el cortejo formando un estrépito ensordecedor. «Ketaki», pensé. «¡Ketaki!». Qué fácil sería mi vida si lo encontrase. Seguro que se ocuparía de mí... ¿Lloraba mientras mordisqueaba, miraba y pensaba? Creo que sí.

Para decirlo con pocas palabras: no encontré a Ketaki... Al menos no en los días, semanas y meses siguientes, y hubo aún muchos de esos momentos en los que estuve a punto de perder el ánimo, harta sencillamente de todo. Pero sólo lloré esa única vez. No tiene objeto lamentarse cuando nadie le escucha a uno.

Aprendí con rapidez: mi única esperanza era yo misma. Si quería comer, tenía que luchar, de modo que durante aquella época mi vida se convirtió en un combate por la supervivencia. Recorría continuamente las calles, me mantenía siempre al acecho para pescar algo que comer o para conseguir unos cuantos céntimos mendigando. Recorrí las calles de los bazares y las de los templos, los parques y el elegante barrio de la estación del ferrocarril, sintiéndome a menudo como uno de esos perros medio muertos de hambre que no podían ni siquiera menear el rabo a causa de la debilidad. Por las noches, sin embargo, regresaba siempre al Ganges. Aquella terraza donde pasé mi primera noche se convirtió en algo así como mi lugar de reposo. Allí siempre me sentía protegida: por Mata Ganga y por los numerosos y piadosos peregrinos que llegaban a todas las horas del día y de la noche. Tuve que defenderme sola de las innumerables ratas que vivían a derecha e izquierda de la orilla. Eso me costaba con frecuencia media noche de sueño. Pero a pesar de eso por nada del mundo habría regresado a la ciudad. No quería convertirme en una de las personas que duermen sobre el pavimento.

Cuando recorría las calles, prefería los callejones estrechos, que apestaban a orina y a excrementos. En las callejas de los pobres no llamaba la atención y a veces recibía también un haba tostada que me arrojaba alguien, o me tendían un trozo de caña de azúcar. Me gustaban las mujeres que andaban por allí, el sari atado entre las piernas y a menudo con un cigarrillo en la comisura de los labios. Las creía conocedoras de todos los secretos de la vida y quería aprender esos secretos. Sin embargo, a las vendedoras les bastaba una ojeada para darse cuenta en el acto del tipo de chica que era yo, y me expulsaban de allí inmediatamente.

¡Mi primer intento verdadero de pedir limosna! Me senté sin más en la calle con la mano levantada, pero nadie me daba nada, ni me miraban siquiera. Intenté imitar el sonsonete quejumbroso de los mendigos.

—Por lo que más quieras —suplicaba entre lamentos a las mujeres—, no me dejes morir miserablemente, madre de madres...

O bien decía con voz aduladora:

—¡Padre de padres! ¡Eres tan generoso! Dame lo que quieras; sé que será más que suficiente.

No conseguí ni un céntimo, sólo sublevar contra mí a

los demás mendigos. Al principio me estuvieron observando durante algún tiempo, después se me acercó un hombre gordo vestido de harapos.

—Ésta es mi zona —me explicó—. El que pide limosna aquí, tiene que pagar comisión.

Yo no sabía lo que significaba comisión, pero comprendí que quería dinero. Extendí mis dos manos asustada, dando a entender que estaba sin blanca.

—Y cómo vas a conseguir algo —me regañó— con la maña que te das —después añadió con expresión astuta—: Si me entregas la mitad de tus ganancias te enseñaré a pedir limosna.

Me mostré de acuerdo. Había notado hace mucho que los demás mendigaban con más habilidad que yo. Mejor ganar dos rupias y ceder una que no ganar nada en absoluto.

El gordo me llevó detrás de una valla y me enseñó cómo tenía que mendigar. La verdad es que era un artista; sabía arrugar su cara como si estuviera a punto de morirse de hambre. Nadie prestaba atención entonces a su gordura. Por otra parte, estaba la voz. Le daba un tono tan frágil, pero tan imperioso a la vez, que uno casi se sentía obligado a depositar algo en su mano.

Yo imité sus gestos. Sin embargo, lo hice de una forma tan torpe que movió desaprobadoramente la cabeza.

—Como pidas limosna así te morirás de hambre. ¡Quieres despertar compasión! Eso es una bobada. Nadie da limosna por compasión. Cuando alguien da algo, es porque piensa en su próxima vida. Tienes que recordarles su karma. Amenázale, asústale, dile que si no te da nada ahora, tendrá que pedir limosna él mismo en su próxima reencarnación. Amedréntale, no supliques compasión.

Yo lo intenté, utilicé las mismas palabras que él había empleado... A pesar de todo, no sonaba imperioso.

—¡Déjalo! —el gordo hizo un gesto negativo, me cogió del brazo y me obligó a girar de un lado a otro. Después me dijo con la seriedad de un hombre de negocios—: Sé de algo mejor para ti. Es verdad que estás todavía un poquito delgada, pero si te alimento un poco te ganarás un dinerito.

Quería convertirme en una prostituta. Me solté de él y salí corriendo mientras oía su risa a mis espaldas.

—¡Acabarás por hacerlo! ¡Un día acabarás por hacerlo!

Y seguro que lo habría hecho algún día. Pensaba con

frecuencia en ganarme de ese modo un par de rupias. Sobre todo cuando llevaba días enteros alimentándome de verduras podridas y hediondos desperdicios de carne y enfermé de comer todas esas porquerías. Sólo el miedo a verme obligada a irme con hombres como Adoor Ram o Vasu me mantenía al margen. Si se hubiera dirigido a mí alguien más joven, agradable o siquiera más débil, me hubiera ido con él... Pero nadie me dirigía la palabra. Tenía un aspecto demasiado miserable, demasiado desharrapado, y tampoco podía embellecerme como veía hacer a las chicas prostitutas.

No me quedaba otro remedio: a pesar de mis deplorables experiencias volví a intentar pedir limosna. La clase que me había dado el «artista» no había sido del todo en vano. Cuanto mayor era el hambre, tanto mejor «interpretaba» yo, tanto más exigentes se hacían mis súplicas. De vez en cuando tenía suerte. Pero esto no carecía de peligros: la mayor parte de los mendigos estaban organizados, venían por la mañana a la ciudad y la abandonaban por la noche. Iban a mendigar como quien acude a desempeñar un trabajo, aunque no sólo en provecho suyo, sino también en el de su «jefe». A cambio éste les protegía y se preocupaba de que conservasen sus lugares habituales. Cada mendigo organizado conocía las distintas zonas y las respetaba. Sólo los mendigos no organizados —como yo— no respetaban esa norma, pues apenas había calle que no estuviera controlada por uno de los «jefes». ¿Dónde íbamos a pedir entonces? No nos quedaba otro remedio que practicar el furtivismo en territorios ajenos o morir de hambre. Si nos pillaban, la situación no transcurría siempre tan sin consecuencias como en aquel encuentro con el «artista». Con frecuencia los mendigos como yo recibían unas palizas tremendas y luego eran expulsados de la ciudad. El hecho de que a mí no me ocurriera nada se debió tal vez a que yo mendigaba sin llamar demasiado la atención y a que escapaba apenas veía a otro mendigo. También había un «jefe de jefes», llamado el «rey de los mendigos». Este «rey» poseía una casa enorme en las afueras de la ciudad, a poca distancia de unos barracones. En ellos vivía su gente, a los que hacía transportar todas las mañanas en coche a la ciudad para recogerlos de nuevo por la noche. Esos mendigos no podían quedarse con nada de las limosnas obtenidas. Tenían que entregarlo todo a su «rey», que a cambio les daba un techo para cobijarse y comida caliente. Si uno de los mendigos intentaba quedarse con unos céntimos y llegaba a enterarse, lo expulsaban de allí a palo limpio. Había gente de sobra, que se daría con un canto en los dientes por contar con un alojamiento estable.

El «rey de los mendigos» debía ganar grandes cantidades de dinero con su gente. Se sabía que la policía, que efectuaba siempre controles y ahuyentaba a los mendigos que se apostaban demasiado cerca de los comercios elegantes, nunca se metía con su gente. ¿Por qué iban a hacer excepciones los policías, a no ser que los hubiera sobornado a ellos, y sobre todo a sus superiores? Además, los bulldozers ni siquiera se atrevían a rozar los barracones del «rey», mientras que otros tugurios que surgían de la noche a la mañana eran derribados una y otra vez para que la ciudad no «creciese», tal como decían los periódicos que leí más tarde en casa de Aruna. No, hoy no me cabe duda de cómo «gobernaba» aquel «rey». Sus mendigos pedían también para los policías y para determinadas autoridades. Era un negocio de una-mano-lava-la-otra, que no hacía daño a nadie, a excepción de a nosotros, los mendigos no organizados.

Los mendigos no organizados no se conocían entre sí. No establecían amistades entre ellos ni tampoco enemistades, a no ser que se riñese por un cliente. Como yo no sabía nunca si un mendigo estaba organizado o no, describía un amplio círculo en torno a ellos. Había dos, sin embargo, a los que solía ver con más frecuencia, un hombre joven y una anciana. Ambos me impresionaban mucho. Al hombre joven le había roto su padre de niño las dos rótulas, para que en el futuro pudiera alimentarse pidiendo limosna. Solía ver a este hombre recorrer la calle sobre una tabla de madera a la que había asegurado cuatro ruedas de goma, impulsándose con las manos y sin perder nunca su buen humor. Eso me llenaba de asombro. ¿Cómo podía estar siempre tan contento alguien que sin esa tabla de madera no sería capaz siquiera de arrastrarse? Más adelante me enteré de que él solamente fingía ese buen humor para impresionar a la gente. Había demasiados tullidos quejumbrosos.

A la anciana la descubrí cerca de la columna de Ashoka. Se sentaba todos los días en el mismo sitio. Tenía unos cabellos blancos como la nieve y muy largos, y una piel que parecía papel de pergamino. Estaba terriblemente delgada y muy sucia, pero sus ojos brillaban llenos de vida. Nunca he vuelto a ver unos ojos como los de la descarnada cara de pájaro de aquella anciana, tan llenos de dolor y de conocimiento de miles de cosas que posiblemente permanecen ocultas para la mayoría.

Me sorprendí a mí misma envidiando a aquellos mendigos auténticos, porque no necesitaban «actuar». El que no tenía piernas no precisaba simular y el que sólo tenía un brazo, tampoco. A pesar de que entre el grupo de los «actores» había también algunos capaces de fingir incluso que estaban lisiados. Uno se sujetaba un brazo contra la espalda, otro se sentaba sobre una alcantarilla abierta en la que hacía desaparecer sus piernas, y colocaba ante sí dos trozos de madera envueltos en harapos como si fueran muñones. Nadie notaba nada; su negocio marchaba viento en popa. Yo era incapaz de trucos semejantes.

Como es natural, descubrí pronto las zonas a las que se retiraban durante la noche las personas que dormían en la calle. Se trataba de callejones estrechos y sombríos en los que la única luz era el débil resplandor de pequeñas hogueras o de alguna lámpara de carburo. Solía verlos preparando arroz, dando el pecho a sus bebés o envolviendo en andrajos a sus hijos pequeños para que no se acatarrasen en las frescas noches de invierno. Yo estaba sola y buscaba amigos, pero no acudí a ellos. Intentaba convencerme a mí misma de que no era de su clase, a pesar de que hacía ya tiempo que me había convertido en uno más.

Hoy conozco más cosas sobre ellos; sé que casi todos, al igual que yo, proceden del campo. Huyen de una pobreza a otra. Tenían el mismo sueño que mis hermanos Ramesh y Birri: encontrar un trabajo en la ciudad. Pero no hay trabajo para ellos; fue juicioso por parte de pitaji advertir a mis hermanos. Sólo quien tiene suerte encuentra una ocupación como limpiabotas o culi* de rickshaw. Entonces trabajan como esclavos desde las seis de la mañana hasta muy entrada la noche; a cambio de cinco, seis o siete rupias al día, según la generosidad de su jefe.

No, yo no deseaba formar parte de aquellos que eran los más bajos de todos, a pesar de que entre ellos no sólo se encontraban harijans, sino también miembros de mi casta y de otras superiores. Mientras dormía junto al Ganges, intentaba convencerme a mí misma de que era una peregrina que vivía así únicamente porque esperaba... a Ketaki. Se trataba sin duda de un autoengaño, pero me ayudaba a sobrevivir.

¿Me reí alguna vez durante aquella época, reírme de verdad? Sí, una sola vez, el día que apareció en el palmo de orilla que yo había convertido en mi patria un comediante con monos. Representaba la pieza *Boda de una pastora con el hijo de un maharajá.* Uno de los monos llevaba los atavíos de una pastora, otro los de un príncipe. El comediante tocaba el tambor y narraba el gran amor que sentían el uno por el otro, mientras los monos amaestrados se movían con torpeza. Al final el cómico de monos cantó:

—El cielo nos contempla. Todo sobre la faz de la tierra se convierte en amor. Todo sobre la faz de la tierra se convierte en amor.

No me quedó otro remedio que reírme. El cuento era demasiado hermoso.

Después fueron refrescando las noches y comenzó el invierno. El viento fresco y la niebla espesa y húmeda me hacían estremecerme. Logré reunir unos cuantos trapos para taparme durante la noche, pero muy pronto se pusieron tiesos, húmedos o empapados. Me enfríe, pillé un fuerte catarro, sólo escupía flemas y pensaba cada vez con más frecuencia si no debería unirme a la gente del «rey». Ellos al menos no pasaban frío durante la noche. Sin embargo, al final preferí dejar las cosas como estaban. Había oído una vez de labios de una anciana mendiga cómo trataban los hombres del «rey» a las mujeres con las que convivían. Me aterrorizaba sólo pensarlo.

Cuando el día era seco solía quedarme todo el día tumbada entre mis harapos. ¡Qué agradable ver salir el sol por la mañana y sentir aumentar lentamente el calor bajo mis harapos! Sólo el hambre me impulsaba a volver a la ciudad... Y a veces también el frío me hacía acercarme a las hogueras de las personas que dormían en la calle. Pero nunca me quedaba mucho tiempo. No quería unirme a ninguna familia. Apenas daba información sobre mi persona, aunque en ocasiones me atrevía a preguntar por un joven harijan llamado Ketaki... La suerte, sin embargo, no me acompañaba. Nadie le conocía, y si por casualidad sabían de alguien que respondía a mi descripción, resultaba ser siempre otra persona.

No obstante, por aquella época Ketaki ya debía estar viviendo en Allahabad. De hecho volví a verlo aquel invierno. Por desgracia, demasiado tarde.

Sucedió un día helado y lluvioso en el centro de la ciudad, cerca del bazar. Yo estaba sentada envuelta en mis harapos en la esquina de un cruce muy animado entre dos calles e imploraba con voz apremiante luchando contra el ruido del tráfico. Llevaba sentada allí toda la mañana y todavía no había conseguido ni un céntimo, cuando de repente escuché un fuerte estrépito y barullo. Al otro lado de la calle se había desplomado un culi que transportaba una carga y los troncos de madera de su carro sobrecargado habían caído rodando sobre él.

No se formó una gran aglomeración de gente, pues la verdad es que sucesos como aquél ocurrían con frecuencia. Si yo crucé hasta allí fue sólo porque tenía frío y confiaba en poder encontrar entre los que pululaban por el lugar a alguien que, debido al susto por el accidente, se ablandase. Me abrí paso entre el gentío, hablando a unos y tirándoles a otros de la manga, hasta que de pronto me vi en primera fila. Mi mirada cayó sobre el pobre culi... y sentí que el corazón me daba un vuelco: ¡Ketaki! ¡Era Ketaki! Yacía bajo los troncos. Por entre las comisuras de los labios le brotaba un hilo de sangre. Sus ojos estaban cerrados...

Olvidando mis peticiones de limosna, me precipité hacia él e intenté arrastrarle para sacarle de debajo de los troncos.

—¡Es mejor que no lo hagas! —aconsejó una mujer—. Con eso sólo provocarás más daños.

—¡Ketaki! —imploraba—. ¡Ketaki!

Deseaba que abriese los ojos. Tenía que ver que allí había alguien a quien conocía. ¡Cómo había cambiado! Estaba todavía más delgado... ¿Cuánto tiempo llevaría trabajando de culi de carga?

Pero no abrió los ojos. Ya no volvió a abrirlos nunca. Cuando después de un buen rato llegaron al fin policías con peones para retirar el obstáculo que alteraba el tráfico, uno de los harijans entre los obreros levantó los párpados de Ketaki y dijo suspirando:

—Bueno, éste ya ha descansado. Se acabó para él tirar de un carro de carga.

Retrocedí lentamente caminando de espaldas, alejándome más y más del carro volcado, hasta que por último me di la vuelta y escapé corriendo. Volví al Ganges, a mi agujero de la terraza. Allí me oculté entre mis harapos. Ya no quería nada, no podía más. Había confiado en que Ketaki viniera a Allahabad y en volver a verle, y así había sido. Pero ¿de qué forma? ¿Qué se proponían los dioses con aquello? ¿Querían castigarme? ¿Más todavía?

Yo no era «desgraciada»; había llegado al final, había perdido la esperanza, ya ni siquiera pensaba. Todo lo que me había ocurrido tenía su lógica: debía aceptar mi karma. Los dioses no eran injustos, yo no me había merecido nada mejor que este castigo. ¿Por qué tenían que irme mejor las cosas que a los otros baghis, de los que ni siquiera sabía si vivían aún, si habían sido condenados a muerte hace mucho? ¿Misericordia? ¿De quién? ¿Hacia quién? ¿Acaso me la merecía yo, cuando tal vez ni siquiera Kamla había salido con vida de todo aquello?

Es preferible hacer negocios

La visita de Yoni se acerca cada vez más. Todas nosotras nos alegramos de enseñarle nuestra nueva casa. Sin embargo, primero deseo describir cómo lo conocí. Tiene que leerlo para que vea lo mucho que ha cambiado y corregirme en el caso de que encuentre algo que no sea cierto.

Aruna suele decir que Yoni me salvó la vida; que si no me hubiera infundido nuevas ganas de vivir, quién sabe lo que habría sido de mí. No hay duda de que tiene razón. No obstante, cuando pienso hoy en la forma en que Yoni y yo nos conocimos, no puedo evitar una sonrisa. Es una historia más bien cómica; yo no comprendí hasta mucho después que Yoni me «salvó».

Sucedió en los primeros días de la primavera. Aunque ya no hacía tanto frío, yo me limitaba a dormitar bajo mi montón de trapos. La muerte de Ketaki había apagado en mí todo deseo de supervivencia. Primero Lata y ahora él; era sencillamente demasiado. Sumida en un duermevela solía soñar con él; lo veía caminar por Allahabad, buscándome, y me veía pasar a su lado sin verlo... Aunque sé que no me buscó, pues ni siquiera sabía que yo estaba en Allahabad, siempre lo imaginaba buscándome. A veces me encontraba, pero entonces había otras personas que le impedían correr hasta mí. Una vez estaba sentada en un patio extrañamente sombrío comiendo restos de gallina. Él quería acercarse a mí, pero unos hombres desconocidos no le dejaban cruzar la puerta.

—¡Prohibida la entrada a los intocables! —le gritaban una y otra vez—. ¡Prohibida la entrada a los intocables!

En otra ocasión yo era una de las chicas prostitutas. Ketaki quería pagar dinero por mí, pero el encargado le rechazaba; se negaba a tocar su dinero para no convertirse en impuro...

Cuando despertaba de uno de esos sueños, seguía pensando en él. Tenían tan poco que ver con la realidad. Al menos eso creía entonces.

Durante los primeros tiempos de mi vegetar solía sentir un hambre espantosa; era como si un tropel de ratas me royese los intestinos. Más tarde dejé de sentir hambre y llegaron los mareos y dolores de cabeza. ¿Morir? Me daba igual, y aunque así fuera ningún lugar mejor para mí que las orillas del Ganges.

En ese estado de ánimo me encontraba cuando conocí a Yoni. Su primer saludo fue un puntapié. Me acertó justo en el costado. Poco después recibí otro más. Yo estaba tumbada bajo mi montón de trapos y noté que un pie escarbaba entre los harapos. Furiosa, saqué mi cabeza y vi ante mí a un chico de unos diez años. Andrajoso como yo, sólo que mucho más sucio. Debía llevar por lo menos tres años sin bañarse en el río. Tenía el pelo largo y enmarañado. Cuando me vio, se echó a reír.

—Hay una ahí dentro.

—Lárgate —murmuré volviendo a enterrarme en mis andrajos para seguir dormitando.

Pero él no se fue.

—No quería despertarte. Pensaba que esto no pertenecía a nadie —dijo tras sentarse a mi lado.

Había estado hurgando en el montón de trapos para ver si encontraba algo aprovechable, pues sólo vestía un pantalón corto, que ya le quedaba muy estrecho, y una camisa anchísima y hecha jirones.

—¡Eh, tú! —añadió al comprobar que no le contestaba—. ¿Por qué no te levantas? Estamos en Magh Mela.

Yo no había oído hablar nunca de esa fiesta, pues sólo se celebra en Allahabad. Al principio continué muda, pero poco a poco creció en mi interior una furia hasta entonces desconocida y le grité:

—¡Piérdete, sabandija! ¡Vete al infierno, hijo bizco de una rata miserable!

Eran las maldiciones de Kamla las que salían de mis labios; el chico estaba impresionado. Calló durante unos instantes. Escuché entonces el ligero chasquido con el que daba el golpe de gracia a los piojos que encontraba entre sus ropas.

—Tú misma te convertirás pronto en una rata —replicó

enfadado—. Cuando estires la pata, te devorarán. Antes he visto una tan gorda que podría arrastrarte sin dificultad hasta su madriguera.

Entre las ratas de la orilla existen realmente ejemplares enormes, pues les sobra alimento. Pasó por mi cabeza una escena que había observado poco antes: un cadáver quemado de manera incompleta con los huesos roídos por las ratas... Me levanté de un salto y proferí uno de los juramentos de Kamla que prefiero no escribir. El chico se echó a reír.

—¿Y te atreves a decir eso en Magh Mela?

—¿Qué demonios es... tu Magh Mela? —pregunté enfadada.

—¿Cómo? —preguntó el niño asombrado—. ¿No conoces Magh Mela?

—No —respondí más furiosa aún—. Y me importa un pimiento.

—Entonces ¿por qué preguntas? —se burló el chico.

—Para que te largues de una vez.

—Mentira —contestó él lleno de convicción, y me informó con su clara voz infantil—: Magh Mela es la fiesta del baño sagrado. Se celebra todos los años por estas fechas. Entonces llegan a la ciudad cientos de miles de peregrinos para bañarse en el Ganges. Cada doce años celebramos Kumbh Mela, una fiesta todavía más famosa, en la que vienen millones de personas a nuestra ciudad. ¡De todo el país! Pero las Magh Melas también son estupendas.

Yo seguía sin mostrar la menor condescendencia.

—¿Y por qué son tan estupendas?

El chico se echó a reír.

—¡Pues si que estás buena! Porque traen dinero, porque todos ganan más... Los culis, los conductores de rickshaw, los carteristas, los limpiabotas, los chicos que venden periódicos, incluso los mendigos. —Y tras reflexionar unos momentos, preguntó—: ¿No serás una mendiga?

—¿Y tú el hijo de un maharajá?

Él no se inmutó.

—Pedir limosna no sirve de nada —se limitó a decir—. Es preferible hacer negocios.

—¡Farolero! —dije entre dientes—. Tan joven y ya tan tonto.

En realidad aquel bocazas de ojos inteligentes me había impresionado desde hacía rato.

—¡Pero si es la verdad! —replicó—. Pedir limosna no es más que una pérdida de tiempo.

Aquello fue demasiado.

—¿Y a qué negocios te dedicas? ¿A comerciar con oro, joyas, diamantes? —pregunté malhumorada.

—A vender manzanas —respondió el chico muy serio—. Pero no pienso decirte el truco.

—Ni falta que hace —repuse—. Mejor véndeme una.

Él se dio cuenta de mis intenciones y negó con la cabeza.

—De eso nada. —pero después se lo pensó mejor y me dijo—: ¡Vale! Si quieres, te enseñaré cómo funciona mi negocio.

Me disponía a apartar la vista cuando mis ojos cayeron sobre el río y me quedé pasmada: nunca lo había visto tan abarrotado de gente. Miles y miles de hombres, mujeres y niños corrían por la orilla o se bañaban bien abrigados; y es que todavía hacía frío.

—¿Eso es Magh Mela?

El chico asintió orgulloso.

Le dediqué una larga mirada.

—¿Entonces tú eres de Allahabad?

—Pues claro. Y tú, ¿de dónde eres? ¿De un pueblo?

Asentí a mí vez y añadí:

—Me llamo Munli.

—Y yo Yoni.

Así conocí a Yoni, mi «hermano pequeño». No fue precisamente una amistad a primera vista, pero desde luego sí a la segunda.

—¿Vives sola? —me preguntó.

—Sí.

—¿Y no tienes a nadie que te proteja?

Negué con un gesto.

Entonces me miró lleno de dignidad y dijo:

—Si quieres, seré tu protector.

Solté una carcajada. Él, enfadado, sacó un largo cuchillo de entre sus pantalones.

—Soy un hombre. Puedo defenderte.

El cuchillo, en su manita, parecía gigantesco. Yo me asusté al verlo. No porque tuviera miedo, sino porque ese chico empuñando el cuchillo me recordaba todas las crueldades que había presenciado.

—¿Dónde lo has conseguido? —pregunté, pues parecía completamente nuevo.

—¡Robado! En el bazar —sonrió orgulloso—. Vale sus buenas cien rupias.

Ni mucho menos. A lo sumo sesenta.

—Y tú, ¿cuántos años tienes?

—Once.

—Diez —le corregí.

—¡Pronto cumpliré once! —insistió él—. ¿Y tú?

Había cumplido catorce hacía pocos días, pero ni me había acordado. Cuando caí en la cuenta, se lo dije y le pregunté por sus padres. Entonces Yoni me habló de un padre que llevaba cinco años en la cárcel y de una madre muerta hacía dos. Sentía verdadera pasión por su padre, que había sido un malhechor tan grande que todo Allahabad temblaba ante él. Yo entonces le creí. Hoy conozco la verdad, que él me contó hace ya tiempo: sus padres eran mendigos y en un momento dado, cuando fue lo bastante mayor, le echaron de su lado para que se abriese camino por sí mismo. La historia del famoso delincuente se la había inventado para impresionar a los demás y en caso necesario amenazarles con ella. En efecto, siempre que hablaba de él, añadía que su padre pronto sería puesto en libertad y formaría una nueva banda.

Incluso llegaba a ofrecer a alguno que otro la posibilidad de ingresar en dicha banda.

Sí, Yoni había aprendido a abrirse camino, era un verdadero golfillo callejero. En muchos aspectos me superaba a mí, una chica de pueblo, y por ello durante algún tiempo le consideré casi como mi maestro.

—¿Quieres que te enseñe cómo se hacen negocios? —preguntó entonces, y su voz adquirió un tono casi de súplica.

A pesar de tratarse de un gato escaldado, con toda su picardía y su fingida fuerza, seguía siendo un chico pequeño... y solo. Y ahí estaba de pronto yo, una chica mayor, casi una madre para él. Eso despertaba añoranzas.

Me mostré de acuerdo. Recogí mis trastos y volví a la ciudad por primera vez en mucho tiempo. Pero estaba débil. Tanto tiempo pasando hambre... Pronto me sentí mareada y tuve que sentarme.

—Sé lo que te ocurre —dijo—. ¡Aguarda! Te traeré algo —añadió y salió corriendo.

«A ese no volverás a verle», pensé yo. «Se ha dado

cuenta de que no sirves para gran cosa». Sin embargo, volvió. ¿Y qué es lo que trajo? ¡Tortas de arroz calientes!

—¿Cómo las has conseguido?

—Las he comprado.

Las había robado, estaba segura. Pero hasta el día de hoy ignoro dónde y cómo robar tortas de arroz calientes.

Comimos las suculentas tortas y esperamos a que me restableciera un poco. Después proseguimos nuestro camino. Yoni me llevó derechita al mercado de verduras.

—¡Presta atención! —me dijo en un susurro apartándome a un lado—. Observa con atención cómo lo hago.

Y dicho esto se presentó ante una de las viejas fumadoras de cigarros, que siempre me habían impresionado tanto.

—¡Namasté, abuelita! —dijo inclinándose con gesto cortés—. ¿Me das crédito?

—No —dijo la «abuelita», una mujer agria y severa, sacándose el cigarro de la boca—. ¿Te has creído que esto es un banco? —añadió señalando sus manzanas y naranjas.

—Sólo tienes que darme mercancía por valor de diez rupias. Dentro de una hora te devolveré once a cambio. Para eso no hace falta ser un banco, y tú habrás hecho un buen negocio.

—¡Venga ya, hombrecito! —exclamó riendo la frutera—. ¿Piensas que voy a caer en un truco tan tonto?

—No es ningún truco —intervino su vecina, que había seguido sonriente el intercambio de palabras—. Conmigo también ha estado ya. Pídele su cuchillo como fianza, y ya verás si te trae el dinero.

La vendedora hizo que le enseñara el cuchillo y se mostró de acuerdo. Yoni se lo dejó a disgusto.

—Vale por lo menos cien rupias —se quejó—. A cambio tienes que darme más mercancía.

La «abuelita» se mantuvo firme como una roca.

—Has dicho que mercancía por valor de diez rupias. Y eso es lo que vale ahora tu cuchillo.

Yoni escupió. Se comportaba como un hombre de negocios que se siente perjudicado, pero sólo lo simulaba. Todo transcurría según lo previsto. Cogió las manzanas y naranjas que le escogió la vieja, se sentó a unos metros de distancia de la mujer, detrás de su mercancía dispuesta sobre el suelo, y comenzó a ponderarla en voz alta. Si había que creerle, sus manzanas y sus naranjas eran las más dulces de Uttar Pradesh. Pregonaba su mercancía con tal capacidad de convicción que las amas de casa, a pesar de que se figuraban que sólo un par de metros más allá la misma fruta se vendía más barata, se inclinaron hacia él por pura diversión y empezaron a regatear. No había pasado ni siquiera una hora cuando Yoni había vendido su última manzana, demostrándome con ello que era preferible hacer negocios a pedir limosna. Consiguió quince rupias por la fruta, de las cuales entregó once a la frutera para desempeñar su cuchillo. Había ganado cuatro.

—Bueno, ¿qué dices ahora? —me preguntó con aire triunfal.

Yo no dije nada, pero durante aquella representación había aprendido dos cosas. Primera: las mismas vendedoras del mercado, que habían demostrado tanto rechazo hacia mí, se comportaban de forma completamente diferente con un chico, y no sólo porque Yoni pudiese dejarles un cuchillo en prenda. «Hombrecito», había dicho la «abuelita». Ahí estaba el meollo del asunto. Yo no era un hombre, sino una chica, y a las chicas las ahuyentaban. Pero un «hombrecito» las lisonjeaba. Segunda: al igual que carecía del «arte interpretativo» necesario para pedir limosna de manera productiva, tampoco valía para «hacer negocios». Me faltaba el desparpajo de Yoni para pregonar la mercancía. A las amas de casa no les divertiría lo más mínimo regatear conmigo.

No sé si llegué a convencerme de ello por entonces, aunque desde luego lo intuía: para un chico todo era más fácil que para una chica. Siempre había sido así y siempre lo había sabido, pero la representación de Yoni me lo demostró con claridad meridiana.

—¿Por qué estás tan triste? —me preguntó Yoni sin imaginar lo que me pasaba—. ¿Tienes hambre todavía?

Asentí. Sí, todavía tenía hambre, pero me resultaba imposible explicarle los motivos de mi tristeza.

—¿Te apetece arroz con manteca?

Nuevo asentimiento. La gente como yo, que se había alimentado durante tanto tiempo de desperdicios, no le hacía ascos a nada.

Yoni me llevó a una cocina callejera dónde servían el arroz en hojas de banana. Compró dos raciones y se sentó conmigo en un trozo de hierba bajo un almendro, que mostraba los primeros retoños. Comimos en silencio. Al terminar, nos tumbamos y callamos saciados.

—¿Quieres casarte? —me preguntó Yoni de improviso. Su pregunta me dejó perpleja.

—¿Pagarás tú mi dote?

—Quizá.

—Calla, mentecato.

Yoni reflexionó.

—¿Hay alguien a quien quieres?

Vacilé, pero terminé por decir:

—Sí.

—¿Dónde está? ¿Por qué no te proteje y te alimenta?

—Ha muerto.

Yoni calló.

—Si está muerto, no debes quererle más —dijo después—. Eso sólo servirá para entristecerte.

Tenía razón; ese muchachito era verdaderamente listo.

—Si está muerto, ya no puede casarse contigo, ¿no es cierto?

—Sí —contesté sin poder evitar una sonrisa que le alegró—. En ese caso, te tomaré yo por esposa, aunque sea sin dote.

En realidad buscaba una madre, no una esposa, pero no me atreví a decírselo.

—Eres demasiado joven —respondí evasiva.

—Ya creceré.

—Entonces yo seré demasiado vieja.

Esto sí lo comprendió.

—De acuerdo —dijo—, si no puedes ser mi mujer, serás mi hermana. A una hermana también hay que protejerla y alimentarla.

¡Hermana! Tuve que pensar en Lata. Siempre había querido ser la hermana mayor: si me convertía en la hermana de Yoni, debería tener cuidado de que no se convirtiese en mi hermano «mayor». Lo miré. Tenía tal expresión de ingenuidad que me eché a reír de nuevo.

—¡Bien, hermano pequeño! Vamos a concertar un negocio: tú me protejerás y alimentarás, y yo velaré por ti como si fuera tu hermana mayor.

—¡Hecho!

Yoni resplandecía. A continuación se acurrucó contra mí para dormir un poco. Tenía derecho a ello. A fin de cuentas ya me había alimentado dos veces.

Un día de suerte

Con Yoni mi vida mejoró. No es que entonces se volviera agradable, no, pues, a pesar de su tremenda habilidad para robar o ganar algo, solíamos pasar hambre. Sin embargo, ya no me veía obligada a comer desperdicios.

Muy pronto vivimos como verdaderos hermanos. Dormíamos en mi hoyo hecho en la arena, a la orilla del Ganges, y todos los días íbamos juntos al centro de la ciudad. Así surgió entre nosotros una profunda confianza. Es más, para ser sincera he de decir que con ninguno de mis hermanos carnales mantuve jamás una relación tan fraternal como con Yoni.

Sólo había una cuestión por la que discutíamos una y otra vez: ¿Lobo o cordero? Yo le había hablado de mi huida con Lata de nuestra aldea, de mi vida entre los baghis, de Meera, de Bihendra, de Kamla, de Ketaki... Mis relatos le encantaban, y siempre quería escuchar nuevas «aventuras». Cuando ya no me quedó ninguna por contar, comenzó a inventarlas él, forjaba planes: para liberar a Kamla de la cárcel entre los dos, si es que aún vivía, para regresar a la cueva de Meera y formar una nueva banda; en aquella época todavía junto con su «padre».

Yoni era todavía un niño y todo lo que maquinaba resultaba demasiado fabuloso como para tomarlo en serio. Y, sin embargo, yo le había contado la verdad desnuda sobre los baghis, sin adornos, sin descripciones coloristas, sin minimizar los horrores que había vivido. ¿Por qué le gustaban mis relatos tanto que nunca se cansaba de escucharlos? ¿Por qué deseaba seguir esa vida? Comencé con cuidado a poner de relieve los aspectos negativos de los baghis; le hablé largo y tendido de

Jeschuvant y Vasu, de Chitta, de Pillai y de Prabal. Pero no había forma de atacar a Yoni por ese lado.

—A esos no los admitiremos —declaraba sencillamente.

—Esos siempre están ahí —le rebatía yo.

Entonces callaba. Pero muy pronto volvía a soñar con «nuestra banda».

—Fundaremos un pueblo —proponía— en el que todos podrán hacer lo que les dé la gana. Todos tendrán bastante que comer, una cabaña propia y una mujer que les quiera.

—Si eres un baghi, lo único que puedes hacer desde que amanece hasta que oscurece, e incluso durante la noche, es esconderte —aducía yo—. Además, para comer tienes que robar y asesinar. Las cabañas están hechas de trastos viejos y la mujer que te ame caerá en combate.

—¿Por qué te fuiste tú con los baghis, si es tan malo como dices?

—Porque no conocía nada mejor... y porque quería ser libre.

—¡Ajá! —se alegraba Yoni.

—Pero no era libre —me apresuraba a explicarle.

Entonces procuraba hacerle ver que si bien entre los baghis nadie podía obligarme a casarme con Adoor Ram, muy pronto quedé expuesta al acoso de Vasu. Y que encima perdí además otra libertad distinta, la de no temer a los tiroteos o a la policía.

—El que siempre tiene miedo, no es libre.

Yoni se aferraba con obstinación a sus ideas.

—Es mejor pasar un poco de miedo que morirse de hambre —decía con terquedad—. ¿Qué puede pasarme a mí? Todavía soy un niño. Si me pesca la policía, me meterá en la cárcel. ¿Y qué? Al menos allí me darán todos los días algo de comer.

Era terrible. Sostenía con Yoni las mismas conversaciones que con Bihendra.

—¡Entonces, conviértete en un bandido! —explotaba furiosa—. ¡Engaña, roba, mata! Si eso te divierte...

No conocía una respuesta mejor. Desde mi conversación con Bihendra había aprendido y vivido muchas cosas, pero seguía sin tener una respuesta a la pregunta «¿lobo o cordero?»

—O engaño a los demás, o ellos me engañan a mí —declaraba Yoni con firmeza.

Yo callaba. Sabía que el camino para convertirse en lobo

no era una solución. Pero, ¿cuál era el camino adecuado? ¿Debía enseñar a Yoni a ser un cordero? ¿Para que le mordiesen los lobos? No sabía qué hacer y le hablé de Ketaki. No fue una medida inteligente por mi parte. En primer lugar, Yoni se puso celoso, y en segundo, Ketaki, precisamente Ketaki, era el mejor ejemplo de que Bihendra y él tenían razón.

—¿Vive todavía? —preguntó enfadado—. ¿De qué le sirvió negarse a ser un verdadero baghi? Los que cargaron su carro hasta los topes sabían de sobra que estaba demasiado lleno. ¿Qué hicieron cuando murió? Emplear a un nuevo culi, al que también le cargarán el carro en exceso.

Aquí terminaban todas nuestras conversaciones. En cuanto Yoni me decía eso, me daba por vencida. ¿Qué podía responder? Tenía razón: si alguien como Ketaki no tuvo la menor oportunidad, ¿para qué buscar entonces una tercera vía? ¿Sólo por consideración a la vida futura? ¿Y quién pensaba en eso cuando le atormentaba el hambre o una enfermedad de la que no se libraba por carecer del dinero necesario para pagar a un médico? Yoni era inteligente, y había pasado ya por situaciones espantosas para su edad como para creer en un camino intermedio entre el lobo y el cordero. A veces, cuando recorríamos las calles, me recordaba a una pequeña ave de rapiña que acechaba con ojos vivos y atentos en busca de una presa. Y también conmigo era así muchas veces. Si yo tenía algo que él deseaba, se limitaba a decir:

—Dámelo —y entornaba los ojos esperando obtenerlo en el acto.

Yo había pasado por demasiados avatares para permitir que un chico tres años más joven me mandara y procuraba tomarme la cosa a broma.

—¡Dame! ¡Dame! —le imitaba—. ¿Te llamas Yoni o Dame-Dame?

Entonces él montaba en cólera, y ponía tal expresión de malignidad que me asustaba. ¿Cómo sería cuando se hiciese un hombre adulto? ¿Se convertiría en un Adoor Ram, en un Vasu, un Prabal o en un Pillai?

Su cólera, sin embargo, se disipaba con rapidez. Casi siempre volvía a acurrucarse junto a mí, triste y avergonzado después de pasarse unos pocos minutos de morros, y se quejaba de que yo era una hermana mayor demasiado severa. ¿Lo era? En cierto sentido, sí. Me seguía horrorizando cualquier tipo de violencia, y Yoni tendía a apostar por ella. Ese era nuestro problema: tenía razón cuando se negaba a ser un cordero que se dejaba devorar, y yo también cuándo me negaba a que se convirtiera en un lobo...

Llegó marzo. Un aroma a flores de mango, que me recordaba a mi aldea, se esparció por la ciudad. Llevaba un año justo fuera de casa. ¿Había pasado realmente un año nada más? A mí me parecía una eternidad...

Habíamos pasado una mala racha, estábamos descontentos, discutíamos con frecuencia. Yo ya era demasiado mayor como para poder seguir sus tejidas ilusiones, pero él continuaba soñando una cosa distinta cada día. Una vez vio a orillas del Ganges a un saddhu que se había enterrado en arena hasta cubrir su cabeza y que se pasó horas y horas respirando a través de la arena. Sólo se veían sus manos unidas y, naturalmente, la lata que había colocado a su lado y que por la noche estaba llena de monedas. Yoni quiso convertirse en el acto en un saddhu. Pasarse la vida tumbado en la arena y que encima le dieran dinero por eso le parecía el colmo de la dicha. Lo intentó... y no ganó un céntimo. Posiblemente sus manos seguían siendo manos de niño. Además, la paja por la que respiraba asomaba demasiado por encima de la arena. La verdad es que tampoco le gustó, pues tuvo que permanecer todo el tiempo con los ojos cerrados, y al terminar salió cubierto de arena el pelo, los oídos, la nariz...

En otra ocasión pretendió tocar el tambor empleando para ello un viejo puchero, y que yo danzase al compás de su «música». Yo lo rechacé, ofendiéndole con ello. Después se le ocurrió la idea de asaltar a un comerciante del bazar, ponerle el cuchillo en las narices y desaparecer con la recaudación.

Rechacé también esta propuesta, acabando por enfurecerlo:

—Entonces perdona, ya va siendo hora de que se te ocurra algo a ti —me dijo.

Mis sueños eran, sin duda, más simples, aunque igual de irrealizables. Había visto que algunas mujeres recogían boñigas de vaca y se las llevaban a determinados compradores, que las dejaban secar y las vendían luego como combustible. ¿Por qué no intentábamos nosotros algo parecido? A él no le apetecía nada.

—Eso ya lo hace mucha gente, no merece la pena.

No le faltaba razón. Por muchas vacas que recorrieran a diario las calles, sus boñigas no duraban nunca mucho tiempo sobre el suelo. Algunas recolectoras seguían a los animales para estar las primeras en el lugar cuando por fin caía algo.

—¿Y papel usado?

También había recolectoras de papel usado. Yo había hablado una vez con una de ellas. Ganaba alrededor de media rupia diaria. Aunque esas ganancias eran menores que las de las recogedoras de boñigas de vaca, era mejor que nada. Y abundaba más el papel usado que las boñigas de vaca.

Sin embargo, tampoco esta sugerencia fue de su agrado.

—Para eso necesitas cestas. ¿O es que quieres atiborrarte el sari de papel?

Medité unos momentos. Media rupia diaria suponía un puñado de arroz al día.

—Entonces tenemos que ahorrar dinero para las cestas. Piensa en tu truco de la fruta.

La idea de unos ingresos regulares me gustaba cada vez más, pero Yoni se limitó a rechazar la idea con un gesto de cansancio. El truco de la fruta ya no funcionaba. Había estado tres veces con todas las mujeres del mercado y a ellas ya no les divertía el asunto.

—¡Entonces robemos las cestas!

Estaba completamente decidida a convertirme en recolectora de papel usado. Prefería unos ingresos fijos, por pequeños que fuesen, a todas las artimañas de Yoni.

Esta propuesta excitó su sed de aventuras.

—En la calle de las trenzadoras de bambú hay siempre unas chicas a las que engañaremos con facilidad —me informó.

—¿Cómo?

—¡Muy sencillo!

Yoni ya había urdido un plan. Yo tenía que ir caminando despacio por la calle, comenzar de repente a tambalearme y caerme. Cuando las chicas acudiesen a ocuparse de mí, él pasaría como un rayo por la calle y robaría dos cestas...

¡Sí, Aruna, Mara, Seela, Kani, Ittichiri, Nambodiri, así hablábamos de vosotras! No, no, ya no me avergüenzo de ello; hace mucho tiempo que no tengo motivo alguno, pero me río sin parar mientras escribo estas líneas: ahí estabais, sentadas en vuestra calle, sin saber lo que se os avecinaba, mientras Yoni y yo urdíamos nuestros «siniestros» planes.

Al principio el plan no me convenció demasiado. Me imaginaba a Yoni desapareciendo con las dos cestas, mientras a mí unas muchachas iracundas me arañaban, me pateaban y me arrastraban hasta la policía. Pero él se las arregló para hacer desaparecer todas mis preocupaciones.

—¡Nadie te sujetará! —me prometió—. En cuanto haya cogido las cestas, tú te levantarás de un salto y gritarás: «¡Al ladrón, al ladrón!», y saldrás en mi persecución. Antes de que se den cuenta de que estamos compinchados, habremos volado.

Un plan temerario. El típico plan de Yoni, en el que yo seguro que no hubiera colaborado de no ser por la perspectiva de la media rupia diaria. ¿En serio? De todos modos daba la impresión de que podía dar resultado, así que me mostré de acuerdo y nos pusimos en marcha. Al principio sólo con la intención de echarle un vistazo a la calle de las trenzadoras de bambú.

Así fue como vi por primera vez la calle con la que hace tanto tiempo me he familiarizado. Las trenzadoras, todas ellas detrás de sus cestas, baúles, estantes y armaritos, ¡cuánto me asustaron entonces! La mayoría ya no son jóvenes y tienen un aspecto tan severo... ¡Y de repente aparecisteis vosotras! Estabais sentadas todas juntas en un rincón, cinco chicas no mucho mayores que yo...

—Ésas son —susurró Yoni.

—¿Y por qué ésas precisamente? —pregunté insegura.

—Porque son muy altruistas. Ésas lo dejarán todo tirado en cuanto te pongas mal.

Asentí con un gesto, pero me embargaba una desagradable sensación.

Si esas muchachas eran tan altruistas como decía Yoni, ¿estaba bien aprovecharnos? Bueno, la verdad es que no tuve demasiados remordimientos de conciencia. Vosotras parecíais muy limpias y bien alimentadas, y yo ya llevaba todo un invierno sin un techo sobre mi cabeza. ¿Dos cestas? Vosotras podíais trenzar otras nuevas.

Yoni y yo recorrimos la calle y volvimos a dar la vuelta decididos. Queríamos poner nuestro plan en práctica de inmediato para empezar al día siguiente por la mañana a recolectar papel; a esas horas siempre había grandes cantidades de papel tiradas por ahí.

Yoni me miró sonriendo, después se quedó algo rezagado detrás de mí. Volví a recorrer el mismo camino. Habíamos convenido en que yo comenzaría a tambalearme un poco antes y me desplomaría justo delante de vosotras. Con mi aspecto, lo tomaríais por un ataque de debilidad. Comencé a dar traspiés y vi cómo prestabais atención. La excitación hizo que me sintiera un poco rara. Yo no tenía que hacer mucho más para fingir un desmayo. Y en efecto, apenas me hallé en el suelo me sentí rodeada por todas vosotras.

—¿Qué te pasa? —preguntó... una chica muy bella.

—¿Tienes hambre? —dijo otra más bien severa.

Me disponía a asentir cuando vi llegar corriendo a Yoni, agarrar dos cestas grandes y salir a escape con ellas.

—¡Al ladrón, al ladrón! —grité levantándome de un salto y saliendo de allí como alma que lleva el diablo.

Las suposiciones de Yoni eran acertadas: no podíais pensar tan rápidamente como para comprender nuestro plan. A pesar de todo no funcionó, porque de repente apareció ante mí una mujer muy alta que sujetaba a Yoni por el brazo. Las cestas yacían a su lado.

—¡Corre! —gritó Yoni—. ¡Corre, Munli!

Pero no corrí. No podía; estaba sencillamente demasiado asustada.

—¿Sois hermanos? —preguntó la mujer.

—¡Sí! —grité.

Y acto seguido me abalancé sobre aquella desconocida, la arañé y la mordí para liberar a Yoni. Pero ¿qué hacía Yoni? En lugar de escapar corriendo, que era el objeto de mi ataque, aprovechó su libertad para volver a defenderme. Sacó su cuchillo y le gritó a la mujer:

—¡Suelta a mi hermana! ¡Suelta a mi hermana!

Fue una situación peligrosa. Con qué facilidad habría podido Yoni cometer una tontería. Por fortuna la mujer conservó la calma.

—Tú no deseas eso de verdad —dijo, y alargó la mano hacia el cuchillo.

Yoni dio un paso atrás, mientras lo blandía con gesto amenazador.

—¡Suéltala! —vociferaba—. ¡Suéltala!

Entre tanto, todas las mujeres de la calle se habían arremolinado y nos rodeaban, incluyendoos a vosotras, muy pálidas a causa del susto.

La mujer me miró suplicante.

—Quítale el cuchillo a tu hermano. No queremos haceros nada. Sólo queremos hablar con vosotros. Quizá podamos incluso ayudaros.

Entonces comprendí que la mujer alta pertenecía al grupo de chicas a las que habíamos intentado robar.

—Guarda el cuchillo, Yoni —rogué—. Guarda el cuchillo.

Él miró con desconfianza a su alrededor y negó atemorizado con la cabeza. Entonces me acerqué a él y le quité sin más el cuchillo de la mano. Y Yoni, el mayor, el fuerte, contempló primero aturdido su mano vacía y después se echó a llorar desconsoladamente.

Así es como nos presentamos ante vosotras, así nos conoció Aruna; ¡era la mujer a la que amenazamos con el cuchillo!

Ahora es a mí a quien le brotan las lágrimas. ¡Ese maldito recuerdo! Porque yo, como no se cansa de repetir Mara, soy un bollo de miel; me conmuevo profundamente y soy muy blanda por dentro. Por eso prefiero acabar ahora y soñar un poquito con aquel día de suerte, que en realidad Yoni y yo no nos merecimos en absoluto.

Nunca más en el suelo

Aruna me ha regañado. Yoni y yo no tuvimos una «suerte inmerecida». Las chicas y ella sabían perfectamente por qué nos acogían.

—Como es natural, no podemos dar asilo en nuestra casa a todos los mendigos y ladrones —dijo ella—. Lo que nos gustó de vosotros es que sólo queríais robar las cestas para trabajar con ellas. Sólo se puede ayudar a aquel que desea ayudarse a sí mismo. Vosotros no os habíais rendido todavía, no queríais seguir dedicándoos a pedir limosna y a «hacer negocios». Pretendíais hacer lo mismo que nosotras... sólo que hasta entonces no os habían dado ninguna oportunidad.

También las chicas desearon leer este capítulo en seguida. Querían saber cómo las había descrito. Hubo muchas risas: en la «bella» reconocieron a Ittichiri, en la «severa» a Mara. Ahora me apremian. Tengo que seguir escribiendo, sin dispersarme ni dedicarme a otras cosas. Quieren conocer con todo detalle lo que sentí, la impresión que me causaron, mis sensaciones cuando nos llevaron a Yoni y a mí a rastras a la casa del señor Godse... ¿Qué sensaciones? La principal era el aturdimiento. Yoni y yo habíamos intentado robaros, y vosotras nos convidasteis a arroz y té. Todavía nos veo sentados en el cuarto grande, todo repleto de bambú y de cestas y mesitas a medio hacer. Mara preparó el té y Kani nos sirvió sobre hojas de palma dos enormes raciones de arroz con verdura y coco picado. Yoni se sirvió como si pretendiera almacenar provisiones para tres semanas; yo también comí mucho, pero mi intención se centraba en las personas que me rodeaban.

¿Qué muchachas extrañas eran esas que vivían allí como

una familia? ¿Y esa mujer tan alta de ojos atentos, que de buenas a primeras parecían tan serios y después tan amistosos? No podía ser la madre de las cinco chicas, era demasiado joven.

Aruna nos sonreía de manera intermitente, unas veces a Yoni, otras a mí. Pero aguardó a que terminásemos de comer y nos bebiéramos nuestro té para hablar con nosotros.

—Si de verdad queréis dedicaros a recoger papeles viejos —os dijo—, podemos ayudaros.

¿Ayudarnos? Cada vez entendía menos. ¿No bastaba con que nos hubieran agasajado tan generosamente a cambio de nuestro robo, sino que ahora querían encima ayudarnos? Pero Yoni había superado hacía rato su timidez, y se tiraba faroles como en el mercado de verduras. A fin de cuentas era el único hombre entre nosotras.

—Encantado de que podáis ayudarnos —dijo volviendo a adoptar su pose de hombre de negocios—. ¿Podéis realmente?

—Podemos conseguiros un crédito —contestó Aruna, pero no mirando a Yoni, sino a mí, y me habló por primera vez de la Asociación de Mujeres—. Entre nosotras figuran curtidoras y repujadoras de cuero, carpinteras, traperas, zurcidoras, trabajadoras del metal, vendedoras del mercado, casi todas las trenzadoras de bambú, la mayor parte de las mujeres que recogen papel usado y muchos más grupos de oficios. Todas somos miembros de la misma asociación. Sólo hay una cosa importante: admitimos únicamente a mujeres solas.

A Yoni eso de las mujeres solas no le gustó ni pizca.

—¿Cuántas sois? —preguntó con aire despectivo.

—Hum —dijo Ittichiri entornando los ojos—, ya somos unos cuantos miles.

Unos cuantos miles no era demasiado para una ciudad en la que viven cientos de miles de mujeres, pero menos es nada...

—¿Y que hay del crédito? —siguió preguntando Yoni—. ¿De verdad podéis concedernos uno?

—Nosotras no —repuso Aruna—. La Asociación, porque también forma parte dc ella un banco —dicho esto, volvió a dirigirse a mí—. Todas las mujeres miembros de nuestra Asociación le han pagado diez rupias a ese banco. De esa forma hemos logrado reunir muchas decenas de miles de rupias. Cuando una de nosotras necesita dinero, bien para herramientas, material o tan sólo para esas cestas que necesitáis vosotros, el banco se lo presta, y sin tener que pagar intereses como los que exigen los prestamistas de las trastiendas del bazar. Entre nosotras sólo se pagan los intereses que impone cualquier banco. Si por ejemplo una carpintera precisa quinientas rupias para comprar madera, las obtiene a cambio de pagar solamente veinticinco rupias a la semana. No pretendemos ganar dinero a costa de nuestras afiliadas, sino ayudarnos mutuamente.

Apenas podía comprender lo que estaba oyendo. Era, sencillamente, demasiado bello...

—Como es lógico, antes se examina a quien se le puede conceder un crédito —precisó en seguida Aruna—. No somos ricas. Tienen que ser mujeres dignas de confianza.

—¡Ajá! —exclamó Yoni que estaba al tanto—. Entonces a nosotros no nos darán un céntimo.

Ittichiri se echó a reír.

—A ti, no. Tú no eres una mujer. Pero a tu hermana mayor seguro que sí.

—¿A mí? Pero si no soy digna de confianza —aduje.

—¿Por qué no? —preguntó Nambodiri—. ¿Por lo de antes? Eso puede pasarle a cualquiera que esté en la miseria. En tu caso sólo haría falta que alguien se constituyese en fiador de tu crédito.

—Eso podríamos hacerlo nosotras —propuso Mara.

Las otras chicas, tras reflexionar, asintieron.

—Pero... ¿por qué? —tartamudeé—. Yo... vosotras... no me conocéis de nada.

—Porque eres una mujer y estás sola, simplemente por eso. —Mara miraba con gesto serio—. Y porque queremos darte una oportunidad.

¿Una oportunidad? ¿Una oportunidad a mí?

—Has de saber —dijo Mara entonces, y en su seriedad se mezclaba el orgullo—, que nosotras no sólo nos protejemos mutuamente de la pobreza, sino que con el tiempo queremos conseguir también algo en favor de las mujeres. Somos nosotras las que ganamos menos y casi carecemos de derechos. Somos explotadas incluso por nuestros propios maridos, aunque la mayoría de nosotras ni siquiera lo sabe. Por eso queremos abrirles los ojos.

Esa Mara bajita y fuerte, oscura como una hindú del sur, era inteligente. Lo percibí en el acto. Pero también las otra chicas: ¡Cómo hablaban! ¡Cuánta seguridad tenían en sí mismas! ¿Sería eso obra de la Asociación?

Yoni, poco a poco, fue sintiéndose más inquieto y marginado. No estaba acostumbrado a ello. En el mercado de verduras era siempre el hombre pequeñito, aquí solamente un niño. Hasta para mí era algo completamente desacostumbrado que Aruna y las chicas hablasen sobre todo conmigo. Yo me daba cuenta de sus intenciones. Querían demostrarme que su interlocutora era yo, no Yoni. Pero eso en vez de infundirme ánimos me confundía cada vez más.

—¿Sabéis ya cuánto ganaréis recogiendo papeles viejos? —quiso saber Aruna.

—Si le dedicamos todo el día, aproximadamente media rupia —respondí insegura. Al menos eso es lo que había oído, pero no lo sabía con seguridad.

—Demasiado poco —terció Yoni en seguida, intentando llamar la atención.

—Demasiado poco —confirmó Kani—. Pero no hay razón para que siga siendo así. ¿Sabéis, por ejemplo, que nosotras, las trenzadoras de bambú, ganamos ahora cuatro veces más que antes?

—¿Y cómo lo habéis conseguido? —quiso saber Yoni agarrando su cuchillo con gesto elocuente.

—¡Así no! —Ittichiri movió la cabeza con aire grave—. Nos hemos independizado.

Y entonces nos habló a Yoni y a mí de mayoristas, intermediarios, minoristas y otras cosas complicadas de las que entonces no entendí demasiado. Hoy, claro está, lo entiendo y sé cuántas dificultades tuvieron al principio Aruna y las muchachas. Las trenzadoras de bambú venden su mercancía en parte directamente a los clientes —en la calle de las trenzadoras de bambú—, pero esto no basta para vivir. Por eso antes se veían obligadas a vender la mayor parte de su trabajo a los mayoristas, que les pagaban un precio irrisorio. Los mayoristas vendían entonces la mercancía —lógicamente algo más caro— al intermediario, y éste —de nuevo un poco más caro— a los minoristas, que la revendían —otra vez con un recargo en el precio— a sus clientes. «¿Por qué no nos olvidamos de todos esos comerciantes y vendemos nuestra propia mercancía a un precio razonable?», se preguntaron un buen día Aruna y el resto de las chicas. Porque sin comerciantes no es posible vender, habrían respondido a esto la gran mayoría de hombres y mujeres. Aruna y las chicas probaron a hacerlo... ¡Y funcionó! Sin prestar atención a los mayoristas e intermediarios, vendieron su mercancía directamente a los minoristas, y concretamente al precio que les habría pagado el intermediario, con lo que se embolsaron sus propias ganancias y las del mayorista. Sí, fue entonces cuando se les ocurrió la idea de no pasarse la vida sentadas en la calle de las trenzadoras de bambú u ofreciendo su mercancía a los minoristas, sino llamar a las puertas de las casas y ofrecer sus cestas directamente a las amas de casa. Ese fue el mejor negocio. ¿Por qué no iban a comprar las amas de casa la mercancía justo a la puerta de su casa, si la conseguían tan buena y barata como en el minorista?

Yoni estaba entusiasmado. ¡Eficacia comercial...! Eso le gustaba. ¡Birlarles la clientela a los comerciantes...! ¡Estupendo! Ittichiri se encargó de bajarle un poco los humos.

—Pero no vayas a pensar que todo fue tan sencillo como parece hoy. No puedes imaginarte lo que hicieron los comerciantes para arruinarnos el negocio. Nos amenazaron con palizas, fueron a juicio. Si no hubiera existido la Asociación de Mujeres... Sumina, nuestra abogada, nos asistió, y los comerciantes tuvieron que retirar sus quejas. Porque Sumina les demostró con la ley en la mano que no tendrían ninguna oportunidad en el juicio y encima se arriesgaban a cargar con los altos costes procesales —rió con orgullo, pero añadió en seguida—: Si no hubiéramos tenido a Sumina, seguro que nos habríamos doblegado en lugar de enfrentarnos a los poderosos comerciantes. Pero así son las cosas: cuando las mujeres nos ayudamos mutuamente, no somos tan débiles y tan tontas como creen los hombres.

—¿Y por qué sólo pueden participar mujeres? —preguntó Yoni enfurruñado—. Yo también estoy solo.

—Porque las mujeres que no dependen de nadie atraviesan por situaciones especialmente difíciles —contestó Aruna—. Ya conoces el dicho: «Una mujer sin hombre...»

—«...es como saliva en la arena... ¡Se seca!» —completó Yoni sonriendo con ironía.

—Sí, eso decís vosotros. —Aruna asintió con gesto grave—. Y como no queremos secarnos más como saliva en la arena, nos hemos unido.

Yo callaba. Era demasiado lo que se me avecinaba: mujeres que se ayudaban a sí mismas, que se tomaban tan en serio como los hombres... ¿Podía existir algo semejante? Por otro lado, todas esas muchachas sentadas en círculo a mi alrededor... mirándome como si me dijeran: «Somos alguien. Ganamos dinero con nuestro trabajo. Tenemos una casa y comida que llevarnos a la boca. Vivimos con limpieza...»

Vosotras, al daros cuenta de cómo me sentía, me sonreísteis y me preguntasteis si quería más té o pasteles... Yo rehusé. Me sentía como un cardo rodeado de orquídeas. Pero Yoni sí quería, así que nos quedamos sentadas mirando cómo se atiborraba. Y entonces, entre el ruido del chasquear de la lengua de Yoni, Namboridi me preguntó de repente:

—¿Te gustaría aprender a leer y escribir, Munli?

¿Leer y escribir? Sólo fui capaz de asentir con un gesto. Me parecía maravilloso descubrir los secretos de las letras; poder leer lo que decían las portadas de los periódicos que colgaban de los quioscos de prensa, escribir una carta... a quienquiera que fuese.

—Puedes aprender. Aruna nos enseña. Debes saber que ella ha estudiado. Incluso en Europa.

¿La tal Aruna sabía leer y escribir? ¿Y se lo enseñaba a otros? ¿Y había estado también en Europa, en esos países donde las mujeres tienen el pelo amarillo? Mi malestar aumentó. ¿Podía haber algo semejante, una mujer que fuese tan inteligente y que emprendiera viajes tan largos?

—No es preciso que te decidas ahora mismo —dijo Aruna—. Sé de sobra que lo primero que le interesa a una es el trabajo, la supervivencia. Acaso más tarde.

Seguí muda. Me parecía todo tan irreal...

Y en medio de ese silencio Seela planteó la segunda pregunta fundamental:

—¿Pensáis dedicaros en serio a recoger papeles usados?

—La verdad, no —rechazó Yoni dándose importancia—. Es que no se nos ocurrió nada mejor.

—Así pues, ¿estarías dispuesta a hacer otras cosas? —me preguntó Aruna dirigiéndome una larga mirada.

Yo me puse colorada y asentí con un gesto.

—¿Te gustaría convertirte también en trenzadora de bambú?

Asustada, no supe qué decir. Yoni me dispensó de la respuesta, al interrumpir de repente sus chasquidos de lengua.

—Ella no puede convertirse en trenzadora de bambú si no me queréis a mí —gritó asustado, al borde de las lágrimas—. Es mi hermana mayor.

—¿Y quién te ha dicho a ti que no te queremos? —preguntó Aruna asombrada.

—Yo..., yo no soy una mujer —ahora Yoni se echó a llorar de verdad.

Las chicas comenzaron a reír y Aruna atrajo a Yoni hacia sí y le dijo:

—Está claro que tú te quedarás con tu hermana... Da igual que se dedique a recoger papeles viejos o a trenzar bambú. Claro que en la Asociación de Mujeres no podemos admitirte, como es natural... ¡Eres un hombre!

Yoni me miró. Yo agaché la cabeza; no quería seguir mintiendo.

—No somos hermanos de verdad —dije en voz baja—. Pero permaneceremos juntos.

—Y debéis hacerlo —repitió Aruna—. Sólo tenéis que decirnos lo que preferís hacer, si recoger papel viejo o trenzar cestas. Tendríamos todavía sitio para vosotros... y por supuesto, trabajo.

—Quédemonos aquí, Munli —rogó Yoni—. Seguro que tienen las mejores intenciones para contigo.

Todos rieron, y de ese modo quedó decidida la cuestión. Kani, la casi siempre tan ruidosa Kani, se limitó a coger mi mano y a oprimirla con ternura.

—¿Sabes? —me dijo en voz baja—, antes, cuándo iba con mis padres a la cocina callejera, las chicas nos sentábamos en el suelo. Ahora, siempre que voy, me siento en una silla.

No sabía que responder.

—Si puedo quedarme a vivir con vosotras, también me sentaré siempre en una silla —susurré al fin avergonzada.

—¡Bravo! —exclamó Mara. Y después se puso a dar palmadas y a gritar—: ¡Nunca más en el suelo!

—¡Nunca más suelo! —gritaron a coro las demás riendo a carcajadas.

Entonces me reí con ellas por primera vez, aunque en mi interior todavía sentía una cierta vergüenza, pues era impropio de chicas parlotear de esa forma. Si mataji hubiera estado presente... no nos habría comprendido. ¿Y Bhimal, el sacerdote de nuestra aldea? Se habría limitado a entornar los ojos con disgusto y se habría apartado de mí...

¿Y Lata? Seguro que ella sí que habría reído a mandíbula batiente, resplandeciente de agitación y alegría; se habría convertido en una segunda Mara o Kani, no en una segunda Meera.

Qué extraño que ahora piense en Lata. Estaba tan alegre mientras escribía este capítulo, y ahora vuelvo a sentirme meditabunda. ¡Cuánto me hubiera gustado que a Lata le hubieran ofrecido también una oportunidad semejante! Y a Kamla, cuando era todavía una chica joven... Y a Meera. A lo mejor, con su valentía y su fortaleza, se habría convertido entonces en una mujer completamente diferente.

¡Escribe todo eso, Munli!

Cuando pienso en aquella primera noche con Aruna y las chicas... ¡qué extraña me siento! Las dos Munlis, la de ayer y la de hoy, ¡cuánto se diferencian entre sí...!

Me sigue gustando la Munli de entonces, pero a menudo me resulta difícil entenderla; casi siempre me limito a reírme de ella, pero es una risa de desamparo. La Munli de ayer meditaba mucho, pero los resultados no eran más que sentimientos torpes de rechazo o aquiescencia. Y, sin embargo, ahí, en esos sentimientos, comenzó mi protesta...

¡Volvamos a esa primera noche en que Mara y Kani nos enseñaron la casa a Yoni y a mí! Por aquel entonces vosotras todavía no llevabais mucho tiempo viviendo en la casa del señor Godse y os gustaba mucho la amplitud de las habitaciones. Antes, según me contó Kani, sólo disponíais de un cuarto para todas, que os servía al mismo tiempo de casa y taller. Ahora contábamos con un enorme taller, en el que habíamos comido arroz y bebido té; un cuarto para dormir, una pequeña cocina, una ducha e incluso un retrete... Un lujo inimaginable para una aldeana como yo.

—Aruna dice que estas cosas son necesarias. —Mara se encogió de hombros—. Yo preferiría ahorrar más. Quién sabe, a lo mejor más adelante volvemos a necesitarlo.

Yo estaba de acuerdo con lo que decía Mara, pues me parecía un derroche innecesario. ¿No me las había arreglado sin ducha hasta entonces? ¿Era tan terrible ir a un retrete comunal? Hoy sé que Kani tenía razón cuando contradijo a Mara con energía y aseguró que era preferible comer menos pero no volver nunca a renunciar a una ducha. Estas cosas no son ningún lujo, son estrictamente necesarias si queremos desterrar definitivamente las numerosas enfermedades, que en los demás países llevan ya tanto tiempo erradicadas, pero que siguen haciendo estragos entre nosotros.

Entonces yo tenía mis ojos en otra parte. Esa casa de ciudad, qué bien protegida estaba contra las lluvias, qué firme era, qué estable, qué gigantesca. Y en las paredes no había estampas de dioses, como se ve en todas partes, sino fotos de actrices de cine, bailarinas y paisajes... A la paleta Munli, la casa modesta, sencilla que le había alquilado a Aruna el señor Godse le parecía un pequeño palacio. Hoy veo las cosas de otra manera; todo estaba muy deteriorado. La cisterna del retrete no funcionaba casi nunca. Cuando se abría la ducha era una matraca: chirriaba y gemía. Entonces eso no me molestaba; el mero hecho de que en cualquier momento llegase agua me parecía un milagro.

En el dormitorio sólo había unas cuantas esteras de junco. Pegados a las paredes había unos armaritos trenzados por vosotras mismas. Habíais tensado una cuerda a través del cuarto, de la que colgaban algunos saris.

Kani señaló las esteras sobre las que había mantas.

—Más adelante nos compraremos verdaderos charpoys.

Me invadió una sensación de desconfianza. ¿Podía creer de verdad lo que me decían esas chicas? ¿El que podía alquilar una vivienda semejante, por qué no iba a poder poseer también camas algún día? ¿Me daba envidia? Me sentía tan miserable con mi sari andrajoso que me habría encantado marcharme corriendo de allí.

Yoni lo miraba todo con los ojos con que se admiran los regalos. ¿Todo eso iba a pertenecerle ahora? ¡Magnífico!

En la habitación grande que hacía las veces de taller y cuarto de estar estaba el escritorio de Aruna. Allí permaneció ella sentada, mientras Mara y Kani nos enseñaban el piso a Yoni y a mí, leyendo algo, hojeando papeles.

—Ella es nuestra maestra y nuestra jefa —me susurró Kani—. Se encarga de comprar el bambú, lleva la contabilidad y para cada una de nosotras una cuenta en el banco de mujeres. Si alguna vez nos vamos, seremos ricas —explicó entre risas.

Yo no sabía lo que era una cuenta, aunque más o menos me lo imaginaba. También entendía que Kani, si se marchaba algún día, no sería realmente rica, aunque desde luego dispondría de una cierta suma de dinero que la ayudaría durante algún tiempo. Kani debió malinterpretar mi repentina tristeza.

—También nos ayuda a trenzar. Siempre que dispone de un rato libre se sienta con nosotras y se pone a trabajar... A pesar de que tiene estudios.

Se refería a Aruna. Yo ni había pensado en si Aruna ayudaba o no a trenzar. Que lo hiciera me parecía incomprensible, pero me gustaba.

Yoni se impacientó.

—¿Y nosotros? —preguntó—. ¿Dónde vamos a dormir nosotros?

—¿Junto a quién te gustaría dormir, pequeño príncipe? —preguntó Mara burlona.

Yoni me cogió de la mano en el acto, miró a su alrededor y señaló a Ittichiri, que le había gustado mucho desde el principio.

—Quiero dormir entre Munli y esa de ahí.

Vosotras os echasteis a reír y «esa de ahí» estuvo de acuerdo, se fue con Yoni al dormitorio y le dejó escoger un sitio.

—¿Y armaritos? ¿Es que nosotros no vamos a tener armaritos? —preguntó Yoni.

—Por supuesto que sí —respondió Kani—. Cuando os los trencéis vosotros mismos.

Aquello no le gustó ni pizca a Yoni. Todo había comenzado igual que un cuento y ahora las chicas empezaban ya a educarle.

—¿Y esteras? —preguntó abatido—. ¿También tenemos que hacérnoslas nosotros mismos?

—Naturalmente —contestó Mara muy seria.

Pero Seela juzgó que la broma había ido demasiado lejos.

—Bueno, seguro que en alguna parte podremos reunir dos esteras para vosotros. Pero primero tenemos que comprarte un pantalón y una camisa nuevos. Así eres una mala propaganda para nuestro negocio.

—¿Un pantalón? —Yoni resplandecía—. ¿Un pantalón nuevo? ¿Y una camisa nueva?

—Si vienes a comprar conmigo —dijo Ittichiri con fingida sumisión—, y estás dispuesto a dejarte despiojar por nosotras.

—Sólo por Munli —saltó Yoni en el acto. Pero después se ruborizó, miró a Ittichiri y añadió—: Y por ti.

Volvieron a estallar las risas, e Ittichiri y Yoni se marcharon.

—Muy típico —dijo Mara cuando se hubieron ido ambos—. El hermano pequeño no para de cacarear, y la hermana mayor se queda callada en un segundo plano.

De repente estallé en lágrimas. Incluso hoy ignoro por qué. Mara me estrechó entre sus brazos y me acarició.

—¡Qué tonta eres! Eso no es motivo de llanto. Ya nos haremos con el pequeño. Y contigo también. Hasta ahora no hemos fallado con nadie.

—¡Arreglado! —Seela me traía ropa y un sari y miró a Mara con ojos relampagueantes—. Hablas como un hombre.

—Si queremos defendernos de los hombres, no podemos ser melindrosas —se defendió Mara—. Munli me ha entendido de sobra.

Sí, la había entendido perfectamente, pero en ese momento prefería el estilo más reservado de Seela. Por eso me alegré de que Namboridi y ella me explicasen el uso de la ducha. Yo nunca me había metido debajo de una de esas conducciones de agua y, como es natural, pretendí ponerme bajo la ducha tal como estaba.

—¿No vas a desnudarte? —preguntó Seela.

—No tengo ningún paño —contesté confundida.

Nambodiri rió.

—No necesitas ningún paño. Nadie te mira. Desvístete por completo y abre el grifo.

Con estas palabras me dejaron sola bajo la ducha. Las oí soltar chillidos de risa reprimida detrás de la puerta con Kani y Mara. Se alegraban de que me portase tan tontamente como ellas en otro tiempo.

Cuando pienso en ello, en la cantidad de dificultades que me supuso quedarme desnuda bajo la ducha... Porque la educación que me habían dado afirmaba que un cuerpo desnudo es indecente. Tanto en nuestra aldea como entre los baghis dormíamos siempre vestidos, y cuando nos lavábamos, cubríamos nuestro cuerpo con paños. Así lo había hecho desde niña; ahora me veía desnuda por primera vez y me avergonzaba de mí misma. Después la ducha, el sonido ruidoso que hacía... ¿sería eso ya el castigo de los dioses? Los primeros chorros de agua me asustaron; caían con demasiada fuerza sobre mí. Giré deprisa el grifo, tal como me había explicado Seela, reduje la fuerza del agua... y sentí una emorme alegría de que la ducha me obedeciese...

Después me duché, y me gustó cada vez más. Me olvidé de todo lo que me rodeaba. Estaba completamente sola en el mundo con el agua, y habría querido cantar si no me hubiese sentido aún un poco intranquila. Cuando Mara llamó a la puerta y gritó: «¡Que el agua cuesta dinero!», me asusté, cerré deprisa la ducha, me sequé con la toalla y me puse las ropas que me había traído Seela. Después salí avergonzada.

—Al principio nosotras también hicimos lo mismo —me consoló Nambodiri—. Por desgracia el agua es bastante cara y debemos limitarnos a mojarnos, enjabonarnos y aclararnos.

Después me alabó: el sari verde claro de Seela y su corpiño rojo me sentaban muy bien. Me había convertido en una Munli completamente diferente.

Yo no supe qué decir. Seela y Nambodiri interpretaron de manera equivocada mi silencio.

—No podemos comprarte ropas nuevas a ti también —se disculpó Seela—. Vivimos con muchas estrecheces. Pero con tu primer salario podrás comprarte lo que te guste.

Un malentendido más de los primeros tiempos. A mí me encantaban la blusa y el sari, sólo que no sabía cómo comportarme.

—Es un prasad* —dijo entonces la perspicaz Mara—. ¿Lo aceptas?

Asentí con energía y Seela y Nambodiri me dieron las gracias. Después me llevaron ante el espejo, me despiojaron el pelo, me peinaron y me hicieron una trenza. Fueron como madres para mí. Tuve que controlarme para no volver a echarme a llorar. Les estaba agradecida... y, sin embargo, no lograba entenderlas. ¿Por qué se molestaban tanto esas chicas por Yoni y por mí si no iban a sacar ningún beneficio de ello?

Ittichiri y Yoni regresaron. Yoni estaba muy orgulloso del precio que habían costado su pantalón y su camisa nuevos.

—¡Veinte rupias el pantalón! —exclamaba resplandeciente—. Y veinte la camisa.

Quiso probarse en seguida la ropa, pero Ittichiri no se lo permitió.

—Primero tienes que darte una ducha y después ir al peluquero.

Yoni se metió refunfuñando bajo la ducha. Pero cuando salió, volvía a resplandecer, estaba fresco y limpio como un joven dios recién surgido del mar. Con una toalla alrededor de las caderas se sentó entre Ittichiri y yo. Ittichiri cogió unas tijeras y le cortó el pelo. Lo hizo con verdadera destreza, casi igual que un peluquero. Después revisamos sus cabellos buscando piojos y encontramos todavía una enorme cantidad que habían sobrevivido a la ducha. Al terminar, le permitimos enfundarse su ropa nueva, cosa que hizo inmediatamente para pasearse ante nosotras con gesto orgulloso en busca de nuestra aprobación.

—¿Qué hacemos ahora? —preguntó.

—Ahora tenemos que trabajar un poquito todavía —repuso Mara—. Hoy no hemos hecho gran cosa.

—Os ayudaremos. —Yoni quería mostrarse en su mejor faceta.

Ittichiri se echó a reír.

—No, todavía no. Bastará con que miréis. Mañana empezaremos con la clase.

—¿Vas a ser tú nuestra maestra? —preguntó entusiasmado.

Ittichiri y Mara se miraron, después la primera negó con la cabeza.

—No. Tu profesora será Mara. Yo enseñaré a Munli. No da buen resultado enseñar a dos personas a la vez.

Yoni me dio un empujón.

—¿Cambiamos?

Yo también negué con la cabeza. Comprendía con absoluta claridad por qué Ittichiri y Mara nos habían distribuido de ese modo. Ittichiri habría mimado a Yoni, y los modales secos de Mara me habrían asustado con frecuencia. Su decisión había sido dictada por la prudencia.

A continuación nos sentamos todos en el taller, mientras Yoni y yo observamos como trabajabais... Pronto nos quedamos asombrados: ¡Qué habilidad la de vuestros dedos! No precisabais mirar, vuestras manos trabajaban por sí solas.

—¿Es divertido? —preguntó Yoni.

Daba la impresión de que el trabajo lo era. Pero Ittichiri, la que llevaba realizando más tiempo de todas ese trabajo y en consecuencia la más ágil, negó con un gesto.

—Es muy fatigoso y sólo resulta divertido cuando no se trabaja demasiado tiempo, pero entonces no se gana nada.

A mí me ocurría lo mismo que a Yoni. Me habría gustado ayudar, probar a ver si sabía hacerlo. Pero comprendía que eso os habría demorado.

—Habladnos de vosotros —nos pidió Nambodiri.

—Sí, habladnos de vuestros padres, vuestros hermanos, de dónde venís —terció Kani.

Vacilante, comencé a hablar primero de Yoni y después de mí.

Al principio sólo me interrumpía Yoni, que lógicamente conocía su historia mejor que yo, pero después también vosotras me interrumpisteis sin parar con vuestras preguntas. Queríais saberlo sencillamente todo. Cuando llegaba a pasajes tristes, callabais; cuando la acción se hacía emocionante, dejabais descansar vuestras manos. Sí, os observé a todas. Hubo un momento en que mantuvisteis un silencio sepulcral. Fue cuando os hablé de Lata. Después quisisteis saber más cosas de ella y también de Birri. En un determinado momento enmudecí; no deseaba hablar de Ketaki. Al menos no en la primera noche. Pero yo ya había hecho mis cálculos sin contar con Yoni.

—¡Ketaki! —exclamó—. Te has olvidado de Ketaki. Háblales también de él, para que sepan que su huida no le sirvió de nada.

Hablé entonces de Ketaki y volví a entristeceros. Hoy sé que cada una de vosotras ha pasado por experiencias similares y que mi historia os recordaba la vuestra. Entonces creí que sólo se trataba de pura compasión por mí... y la saboreé.

Sin embargo, no me di cuenta de una cosa: mientras hablaba, Aruna, apoyada en la puerta, me escuchaba. La descubrí al callarme.

—Eres una excelente narradora, Munli —me dijo ella con una sonrisa—. Algún día deberías escribir tu historia.

Fue la primera vez que me lo dijo. Pero a mi la idea de escribir mi historia me resultaba tan lejana como la luna en una noche nublada. ¿Si no era capaz de escribir mi nombre, cómo iba a escribir una historia entera? Además, ¿qué tenía mi historia de particular? Kamla tenía muchas más cosas que contar. O Meera, o Bihendra. Yo sólo había vivido muy poco tiempo entre los baghis.

Aruna notó mi confusión y se puso seria.

—Estoy segura de que aprenderás a escribir, Munli. Tal vez algún día llegarás a escribir incluso mejor y con más belleza que Seela o yo.

Yo agaché la cabeza. Esa comparación me avergonzaba.

Estuvo bien que a Yoni le entrase sueño. Ese día no habría resistido más novedades. Así que Ittichiri y yo le llevamos al dormitorio, le acostamos y le arropamos con una manta.

—¡Un día maravilloso! Qué día tan maravilloso... —suspiró feliz, y tras estas palabras se quedó dormido.

—Seguro que tú también estás cansada, Munli. —Ittichiri me miró pensativa—. Hoy has vivido demasiadas novedades y nos has desvelado muchas a nosotras. Échate. Nosotras seguiremos trabajando un ratito más.

Yo no tenía sueño, pero obedecí y me acosté mientras escuchaba vuestras voces. Vosotras seguisteis trabajando y conversando en voz baja. No lograba entender lo que decíais, pero diferenciaba vuestras voces, ya tan conocidas: la suave de Ittichiri, la clara de Mara, de sonido imperioso; la de Seela muy queda, siempre un poco vacilante, y en medio de ellas la risa ruidosa de Kani, que se reprimía un poco por nosotros, y las eternas preguntas de Nambodiri. Y una y otra vez, la voz de Aruna. Como un madre entre sus hijas. ¿Era yo también ahora su hija? Nada me apetecía más.

El dios de Aruna

Ha venido Yoni. Hemos ido a buscarle a la estación. Ha crecido mucho y tiene muy buen aspecto. Cuando se enteró de lo que estoy escribiendo, quiso leerlo en seguida, pero eligió los últimos capítulos en los que yo hablaba de él. No se quedó muy entusiasmado. Opina que en ellos sale demasiado malparado. Pero cuando le pregunté qué cambiaría, no se le ocurrió otra cosa que decir:

—¿Qué es eso de ojos inteligentes? ¿Acaso está mal no ser tonto?

El internado le sigue gustando tanto como el primer día, cosa que nos ha aliviado mucho a todas. Sobre todo a Aruna. Yoni no se quedó con nosotras por expreso deseo suyo.

—Un único chico entre tantas mujeres acabaría por convertirse en un maharajá —afirmó.

Nosotras lo comprendimos. Le mimábamos demasiado. Era sencillamente inevitable; todas le queríamos, todas deseábamos complacerle. Se sentía un hombre; dejaba que le sirvieran y se negaba a aprender. La situación con él llegó a ser verdaderamente mala. Cuando le dijimos que sería mejor para él trasladarse a un internado, se sintió traicionado por mí y me miró lleno de odio. Pero luego, después de haber estado fuera un tiempo y de haber recibido la visita de Aruna y mía, fue incapaz de negarlo: el internado le gustaba. Practicaba deporte con otros chicos y había encontrado amigos. Nos dio una gran alegría saberlo. Nos habría entristecido mucho que a Yoni no le hubiera gustado. Pero nos habría apenado más aún si se hubiera convertido en un pequeño maharajá.

Raiki ha dicho ya que cuado Shakti sea lo bastante mayor, si ella sigue viviendo con nosotras, lo enviará también al mismo internado. Sin embargo, no es eso lo que ocupa sus pensamientos. Ella prefiere soñar con un hombre como Visvam, el de Ittichiri.

Yoni ha visto a Shakti por primera vez y ha dicho en seguida que quiere ser su tío. Cuándo Mara le hizo ver que eso conlleva obligaciones, se entristeció.

—¿Crees acaso que no lo sé? Quiero ser un buen tío para Shakti y más tarde hacer algo por él... si puedo.

Aruna se echó a reír.

—Si tú quieres, siempre podrás hacer algo por él. No es algo que dependa sólo del dinero.

Yoni ahora aprende mejor. Cuando le pregunté si le gustaba estudiar, negó con la cabeza y guiñando los ojos afirmó que estudiaba porque sabía lo cara que era la escuela. Sería un mal negocio que pagásemos tanto dinero por ella y él se dedicara a dormitar... Aunque se trataba de una broma, de alguna manera Yoni sigue siendo el pequeño comerciante que siempre fue.

Pasamos una tarde muy divertida. Hablamos mucho y nos reímos todavía más. Ahora es de noche. Yoni está en el despacho de Aruna hablando con ella de lo que ha aprendido en el colegio. Yo estoy sentada inclinada sobre el papel, escribiendo.

Como es natural, ni puedo ni quiero referir todo lo que he experimentado y aprendido en los tres años que llevo ya viviendo con Aruna. Sin embargo, hay unas cuantas cosas que me gustaría conservar... porque son importantes para mí misma y porque también me lo ha pedido Yoni. En su memoria el recuerdo de aquellos primeros tiempos en casa de Aruna ha palidecido mucho más que en la mía; era bastante más joven que yo.

Quiero evitar el peligro de describir los primeros días en mi nuevo entorno en líneas demasiado animadas y esplendorosas. No fue únicamente una época bella, fue también una época difícil. Yoni y yo tuvimos que aprender a adaptarnos. Ya no podíamos hacer o dejar de hacer lo que nos daba la gana. Para Yoni, por ejemplo, eso significaba lavarse todos los días por la mañana y por la noche, cepillarse los dientes y utilizar el retrete, en lugar de orinar sin más a la puerta de casa. Yo tuve que aprender a aguantar de vez en cuando una palabra áspera, sin estallar en seguida en llanto. Ya no sé bien a qué se debieron todos esos lagrimones de aquella primera época. Entre los baghis había vivido cosas mucho más terribles y apenas lloraba. En casa de Aruna experimenté tanta comprensión y bondad y, sin embargo, me ponía a berrear a la menor ocasión... A esto hay que añadir el trenzado de bambú, un trabajo difícil de aprender, a pesar de lo fácil que parecía. Requiere mucha fuerza y los diez dedos. Por la noche una los siente doloridos, al menos al principio, cuando aún están todavía rígidos y torpes y se niegan a hacer lo que le gustaría a una. Tampoco hay que olvidar los dolores de espalda y de brazos. Nunca supe que pudieran sentirse hasta en la espalda los músculos de los dedos. Con el tiempo, sin embargo, la labor fue volviéndose más sencilla, yo gané en agilidad y ya no necesité concentrarme continuamente en lo que hacían mis manos... Ellas trabajaban por sí mismas.

Ittichiri fue una buena maestra. Mejor que Mara, afirmaba Yoni, que ni remotamente aprendía tan deprisa como yo... Pero eso no era culpa de Mara, que se esforzaba mucho con él, sino de él mismo. Algún chico se burló de Yoni en la calle de las trenzadoras de bambú por hacer un trabajo de mujeres. Desde ese preciso momento trabajó a disgusto con nosotras.

Durante el trabajo en el taller o en la calle de las trenzadoras de bambú fui conociendo mejor a mis nuevas «hermanas». Primero a Mara. Le pregunté a qué se dedicaba antes de encontrar a Aruna. Mara meditó un momento, después dijo burlona:

—Tenía un pequeño negocio.

—¿Y qué vendías?

—A mí.

Había trabajado como prostituta, igual que Kamla. Desde los doce años. Aruna pasaba por allí cuando su chulo la estaba golpeando en plena calle porque había intentado quedarse con una rupia para ella. Aruna intervino y se llevó a Mara consigo. Fue una acción muy valiente, porque los chulos podrían haber intentado buscar a Mara. Había entre ellos tipos terribles, que no se caracterizaban precisamente por la delicadeza de sus recursos. Pero era evidente que la Asociación de Mujeres les inspiraba respeto. No volvieron a perseguir a Mara. Fue ésta misma la que causó dificultades a Aruna. No paraba de exigir que la llevasen con sus padres. Éstos se avergozaban de ella, alegaban ser pobres, pero la verdad es que no querían volver a acogerla. Su padre incluso amenazaba con matarla si volvía a poner el pie en el umbral de su casa, y eso que al principio había sido él mismo quien envió a su hija a ganarse la vida de esa manera. La deshonra la veía únicamente en que su hija ya no trabajase para él, sino para su chulo. Para Aruna hablarle a Mara era como dirigirse a una cabra testaruda —en palabras de la propia Mara—, pues la muchacha persistía en su terquedad, se escapaba una y otra vez, regresaba a sus viejas calles. Aruna tenía que buscarla durante mucho tiempo cada vez y traerla de nuevo a la fuerza. Hasta que llegó Seela, medio muerta de hambre, a quien había encontrado entre los cubos de basura una de las mujeres que se dedicaban a recoger papel usado. Al lado de su madre muerta. Seela, que contaba un año menos que Mara, no dijo al principio ni una palabra. Aruna la acompañó incluso al médico, creyendo que tal vez fuera muda. Un buen día, sin embargo, Seela abrió la boca y dijo algo. ¡A Mara!

Mara olvidó las calles de su infancia. Sólo se ocupaba de Seela; aprendía con ella y le gustaba. Aruna suele decir todavía hoy:

—Que la Mara de entonces se convirtiera en la que es hoy, es un milagro aún mayor que el sol, la luna, la tierra y todas las estrellas juntas.

Kani es la hija de una mujer a la que conoció Aruna entre las trabajadoras del hierro. Su madre es una viuda con siete hijas. Todas mujeres. No podrá pagar jamás la dote de ninguna de ellas. Por eso le gustaría que todas, a ser posible, aprendieran algo.

Ittichiri nunca hablaba de sí misma. Lo que supe me lo contaron las demás. Era lo más terrible de todo lo que oí.

Ittichiri se crió en los arrabales de la ciudad. Cuando contaba catorce años murió su madre, que dio a luz once hijos de los que sólo logró sacar adelante a cinco. Ittichiri se convirtió entonces en la madre de sus cuatro hermanos menores. Cocinaba, limpiaba, lavaba, todo sin una sola queja por su parte. Adoraba a sus hermanos. Pero al cabo de unas semanas su padre comenzó a ponerse inquieto y a dirigir frecuentes miradas a Ittichiri sonriéndole de una forma muy extraña. A Ittichiri le entró miedo... y con razón: su padre la acosó de repente con la pretensión de que sustituyese a su madre incluso como mujer. Cuando Ittichiri intentó escapar, la encerró. Ella trató de defenderse y él la apaleó. Ittichiri cedió llorando y al día siguiente se escapó. Su padre la buscó, la encontró y la arrastró de nuevo a casa. Ittichiri se refugió en la azotea negándose a bajar. El hecho llamó la atención de los vecinos; acudió la policía, la fue a buscar y salió a relucir todo el asunto. Su padre fue detenido e Ittichiri se encontró sola con sus cuatro hermanos. Sin nadie que les diera de comer. Entonces fue a verla Sumina, la abogada de la Asociación de Mujeres, que había oído hablar de ella, y la ayudó acomodando a sus hermanos en otras familias y a ella misma con Aruna.

Ittichiri no me habló de lo sucedido hasta mucho más tarde y me confesó que no odiaba a su padre.

—Le odié durante tres años —me dijo meditabunda—. Ahora ya sólo me entristezco cuando pienso en él.

De quien menos cosas supe fue de Nambodiri, y no por causa suya, sino por la infancia que había llevado. Al igual que Yoni fue abandonada muy tempranamente por sus padres; tan pronto que ni siquiera los recuerda, por lo que tampoco puede contar nada de ellos. Ittchiri afirma que eso es aún peor que tener malos recuerdos.

Yo al menos tengo a mis hermanos y sé quién fue mi madre. Pero ¿no saber nada, nada en absoluto? ¿Pasar junto a la gente y preguntarse si acaso no serán ésos tus padres? Tiene que ser espantoso.

Nambodiri cayó «en las redes» de Aruna de la misma forma que Yoni y yo: intentó quitarle de la cabeza su chal de seda.

Entonces supe que en realidad todas nosotras éramos muy parecidas y nuestros destinos semejantes. Tal vez por eso nos entendíamos tan bien. Aunque a veces discutamos, en caso de necesidad siempre nos apoyamos las unas a las otras.

Lo último que conocí fue la procedencia de Aruna, y eso que era ella la que más había ocupado mis pensamientos. Nosotras vivíamos con ella porque la necesitábamos. Pero ¿por qué se ocupaba ella de nosotras? Aruna era una brahmani. Los miembros de las castas superiores ni siquiera se sentaban a comer a la mesa con gente perteneciente a las castas inferiores. Cuando un superior trata a un inferior se le cae la cabeza, dice el cuento. Pero Aruna no sólo comía con nosotras, sino que incluso vivía con nosotras bajo el mismo techo, sin ningún tipo de aversión. A mí no me cabía en la cabeza. Incluso entre los baghis había diferencias; se podía percibir el desprecio. En el seno de una familia uno no podía dejar a otro en la estacada, o al menos no debía; esa obligación la habíamos mamado con la leche materna. Pero ¿a personas desconocidas, y encima miembros de castas inferiores? Éstos no existían para las castas superiores. Para Aruna, sin embargo, no sólo existíamos, sino que se ocupaba y se preocupaba por nosotras; más aún: nos amaba. Si sus padres se hubiesen enterado, por fuerza habrían tenido que despreciar a su hija.

Pasó mucho tiempo hasta que me enteré de la historia de Aruna. Aunque Mara y Kani solían hacer frecuentes insinuaciones, se limitaban a encogerse de hombros siempre que les preguntaba.

—Ya te lo contará ella misma algún día.

Ese día llegó una vez que la acompañaba. Llevaba yo viviendo en su casa más de tres meses y aquella mañana me estaba enseñando a vender a domicilio. Íbamos de puerta en puerta con nuestras cestas, recibiendo a cambio saludos amistosos y terribles insultos. Aruna se lo tomaba con mucha tranquilidad.

—Las personas son así —se limitaba a decir—. No merece la pena enfadarse por ello.

Sólo en el camino de vuelta perdió su impasibilidad. Pero no tuvo nada que ver con la venta. Caminábamos por las atestadas calles de los templos y al llegar ante el templo de la diosa Kali* nos topamos con una multitud variopinta que contemplaba a un tratante degollar a las cabras del sacrificio. Una práctica que yo había observado con frecuencia en los tiempos en que recorría las calles de la mañana a la noche pidiendo limosna, pues se dice que la diosa negra únicamente se aplaca con sacrificios de sangre; durante miles y miles de años incluso con sacrificios humanos.

Aruna se detuvo y contempló con una mirada furibunda cómo el tratante agarraba a una de las cabritas vivas y le separaba la cabeza de un tajo. A continuación dividió el cuerpo en dos mitades: una para el que ofrecía el sacrificio, la otra para el templo. El sacerdote que estaba presente y recibía la mitad correspondiente al templo marcó con un leve gesto al oferente y su familia la señal de sangre en la frente, la bendición de Kali.

—Mira eso. —Aruna señalaba a las personas que avanzaban empujándose para ofrecer su sacrificio a la diosa—. ¿Qué estupidez!

Yo intenté hacer un chiste.

—¿Otra vez habla Europa por tu boca?

Es lo que siempre decía Mara cuando Aruna se enfadaba por cualquier «circunstacia india».

Aruna rió.

—¡No! Es la mujer india la que habla por mi boca, la india que desea que su país mejore. —suspiró—. Quien crea que sólo los dioses determinan su vida, jamás será capaz de organizar su propia vida.

Seguimos andando lentamente y al fin tuve el valor de preguntarle lo que desde hacía tanto tiempo me impresionaba.

—Si has estudiado en Europa, por fuerza has de ser rica. Y si eres rica, ¿por qué te ocupas de nosotras?

Aruna me dirigió una larga mirada.

—Esperaba esa pregunta. La llevas escrita en la cara desde que vives con nosotras. «¿Para qué facilitarle las cosas?», me dije a mí misma. Ya te preguntará ella en algún momento —concluyó con una sonrisa.

Me avergoncé de que mi rostro me delatase.

—Es natural que hayas tenido esos pensamientos —me consoló Aruna—. Volvamos primero al taller y preparemos té, luego te lo contaré todo. Al fin y al cabo, tienes derecho a saber con quién estás viviendo.

Así fue como Aruna me contó su historia. Estábamos solas en el taller, bebiendo té y trabajando cada una en una pequeña cesta. Aruna hablaba despacio, deteniéndose a reflexionar con frecuencia e interrumpiéndose cuando creía no haber descrito algo concretamente. Yo trabajaba en silencio, limitándome a escuchar y a enterarme de un mundo que desconocía por completo.

El padre de Aruna posee un gran molino de yute. Cinco mil personas trabajan para él. Entre ellas muchos niños. Pasan sesenta horas a la semana detrás de los telares a cambio de un salario que apenas basta para alimentarles. Existen telares mejores, que ahorran trabajo, pero el padre de Aruna no los compra. No le importa que sus obreros enfermen en los envejecidos telares. A veces incluso obliga a alguno de ellos a atender dos telares a la vez. Entonces el hombre, mujer o niño, para dar abasto tiene que corretear continuamente de un lado al otro de la máquina sin tiempo apenas para tomar aliento. Cuando Aruna volvió de Europa reparó en aquella tortura. Antes ni siquiera había pensado en ello porque jamás había puesto los pies en las naves de la fábrica. Y aun así, aunque hubiera visto trabajar de ese modo a las personas en las naves, seguro que no la habría conmovido. Ella era una brahmani rica. Cuanto más alta era la casta, tanto más cerca se estaba de Dios. Así pues, tenía derecho a vivir en la riqueza mientras otros padecían miseria.

Aruna, sin embargo, además de filología inglesa, había estudiado también, por expreso deseo de su padre, economía de empresa. Su padre no tiene hijos varones, sólo tres hijas, por eso proyectaba casarla a ella —la mayor— con uno de sus directores más jóvenes. Deseaba que poseyera los conocimientos especializados suficientes para poder vigilar, aunque fuera de vez en cuando, a su marido. Pero de este modo —tal como él mismo diría luego— introdujo un huevo podrido en su propio nido: Aruna había visto en Europa cómo funcionaban las fábricas inglesas, alemanas y francesas, y cuando volvió a casa entró por vez primera en la de su padre. Fue un duro golpe para ella. Había observado con ojos extremadamente críticos algunas fábricas europeas, pero lo que vio entonces le hizo enrojecer de vergüenza.

Me dijo que la forma en que su padre hacía trabajar como esclavos a sus obreros era indigna de un ser humano; pero lo peor fue la visión de los niños.

—Son los que menos ganan. Todo lo más una comida al día. Pero a menudo son los que más rinden. Con sus delgados y pequeños dedos infantiles son más aptos que muchos adultos para el trabajo en el telar. Producen más, son ágiles y dóciles, buenos motivos todos ellos para que mi padre emplee el mayor número posible.

Yo quise objetar algo, pero Aruna me detuvo con un gesto.

—Lo sé, lo sé, los padres de los niños se alegran de que sus hijos tengan trabajo y puedan alimentar a la familia. Pero, dado que el trabajo infantil, a pesar de estar prohibido, resulta inevitable, ¿no podría mi padre al menos pagarles un salario decente a esos niños? Tendrías que haber visto lo delgados que están.

Para Aruna no había sido suficiente descubrir cómo padecían los obreros de su padre bajo las condiciones de trabajo. Quería ver también cómo vivían, y se indignó por segunda vez:

—Sus cabañas no sólo son demasiado pequeñas y ruinosas; en la colonia tampoco disponen de retretes o de agua para lavarse. Cuando llueve, el agua potable se contamina. A cambio mi padre le deduce además una gran parte de su salario como alquiler. Casi me muero de vergüenza al verlo.

Aruna habló con su padre. Éste se limitó a decir:

—¿Y a mí que me importa? ¿Acaso soy culpable de que esa gente tenga que vivir con un karma tan desastroso?

Entonces Aruna fue al sindicato y habló con ellos. Al principio no podían creer quién había ido a verles, pero después prometieron deliberar sobre la forma de ayudar a los obreros. El padre de Aruna se enteró de su visita al sindicato y se enfureció. Le echó la culpa a Europa; dijo que nada de eso habría ocurrido si no hubiera enviado a su hija allí.

Aruna sonrió satisfecha.

—No le faltaba razón. Si no hubiera hecho estudiar a su hija mayor y no la hubiera enviado a Europa, porque eso es ahora habitual en nuestros círculos, a lo mejor nunca hubiera despertado.

Yo veía el espectáculo ante mis ojos: un padre severo y lujosamente vestido y una Aruna asimismo lujosamente vestida discutiendo con violencia entre sí. Ambos se sentían desgraciados por ello, pero ninguno de los dos cedía...

—Mi padre quizá me habría perdonado todo lo demás —siguió contando Aruna—. Pero el hecho de que acudiera al sindicato lo vivió como una traición. Los sindicatos son sus peores enemigos, pues ellos podrían conseguir de verdad algún día beneficios para los obreros y causarle de ese modo un perjuicio a él mismo.

Para intentar domarla, el padre quiso casar a su hija. Aruna se opuso. Le dijo que ella escogería por sí misma a su marido el día que sintiera ganas de casarse. Entonces él se quedó mudo. No esperaba que la rebeldía llegara a tanto.

Yo también me había quedado muda. Lo que Aruna acababa de contar era peor que todo lo demás. ¿Casarse sin la aprobación de su padre? En ese caso también se habrían podido casar Lata y Birri, y yo no habría tenido necesidad de huir de Adoor Ram.

Aruna no se percató de cuán profundamente me habían conmovido sus últimas palabras. Sus pensamientos seguían con su padre.

—Esa conversación fue la última que sostuve con él. Al día siguiente me enteré de que había echado de la fábrica a todos los miembros del sindicato y había empleado en su lugar a otros trabajadores con una condición: que no pertenecieran al sindicato ni se afiliaran a él en el futuro —se rió con amargura—. Encontró todos los que necesitaba. No es ningún milagro con tantos parados...

—¿Y tú? —pregunté después de que permaneciera largo rato callada.

—Me marché. No quería tener que pensar cada vez que gastaba una rupia en los obreros a los que se la robaba. Yo tengo una profesión. Además, desde hacía mucho tiempo era miembro de la Asociación de Mujeres. Me interesaba lo que allí se hacía. Me había dado cuenta hace mucho de que si queremos transformar nuestro país no podemos limitarnos a imitar sin más a los europeos o los americanos. Necesitamos encontrar una vía propia y para ello tenemos que empezar por abajo. Pienso que lo que hacemos ahora, ya sea como trenzadoras de bambú o recogedoras de papel usado o zurcidoras, es el camino acertado.

Lo que Aruna decía era importante, pero por entonces yo desconocía aún su verdadero alcance. Por eso cuando le pregunté:

—¿Es que no quieres casarte nunca?

Aruna se echó a reír.

—¿Para qué casarse en seguida? Tengo novio. Se llama Roshan. A veces voy a visitarle, otras es él quien viene a nuestra casa. Ahora está de viaje. Es ingeniero de minas.

Recordé lo que Kani me había contado de los ricos. Que muchas veces viven juntos sin estar casados. Y que algunos hombres incluso se divorciaban cuando su mujer dejaba de gustarles.

—¿No te apetece tener hijos?

Aruna se puso seria.

—Ya tengo siete. Se llaman Ittichiri, Mara, Kani, Nambodiri, Seela, Munli y Yoni.

Me dejó desconcertada.

—¿Y propios?

—Quizá más adelante. De momento procuro no tener ninguno.

—¿También has aprendido eso en Europa?

Aruna no pudo evitar otra sonrisa.

—¡Sí, mi pequeña paloma campestre! Eso lo han aprendido de Europa incluso muchos de mis iguales. La mayoría de ellos únicamente se niegan a acercarse a aquello que les perjudica, más dinero para los obreros, mejores viviendas para éstos, seguro de enfermedad, etcétera, etcétera...

Yo todavía no podía acabar de aceptar todo lo que Aruna me había dicho. Seguí trabajando en silencio durante un rato. Y Aruna, lista como es, se dio cuenta de que sus palabras estaban actuando en mi interior y no me molestó. Hubo un momento, sin embargo, que ya no pude aguantar más.

—¿Acaso no crees en los dioses?

Aruna no se lo pensó mucho.

—No, no creo en los dioses. Ni en Kali ni en Shiva, ni en Ganesha ni en Kama. A lo sumo creo en Dios. Seguro que sabes que todos los demás dioses no son más que formas de expresión de un único Dios.

Asentí. Bhimal nos había hablado del asunto. Brahma era el dios principal.

—¿Y cómo te imaginas a Brahma? —quiso saber Aruna.

Nunca había pensado nada al respecto. Bhimal sólo nos había dicho que Brahma era el creador, conservador y renovador de todos los seres y cosas. Pero no tenía características concretas como los otros dioses.

—¿No conoces la respuesta? —la pregunta de Aruna no delataba decepción—. ¿Lo ves...? Yo tampoco. Los cristianos tienen a su dios, los musulmanes al suyo, nosotros los hindúes al nuestro y además a un montón de representantes suyos. ¿Quién tiene al verdadero dios? ¿Cuál es la religión verdadera? Cada una enseña algo diferente. Los cristianos, por ejemplo, predican que hay que amar al prójimo —a pesar de que no lo practican—, los hindúes no enseñan amor al prójimo, sino desprecio. ¿Qué es lo acertado? —ella no esperaba ninguna respuesta, sólo miraba abstraída hacia el infinito sumida en sus reflexiones—. Yo me he criado como una niña hindú y por tanto he sido educada según nuestra religión. Si hubiera sido una niña musulmana habría recibido otra doctrina diferente. Pero hay algo que es igual en todas las religiones: sus sacerdotes nos enseñan que están en posesión de la única verdad. Y dicen que hemos de aceptar lo establecido y acomodarnos a ello. Su moral tiene que ser la nuestra. ¿Y por qué? Porque eso consolida su poder sobre nosotros.

Yo escuchaba a Aruna con el alma en vilo. Es evidente que no lo comprendía todo, pero muchas cosas las entendía de manera inconsciente. Me sentía de pronto como si ante mí se extendiera el espacio infinito. Ya no estaba en casa del señor Godse, estaba en algún otro lugar y lo veía todo con mucha distancia.

Aruna percibió mi conmoción y me cogió la mano.

—A mí ya no me preocupa lo que dicen los sacerdotes. He leído por mí misma nuestros textos sagrados. ¿Y sabes qué he descubierto en ellos? Nosotros, los seres humanos, los animales, las plantas, el agua, el viento, la luna, las estrellas, el sol... ¡todo es dios! Pero además encontré en ellos otra cosa... Decían que todas las personas son iguales. Cuando sacas agua con distintos recipientes, los recipientes no parecen iguales, pero siempre contienen lo mismo, agua. Eso afirma nuestra religión. Yo no tengo nada que oponer porque me parece muy hermoso. ¿A ti también?

Asentí en silencio. Sí, que todas las personas fuesen iguales me gustaba. Sólo que... no era así.

Aruna adivinó mis pensamientos.

—¡Sí! —me contradijo—. Es así. Todas las personas son iguales, tanto los musulmanes como los hindúes, los brahmanes como los harijans, los hombres como las mujeres. Sólo que nos ocultan ese enunciado de nuestros textos sagrados. ¿Y por qué? Porque hay personas que obtienen un beneficio de nuestra ignorancia. Como por ejemplo nosotros, los brahmanes, desde hace milenios la casta privilegiada, desde hace milenios también en posesión de ese conocimiento, pero que no estamos interesados en la igualdad con los harijans.

Me había quedado sin habla. ¿Y si fuera verdad lo que decía Aruna...? No tuve tiempo de seguir reflexinando. Aruna se había animado a hablar:

—Muchas personas en Europa y en América piensan que nuestra religión es la culpable de nuestro atraso, pero no es cierto. Nuestra religión no es peor que otras. Nos exige tolerancia, renuncia a la violencia y respeto a la vida. Las religiones en sí no son malas, lo malo es lo que las personas hemos hecho de ellas y que haya tantas personas que consideren el servicio a la religión únicamente como deber. Lo cumplen como es debido, pero no meditan sobre el sentido de su religión. En el mejor de los casos negocian con los dioses: si te pago una cabra, te portarás bien conmigo. De modo que no tengo necesidad de ser bueno, sino únicamente pagar para que los dioses sean benevolentes. Esto es lamentable: ese es el mal que aqueja a nuestro país.

Se calló y trabajamos en silencio durante unos instantes. Al cabo Aruna levantó la cabeza y se me quedó mirando largo rato.

—Te has adaptado muy bien a nuestra forma de vida. Has progresado mucho en el trabajo. Si quieres, a partir de ahora te daré clase todas las noches. Leer, escribir y todo lo que quieras saber. Primero una hora al día, después dos. ¿Te apetece?

¡Vaya si me apetecía!

La tercera vía

Comencé a estudiar. Todas las noches, al terminar el trabajo, me reunía con Aruna portando papel y lápiz. Me daba una clase extra. No se trataba sólo de leer y escribir, también podía participar en vuestra clase y pedir la palabra como las demás. Nadie se reía si decía alguna tontería. Por ello todavía hoy os estoy agradecida.

Más adelante empezasteis a hacer bromas ocasionales sobre mí, o mejor dicho, sobre mi sed de conocimiento. Yo, la verdad, no las entendía; consideraba completamente natural mi deseo de aprender lo máximo posible. Pero no lo era: Kani y Nambodiri se habían resistido al principio a la clase de Aruna, y había costado mucho impulsarlas a aprender. Ittichiri, por su parte, aprendía con dificultad, y eso ponía límites a su «sed». Yo os recordaba a un campo que tras una prolongada sequía absorbe la lluvia del monzón. Deseaba saberlo todo.

La clase de Aruna tampoco tiene mucho que ver con la mera transmisión de conocimientos. Nos da más. Ya al empezar, cuando me senté por primera vez ante ella, me preguntó si conocía los famosos tres caminos: Bhakti, Karma y Jana. Le respondí afirmativamente. Bhimal, el sacerdote de nuestra aldea, nos había explicado a fondo a los niños los tres caminos para la liberación espiritual de la persona. Bhakti es el camino de la adoración, Karma el camino de las obras y Jana el camino del conocimiento.

—¿Qué caminos has recorrido tú hasta ahora? —siguió preguntando Aruna.

Tras meditar un rato, llegué justo a la conclusión que Aruna deseaba oír: me habían enseñado los dos primeros caminos; era capaz de adorar y de trabajar; pero aún no había recorrido la tercera vía, la del conocimiento.

—¿Conoces el cuento de la joven diosa que busca un camino que la conduzca a Shiva? —me preguntó entonces Aruna.

Al responderle que no, ella me lo contó. Dice así:

En un valle vivía una vez una joven diosa que por su altanería había enfadado a los demonios. Por eso los señores del mundo inferior la maldijeron: si no lograba conquistar el amor de Shiva, moriría a pesar de ser una diosa. En aquella época Shiva llevaba ya un par de miles de años sin dejarse ver; nadie sabía dónde se ocultaba. Pero la joven diosa no podía esperar mucho tiempo, pues los demonios sólo le habían dado un año de plazo. Así que echó a andar en línea recta; anduvo días y días, semana tras semana. Al fin llegó a una bifurcación del camino: tres senderos llevaban a una lejanía desconocida. Tomó el primero y notó cómo se transformaba su cuerpo, cómo todo en ella se volvía maravilloso. «Si Shiva me ve así», pensó ella, «se olvidará de todas las demás diosas y sólo me amará a mí». Pero el sendero no conducía a Shiva, ni siquiera a personas, sino a un desierto sin salida. La joven diosa dio la vuelta, perdió su belleza y tomó el segundo camino. Entonces fue a parar a un jardín encantado. Todos los árboles, arbustos y zarzales tenían fruta, de las fuentes manaba leche y miel y allí vivían las personas más felices y satisfechas. Sin embargo, de camino hacia allí le había sucedido algo: había olvidado hasta su propio nombre y su identidad. Apenas si logró volver a desandar ese camino. El tercer camino era espinoso y estaba lleno de obstáculos. Los peligros acechaban a derecha e izquierda: animales salvajes, gigantes brutales, escarpadas pendientes. La joven diosa se desgarró el sari, se desgreñó el cabello, se arañó las piernas, los brazos y la cara, pero tras muchos días de penoso caminar encontró en la cumbre más alta de todas las montañas a Shiva meditando, y consiguió despertar su amor por ella.

—Un cuento precioso —musité.

—Bien —Aruna sonreía—. Precioso o no, encierra respuestas a muchas preguntas.

No pude evitar pensar en mi «tercera vía», la situada entre el lobo y el cordero. ¿Sería la misma que había recorrido la joven diosa? ¿Contenía también ese cuento una respuesta a mi pregunta? Le hablé a Aruna de mi conversación con Bihendra y de las interminables disputas con Yoni y le planteé la pregunta. Me miró con atención.

—Lo has comprendido con toda claridad, Munli. Tu «tercera vía» es la misma: Jana Marga, el camino del conocimiento. Quien no quiere ser ni lobo ni cordero, tiene que aprender.

¿Tan sencilla de responder iba a ser mi pregunta? Miré a Aruna dubitativa.

Ella sonrió satisfecha.

—No, Munli. El tercer camino no es nada sencillo. Pronto te darás cuenta de ello —volvió a ponerse seria—. Tú ya no te planteas la pregunta de lobo o cordero. Has descubierto hace ya mucho tiempo que ambos son caminos equivocados. Ya no tienes que optar entre matar o morir, tienes que decidir cómo quieres vivir.

Esa fue mi primera lección. Nunca la olvidaré.

Al día siguiente Aruna empezó a enseñarme a escribir. Me preguntó el nombre de mis personas más queridas. Se las mencioné: Lata, Kamla, el abuelo Dschaya, Ketaki, Yoni, Aruna, Ittichiri, Mara, Kani, Nambodiri y Seela. Se echó a reír, pero después se puso seria.

—¿No mencionas el nombre de tus padres y hermanos?

Al darme cuenta de que no los había mencionado, sentí vergüenza. Aruna me cogió la mano.

—¿Cómo se llama tu madre?

—Deepa.

—¿Y tu padre?

—Bavan.

—¿Y los nombres de tus hermanos?

También se los dije. Ella los escribió todos y me dijo:

—No tomes a mal que tu madre quisiera hacerte recorrer su propio camino. Nadie le enseñó otra cosa. Y tu padre seguro que no es peor que el resto de los hombres de nuestro país. Tampoco a él le han enseñado otra cosa.

Me alegré de que Aruna hablase así, porque yo deseaba poder seguir amando a mataji y pitaji.

Pero el primer nombre que me enseñó a escribir Aruna fue el mío propio: Munli. Recuerdo aún con qué fijeza miraba los caracteres que Aruna me había apuntado. ¿Eso era yo? ¿Mi nombre? Lo copié con torpeza. Una vez, y otra, y muchas más... Quería que mi nombre tuviera un aspecto hermoso.

El procedimiento que empleaba Aruna para enseñarnos a escribir era poco habitual, pero daba resultado. Me precipité con ahínco sobre los nombres de aquellos a los que amaba. Y para que esos nombres estuvieran siempre conmigo, los escribí en un papel, que sujeté a la pared con una chincheta. Por cierto, ese papel todavía sigue colgado junto a mi estera. En él figuran todos los nombres de mis seres queridos, escritos con la letra tiesa y desmañada de un niño.

En aquella época aprendí muchas cosas, no sólo a escribir y leer, y no tardé en descubrir que el camino del conocimiento era, en efecto, un camino pedregoso y esforzado. ¡Qué fácil es la adoración, la devoción y el «amor»! ¡Qué cómoda la fe y la obediencia ciega! ¡Qué cómodo también convertirse en lobo o seguir siendo cordero! Porque el camino del conocimiento no consiste únicamente en absorber conocimientos, sino sobre todo en reflexionar y dudar, como nos recordaba siempre Aruna.

No obstante, aprender también es divertido. No sólo aprovechamos las clases de Aruna, sino también otras posibilidades que se nos ofrecen. Ittichiri está aprendiendo a estampar telas; quiere trenzar lámparas y hacer pantallas de tela para que podamos surtir también a almacenes y tiendas de lámparas. Mara quiere hacerse enfermera y acude cada dos noches a la Casa de las Mujeres para participar en uno de los cursos. Kani está aprendiendo contabilidad con Aruna. Nambodiri no para de diseñar nuevos modelos de cestas, estudiando las correspondientes revistas especializadas. Seela asiste a un curso de mecanografía y Raiki quiere primero convertirse en una buena trenzadora de bambú. Todavía no lleva mucho tiempo entre nosotras. Pero también eso significa aprender.

¿Y yo? He descubierto la lectura. Fue el año pasado, un día que caminaba con mis cestas por la calle de los libreros. Como siempre, aminoré el paso para sortear los carros, puestos y tiendas repletos de libros. No son caros, pero tampoco baratos precisamente. A pesar de todo nunca había comprado uno. Aquel día las cosas cambiaron. Vi un libro titulado *El bandolerismo en Uttar Pradesh,* lo cogí, lo hojeé y me asusté: ¡Meera! Allí figuraba, entre muchos otros, el nombre de Meera.

—¿Cuánto cuesta este libro?

—¿Pero tú sabes leer?

El hombre se incorporó despacio, observó el libro, en realidad un folleto de encuadernación barata bastante manoseado, y al fin exigió tres rupias. Yo repliqué que no sabía leer y que sólo me gustaban las láminas del «cuaderno», logrando con ello rebajar el precio a dos rupias. Después llevé el libro a casa como si fuera un tesoro. ¡Me pertenecía! ¡Era mi «propiedad»! Si lo leía, me enteraría de lo que opinaba el autor sobre Meera y los baghis... y de si tenía razón o no, pues otra de las cosas que también me había inculcado Aruna nada más comenzar con las clases era que también hay que cuestionar lo que está impreso. No hay nadie que tenga el monopolio de la verdad, y menos los periódicos.

Aruna se alegró cuando llegué con el libro a casa. Que me hubiera comprado un libro con mi propio dinero le demostró que sus clases habían dado fruto. Sin embargo, me obligó a prometerle que no compraría más de un libro a la semana. De otro modo apenas si conseguiría ingresar algo en mi cuenta.

Devoré aquel libro, mi primer libro, aunque todavía no demasiado grueso, en una sola noche. Para ello me senté en el taller con el fin de no molestar a las demás.

Lo que decía el libro no coincidía con lo que yo había vivido. Para el autor los baghis no eran más que bandidos románticos; de su realidad no sabía nada. No me costó gran cosa dudar de su descripción. Pero el autor también se había planteado la pregunta de a qué se debía la antigua tradición de las capitanas baghis y había llegado a la conclusión de que las mujeres, por haber vivido una situación mucho más difícil, suelen ser más duras que los hombres. Era lo que yo siempre había temido. Podría haberse quedado satisfecha, pero ¿era cierto? Meera era cruel, severa, dura incluso, pero también muy tierna. La dureza sólo no podía explicar que hubiera sido tan querida, admirada y respetada. No fue sólo una mujer extraordinaria, fue una persona extraordinaria... ¿En qué habría podido convertirse Meera si hubiera conocido a Aruna? ¿En qué Lata, en qué Kamla? Me juzgué a mí misma, examiné mis antiguas y mis nuevas opiniones. Era una sensación estupenda medir el paso que había dado y me enorgullecía saber más que ese autor de libros.

El libro siguiente fue una novela inglesa, a la que siguió una rusa, ambas traducidas. Devoré también esos libros y descubrí nuevos mundos que pude comparar con el mío propio. Ahora tengo ya un cesto lleno de libros que me piden prestados Seela, Ittichiri, Kani y a veces incluso Mara. Algunos de ellos se los daré a Yoni. Le gustarán y le serán útiles.

Aruna también me enseñó muchas cosas de la vida en la ciudad. Considerado retrospectivamente creo incluso que se esforzó de manera especial (y se esfuerza todavía) por demostrarme que la vida en las ciudades no difiere tanto de la vida en el campo.

Así, por ejemplo, me contó muy pronto que en la ciudad el asunto de la dote no es de manera diferente a los pueblos. Cuatro brazaletes de oro y un pesado collar de oro es lo mínimo que tiene que aportar al matrimonio una novia urbana relativamente pudiente.

En la ciudad hay cosas peores que en el campo. Sobre todo más refinadas. No obstante, quiero quedarme aquí, seguir aprendiendo, experimentar muchas más cosas todavía. La comparación con la lluvia del monzón no iba del todo descaminada. Poco a poco el agua cae sobre mí, tierra reseca, y «florezco». A lo mejor hay ocasiones en las que puede que incluso florezca demasiado. Pero ¿acaso no ocurre lo mismo después de cada monzón?

La ciudad me ha convertido en una Munli diferente; ya no sería capaz de vivir en mi aldea. Sólo me gustaría ir alguna vez a visitarla. Me gustaría mucho. Y me encantaría que Aruna me acompañase.

Islas en el mar

Mi historia toca a su fin. ¡Qué pena! Escribir por la noche ha ido agradándome más de día en día. Porque, además, al final sólo había cosas alegres que referir, y mi manejo del idioma poco a poco me ha ido resultando más fácil.

Mientras estoy aquí sentada, escribiendo, Aruna juega con Shakti. Roshan le ha traído de su viaje una muñeca tallada a mano y se la está enseñando.

En nuestra casa el calor es muy intenso desde hace días. Ojalá llueva pronto. Pero eso sólo lo digo yo. En la ciudad se vive el monzón de forma diferente al campo; Kamla tenía razón. En nuestra aldea las miradas de los hombres y mujeres que se dirigían al cielo durante la época anterior al monzón parecían decir: «¡Ven, lluvia! Aliméntanos.» Aquí: «No vengas. Molestas.» En mi aldea, niños, mujeres y hombres salían corriendo jubilosos apenas caían las primeras gotas. Todos se alegraban y saltaban alborozados. En la ciudad tienen que haber pasado un grave período de sequía para que los adultos se alegren con las primeras gotas de lluvia.

Así sucedió el año pasado. Había habido incluso una manifestación porque los vendedores de agua potable querían subir de manera exagerada los precios. Al final exigían tres rupias por un vaso, el salario semanal de una recogedora de papel usado. Además, durante mucho tiempo faltó la corriente porque las centrales hidroeléctricas no eran capaces de suministrar más. Ni el Ganges ni el Jumna llevaban bastante agua. Cuando llegaron las lluvias, el júbilo fue enorme. Sin embargo, no tardaron en comenzar a quejarse de nuevo; el agua corría por las calles a casi medio metro de altura, arrastrando por la ciudad basura, ratas y alguna que otra serpiente. Además, las alcantarillas estaban atascadas y un olor apestoso se extendía por doquier. Arroyos diminutos se convertían en ríos caudalosos llenos de inmundicias. Nuestra casa estaba húmeda como un pantano. Seela y yo sujetábamos toallas contra los marcos de las ventanas y los escurríamos al cabo de unos minutos, pero no servía de mucho.

El año pasado, en el sureste, las inundaciones del monzón fueron tan espantosas que territorios enteros tuvieron que ser abastecidos de víveres con helicópteros. Más de cien personas se ahogaron; carreteras y líneas férreas fueron sencillamente arrastradas por las aguas. En algunos lugares el agua alcanzó siete metros de altura.

¿Qué ocurrirá este año? Por el momento, este es el tema principal de todas las conversaciones. Todos se muestran inquietos y los templos están llenos a rebosar.

Nosotras no acudimos a los templos; hemos tomado otra serie de precauciones: almacenar en la cocina arroz, cebollas, pescado seco y muchas otras cosas que no pueden estropearse. Hemos vuelto a impermeabilizar puertas y ventanas y hemos reparado los paraguas. Preparativos ridículos contra un monzón maligno, pero es mejor que limitarse a rezar.

No han sido esos nuestros únicos preparativos: la estación de las lluvias es también la época de las bodas. Durante el monzón se celebran los matrimonios concertados en la estación seca. Se dice que en ninguna otra época es mayor la alegría de los enamorados, más sensual su abrazo ni su dolor es más profundo que en aquella en que se descargan las nubes y la lluvia cae sobre el mundo. No sé si será cierto, pero una de nosotras lo comprobará muy pronto: Ittichiri.

Sí, Ittichiri y Visvam quieren casarse. Sin dote, como es natural. A cambio queremos hacerle un regalo a Ittichiri: un enorme armario ropero de bambú. Ittichiri no debe enterarse y en consecuencia le impedimos entrar en el cuarto en el que trabajamos para ella después de finalizar nuestra jornada laboral.

Ittichiri tiene suerte. Su Visvam es un tipo estupendo. Me alegro por él pues se lleva una chica magnífica, y otro tanto puedo decir de él.

Yoni está triste porque no puede tomar parte en la celebración. Hoy ha tenido que volver al internado. Para consolarle y celebrar su despedida, le acompañamos ayer al parque de atracciones. Roshan, el novio de Aruna, y Visvam, el de Ittichiri, también vinieron. Recorrimos con Yoni los carruseles abigarrados y las tómbolas y nos reímos mucho.

Poco antes de volver a casa nos sentamos al borde del camino, y nos reconfortamos con el pollo de una cocina ambulante. De repente vi a aquel mendigo joven pasar junto a nosotros sobre su tabla provista de ruedas de goma y me asusté. Comprendí de pronto con toda claridad que ahora nos separaba un abismo. Él seguía todavía pidiendo limosna de acá para allá, igual que yo hace tres años; pero ahora yo era una trenzadora de bambú, poseía una cuenta privada en un banco, sabía leer y escribir e incluso hablaba inglés.

Mara, al observar mi mirada, me sonrió. Yo le devolví la sonrisa. Pero mi desasosiego persistió. ¡El camino del conocimiento! Soy consciente de que no existe ningún otro... No hay otro para luchar contra la pobreza, ni para conseguir nuestra igualdad de derechos. Pero es un camino que requerirá mucho tiempo todavía. ¿Cien años? ¿Doscientos tal vez? Un tiempo inimaginablemente largo. Por la tarde nos sentamos en el taller, bebimos té y tomamos tortas de arroz. Ahora, sin embargo, el abatimiento reina entre nosotras. Queríamos seguir estando alegres, pero no lo lográbamos.

¡Cuánto van a cambiar las cosas! Además de Ittichiri, también Mara y Kani van a abandonarnos. Mara ha aprobado el examen de ingreso en la Escuela de Enfermeras y ha obtenido plaza en la residencia de estudiantes. Kani regresará pronto al lado de su madre. Su mataji es ya muy vieja y está enferma, necesita una ayuda para atender a sus hermanos más jóvenes. Nambodiri, Raiki, Seela y yo nos quedaremos con Aruna.

Yoni notó mi tristeza e intentó consolarme.

—Seguro que Munli también se casará pronto —dijo.

¿Cómo se le ocurría a Yoni algo semejante? También Aruna meneó la cabeza.

—Seguro que Munli se casará algún día —dijo—. Pero no creo que lo haga tan pronto. Más bien me inclino a pensar que primero hará algo completamente diferente.

—¿El qué? —quiso saber Yoni.

—Ocuparse de las dos nuevas chicas que vamos a acoger pronto. Ahora nos sobra sitio.

—¿Es que ya tienes elegidas dos nuevas? —preguntó Roshan asombrado.

—Todavía no —rió Aruna—. ¿Piensas que puedo encontrarlas por arte de magia?

Roshan, que no lo pensaba, se limitó a suspirar mientras se pasaba la mano por su bigote. A Roshan le agradaría que Aruna se ocupase un poquito menos de nosotras y un poco más de él.

—¿Y por qué Munli precisamente? —siguió preguntando Yoni.

—Porque es una maestra nata —replicó Mara—. Una persona como ella, que estudia con tanto agrado, seguro que también disfrutará enseñando.

Aruna asintió en silencio y añadió:

—Quién sabe, quizá Munli llegue incluso a ser un día una profesora de verdad y regrese a su aldea para enseñar a todas las demás Munlis lo que ella ha aprendido con el correr del tiempo.

Yo me sobresalté: ¿Sería sólo una broma de Aruna? Pero no, hablaba en serio...

Debí poner una cara muy decepcionada, pues la sonrisa de Aruna se desvaneció. Tras levantarse, cogió uno de sus libros y buscó un pasaje concreto.

«La vida de la India son sus pueblos» —leyó—, «unos pueblos insignificantes, pequeños y remotos, con unos habitantes que apenas superan unos pocos centenares de personas. A menudo ni siquiera alcanzan unas cuantas docenas. Me gustaría ir allí y establecerme en un pueblo semejante. Esa es la verdadera India, mi India, mi vida.»

—¿Quién ha dicho eso? —preguntó Nambodiri interesada.

—Gandhiji —respondió Visvam por Aruna con una sonrisa.

—Sí, Gandhiji. Mahatma Gandhi*. Nuestro gran maestro, al que por desgracia no prestamos demasiada atención —confirmó Aruna—. Gandhiji habla de un pueblo como el tuyo. Lo denomina la verdadera India. Y como tantas veces, tiene razón: si no movilizamos los pueblos, no movilizaremos el país.

Yo aparté la mirada de ella. Mi decepción era demasiado grande.

Aruna me cogió la mano y la acarició.

—¡Munli! Sabes que me gusta siempre verte a mi alrededor, pero considerado a la larga, la verdad es que no necesitamos dos Arunas.

Todos rieron..., menos yo.

—Munli —volvió a comenzar Aruna—, ahora en las ciudades ya sabe leer y escribir la mitad de sus habitantes, pero en muchas aldeas no hay ni siquiera una sola persona que lo haga. No podemos pensar sólo en nosotros.

¡Por eso nunca había hablado Aruna mal de mi aldea! ¡Por eso había mostrado tanta comprensión hacia mis padres! ¡Por eso intentó siempre a toda costa que yo no viera la ciudad de color de rosa! Ahora lo comprendía todo y volvía a sentirme de pronto tan sola como en la época en que recorría las calles pidiendo limosna. ¿Es que tenía que renunciar a todo aquello que con el correr del tiempo había llegado a constituir mi vida? ¿Es que no tenía que pensar en mí, sino en los otros? ¿Tan bien me iban ya las cosas que podía dedicarme a pensar en los demás?

Aruna nos miró a todas una por una: a Ittichiri, a Kani, a Raiki, a Seela, a Nambodiri y a mí.

—¿Qué somos nosotras? —preguntó—. Una diminuta isla en un océano de injusticias. Para no ser arrastradas, tenemos que crecer, fundar otras islas... Mara en su hospital, Ittichiri dentro de su familia, Kani entre las obreras de la fábrica, Munli en su aldea, vosotras algún día en cualquier otro lugar. Si no surgen nuevas islas, pronto volveremos a hundirnos en el océano y entonces nuestro trabajo ya no tendrá ningún sentido.

Ittichiri se echó a llorar de pronto y salió corriendo. Visvam la siguió. Aruna volvió a mirarme.

—Yo sé lo que exijo de ti. Tendrás que luchar contra tradiciones centenarias, contra la incomprensión y la estupidez, contra la malevolencia y la caridad mal entendida. Pero el regreso a tu pueblo es una victoria..., incluso a los ojos de los tuyos, aunque se negarán a admitirlo a las primeras de cambio. Renunciar al regreso es asumir la derrota.

Yo callé. ¿Me creía Aruna capaz de salir airosa de ese combate? ¿Creía de verdad que algún día sería capaz de enseñar yo misma? ¿Deseaba que contribuyese a transformar nuestro país?... ¡Qué gran tarea! ¡Qué confianza tan ciega! ¿Qué ocurriría si la decepcionaba, si no era tan fuerte como ella pensaba?

Sumergidos todavía en nuestro silencio, volvió Visvam trayendo consigo a Ittichiri. Ésta, avergonzada de sus lágrimas, se sentó junto a Aruna y apoyó su cara contra la suya.

—Tú también fundarás una isla, Ittichiri —dijo Aruna con gravedad—. Estoy completamente segura de ello. —A continuación, sonriendo, añadió dirigiéndose más a Visvam que a Ittichiri—: Y si tu orgulloso dios familiar pretende encerrarte en una jaula, escápate, no vayas encima a sentirte cómoda dentro. No tires la llave. No digas: «Mi marido no tiene ojos en la espalda», si él quiere caminar delante de ti. Permanece a su lado, muéstrate orgullosa de ti misma.

Roshan se echó a reír.

—¡Ya sé por qué te quiero, Aruna! ¡Ya sé por qué!

—Así lo espero —murmuró Aruna riendo a dúo con él.

Por la noche no pude dormir. Pasaban tantas cosas por mi cabeza. ¡Maestra! Una hermosa profesión. Pero en nuestro pueblo no habría escuela... ¿Si fundaba una, por qué no me iban a dar los aldeanos de su arroz, como a Bhimal, el sacerdote? Era costumbre que el sacerdote y el maestro fueran alimentados por el pueblo... Pero ¿aceptarían los campesinos a una mujer como maestra? ¿Me enviarían también a sus hijas además de a sus chicos?

¿Y Bhimal? ¿Cómo reaccionaría? Yo le haría la «competencia»...

Me sentía ardiendo. Pensé en Pula e Ila, mis hermanas. ¿Qué no podría enseñarlas entre tanto? Después en nuestra cabaña, con mataji, pitaji, Ramesh, Birri, Mantu... Así pues, ¿volvería a verlos algún día? Me alegraba de ello. ¿Y Adoor Ram? Qué curioso, ya no me daba miedo... Al menos siempre que no tuviera que quedarme a solas con él. Pero seguro que se habría casado con otra hace mucho tiempo.

¿Y pitaji? No tenía por qué acogerme en su hogar. Yo me construiría mi propia cabaña... ¿Y si pretendía expulsarme? Entonces no me iría. Le recordaría un antiguo refrán: «No se hiere a ningún árbol plantado por uno mismo, por venenoso que sea.»

—¡Munli!

Yoni. Durante sus vacaciones volvía a dormir entre Ittichiri y yo. Levanté la cabeza y siseé:

—Psssst.

Ittichiri dormía profundamente. Que no la despertase.

—¿No puedes dormir? —me preguntó Yoni en voz baja.

—No.

—Yo tampoco —contestó con tono tristón.

Me incliné hacia él y le cogí la mano.

—¿Por qué no?

—No lo sé. En el internado hay también muchas veces en las que no consigo dormir.

—¿Y qué haces entonces?

—Salir al balcón. Todas las habitaciones tienen balcón.

Medité.

—¿Quieres que salgamos también ahora?

Yoni se levantó. Cruzamos el taller sin hacer ruido y salimos al balcón. Nuestra primera mirada se dirigió al cielo. Todavía no se veía ni una nubecilla, hacía calor y no corría el aire. El cielo, de un azul aterciopelado, estaba tachonado de estrellas. Nos sentamos juntos en el banco de mimbre sin romper el silencio. Al final le pregunté a Yoni:

—¿Y qué haces cuando estás solo de noche sentado en el balcón?

—Nada. Quedarme como ahora, mirando y pensando.

De repente sentí un enorme cariño por Yoni. Era de verdad mi «hermano pequeño». Le cogí la mano y se la estreché con fuerza.

Él me miró.

—Lo que has escrito sobre mí es la verdad.

Yo me limité a sonreír.

—¿Tienes todavía mi cuchillo? —me preguntó.

Me lo había entregado antes de ingresar en el internado.

—¿Quieres recuperarlo?

—No. Me gustaría que lo conservaras... de recuerdo.

No respondí. En el balcón reinaba la calma. A lo lejos aullaba un perro, los grillos cantaban entre los arbustos, las mariposas nocturnas aleteaban en la oscuridad.

—¿Sabes en qué he estado pensando? —volvió a empezar Yoni—. En nuestra discusión. ¿Lobo o cordero? ¿Te acuerdas todavía?

Vaya si me acordaba. Le conté lo que había aprendido de Aruna entre tanto. Él me escuchó en silencio y se alegró.

—Nuestro profesor también repite lo mismo. Y dice algo más: hay que saber siempre de qué hay que defenderse y no sólo de quién.

Una frasc intcligcntc. Mc encantó.

—¿Te gusta ese profesor?

Asintió en silencio. Le miré: no regresaba de mala gana al internado. Por la mañana acompañé a Yoni a la estación. Yo sola. Él lo había querido así.

—¿Vas a volver de verdad a tu aldea? —me preguntó cuando ya se acercaba el tren.

Asentí. Estaba segura de que tarde o temprano lo haría.

—Eres valiente.

Yo sonreí igual que lo hubiera hecho Aruna. Y como no se me ocurría nada mejor, me limité a decir:

—Tenemos que hacernos mucho más valientes todavía.

Yoni asintió. Estaba orgulloso de mí.

—Entonces iré a visitarte. Y ¡ay de ellos si no te quieren!

Le estreché contra mí y después subió al tren. Nos saludamos con la mano hasta que el tren desapareció de la vista.

¿Es esto el final? Sí. No se me ocurre nada más que escribir. Voy a darle a Aruna también este último capítulo para que lo lea y después saldré un buen rato, quizá por última vez, al balcón. Hoy se ha oscurecido mucho el cielo. El viento azota las calles, arquea las palmeras, sacude los postigos. Ha comenzado el monzón. Un comienzo que me alegra y me atemoriza.

Apéndice

Alrededor del 80 por 100 de los hindúes vive en el campo. Este hecho no ha variado, a pesar de una emigración de campesinos que dura ya décadas. La diferencia es a menudo pavorosa: por un lado la ciudad, rebosante de personas con calles asfaltadas, edificios gigantescos, anuncios luminosos, tráfico abigarrado y comodidades como electricidad y agua corriente; por otro, los pueblos, con su ritmo vital inmutable desde hace cientos de años. Según datos oficiales, en la India existen todavía más de 110.000 pueblos sin electricidad y 170.000 carecen de una red regular de abastecimiento de agua.

Nadie sabe cuántas personas viven realmente en la India. Unos las estiman en 730 millones, otros en 780: 50 millones de diferencia, casi la población de la República Federal Alemana. Sin embargo, hay una cosa que sí se sabe con seguridad: el 48 por 100 de la población de la India vive por debajo del umbral de pobreza; es decir, más de 300 millones de personas. En dicha cifra están incluidos también los 110 millones de harijans, o «intocables». «Garibi hatao» —«Combatid la pobreza»—, decía el eslogan con el que Indira Gandhi consiguió en 1971 una arrolladora victoria electoral. Quince años después la pobreza ha aumentado, a pesar de que la India ocupa desde hace años el puesto undécimo entre los países industrializados del mundo.

Para nosotros, en Europa, que recibimos información sobre la India principalmente a través de la televisión y de la prensa, nos resulta casi inimaginable que un país con tanta miseria colectiva sea también un país capaz de grandes hazañas técnicas: un cohete portador indio lanzó un satélite orbital sobre la Tierra, han desarrollado programas informáticos propios, se fabrican automóviles, herramientas de precisión, televisores, locomotoras, instrumental médico y muchas otras cosas más. Asimismo la India desarrolló tiempo atrás su propia industria nuclear, que le permite obtener electricidad y producir bombas. Sin embargo, el desarrollo intelectual y moral no corre parejo con el técnico. Una poderosa burocracia sobredimensionada, administrada por funcionarios y políticos en su mayor parte corruptos, impide el progreso real. En consecuencia, las personas seguirán muriendo de hambre en las calles de Bombay y recogidas después como basura..., muy cerca del gigantesco Instituto de Energía Atómica de Trombay.

La agricultura india obtiene año tras año nuevas cosechas récord..., pero la experiencia nos enseña que la cuarta parte de la producción es devorada por las ratas, mientras la décima se pudre al aire libre. A esto hay que añadir períodos de sequía o lluvias torrenciales con su secuela de inundaciones durante la época del monzón, que implican un decisivo debilitamiento de la situación del sector de la alimentación.

He aquí el telón de fondo de la lucha de las mujeres indias por su liberación, que llevan una vida determinada desde hace siglos debido al hinduismo. Y el hinduismo dice —o, mejor dicho, es interpretado así— que la mujer es propiedad del hombre y carece de cualquier derecho a la independencia: puede ser golpeada, violada, conducida a la muerte.

Por mucho que las leyes estatales lo prohíban, los conceptos morales de la mayor parte de los indios siguen, hoy al igual que ayer, concediendo al hombre ese derecho. La mayoría de la población de la India recibe su «moral» de las epopeyas nacionales religiosas, que ven y escuchan desde la más temprana infancia. Una de las más conocidas es la epopeya del *Ramayana*. Trata de Sita y Savitri, dos mujeres que responden a la imagen ideal de la mujer india. Sita es fiel y obediente para con su marido hasta el cansancio. Él no se cansa de someterla a profundas humillaciones una y otra vez, pero ella sigue amándole invariablemente: él es su dios. Savitri se casa con su amado a pesar de saber que a éste sólo le queda un año de vida..., y que después ella tendrá que morir con él...

Muchas mujeres indias cultivadas se vuelven contra ese clisé que les han transmitido. Pero ¿cuántas mujeres están «cultivadas»? Sólo el 19 por 100 sabe leer y escribir, apenas un 1,6 por 100 termina el bachillerato. Y si alguna cursa estudios superiores, es la familia quien elige la carrera. La mayor parte de las mujeres se pasa toda la vida pariendo y criando hijos; nunca se convertirán en «cultivadas», y menos las que trabajan por un jornal diario de dos rupias en los arrozales, las obreras de la construcción de carreteras y las de las fábricas. Y, sin embargo, éstos son los oficios femeninos básicos. Ya se trate de la creación de una nueva población, de cavar un pozo o trabajar en una fábrica, el trabajo duro lo hacen las mujeres. Bien es verdad que tienen mucho «aguante», pero en cambio no gozan de seguro de enfermedad ni de beneficios sociales y cobran mucho menos que los hombres, por lo que son la mano de obra más rentable para los empresarios indios. Profesiones femeninas elevadas son enfermera, telefonista, policía, cobradora de autobús y secretaria. Pero dichas profesiones presuponen ya un cierto nivel cultural que muy pocas mujeres pueden adquirir. Además, se trata de profesiones estrictamente urbanas.

Al grupo de mujeres verdaderamente cultas sólo puede pertenecer la que procede de una de las castas superiores y de una familia rica. Sólo esas mujeres pueden intentar también hacer política, como los miembros de la All India Women's Conference, creada en los años veinte del presente siglo con la finalidad de luchar por la igualdad de derechos de la mujer. Muchas de ellas lucharon a favor de los esfuerzos independentistas del Mahatma Gandhi, fueron apaleadas, muertas a tiros o encarceladas por la policía. Constituían una insignificante minoría, pero lograron éxitos: en 1921 se les concedió, de acuerdo con el programa de reformas generales, el derecho al voto; en 1931 pudieron por primera vez presentarse como diputadas al Parlamento, aunque la colaboración en comisiones parlamentarias, embajadas y ministerios siguió siendo una excepción; en 1983 de un Parlamento de 528 diputados sólo 17 eran mujeres.

La lucha de liberación de las mujeres indias que trascienda a las castas únicamente se observa en las grandes ciudades, e incluso allí es tímida y de escasos resultados, porque la solidaridad entre las castas sigue siendo tan escasa como en el pasado, cosa que no debe extrañarnos en un país que cuenta con seis religiones, incontables sectas, 14 lenguas básicas, 1.638 (!) idiomas y dialectos y 6.000 castas y subcastas.

Las leyes indias no reconocen oficialmente diferencia alguna entre los harijans y los brahmanes, pero en la realidad no existe un derecho común, sino únicamente la solidaridad de casta. En teoría tampoco existe diferencia alguna entre hombres y mujeres, aunque en la práctica hay diversos derechos privados diferentes. Cada comunidad de creyentes se guía por sus conceptos éticos y su sistema de valores, que suelen divergir mucho no sólo entre musulmanes y cristianos, sino también dentro de las distintas sectas y subgrupos religiosos de los hindúes. Sobre todo en lo concerniente al derecho matrimonial existen enormes diferencias, aunque en una cosa coinciden todos: las mujeres tienen menos derechos que los hombres.

La mujer hindú sólo tiene derecho al divorcio desde 1955, muy restringido por supuesto: únicamente puede solicitarlo si es capaz de demostrar la crueldad de su marido, si éste ha cambiado su religión, está loco, padece una enfermedad incurable, tiene una concubina o lleva siete años en paradero desconocido. No obstante, muy pocas mujeres hacen uso de esta posibilidad, y las que la utilizan, pertenecen a las capas sociales más cultas y mejor situadas. Para una mujer de las castas inferiores, escasamente dotadas tanto desde el punto de vista material como cultural, el divorcio sigue siendo inimaginable. Cuando los hombres abandonan a sus mujeres suelen hacerlo sin divorcio; las mujeres, ni con él ni sin él.

En la India hay leyes para todo, pero la religión y la presión social son más fuertes. El trabajo de los niños, por ejemplo, está prohibido: la India ha suscrito la Declaración de Derechos Humanos. Pero ¿qué validez tiene semejante prohibición cuando acucia el hambre y los niños menores de catorce años asumen de buen grado todos los trabajos posibles para alimentarse o (casi siempre) alimentar a su familia, y encima hay patronos sin escrúpulos que se aprovechan de la miseria de las familias para pagar a los niños todavía menos que a las mujeres?

Prohibidas están también las cremaciones de las viudas* pero ocurren de vez en cuando. Sin embargo, no existe programa alguno para ayudar a estas mujeres que carecen de alguien que las sustente. Prohibidos están igualmente los asesinatos por la dote, que van en aumento de año en año: en 1985 fueron asesinadas 855 mujeres jóvenes por sus maridos o suegros porque sus padres no pudieron satisfacer las exigencias de la dote. Eso según las estadísticas, porque la cifra real es todavía más alta.

El pago de la dote está prohibido en la India desde 1961.

Hasta ahora sin efecto. En 1985 se promulgó una ley adicional que establece que todos los regalos que los padres de la novia le entregan a su hija con motivo de su matrimonio siguen siendo propiedad de la hija, incluso en caso de divorcio o de fallecimiento del marido. Otra medida inútil. Y, sin embargo, la dote no es un residuo del Medievo. En los siglos anteriores sólo se pagaba una dote simbólica, ha sido durante las últimas décadas cuando las exigencias de los padres de los varones se han desbordado. Se trata de una reacción en cadena: si tengo que pagar por mi hija, quiero cobrar por mi hijo.

Como es natural también está prohibido el infanticidio de las niñas recién nacidas. No obstante, sigue practicándose. Con todo, la determinación del sexo del embrión mediante análisis del líquido amniótico y el aborto subsiguiente, caso de que se trate de una hembra, ni siquiera está prohibido, porque apenas puede probarse.

Un aborto cuesta unos 100 marcos alemanes; la dote que habría que pagar si naciera una niña puede llegar —en familias acomodadas— a los 20.000 marcos. Se calcula que sólo entre 1978 y 1983 se abortaron 78.000 embriones femeninos tras análisis del líquido amniótico. Clínicas estatales y médicos privados se reparten el negocio. Si en 1901 había 972 mujeres por cada 1.000 hombres, en 1981 el número de mujeres había descendido a 935.

Así como muchas medidas lesivas para la mujer están «prohibidas», las de promoción, como por ejemplo la escolarización obligatoria para las niñas de 6 a 11 años de edad, están autorizadas. Sin embargo, muchas niñas siguen sin acudir a la escuela: porque no hay escuela en el pueblo, porque tienen que trabajar en el campo o en el hogar, porque los padres lo consideran superfluo —ellos mismos no han aprendido jamás a leer o a escribir— o porque encuentran incorrecto que un hombre dé clases a sus hijas. En 1971 se estimaba que el número de mujeres analfabetas en la India ascendía a 215 millones, y 10 años más tarde a 241 millones.

De gran importancia para la igualdad de derechos de las mujeres de la India es también en qué medida logra el gobierno indio imponer su proyecto de planificación familiar, en marcha ya desde los años sesenta. Una mujer que tiene un hijo cada año apenas gozará nunca de la posibilidad de disponer de tiempo para sí misma y para su formación. Pero hasta ahora todas las campañas han fracasado, no sólo por culpa de la tradición, de la incultura y de la oposición de los dirigentes religiosos, sino básicamente por culpa de las propias mujeres: la fertilidad es su único capital; es el número de hijos lo que determina el valor de la mujer, no su autonomía o su papel social.

Además, los hijos pueden ayudar a la madre en el campo, ir a la fábrica o pedir limosna; es decir, colaborar en los ingresos familiares; los hijos se consideran un seguro social. Las familias pobres siguen basando su planificación en la supervivencia de un hijo de cada tres, lo que implica ser muy prolíficas para poder contar con los hijos necesarios.

Se calcula que en el año 2000 la población de la India ascenderá a 1.000 millones de personas. La lucha contra la miseria del futuro así preprogramada conduce a aberraciones, como por ejemplo las esterilizaciones masivas realizadas a mediados de los años setenta, impuestas en parte mediante la violencia. Sólo en 1976 fueron esterilizados 7,6 millones de hombres en el plazo de nueve meses. La rebelión contra las esterilizaciones forzosas fue reprimida con violencia y miles de manifestantes perdieron la vida. Indira Gandhi, entonces primera ministra, se vio obligada a dimitir; tres años más tarde volvió a ser elegida para el cargo.

Como resultado de estas medidas forzosas, la planificación familiar alcanzó tal descrédito que la capacidad reproductora de los hombres volvió a ser inviolable y la tasa de natalidad se incrementó de nuevo.

Muchos observadores de la vida de la mujer india sostienen que ésta no desea una liberación concebida según el modelo europeo. Alegan que la mujer india no sólo se resigna al papel que le prescribe el hinduismo, sino que se siente a gusto dentro de él. Es más, a ciertos observadores, entre las que se cuentan también mujeres, la «estabilidad, firmeza» del matrimonio hindú lo consideran incluso un signo de seguridad. El movimiento indio de liberación de la mujer, que ha sufrido un crecimiento lento pero constante, demuestra lo contrario. Las mujeres salen a la calle cada vez con más frecuencia en defensa de sus derechos, cada día se crean más grupos de autoayuda. Si existe todavía, a pesar de todas las resistencias internas y externas, una esperanza para este gigantesco país, ésta se encuentra en manos de las mujeres; ellas decidirán si podrán resolverse o no los formidables problemas que plantea el futuro.

Munli es una figura literaria, al igual que el resto de los

personajes de esta novela. Sin embargo, existen modelos concretos. El de Aruna lo encontré entre las mujeres pertenecientes al movimiento feminista indio; el de Meera, la Madre de los Lobos, en las crónicas sobre las diversas capitanas baghis de la India. La más famosa de ellas fue, y seguramente es, la conocida y tristemente célebre Phoolan Devi, a cuya cabeza pusieron precio las autoridades indias (10.000 rupias), pero que se entregó voluntariamente en 1983 a cambio de la garantía de no ser ejecutada. Las mujeres bandoleras tienen una gran tradición en la India; los labradores pobres las adoran como a una especie de Robin Hoods femeninos. En realidad dichas mujeres no son especialmente nobles ni especialmente brutales, sino personas que consideran que la única salida al papel de mártires que se les ha asignado es la huida a la criminalidad.

El modelo para mi Asociación de Mujeres fue la Asociación de Mujeres no Empleadas (SEWA), fundada en 1972 en la ciudad de Ahmedabad, que se ocupa de todas las mujeres que tienen que bregar con la vida de manera «autónoma», es decir, que no trabajan en ninguna fábrica ni poseen otro empleo.

En 1974 esta Asociación creó un Banco para mujeres —¡el primero del mundo!— mediante la aportación de diez rupias (2,50 marcos alemanes) por cabeza que hicieron cuatro mil mujeres, consiguiendo así un capital común de 40.000 rupias —10.000 marcos—. Hoy el capital de ese banco asciende aproximadamente a un millón de marcos y cuenta con cerca de 10.000 clientes. Pero a estas mujeres no se las ayuda sólo con un crédito. Su programa prevé asesoramiento jurídico, formación permanente y mejora de las condiciones de trabajo.

Las crueldades y brutalidades descritas en esta novela no son en modo alguno exageradas. Para el hinduismo la muerte no tiene el mismo significado que para el cristianismo; la superpoblación, la alimentación carencial y la insuficiente atención médica hacen el resto. Con todo, las atrocidades de los hombres contra las mujeres hunden sus raíces en la metodología pedagógica de los hindúes: hasta cumplir los cinco años, los indios —tanto niños como niñas— crecen en completa libertad, sin ningún tipo de obligaciones o trabas. Es a partir de esa edad cuando se les imponen sus obligaciones: clasificación en el sistema de castas, coacciones económicas y morales, coacciones derivadas de sus distinto papeles como «hombre» o «mujer». Esas coacciones son tan fuertes que hay que someterse para evitar verse triturado por ellas. A menudo los hombres indios sólo pueden «desplegar sus energías vitales» en el ámbito privado, que es donde tienen subordinados: sus esposas, y se aprovechan de ello dependiendo de su nivel cultural, de su temperamento y de su carácter.

Llegado a este punto quisiera decir que me gustan las personas de la India. No las considero ni mejores ni peores que las europeas. Sólo critico las presiones a las que están sometidas. Y otra cosa más: si pudiera escuchar los informes de las mujeres de cualquier Hogar para Mujeres de Alemania seguro que podría escribir una novela similar. Únicamente en la República Federal Alemana más de 14.000 mujeres al año buscan refugio en hogares para mujeres. Se estima que unos cuatro millones de mujeres son golpeadas, violadas o torturadas cada año por sus esposos. La mayoría de ellas soportan dicha violencia de por vida. En los últimos años han aparecido numerosas publicaciones sobre el tema. Quien quiera informarse sobre ello, puede hacerlo.

KLAUS KORDON
Katingsiel, abril de 1987

Glosario

El primer arroz. Los niños hindúes reciben su primera comida de arroz en el marco de una solemne ceremonia religiosa.

Diferentes manifestaciones de Dios. A muchas personas no hindúes el hinduismo les parece una doctrina politeísta. Esto sólo es verdadero hasta cierto punto. Aunque en el hinduismo existen muchas figuras de dioses diferentes, todas ellas sólo con formas de expresión del «omnipotente, universal, eterno y omnipresente dios Brahma». Los múltiples dioses, sin embargo, le ofrecen a cada persona la posibilidad de aproximarse al uno y único dios «verdadero» bajo el protectorado de «su» dios. Por tanto, en resumidas cuentas da igual hacia cuál de los innumerables dioses se dirijan las preferencias.

Dhoti. Prenda de vestir masculina. Casi siempre de algodón blanco, se coloca alrededor de las caderas y se pasa por entre las piernas.

Casta. Sistema de clases basado originalmente en la raza. Las cuatro castas originales son:

1. Brahmanes (originalmente sacerdotes, hoy la capa superior de la población).
2. Kshatriyas (reyes, príncipes, guerreros).
3. Vaishayas (campesinos, artesanos, comerciantes).
4. Shudras (obreros, campesinos sin tierra, jornaleros).

El sistema de clases basado en la raza se transformó en un sistema social de clases a través de continuas divisiones. Hoy existen aproximadamente 6.000 castas y subcastas, entre ellas 15 millones de brahmanes y 11 millones de guerreros, pero también 110 millones de harijans (ver) y 4 millones de miembros sólo de diferentes castas de peluqueros.

Mataji. Mata = Madre. La terminación -ji (se pronuncia: dschi) significa que alguien es muy respetado dentro de un círculo de personas. Para los padres —pitaji y mataji— se utiliza casi siempre este término. Pero también extraños, amigos o conocidos son honrados con la terminación -ji.

Shiva. Uno de los dioses principales del hinduismo. Dios del cambio y de la destrucción, es el dios preferido de muchos hindúes.

Krishna. Renacimiento del dios Vishnu (ver), que regresa una y otra vez a la tierra bajo diferentes formas. Está considerado como el dios de los pastores y campesinos, amante de las personas y de los animales.

Infancia divina. Según la tradición hindú, los niños hasta el quinto año de vida son considerados seres absolutamente puros. Los niños no llevan todavía la carga de su vida anterior, no tienen obligaciones, pueden hacer y deshacer a su antojo.

Rupia. Moneda nacional india. 1 rupia = 100 céntimos.

Parvati. Esposa de Shiva. También llamada Gangour y en otras manifestaciones Durga o Kali.

Sari. Vestimenta de las niñas y mujeres indias; consiste en una tira de tela de algodón o seda de seis metros de largo que se enrolla alrededor del cuerpo echándose su extremo final sobre los hombros.

Ghee. Grasa de mantequilla.

Mi madre, Pula, Ila y yo comimos después. En las familias hindúes es habitual que las mujeres de la familia coman después de los hombres. En muchas familias urbanas cultas esta costumbre ya no se practica con severidad, aunque sí en las aldeas.

Dal. Guiso de lentejas.

Dote. La legislación india prohíbe las exigencias de dote, que pueden ser castigadas con hasta dos años de cárcel. Sin embargo, una joven es raro que pueda contraer matrimonio sin que la familia de la novia pague una elevada dote.

Santón de árbol. Creyente hindú que se pasa años debajo de un árbol determinado meditando. Nunca abandona este lugar y casi siempre congrega a su alrededor a una muchedumbre de seguidores que escuchan con atención sus sentencias y le proporcionan alimento.

Namasté. Fórmula india de saludo; significa: «Me inclino ante ti».

Ganesha. Hijo del dios Shiva. Se le considera el vencedor y eliminador de obstáculos y dificultades. El dios de cabeza de elefante es uno de los dioses indios más queridos y venerados.

Nandi. Toro divino sobre el que cabalga Shiva.

Vishnu. El conservador del mundo. Uno de los principales dioses.

Chapatti. Tipo de pan indio con forma de tortita. Está hecho con masa de harina integral de trigo y agua que se fríe en aceite.

Harijan. Antes: paria, intocable; es el estrato más bajo de la población. Carecen de casta. La palabra harijan (pronúnciese haridschan) procede del Mahatma Gandhi. El líder del movimiento independentista indio intercedió en favor de los parias, los llamó harijans —hijos de dios— y abogó por la igualdad de derechos y de trato. Sin embargo, desde entonces para la mayoría de los harijans no han cambiado demasiado las cosas. Aunque ahora existen también harijans ricos y brahmanes pobres, aunque la Constitución establece una cuota de funcionarios y diputados harijans, todavía las castas superiores tratan a los harijans como a leprosos. No pueden pisar los templos y tienen que evitar que su sombra caiga sobre las personas pertenecientes a una casta. En los pueblos todavía hoy son severamente castigados y a veces muertos si se atreven a beber de la fuente de algún miembro de casta superior. También los harijans tienen subclases, como por ejemplo los tschamars, zapateros y trabajadores del cuero, o —en la escala más ínfima— los banghis, los limpiadores de letrinas; una profesión que hoy ya sólo se encuentra en los suburbios y barrios bajos. La motivación de tales gradaciones reside en el hinduismo, que considera baja toda relación con materias orgánicas (impuras).

Pan. Fragmentos de nuez de areca impregnados de especias, que son envueltos en hojas de betel y depositados en una hoja de papel de plata. Estimulante muy apreciado en la India.

Ram Lila. Fiesta popular hindú de diez días de duración, llamada también Dussehra, Durga Puja y Navaratri en otras partes de la India, en la que se celebra la victoria de Rama, hijo del rey (personificado en el dios Vishnu) sobre los demonios. Desde el punto de vista simbólico es la celebración de la victoria del bien sobre el mal.

Bindi. Tradicional punto rojo que llevan sobre la frente las niñas y mujeres indias. Las mujeres casadas marcan además una fina línea roja. Para los dos signos se emplea bermellón.

Karma. Según el hinduismo: destino del que uno mismo tiene la culpa. Como consuelo para todas sus penalidades terrenales, al hindú le espera el renacimiento, la próxima vida, que será tanto mejor cuanto más dócilmente haya aceptado su karma, mediante el estricto cumplimiento del dharma, el camino verdadero. Tras una larga cadena de muchísimas vidas el creyente normal llega al fin a la meta, la fusión con dios. A causa de su elevada cuna los brahmanes ascienden más deprisa hacia la salvación, los harijans sin casta no ascienden nada en absoluto. Karma Marga significa «camino de las obras» (no en el sentido cristiano de «buenas obras», sino de trabajo) y junto a Bhakti Marga, camino de la adoración, y Jana Marga (pronúnciese: Dschana Marga), el camino de la sabiduría, es uno de los tres caminos hacia la liberación espiritual de la persona.

Lepra. Término indio igual que el castellano. Descubierta a tiempo tiene cura. Pero debido a la falta de posibilidades terapéuticas la lepra es todavía en muchos países de Asia, África y América del Sur una enfermedad infecciosa muy frecuente, fomentada por una alimentación incorrecta y carencial, que ataca la piel, los nervios y los huesos. Todos los años se infectan en los países del Tercer Mundo más de un millón de niños con esta enfermedad, que sólo se transmite mediante un estrecho contacto de años de duración con un enfermo. En 1986 se estimó que el total de enfermos de lepra ascendía a once millones, de ellos cuatro solamente en la India.

Abluciones sagradas. Los baños de purificación de los hindúes no tienen nada que ver con la limpieza externa. Cada casta tiene impuestos diferentes grados rituales de purificación, que han de realizar bañándose en ríos, estanques de los templos o también empleando agua corriente del grifo. El hinduismo dice que en el transcurso del día todas las personas recorren diferentes grados o fases de impurificación. Se despiertan impuros y van aumentando dicha impureza por los excrementos, la comida, el trabajo, las relaciones sexuales... Por tocar, por ejemplo cadáveres, carroña, cuero, basuras y otras materias orgánicas o a los miembros de castas inferiores. Con las abluciones sagradas el hindú alcanza el estado de mayor pureza y con él el momento más favorable para el recogimiento religioso.

Sikh. Miembro de una secta procedente del hinduismo, sometida a preceptos morales y religiosos especialmente severos. Desde comienzos de los años ochenta muchos sikhs se esfuerzan —incluso mediante actos terroristas como el asesinato de la primera ministra india Indira Gandhi (1984)— por lograr la separación de la Unión India para crear en el Punjab un estado independiente, lo que el gobierno indio intenta evitar con todos los medios a su alcance. (Sólo el 2% de los indios son sikhs, mientras que el 82% es hindú). Pero como en ambas partes abundan los extremistas que pretenden imponer sus objetivos sin consideración a la pérdida de vidas humanas, se producen una y otra vez espantosos actos de venganza de los que ya han sido víctimas miles de sikhs y de hindúes.

Indiraji. Alude a Indira Gandhi, primera ministra india desde 1969 a 1977 y desde 1980 hasta su asesinato en 1984. No emparentada con el Mahatma Gandhi (ver), pero sí hija de Jawaharlal Nehru, primer ministro indio tras la independencia india (1947), y madre de su sucesor, Rajiv Gandhi, asesinado en 1991.

Maharaní. Esposa de un maharajá. Los maharajás son grandes reyes indios con enormes posesiones y ejércitos privados. Cuando se alcanzó la independencia de la India perdieron sus tierras —aunque a cambio de indemnizaciones anuales que oscilan entre los mil y los cinco millones de marcos— y fueron privados de todos sus privilegios (como, por ejemplo, la decisión sobre la vida y la muerte de sus siervos). Conservaron, sin embargo, la propiedad de sus bienes «privados», como palacios gigantescos, colecciones de joyas y de objetos de arte. No es de extrañar, pues, que hoy muchos de ellos sigan viviendo con una pompa y riqueza extraordinarias.

Babu. En realidad significa «señor», pero durante el colonialismo británico fue la designación peyorativa de los pequeños empleados. Hoy implica un calificativo despectivo con que las clases superiores se refieren a los indios con una formación europea superficial. Pero las castas inferiores siguen empleando con su sentido original esa expresión para dirigirse a los empleados de mayor categoría.

Ghats. Escalinatas que conducen hasta el Ganges. Aquí cantan, rezan, se bañan e incineran a sus muertos los hindúes creyentes.

Rickshaw. Silla de ruedas de alquiler, tirado por una bicicleta.

Dhuan. Incinerador de cadáveres.

Culi. En Oriente, trabajador indígena.

Prasad. Regalo. En esta forma india de regalo, el donante da las gracias al que recibe el regalo por aceptar su presente.

Kali. Esposa de Shiva en su aspecto más negativo. (ver Parvati).

Mahatma Gandhi. (1869-1948). Político y pensador indio que abogó por la liberación no violenta de la India del colonialismo inglés. Fue asesinado a tiros por un hindú fanático por defender la reconciliación entre hindúes y musulmanes. «Mahatma» es un título honorífico que significa «de alma grande».

Cremación de las viudas. La religión hindú prohíbe a las viudas volver a contraer matrimonio. Las cremaciones de las viudas, habituales en el pasado, están hoy prohibidas. Sólo en contadísimos casos una viuda se deja quemar con el cadáver de su marido. En los informes de antiguos viajeros europeos se destacaba siempre la voluntariedad de esa muerte. Pero esa «voluntariedad» sólo es aparente. Sati —así se llama esta costumbre hindú— supone honor y gloria para la familia de la muerta, por ello muchas familias apremiaban a la cuñada a seguir a su marido a la muerte.

ÍNDICE

ESTE LIBRO SE TERMINÓ DE IMPRIMIR EN LOS TALLERES GRÁFICOS DE UNIGRAF, S. L., MÓSTOLES (MADRID), EN EL MES DE FEBRERO DE 2001, HABIÉNDOSE EMPLEADO, TANTO EN INTERIORES COMO EN CUBIERTA, PAPELES 100 % RECICLADOS.

KLAUS KORDON

Nació en Berlín Oriental. Quedó huérfano a los trece años y pasó su adolescencia y juventud en hogares para niños y jóvenes. En 1973, tras pasar un año detenido como prisionero en Alemania Oriental, se trasladó a la Alemania Occidental. Después de trabajar en diferentes profesiones y de estudiar Economía Política, desde 1980 se dedica plenamente a la literatura. Ha escrito novelas y poesía, pero sobre todo libros para niños que han sido traducidos a diferentes idiomas y han merecido premios nacionales e internacionales. En 1995 recibió el Premio Nacional Alemán de Literatura Juvenil. Este libro ha recibido el Premio de la Ciudad de Bad Harzburg y el Jenny Smelik/IBBY.